本书出版承蒙中央高校基本科研业务费专项资金项目资助

项目编号：3072019CFW1204

U0660987

阿纳托利·金小说中的隐喻模式

王盈　著

南京大学出版社

序

当代俄罗斯作家队伍庞大,文学丰富多彩,不乏个性鲜明、风格独特的小说家。其中的一位,阿纳托利·金是最具辨识度的作家之一。他是一位朝鲜族的俄罗斯作家,出生并很长一段时间生活在哈萨克斯坦,后又迁居远东,长期生活在俄罗斯主流文化的边缘。他是一个东正教徒,却又有着浓浓的多神教文化情结。这种种因素决定了他的小说创作与同时代俄罗斯作家相比具有鲜明的异质性。他的小说既有一种雄浑、豪放的崇高气概,又散发着神秘之气,怪诞、诡异,魔影憧憧。小说家还一直在不同的创作方法和文体间跨越,不断探索文学表达的边界。在批评界,他的作品有童话小说、寓言小说、神话小说、宗教小说、哲理小说、现代主义小说等多种命名,这充分说明其创作从内容到形式的复杂性。题材的怪异,内容的复杂,审美表达的曲折所带来的不确定性造成了对金小说阐释的艰难,批评的困惑。故而,俄罗斯批评界对阿纳托利·金小说的研究成果十分有限,整体性的研究成果更是寥若晨星。俄罗斯文坛看好他的,也是有限的批评,谈得比较多的是他作品中的神秘色彩、思辨深度、东方元素,以及狂放恣肆的审美探索。

王盈博士选择阿纳托利·金这样一位作家作为研究对象,一是由于她对作家的喜爱,二是由于她具有迎难而上的学术胆识和勇气。我以为还有一点,她意在检视自己的文学辨识能力并实现自我的学术超越。见微知著,我从这本专著中看到了她的研究能力和所实现的学术超越的精彩。我把这样的精彩归结在四个看点上。

专著的第一个看点是作者独特的研究视角。专著《阿纳托利·金小说中的隐喻模式》的思维根基在于通过对审美形式的研究来把握金小说创作的审美意蕴。所谓审美形式,可以是文体的,情节的,结构的,意象的,叙事话语的,人物体系的,语言的,等等。但它们都只是小说审美体系的一个个艺术组元,分析其中的任何一个元素也许会流于只见一星,不见星丛的局限和狭隘。金的小说文体复杂,以任何一种文体予以界定并进行研究都会陷于易受质疑的窘境。小说中的情节和细节多荒诞不经,文字表达也有些隐晦、曲折,真要理解透彻,还是颇费琢磨的。而作家正是要通过那些似嫌艰深的叙事,表达他的并不平顺、暧昧难明的生命体验和生活认知。如何将这些生命体验和生活认知"哲学化"地对应,转化为生动、有趣的故事,用单一明白晓畅的写实文字会是很难做到的。于是,作家便诉诸了隐喻、寓言、象征、比喻、对照等各种艺术手段,这也进一步增加了阅读和研究的难度。

研究从哪里入手?如何把握这些"陌生化"审美手段的主次、轻重,准确并深刻地揭示它们所要表达的思想和精神要义?这的确是需要眼光的。专著作者抓住了金小说审美形式的"灵魂"——"隐喻",一种现代主义小说最常用的手段。作者说,"隐喻在金的创作中起到了非比寻常的作用……在作家的艺术表达系统中占据着举足轻重的地位"。金的几乎每一部小说都充满了各种隐喻,它们是小说叙事话语重要的结构支撑,也是发掘文本审美意蕴的抓手所在。金的小说的特点就在于,他常常借助于隐喻把奇幻的故事变成了实实在在的生活,而原本真实的生活则变成了似是而非的存在。王盈博士的研究成果证明,以此切入金的小说的研究思路是卓有成效的。

金的小说是一座座精妙的思想与艺术构筑,隐喻体系好比一根根长短不一的"钢筋",它们借助于各种人物和细节的"混凝土"将众多子虚乌有的情节牢牢地固着在了一起。以隐喻体系为小说审美形式的核心,从隐喻化的形象、时空、模式、题旨四个层面揭示小说的形式特点和思想意蕴的要义,这样一来,作者便从审美的一团乱麻中理出了当中最重要的一根线,从而顺理成章地揭示了小说的艺术魅力。就我自己而论,阅读她这部论著的过程,正是我体会她对这根最核心的"线"剥茧抽丝的过程。这部论著最具特色和价值的地方首先在于此。

专著的第二个看点在于作者对具体且真切的隐喻载体的分析上。一般意义上,隐喻可以分为两种:一种是语言学意义上的隐喻,即一种修辞格,意在通过作家的想象性思维,建立起不同事物之间的一种或显或隐的相似性,这种语词层面的隐喻仅具有喻体和喻义之间局部的审美作用;第二种是作为诗学意义上的隐喻,意在通过文本的具体的语境化解读,挖掘审美意象的象征意义,这一隐喻是在整个文本层面的,作用于作品整体的诗学特征。专著作者所进行的隐喻研究恰是金小说文本的诗学意义上的隐喻,即作家是以怎样的隐喻方式来建构他的审美话语体系的。

作者在探究这种诗学意义上的隐喻时,没有停留在对隐喻的一般形态和意义的泛泛描述上,而将分析落实在了文本中具体、真切,且令人信服的意象、象征、神话、原型、童话、寓言的审美承载上,并上升到了隐喻叙事更高的层次——形象与时空。作者说:"这些隐喻艺术组元共同作为'建筑材料'构成了隐喻结构的第二层次'——形象体系和时空体系。形象是文本结构模式的重要成素,时空为形象提供存在语境,是形象伸展活动的舞台……形象体系和时空体系……构成作家整体隐喻表达的两大基本结构支柱。"

与写实小说不同,在金的小说中,人物的形象体系被置换为妖魔鬼怪、各种动物,如《昂利里亚》中的撒旦,《森林父亲》里化身为森林之王、独眼奴仆的半人半魔,《半人半马村》里兼具人性和兽性的人马村民等,其中有相当一部分形象源于圣经中的人物原型:如上帝、基督、天使、撒旦、亚当、夏娃等。小说中,即使是生活在现实中的人也被赋予了诸多神秘色彩,原因是他们只是类型化了的表意形象,是人类某种性格、理念、价值观念的代表。所以读者常常会在小说中遇见形形色色兽形的、虫形的人。如《松鼠》中苟且、平庸的松鼠伊依;由动物变成人,随后又重返动物形态的海豚等。所有这些形象都被作家赋予了不同的生命、情感、精神形态,都是为作家的审美观念服务的,它们背后隐藏的多元的生命价值观才是隐喻的审美要义所在。研究者从文本中的一个个具体意象出发,揭示了作为表意体系的文学形象的隐喻意义及其所表现的人类的精神现实。专著作者没有停留在对形象外部观察的平行线上,而是充分利用了隐喻独特的话语张力,把故事语境构建在了自然、人、历史的三个维度中,把读者带进了一个广阔而又深邃的艺术世界中。

专著作者认为,作为形象体系的呈现方式,隐喻时空连接着小说中的多视角叙事,与小说家追求的哲理性和他对人的生命存在的思考紧密勾连。作家不追求写实性叙事的那种封闭完整,而致力于文本内在哲理、寓意的揭示,还需要有读者创造性的解读。金的小说时空是自由宽广的,作家采用的是"时空的穿越,自由穿梭在神、人、冥界,没有时空障碍"的言说方式,这是作家追求"精神存在的终极哲理意义"的审美需要。

我注意到,专著作者关于小说中现实时空、历史时空、虚幻时空三个隐喻时空的分析不仅有着鲜明的层次感,更有着她对相对应的审美功能的深入思考和对作家情感蕴藉的深入体悟。这三大时空的呈现方式打破了传统的叙事时间线索,平行分布于文本,每一个空间看似独立实则枝叶交错,共同服务于对社会情状和生命存在形态的描述和思考。作者认为,现实时空主要由都市和家园意象构成,体现了作家对都市弊端的揭示和回归家园的温情,连接着他对生命存在的哲理认知;历史时空细化为战争时空、监狱时空、苏联时空,是作家反思历史,针砭现实,表达其人道主义立场的伦理判断;虚拟时空融汇了反乌托邦时空、理想时空、生死时空等多个向度,分别传达了作家小说叙事的人性原则、精神原则、永恒原则。她还指出,时空的动态跳转、价值观的对立成为小说时空结构的一个重要的审美和价值观特征。这样的剖析逻辑缜密,鞭辟入里,令人信服。

专著用了较多篇幅阐述的虚拟时空是其中写得更好的部分。作为以非写实为主的叙事时空来说,虚拟时空显然是最为作家看重的。这一时空极大地释放了文本话语的内在活力,也是作家汲取西方现代主义文学资源的一个重要表现。反乌托邦时空、理想时空、生死时空暗含着作家试图解决社会现实困境和人的精神灾难的一种文化方案,一种对抗体制化的主导话语的言说方式。专著作者以金的最后一部长篇小说《天堂之乐》为例,以"我"的自叙体形式描述了创作主体的"宇宙之游"及其心灵苦难,生动地展现了主人公阿金对爱、对光明的向往与追

求。小说家金通过以虚拟时空为主体的寓言化写作将现实指向不断淡
化,将现实困境进行了一种富有个性的隐喻性转换,重构了一个,如作
者所说的,理想的"人格化宇宙"。

专著第六章"隐喻的题旨"是隐喻研究的第三个看点。作者说,隐
喻的审美意蕴是"小说的核心"。解决怎样说的问题是为说了什么服务
的。隐喻的题旨中融汇了作家的生命态度、哲学思考、存在方式、情感
取向,它们所表达的深广丰沛的思想意义最能体现作家的审美价值
判断。

大量穿行于金的小说中的神鬼精怪,大自然中的森林,海水,莲花,
土地,各种动物,灾难,连同大量意象化、符号化了的人物,无不具有隐
喻化的品格。它们与其说是指向生活本身,不如说是对尘世的人和日
常生活的一种颠覆。小说让生活成为疑问,让生命的运程发生偏差。
小说家用人性的力量、人情的力量、思辨的力量去化解疑问,纠正偏差,
让人性的光芒和人情的魅力得以张扬,让罪恶的生命得到救赎。作者
对金小说创作题旨的分析中当然有社会历史层面的内容,如战争和监
狱中的死亡意象,但她研究的重点显然是在生命存在层面。"永生、善
恶、变形、创造、博爱"的五个核心题旨融汇的正是人生命存在的共时性
的道德、哲学意蕴。

作家对《小鱼 Simplicitas》中人与鱼的对话拆除了现实与非现实的
理性标界,运用神话思维中的隐喻来透视现实和人类,传达了人类的生
命记忆及其所信守的道德理念,呈现了对爱的伟大、生命永恒的讴歌。
《松鼠》中演绎了多个爱情故事,是作家对爱情本质的探讨,《昂利里亚》
中对人间天国的憧憬,《天堂之乐》中对永恒的爱的诉求,《伴着巴赫的
音乐采蘑菇》和《森林父亲》中的灾难意识、末世书写无不浸染着浓郁的
宗教精神。专著作者说,"金的创作题旨根源于东正教思想"。他以这
一神性意识表达对尘世罪恶的惩戒,对人类的救赎,对皈依上帝的精神
诉求。这种神性意识不仅是小说家金创作中一以贯之的宗教思想特
征,也是不同风格的当代俄罗斯作家具有共性的审美取向,具有重要的
启示意义。只是金有着自己的言说方式和审美判断。

　　最后一个看点，或者说专著的最后一个成功之处是，作者尝试着对具有鲜明的神话思维的小说家金的哲学思想和文化基原做了一个有一定深度的理论分析。从专著第一章的分析来看，小说家金的哲学思想和文化思考来自两个源头，一个源于俄罗斯本土的民族历史文化资源，东正教、佛教、多神教以及具有神话色彩的东方文化，另一个是来自20世纪欧美人文思想的新成果，是作家对西方现代价值观的一种认同，比如存在主义、世界主义。此外，作家既有成为一个为俄罗斯读者和作家认可的俄罗斯作家的民族文化情结，又有着无法拒绝的东方朝鲜族文化的深深印记。专著作者认为，其中还有不可否认的苏联时期的社会历史语境，即作家采用所谓的"伊索寓言"式的写作是对书报检查制度的规避。尽管因为篇幅的原因，论述和分析的深度受到了一定的限制，但既有的分析和结论的学术价值与思想意义是毋庸置疑的。

　　最后，我提一点锦上添花的建议。金的小说创作特点鲜明，思维向度新颖，思想和艺术成就不可低估，但他没能成为一位入史的作家，原因何在？换句话说，其题材、体裁、表达方式以及创作理念有没有其局限性，批评界的关于其小说创作思想大于形象之嫌的说法是不是也有一定的道理？这的确是一个值得深入探究的问题。

张建华

目　录

绪　论

一、阿纳托利·金生平简介

文学的繁荣总是以多声的样态呈现。当代俄罗斯文学正处在"主""次""雅""俗"界限消弭的时代，多元复杂、多样变化已成为这一时期文学的鲜明特点，不同思潮、不同流派、不同"等级"的文学粉墨登场、"同台献艺"，"乱花渐欲迷人眼"的繁华景象使读者目不暇接。在多声喧哗的杂语中，俄罗斯朝鲜族作家、剧作家阿纳托利·安德烈耶维奇·金（Анатолий Андреевич Ким，1939—　）始终独自忧唱，在用隐喻构筑的"文学家园"里超然而执著地诵歌"永生"。作家普罗汉诺夫（А. Проханов）称"阿纳托利·金是当代文学中杰出的神秘主义者"①，评论家邦达连科（В. Бондаренко）评价说，"阿纳托利·金是一位有着东方灵魂的俄罗斯作家，一位细腻的唯美主义者"②，而作家扎雷金（С. Залыгин）认为，"这位作家特立独行，在俄罗斯文学中像这样的作家难以找到"③。东方特色、神秘唯美、复杂难懂、特立独行成为金的标签式定语。

阿纳托利·金是俄罗斯首位朝鲜族作家，"四十岁一代"作家群中最富个性的作家之一，是其中为数不多的具有现代主义艺术特征的作家。他 1984 年获苏联荣誉勋章，曾获莫斯科市政府设立的莫斯科奖金，2000 年因中篇小说《墙》获"莫斯科-彭内"国际文学奖④，2002 年因

---

① Проханов А. А. Светоносный мистик Ким. ［EB/OL］. http://www. zavtra. ru/cgi/veil/data/zavtra/99/288/61. html/.

② Бондаренко В. Г. Русский будда Анатолий Ким. ［EB/OL］. http://www. tribuna. ru/news/2009/07/22 news 982/.

③ Залыгин С. П. Своей дорогой//Дружба народов. 1981. No6. C. 241.

④ 莫斯科-彭内文学奖（"Москва—Пенне"）是意大利南部的一座城市彭内为俄罗斯文学设立的奖项。2000 年度该文学奖获得者还有弗拉基米尔·马卡宁和阿纳托利·科罗廖夫。

长篇小说《约拿岛》入围俄语布克奖。虽然奖项加身，金的小说在俄罗斯文学界还是显得相当另类，作家在文学圈的地位也略显冷落尴尬。这种状况在评论家巴辛斯基（П. Басинский）对《约拿岛》的评论里或许可以得到解释。巴辛斯基在《文学报》上写道："《约拿岛》写成了一部又长又复杂难读的长篇小说，这是一腔孤勇的尝试。这是试图写出一部巨著，就是那种放在书架上能与《尤利西斯》《魔山》《喧哗与骚动》《切文古尔》这些 20 世纪的巨著比肩的长篇小说。"他还冷静地补充说，"当今语境下这种尝试简直是疯狂，如同不穿宇航服就走入开阔的宇宙中。"①与之相知多年的《新世界》小说栏目主编、同为"四十岁一代"作家的基列耶夫（Р. Киреев）评价说："他的长篇小说无论在读者还是评论家那里，都没有取得成功。许多人都不能胜任挑战。"②复杂哲思、人称频繁变换、多角度叙事、时空穿越等因素的确加大了对金的作品解读的难度，令一些读者、评论家和研究者望而却步，甚至避之不及，但无论如何，金在当今俄罗斯文坛的独特身影，其重要的研究价值，无法令研究者漠视。

1939 年 6 月 15 日，阿纳托利·金出生在哈萨克斯坦南部丘利库巴斯山脚下一个名叫谢尔吉耶夫卡的小镇。他两岁时正值二战爆发，战乱和饥荒使他小小年纪就尝到人生的艰辛。1948 年朝鲜族人结束在哈萨克斯坦的流放生活，金随父母举家回迁远东，曾生活在勘察加半岛，在萨哈林岛（即库页岛）长大。金回忆在太平洋上乘船航行时的感受说："于我而言，远东是广阔无垠的世界向我的心灵敞开的起点。"他由此产生面对宇宙的孤独感，因为"我们生活在无边无际的宇宙空间中"。③ 这对于作家宏阔宇宙视角的形成不无影响。金幼时体弱多病，一度令家人以为他将不久于人世，也许正因如此，面对死亡的恐惧和哲

① Басинский П. В. Риск Анатолия Кима. //Литературная газета. 2002. № 43. С. 7. ［EB/OL］.

② Киреев Р. Т. Крупным планом. Анатолий Ким//50 лет в раю: роман без мазок. ［EB/OL］. https://biography.wikireading.ru/170798.

③ Ким А. А. Моё прошлое//Остров Ионы. М.: Центрполиграф. 2002. С. 330.

思成为作家笔下的常见情节。当时个子矮小的他常受到不良少年的欺负，所以从童年起就对人心的善恶、爱恨极为敏感，日后作家仍喜欢严肃思考这类问题，也许与此不无关系。儿时的金经常听父母讲些鬼故事和民间传说，例如白衣女鬼的故事等，金对世界的神秘感受或源于此。金的父亲是俄语教师，所教的学生都是朝鲜族人的孩子。而金已经是第二代朝鲜移民的后代，就读的是俄罗斯学校，虽然八岁才正式开始学俄语，但他唯一认同的祖国是俄罗斯。当他更多地接触到朝鲜新移民之后，他开始对自己的民族性有了真切的感受。"我个人的命运不可能独立在这古老的精神本质之外。民族性是精神之树看不见的主干，它支撑起世上的每个灵魂，不论莫测的命运将其抛向何处。"①九年级毕业后，17 岁的金来到莫斯科，报考苏里科夫美术学院落榜。首都的生活压力重重，他在逐渐适应环境的同时，深切体会到都市生存的疏离感。他在工地当了一年的建筑工人，此间继续备考，次年考取莫斯科纪念 1905 年美术学校，主修剧院舞美。

阿纳托利·金虽然自幼喜爱文学，但他最初选择用画笔而非词语来描绘世界和表达感受。金走上文学之路缘起于大学实习期间在剧院偶然听到的诗句："孩童拿来青草几株，问曰：此为何物?"这句诗出自惠特曼《草叶集》，虽然早就读过，但在那一瞬间，他被诗中的完美与和谐深深打动，自此萌生了写作的愿望。假期里，金在伏尔加河沿岸旅行，他终于明白，自己想用语言而非色彩来描绘心灵。金在自传体小说《我的往事》中写到，祖上有王室血统，出过几位文学家，其中很有影响力的一位是 17 世纪高丽著名诗人，作家把自己的人生转折解释为这位祖先文学创作的渴望在他身上复苏，于是作家"听从命运的昭示，改变了自己的人生道路，离开旧的轨迹，踏上新路途"，他认为自己"应当成为俄罗斯作家，因为俄罗斯的大门已对我微微开启"。② 但这于他并非易事，

① Ким А. А. Моё прошлое//Остров Ионы. М.：Центрполиграф. 2002. С. 334.

② Ким А. А. Моё прошлое//Остров Ионы. М.：Центрполиграф. 2002. С. 442.

甚至一度看来是不幸的。专业成绩优异的他一向看重学业,但最初的写作尝试并不成功,想要专注于一种艺术形式的他在绘画和写作之间纠结,陷入苦闷之中。金甚至感觉,突然萌发的写作激情如同半路冲出的匪徒,逼迫他中断目前的路途,调整人生方向。此时兵役局刚好发来服役通知,本可以以读书为由先完成学业,但是金果断辍学从军,希望能在服役期间想清楚,自己该做何选择。在押送部队服兵役三年的历练中,金看到最多的是看守和囚犯,这种压抑环境带来更多的精神苦闷,仍未能让金走出彷徨。

　　金在自传体小说《我的往事》中回顾,1963 年退役回莫斯科后不久,就与一位熟识的朝鲜族姑娘结婚。她是金的第一任妻子,温顺沉默,坚韧能干。婚后两个女儿接连出生,但妻子不幸患病,一家人常入不敷出。金曾靠打零工赚钱养家,在工地做过夜间值班看守,开过吊车,当过木匠,仅利用业余时间写作。因为不想在打零工的时光中磨损自己的文学热情,他于 1965 年考取高尔基文学院,"不是为了学习写作,而是为了能加入文学家的行列,进入作家协会"①,从而全心投入写作。金在此学习了六年,毕业后又留校任教五年,教授写作技巧。他生活依然一贫如洗,十年间作品无人问津。

　　一次偶遇带来转机,金与生命中重要的伯乐朋友、列宁格勒著名演员兼导演斯莫科图诺夫斯基相识。他是金邻居作家的女婿,在其力荐下,1973 年 1 月,列宁格勒《阿芙乐尔》杂志刊登了金的两篇短篇小说,立即引起评论界关注,认为该作家有高超的写作技巧和驾驭语言的能力。原本他最担心自己缺乏俄罗斯基因,俄语天赋薄弱,事实证明了他的多虑。金作为专职作家的写作生涯由此拉开序幕,他与斯莫科图诺夫斯基的珍贵情谊也一直保持下来。1976 年,金出版首部小说集《蔚蓝色的岛》,得到普遍好评,知名翻译家、普鲁斯特作品在苏联的译者柳比莫夫也盛赞他的文笔。金用这部文集的稿费在涅梅亚托沃村

---

　　① Ким А. А. Моё прошлое//Остров Ионы. М.：Центрполиграф. 2002. С. 497.

(Немятово)买到一处废弃木屋，自己动手修缮，改造为他专注写作的地方。在这里，金产生了神秘的宗教感受，听到一个声音告诉他需要受洗。此前作家并无明确信仰，甚至认为信徒的虔诚并不真诚。1979 年完成《松鼠》后，金正式受洗皈依东正教，斯莫科图诺夫斯基成为他的教父。在作家进入文坛的人生之路和走向信仰的精神之路上，斯莫科图诺夫斯基成为金双重意义上的教父。

　　1979 年金加入苏联作家协会，在文学界的地位和影响亦有所提升，曾在《白天报》(День)担任编委，曾任不定期出版的文学杂志《亚斯纳亚波利亚纳》的主编，俄罗斯文学科学院院士。苏联解体前夕，金到韩国任教，在大学教授俄语和俄罗斯文学，在此完成《昂利里亚》的创作，任教五年后回到俄罗斯。此时陪伴他身边的是第二任妻子娜塔莉娅·格罗莫娃。二人相识于高尔基文学院，金为她离开前妻，两个女儿因此与金断绝往来，直到近些年女儿们才与父亲和解。2005 年，金决定与第三任妻子一同前往哈萨克斯坦，他们此前不久刚刚在托尔斯泰故居亚斯纳亚波利亚纳庄园举行婚礼。金受邀赴哈，主要为重建一家韩国剧院而奔忙，同时着手译介，6 年间翻译完成 4 部哈萨克斯坦的文学作品，并促成其在俄罗斯出版。自 2005 年《阿丽娜》发表之后，大型文学杂志上近 10 年未见金的新作。6 年间他经常返回俄罗斯，与莫斯科文学界的朋友们保持着联络。他的旧作仍再版，且拥有读者和研究者，但这期间的创作随作家的隐退而淡出文学界的视野。2010 年，金重新开始接受采访，评说当下文学环境，并谈及自己现状。他认为目前的文学文化圈如同斯大林格勒战役之后的废墟。提及 6 年前决定隐退的情景，他解释说，满 65 周岁时，他把自己的学生和朋友们召集到一起，举办了小型告别宴会，宣布退出公众视野。从那时起，他没有给杂志投稿，不接受采访，也不去参加任何读者见面会。此间金专注于东方式的心灵归隐和精神自由，开始减少在公众面前的活动。他把每天都当作最重要的日子，工作之前保持冥想两分钟的习惯，思考自己为何活在世间，对当下每一天在生命中的意义做出终极追问。2011 年前后年逾古稀的金回到莫斯科并重返文坛，继续焕发创作活力，先后推出几部作品。虽然在

2001 年他已声称《约拿岛》是自己最后一部长篇,但小说结尾的神秘诗歌给人一种未完成的感觉,为真正的最后一部长篇埋下伏笔。时隔 12 年,金出版了长篇新作《天堂之乐》,终于为《约拿岛》续上了结尾。近年作家还发表 3 部中篇小说和几篇回忆录随笔。2015 年,金出版中篇小说《天才》,纪念斯莫科图诺夫斯基。金的创作生涯以斯莫科图诺夫斯基的推荐拉开序幕,在作家创作的总结阶段,这篇纪念好友的小说与 42 年前金的文坛起点遥相呼应,隐约构成一个创作轮回。2019 年,80 周岁生日之前金与波诺玛廖娃(Пономалёва Лилия)合作发表中篇小说《葛饰北斋的紫色秋天》,这是金迄今为止最后一部作品。如今作家和他的缪斯女神,第四任妻子莉迪娅·科奇卡廖娃定居莫斯科作家村,在他心中最为认同的精神故乡乐天知命地安度晚年。

二、阿纳托利·金创作概述

20 世纪 70 年代阿纳托利·金登上文坛,文学创作较为多元化,主要有数十篇短篇小说,11 部中篇小说,9 部长篇小说,2 部戏剧剧本,4 部电影剧本,5 部文学翻译作品,编撰 1 部历史回忆录。中短篇小说主要收录在 9 部小说集当中,分别是《蔚蓝色的岛》(Голубой остров,1976)、《四篇自述》(Четыре исповеди, 1976)、《夜莺的回声》(Соловьиное эхо,1980)、《软玉腰带》(Нефритовый пояс,1981)、《采药人》(Собиратель трав,1983)、《晨曦中的黑刺李味道》(Вкус терна на рассвете,1985)、《海的新娘》(Невеста моря, 1987)①、《精选集》(Избранное,1988)、《像孩童一样温顺》(Будем кроткими, как дети,1991)等。金中篇小说代表作有:《向蒲公英致敬》(Поклон одуванчику,1975)、《古林的乌托邦》(Утопия Гурина)、《夜莺的回声》、

---

①　本书将《Невеста моря》译为《海的新娘》,这部短篇小说的中文译者许贤绪先生将其译为《海的未婚妻》,收录于同名小说集《海的未婚妻》当中,《海的未婚妻》也是收录该作品的中文同名小说集名称。因此在文中笔者论述提及时采用《海的新娘》,当引用许贤绪先生译本,或提及小说集名称时,为准确指明出处,采用《海的未婚妻》。

《葱地》(Луковое поле，1978)、《软玉腰带》(Нефритовый пояс，1981)、《采药人》、《墙》(Стена，1998)、《我的往事》(Моё прошлое，1998)、《天才》(Гений，2015)、《带光晕的房子》(Дом с протуберанцами，2018)、《葛饰北斋的紫色秋天》(Феолетовая осень Хокусая，2019)。金的长篇小说有《松鼠》(Белка，1984)、《森林父亲》(Отец-лес，1989)、《半人半马村》(Посёлок кентавров，1992)①、《昂利里亚》(Онлирия，1995)、《孪生兄弟》(Близнец，2000)、《伴着巴赫的音乐采蘑菇》(Сбор грибов под музыку Баха，1997)、《约拿岛》(Остров Ионы，2001)、《阿丽娜》(Арина，2005)、《天堂之乐》(Радости Рая，2013)等 9 部。此外，金创作完成如下剧本：戏剧《布谷鸟的哭泣》(Плач кукушки，1984)、《两百年后》(Прошло двести лет，1986)，电影剧本有《我的姐姐柳霞》(Моя сестра Люся，1985)、《走出森林来到林间空地》(Выйти из леса на поляну，1988)、《即将离去的人》(Человек уходящий，2007)。作为译者，金在韩国期间，将《春香传》译成俄语；在哈萨克斯坦期间，将哈萨克斯坦作家阿·努尔别伊索夫、阿·凯基尔巴耶夫、穆·阿乌艾佐夫和奥·博科耶夫等作家的经典小说译成俄文，并推介到俄罗斯出版。此外，金主编了一部史料回忆录《到那太阳落下的地方去》(Туда，где кончается солнце，2002)，书中收集整理了 20 世纪 30 年代朝鲜族人被迫移民时期受害者的回忆录、史料文件和解密档案等，见证了斯大林时期远东朝鲜移民迁入哈萨克斯坦和中亚地区的历史事件。

对于作家创作历程的梳理，有研究者从年代入手，如巴维诺娃粗略分成两个阶段：20 世纪 70 年代至 80 年代中期为第一阶段，1984 年之后为第二阶段。研究者在 2000 年左右做出这样的结论虽情有可原，但这种划分标准的弊端是，解体前后金的创作变化没能得到体现。文学评论家弗·邦达连科的观点提出较早，他关注的是 20 世纪 80 年代之前金的创作，以主题为侧重点划分出两个阶段，分别是：1975 年之前的

---

① 阿纳托利·金认为《半人半马村》是一部怪诞长篇小说，但有部分研究者认为这部作品篇幅不算太长，将其归入中篇小说。

东方异域特色,1975 年至 1980 年之前的日常生活小说,但显然这种划分仅局限于金的早期创作。托木斯克大学研究者别洛努齐金娜(Белонучкина М. Д.)在邦达连科的划分基础上,提出四阶段划分法:第一阶段(1976 年之前)以东方世界观为主;第二阶段(1976 年至 1980 年)以日常生活题材为主;第三阶段(1980 年至 1990 年)是泛神论世界观阶段,以中篇小说《莲花》为开始的标志,主要代表作品还有《松鼠》和《森林父亲》;第四阶段(1990 年至 2005 年)是基督教世界观阶段,以《半人半马村》及其后的作品为代表。斯米尔诺娃(А. И. Смирнова)则从作家哲学思想的角度,以 1989 年为界划分两个阶段,第一阶段(1975 年至 1989 年)标志为宇宙主义与东方哲学思想的融合,第二阶段(1989 年之后)是现代主义阶段。这些划分标准各有千秋,但都因研究的时间限制,还未能囊括 2013 年至今问世的作品,因此,对于这位近年频添新作的老作家,其创作分期需要更新。

纵观阿纳托利·金迄今为止的创作历程,综合上述研究者的划分依据,并考虑到作家近年问世的新作,本书认为从主题、哲思、体裁和风格特征来看,阿纳托利·金的小说创作历程可分别以长篇小说《松鼠》、《昂利里亚》和《阿丽娜》为界,明确划分为早期、中期、后期和晚期总结阶段四个时期。

第一阶段(20 世纪 70 年代至 1984 年的《松鼠》问世之前),是阿纳托利·金创作的早期阶段,作品均为中短篇小说,具有十分典型的地域和民族特征。代表作品基本都收录在前文提到的小说集中。作家选取自己早年熟知的人物和环境,多描写库页岛居民和朝鲜移民,这些人以矿工、伐木工人、渔民、医生等为业,着重突出了这些远东居民勤劳质朴、慷慨友善的品质。在他们的道德准则中不难发现古老东方智慧的影响,"因果报应"的观念在其中较为突出。在反映人物命运的同时,作家高度关注主人公的精神世界,肯定真、善、美、爱的力量,使作品具有明显的哲理化倾向。他试图通过描写现实的具象,揭示生活最高准则,表现大自然和人心灵的永恒奥秘,抒发死亡带来的凝重思考。此外,金表现出高超的写作技巧,他对于文坛创作手法的发展变化有着敏锐直觉,在小说形式革新方面积极尝试,在这些作品中综合运用象征、隐喻、意象、童话等手法,强化了文学的审美效果。安宁斯基高度评价金的写作技巧:"金的小说就像是用削尖的普通铅笔完成的素描,但完成得极为精细,具有日本画一样的高清晰度,能够表现材质、表层和血肉的最微小的细节。"①在当时的评论界,金是一大热点,许多知名评论家如伊万诺娃(Н. Б. Иванова)、涅姆泽尔(А. С. Немзер)、邦达连科、什克洛夫斯基(Е. А. Шкловский)、安宁斯基等都对他的创作发表见解。热议的话题是东方情结、哲理化、隐喻化等风格特征。评论声中争议已起,赞誉与质疑相比占绝对优势。至《松鼠》问世,金的创作迈入一个新阶段。

　　第二阶段(从 1984 年《松鼠》问世至 1995 年《昂利里亚》之前),属于金的中期创作阶段,除标志性作品《松鼠》之外,主要代表作品还有《森林父亲》(1989)、《半人半马村》(1992)等。童话寓言小说《松鼠》是金第一部长篇,创作持续了整整一年,由于审查疏漏才使小说得以出版,却也导致金在全苏作协代表大会上被点名批评。这部小说情节错综复杂,想象异常丰富,寓意严肃深刻,是金创作历程中的转型界碑。自此,金的创作由具有浓郁的哲理意蕴转向哲理小说,创作主题更为宏大深刻,许多作品可以被理解为哲学命题的研究,凸显宗教思想和自然哲学倾向。随着哲学性的增强,在金的艺术表达方式中,隐喻逐渐成为主导,对作家的哲思传递起到重要作用。这一阶段作品的共性特征,一方面,在小说诗学表现手法上延续并丰富了各种现代主义诗学手段,寓言式写作、精雕细琢的写法、大量使用的修饰语、象征、隐喻、联想、梦幻、意识流、时空跳跃、多视角叙述等,形成魔幻与现实相结合的艺术效果,并且在《半人半马村》中尝试运用了后现代的创作手法。此时文坛创作获得了更大的创作自由,小说的假定性特征更为明显,隐喻成为其哲理思想、艺术思维的主导表达方式。另一方面,作家敏锐的艺术直觉

---

① Бальбуров Э. А. Поэтический космос Анатолия Кима//Гуманитарные науки в Сибири. 1997. №4〔EB/OL〕. http://www.codistics.com/sakansky/kim/balburob.htm.

和大胆创新催生了小说体裁的融合变异，带来了童话小说、寓言小说、神话小说等新的体裁特征，该特色在下个阶段得到了进一步发展。此时评论界的争议之声愈发明显，《文学报》和《文学评论》杂志就《松鼠》展开了激烈争论，诺维科夫、涅姆泽尔、安宁斯基、苏尔加诺夫等批评家就变化母题、主人公形象、抒情哲理插话、叙事结构等问题褒贬不一。他们观点对立，论辩激烈，而对作家此后的创作，评论家的声音日益稀疏，反之，学界的研究则持续关注。

创作于 1995 年的《昂利里亚》开启了阿纳托利·金创作的第三阶段，作家的世界观由自然哲学转为宗教哲学倾向，创作重点转向反映全人类的精神存在。作家在一系列长篇小说主干情节中直接采用圣经神话，将东正教典故、佛教智慧等化为小说关键环节。许多作品一再渲染末世图景，蕴含着复杂的宗教哲学思想，"世界末日""复活""永生"等题旨更成为主导性话题。这一阶段的代表作品既有后现代主义倾向的《昂利里亚》(1995)和《伴着巴赫的音乐采蘑菇》(1997)，也有具现代主义特征的《墙》(1998)、《孪生兄弟》(2000)和《约拿岛》(2001)等。金往往在其长篇小说中通过大量人物的内心刻画从全人类视角宏论哲思，而中、短篇则常被作家用来表现当下现实中个人的命运和精神现状，可见作家保持着对社会的关注。例如，金发表于《新世界》1997 年第 4 期的短篇《涅乌斯特罗耶夫的气味》(Запах Неустроева, 1997)描写了人情冷漠的现实中小人物的悲剧命运。作家的思想主要还是纠结在人如何面对死亡以及人死后的归宿问题。这些中短篇小说也带有本阶段最明显的特点，即钟爱宗教题材。作家竭力在宗教思想的框架内，寻找上述问题的答案。思想解说在该阶段的创作中完全占据主导地位，因而小说中的现实因素更趋弱化，加之多元化创作手法，使作品中现代主义和后现代主义特征得到加强。从写作手法上看，金尝试了宗教神秘剧长篇小说及元小说的写作方式，宗教神话隐喻色彩渐趋浓郁。他的努力在 20 世纪 90 年代中期俄罗斯政坛风起云涌、社会日新月异的时刻显得那样不合时宜，在这个时代作为思想者的金注定是孤独的。研究者巴尔布罗夫评价说，从沉浸在大段哲学插话中开始，金的作品已经不及早期,失去了早期创作中散发的灵感诗意。金仍然技巧高超,但是并不总是能够稳定发挥。尤其在《半人半马村》和《昂利里亚》中,他的技巧开始显得空洞,变成想象力的花式表演。20 世纪 90 年代起,评论界对金的研究热度与 80 年代相比急剧下降,学术界的关注度依然保持,研究多出自学者专著和学术论文,偏重于对创作中哲思和主题的整体概括。

阿纳托利·金创作的第四阶段从 2005 年的《阿丽娜》至今,是作家人生、哲思和创作的总结阶段。这期间金有退隐的表示,也一度淡出文学圈,在哈萨克斯坦忙于翻译和剧目排演,回到莫斯科之后才恢复创作和发表,因而代表作品不多。研究者们通常都止于上一阶段的《约拿岛》,这也曾是作家声明过的"最后的"长篇,不过后来作家继续完成了两部长篇——《阿丽娜》和《天堂之乐》。此外是几部中篇和回忆录散文,如发表于《各民族友谊》杂志的《天才》(2015),《带光晕的房子》,以及最新完成的《葛饰北斋的紫色秋天》。这些作品中除了回忆录小说《天才》和散文《寻觅我的小小家园》(В поисках малой родины, 2016),其余作品都是童话、神话、魔幻小说。这些新作情节性较前一阶段有所增强,大段的哲思插话独白相对前一阶段略有减少,但人称和叙事视角的跳跃转换依然复杂。对于上述作品,有一些访谈、新闻报道、读者见面会等有所提及,专门评论和研究文章目前不多。在俄罗斯大学学报上、会议文集中出现的论文,以及相关学位论文仍将焦点集中于前面几个阶段的创作,对于新书新作尚有待研究关注。

三、阿纳托利·金小说研究述评

俄罗斯文学研究界对金的评价一直存有争议,赞誉者肯定其创作中的人道主义、抒情哲理格调、创作手法的变革和小说体裁的创新,批评者则质疑其宗教探索和哲理性过浓而损害文学性,导致人物性格不够鲜明、脱离当下现实等问题。

在俄罗斯关于金的研究文献中,巴维诺娃(И. Е. Бавинова)的《阿·金的创作之路》(Творческий путь А. Кима, 2006)梳理了金 1996

年之前的创作历程,是最早一部较为系统的论著。该书以 1996 年为节
点,选取此前的作品,按照体裁类别分章论述了作家短篇、中篇和长篇
小说的艺术特色。作者对金在 1996 年之前的研究现状做了较为全面
的介绍,汇集了褒贬不同的评价。书中主体部分分别选取具有代表性
的几部作品进行了较为细致的文本分析,并指出其创作中的东方因素
及哲学思想渊源。不过,金后期创作的数部中短篇和布克奖入围作品
《约拿岛》等并未纳入研究者视野。此外,该书按照体裁类别分别进行
文本分析,对阿·金的艺术思维整体性特征未予足够论述。

    目前,研究者们对阿·金的关注视角多集中在以下三个方面,分别
是哲理思想、东方特色和诗学手法。其中,就笔者目力所及,关注哲理
思想的研究者最多,争议声音最大,关注东方特色是最早的研究视角,
而对于诗学手法的研究相对较少。

    首先,批评界最为关注阿·金作品中日益明显的哲理化倾向和宗
教哲学思想,这类研究成果从哲理意蕴的欣赏、评析、争议,到具体哲理
思想的研究解说,至今评论界已近乎沉默,而学界研究仍在继续。

    浓郁的抒情哲理意蕴在金早期作品中已经得到鲜明体现,研究者
们十分重视其创作中的哲理化倾向,但学界和评论界对此评价褒贬不
一。如下几位著名评论家主要持否定态度,如伊万诺娃、涅姆泽尔、拉
蒂宁娜、鲍恰罗夫等。伊万诺娃对哲理化倾向持否定观点,她指出金早
期作品的两个主要特征,其一是他笔下的世界具有诗意的美,其二是主
人公的人生充满浓郁的悲剧性,但二者在金的作品中相互矛盾,形成抵
触。伊万诺娃认为《莲花》中的优美文辞如同麻醉剂,一定程度上减弱
了人物命运的悲剧性和心灵的痛感,作品中的抒情哲理意蕴体现了作
家的折中主义选择,语言特点折射出文化上的折中主义。她颇为尖锐
地评价说,作家刻意选取众多诗意形象、运用大量崇高语体,"想要表达
某种重大意义,但心有余而力不足"[1]。可见,伊万诺娃所不能接受的恰

────────────

    [1]   Иванова Н. Б. Искушение урашением//Вопросы литературы. 1984. No4.
С. 97.

恰是金意图表现的抒情哲理性。十几年后,娜塔莉亚撰文分析几位苏联时期红极一时的少数族裔作家,认为金的哲思热忱源于他无法遏制的身份焦虑,从新的视角为金的创作特色做出判断。

20世纪80年代《松鼠》的问世曾引发一场批评界和文学界的大规模论辩,许多批评家和文学理论家就这部小说在文坛的地位和艺术特色发表见解,对小说中的哲理化倾向评价不一,争论在此聚焦。尤·苏洛夫采夫(Ю. И. Суровцев)在《七十年代与今天:当代文学进程的理论与实践概论》中指出,《松鼠》中的假定性元素压倒了现实元素,使作品显得不够血肉丰满,有些造作。著名评论家涅姆泽尔关于《松鼠》的文评是其长篇小说评论文章首秀。他肯定了金的短篇小说成就,但并不认可其长篇哲理小说的创作。评论家认为小说艺术上有缺陷,作品中许多细节是金对他人(陀思妥耶夫斯基、布尔加科夫、福克纳等作家)的模仿;作品内容空洞,"我们"是"四人一面"的声音,人物塑造缺乏个性。涅姆泽尔在十多年后批评了《昂利里亚》和《约拿岛》。2001年他针对《约拿岛》宣称,阿·金从《松鼠》开始就踏上了"费力而又持久的哲理化之路"①。他对于金小说中的大段哲理插话和独白的看法与前面伊万诺娃的观点接近,同样明确地表达了否定见解。

著名文学评论家拉蒂宁娜(А. Н. Латынина)曾说过"别碰金,没有意义的",同样是针对金小说中的令人费解的哲思发出的异议。她曾在2004年访谈中逐一评价当代几位一流作家,除了对索尔仁尼琴表示推崇,对其他人均有微词,她对金的评价则是"阿·金全神贯注在他的神秘主义体验中,这其中得到的启示并不总是与文学发现相吻合"②。可见,金创作中哲思比重的显著增加和东西方各种思想的交融,为阅读和解读带来相当多阻碍,也为评论家诟病。

学者鲍恰罗夫(Г. А. Бочаров)在《无尽的求索:当代苏联小说的艺

---

① Немзер А. С. Высоцкий и другие. [EB/OL]. http://www.magazines/russ.ru/reviews/nemezer/jurnalyzoll.html.

② Латынина А. Н. Интервью//Русский журнал. 2004. 04. 9. [EB/OL]. http://www.litkarta.ru/dossier/latynina-interview.

术求索》一书中,论及金早期作品《葱地》的艺术得失。他认为这部小说集中了金创作的本质特征:人道主义思想和抒情哲理语调。作家不赞同小说中太多箴言说教,认为有损作品艺术性,并敏锐地指出,小说中发展贯穿的不是人物命运、性格,而是作家的思想,这些并非人物性格、命运和情节发展的结果,很快会被遗忘。鲍恰罗夫认为应当处理好艺术的真实和生活的真实之间的关系,要了解现实世界,更真切地反映生活的真正面目。① 可见,上述几位批评家和文论家并不看好金小说中近乎固执的哲理诉求,认为对文学作品的艺术性有所减损。

俄苏哲学家、美学家卡拉肖夫(Карасёв Л. В.)在《文学问题》杂志上发表的文章《关于那些定下合约的"恶魔们"(自我意识之镜中的艺术)》(1988)当中,分析苏联文学中的恶魔主题,认为神话传统在七八十年代小说创作中得到广泛应用,童话小说《松鼠》就是例证之一。他指出小说中的鬼怪是哲学思想和艺术形象的融合,主人公通过艺术创作寻求人生意义,从显得另类的途径获得了超越死亡、进入"生命众赞曲"、变成"我们"的可能。除了艺术创造,小说中还有一个哲学意义层面,即某种普遍性思想,统一的"我们"的存在,在作家眼中这是最高等级的存在,能够理解每一个体所经受苦难的意义。卡拉肖夫认为,这使《松鼠》中体现出神秘主义特点:发现存在某种超越现实的、人类精神的不死,让主人公们得到安慰,但是以这种方式作为摆脱悲剧的出路,其性质就是一种神秘幻想,会遮蔽个体存在意义的现实问题。人物"变身"的能力强化了寻求人生意义的另类可能性,然而身处人类生活之外,以不死的幻觉作为人们重负之下强有力的支撑,事实上是远远不够的。在哲学家看来,让每一个体上升进入绝对精神世界,并不能成为摆脱哲学反思的灵药,"因为这样一来,面向人类未来的任何一种人类活动,包括创造在内,都不再具有任何意义"②。

---

① Бочаров Г. А. Бесконечность поиска: художественные поиски современной советской прозы. М. : Сов. писатель, 1982. С. 33 - 35, 414.

② Карасёв Л. В. О «демонах на договоре» (искусство в зеркале самосознания)//Вопросы литературы. 1988. №10. С. 25.

评论家安宁斯基对于《松鼠》的评价表现出与上述论调截然相反的观点,他一贯肯定金的艺术成就和严肃深刻的思想内涵,尤其在《变化和多变性》一文中批驳了涅姆泽尔的挑剔讽刺,盛赞作家细致的写法。不过参与这次的辩论之后,安宁斯基十几年间未再接触金的作品,直到1998年读到中篇小说《墙》,金的创作才重回评论家视野。2014年安宁斯基在《各民族友谊》杂志发表评论文章,点评了《墙》《半人半马村》和《天堂之乐》,肯定了作家叙事中视角转换的高超技巧并指出,金哲学沉思的出发点不是狭隘的族裔,而是全人类广阔视角,同时又具有浓郁的俄罗斯特点。此外,他认为《半人半马村》虽然体裁是怪诞小说,但作家实质上是试图给我们展现生物生存的逻辑,不过小说的结局令人不解。马人因死亡不可避免而欣然期待速死,但这种死亡是由什么注定的,是自然天性、发展趋势还是生存方式所导致的,没有明确交代。他引用书中的一句话来概括:"总之,死亡是某种魔术和欺骗,纯粹是骗人,此外什么都不是。"①《天堂之乐》中金提出了关于人类历史、整个世界现实存在与发展的根本基础的思考,但安宁斯基对醉心于哲思的密不透风的叙述也表示了些许微词,认为这些内容"有时表现出金的哲学狂热,有时是不同宗教信仰的混乱融合"②。恐怕这正是阅读金的小说令人费解烧脑的原因所在。

学者阿格诺索夫(В. В. Агеносов)在其专著《苏联哲理小说》(1989)中谈到《松鼠》。他将20世纪俄罗斯文学中的哲理小说划分为三种类型:心理小说、神话小说和抒情哲理小说,而金的创作被列入神话小说一类,《松鼠》是主要例证。阿格诺索夫书中在题为《诺·敦巴泽和阿·金的神话长篇小说之道德问题》一章,通过剖析《松鼠》中四个年轻人的经历,着重解读金对生死、善恶、人性等问题的哲学思考,认为金不仅提出了20世纪人类存在的本质问题,还指出了艺术的解决方式。作者驳斥了涅姆泽尔对金的指责,认为金采用叙述者转换的手法不是

---

① Анинский Л. А. Расцеп. Раздор. Разбор. //Дружба народов. 2014. №3 [EB/OL]. https://magazines. gorky. media/druzhba/2014/3.

② Там же.

对美国作家福克纳的盲目模仿,这种手法与童话隐喻的方式和童话形象有机结合在一起,都是源于揭示人的本质这一艺术哲学命题的需要。在肯定该作品成功之处的同时,作者也指出,小说中人物过多,而叙事中个别的插入故事略显多余,且由于东方神话与欧洲神话元素共存导致叙述中有矛盾之处。

对金早期创作中的生死、善恶主题中表现出的哲理思考予以肯定的研究者及其文章还有:格林贝格的《通往开阔空间之路》《目标一致》,乌尔班的《小说中的哲理性》,什克洛夫斯基的《存在之喜悦的奥秘》《我和我们:当代小说中的个性观》,戈尔什宁的《人之路》,谢·扎雷金的《走自己的路》,叶尔金的《不死的关键》,米哈伊洛夫的《生活、艺术与批评:七十年代文学》《谁是下一个》,邦达连科的《找到〈蔚蓝色的岛〉》,库尼岑的《来自未来的客人》,穆里科夫的《社会的和道德的》,柴科夫斯卡娅的《并不冷漠的镜子:生命之谜与作家立场》,尤金娜的《人格尊严》,沃尔佩的《善良时刻》等。这些研究文章主要关注了金创作中对人生意义的思索,从社会心理和道德的角度予以解读。

此外,关注金小说中哲学思想的研究者基本从三个视角切入:自然哲学、存在主义哲学和宗教哲学。

部分研究者从自然哲学角度解读金的作品。弗罗洛娃(Е. В. Фролова)在《阿·金创作中对普利什文"人与自然"观念的发展》一文中,将普利什文的《人参》和金的《采药人》进行比较,认为后者的作品中可以发现普利什文的美学理想。皮斯库诺娃(С. И. Пискунова)和皮斯库诺夫(В. М. Пискунов)的《在新元素的空间里:自然哲学小说的世界与反世界》一文分析了《松鼠》中表现的自然哲学倾向。谢苗诺娃(С. Г. Семёнова)曾在《十月》杂志发表长文《上升的运动——文学中的智慧圈思想》(1989),以扎波罗茨基、艾特玛托夫、金、普拉托夫等人的创作为例,分析了兽、人、高等人类的进化思想在文学中的具体表现。她从影响金哲学观念的思想源头之一,自然哲学观和俄罗斯宇宙论观点切入,分析《松鼠》中主人公的不同命运。在谢苗诺娃主编的《俄罗斯文学的形而上学》(两卷本,第二卷)(2004)中,《1970—1990 年自然哲学小说

中的智慧圈①母题》一章里,论述了金小说《松鼠》和《森林父亲》中表现
的自然哲学思想,指出作家深受德日进(P. T. de Chardin)(即泰亚尔·
德·夏尔丹②)有关"智慧圈"理论的影响。

斯米尔诺娃(А. И. Смирнова)近年对金的研究较为集中。在专著
《20世纪下半叶俄罗斯自然哲学小说》(2009)一书中深入分析了金的
《采药人》《松鼠》和《森林父亲》等几部作品,通过分析作品中的自然形
象和作家的自然观念,指出热衷于自然哲学思想的小说家所具有的共
同点:苦苦寻觅人与自然之和谐。她以书中三分之一的篇幅论述了金
的自然哲学思想在上述三部作品中的表现,分析了金作品中的太阳、大
地和天空的神话象征意义,并指出《松鼠》和《森林父亲》中多声融合的
叙事特点。6年后斯米尔诺娃在波兰学术期刊发表论文《俄罗斯二十世
纪末文学中的生态哲学:从自然保护到生态宇宙学》(2015),指出森林
父亲这一形象的多神教神话色彩及其与德日进思想的相近之处,分析
了《森林父亲》中的末世论宇宙观。此外,她与波波娃合作,发表论文
《阿纳托利·金长篇小说〈森林父亲〉的神话诗学》(2008),从神话诗学
的视角分析了小说中主要人物形象、孤独与苦难主题以及神话母题。

利波维茨基(М. Н. Липовецкий)曾于1992年提出"后现实主义"
(постреализм)的说法,认为这是后现代主义与现实主义杂糅而成的新
型诗学。在2001年出版的《当代俄罗斯文学》一书中论及20世纪80

---

① 智慧圈(ноосфера)与生物圈(биосфера)相对,是有关人类社会与自然关系
的理论,强调二者应协调一致,有序发展,良性循环。该理论由法国索波纳大学哲
学家、数学家爱德华·列鲁阿(1870—1954)与其好友,著名地质学家、古生物病理
学家、进化论者、宗教哲学家德·夏尔丹(中文名德日进,1881—1955)提出。列鲁
阿认为智慧圈是由人类意识构成的有思考力外壳,夏尔丹认为智慧圈力量庞大,世
界未来发展的出路应该是意识最终达到尽善尽美,新兴智力进化达到顶峰临界点,
实现超生命,与上帝合为一体。这一理论以地质化学为依据,1922—1923年苏联
著名学者、院士、生物圈理论奠基人、俄罗斯宇宙论学说提出者 В. И. 维尔纳茨基
(1863—1945)在索波纳大学主讲该课程。许多学者对于智慧圈学说持否定态度,
认为这是一种宗教哲学观点,带有乌托邦性质。
② 皮埃尔·泰亚尔·德·夏尔丹(1881—1955),中文名德日进,法国哲学
家、神学家、古生物学家,耶稣会教士。他曾在中国工作多年,参与过周口店遗址的
发掘工作。其著作现有中译本采用学者中文名,故本书下文中均写作德日进。

年代中后期文坛状况时,他将阿·金等"四十岁一代"作家归为"后现实主义"的先行者,认为这些作家从存在主义哲学的角度对日常生活进行形而上的思索,他们不具备为社会主义现实主义评论家们看重的高度社会关注,不描写重大的社会问题,而是反映日常现实生活中的细节小事,作品中充满哲学思索。他认为这些作家所反映的社会问题是永恒存在的,虽然在不同时代有不同的体现,但不论什么时代、什么制度下都是难以解决的。利波维茨基未就金的作品做具体的分析,无独有偶,他的关注点与另一位研究者米涅拉洛夫(Ю. И. Минералов)不谋而合,不过米涅拉洛夫的视角是存在主义。

　　米涅拉洛夫在《20 世纪 90 年代俄罗斯文学史》一书中,分析了金发表于 1998 年的中篇小说《墙》中的存在主义母题,认为作品中的男女主人公的精神世界是当代知识分子的心灵写照。在冷酷的世界中,冷漠成为分隔彼此的墙壁,夫妻二人渐渐无法沟通,最终冷漠不仅扼杀了美好情感,还使主人公内心世界相互隔绝,各自封闭在孤独的精神状态中。在金的早期作品中,对孤独的描写已被研究者注意到。马克希莫娃(Л. К. Максимова)在文章《阿·金中篇小说〈葱地〉中的孤独问题》中指出,作家早期创作已经触及当代社会中的迫切问题——个体存在的孤独感。对于《墙》这部小说,阿列娜·兹洛宾娜(Алена Злобина)从关注当代人爱情心理的视角出发,在文章《仍是有约的俄罗斯人,还是……》中,分析了中篇小说《墙》中反映的当代俄罗斯人面对爱情时的精神面貌,认为在精致的手法和形式下,主人公从相爱到分手的俗套情节中,人物表现出 19 世纪俄国文学中就已存在的软弱男人的形象特点。米涅拉洛夫在分析《墙》的主题和金的创作特色之后,还委婉地指出,金无疑是文学大师,但他的作品有过于偏重辞藻和哲理化的倾向,作家似乎需要一些新鲜的生活感受。他的这一评价是比较中肯的。金作品的语言精致考究,讲究技法,也许与他的经历不无关系,他曾在高尔基文学院任教五年,讲授写作技巧,创作实践中难免会对此有所偏重。哲理化的倾向并非作家创作中的新元素,而是一贯特点。确切地说,金越来越偏爱宗教哲学探索,这种变化成为 20 世纪 90 年代以后其创作思想的一个明显特征,也为评论家如帕维尔·巴辛斯基（Павел Басинский）等人注意到。

巴辛斯基在 2002 年 10 月 23 日文学报上发表文章《阿纳托利·金的冒险》,评论了金入围 2002 年度俄罗斯布克奖的作品《约拿岛》。巴辛斯基认为,金这一次在尝试写一部巨著,书中的叙事很精彩,但是其中阐述的永生思想和人类苦难缘由等宗教哲学问题,着实令人困惑,在评论家看来是金极大的冒险。

米哈伊洛娃（Галина Михайлова）注意到批评界对《约拿岛》的忽视。她的研究文章《阿纳托利·金小说中的哲学和宗教折中主义》,从这部小说的哲学思想解读入手,通过并列呈现金小说文本中的思想杂糅,指出金在《约拿岛》中让不同体系的哲学思想精华共存,其真实目的在于找到解决人类文明危机的途径。

同样是针对《约拿岛》,也有研究者着重分析金这部作品的末世论倾向。在阿奇莫夫（Э. Г. Акимов）主编的文集《俄罗斯当代文学》中,捷列金（С. М. Телегин）的题为《俄罗斯当代神话小说》的文章中,作者选取了金的这部长篇小说作为例证之一,证明当今文坛一些带有神话色彩的作品取材《圣经》的倾向。作者指出《约拿岛》中多处以圣经神话为原型,并对其寓意进行了简要分析。

斯克罗潘诺娃（И. С. Скоропанова）在国际会议《当代俄罗斯文学:多元、多样、多变》（2010）论文集中的《二十世纪末至二十一世纪俄罗斯文学中的现代主义乌托邦与后现代主义的反乌托邦》一文中提及《昂利里亚》和《约拿岛》,认为这两部作品具有现代主义特征,其中出现的"昂利里亚"是宗教乌托邦,体现了作家对宗教末世论的独特阐释及其生命永恒思想。

《阿纳托利·金的诗学宇宙》一文的作者巴尔布罗夫提出,宇宙论视角是解读阿·金独特诗学的关键。"这个世界正在分解成离散的社会知识概念,宇宙论学者们则在拼装一个完整的形态,在这样的创造中哲学与文学并肩携手,哲学呼唤艺术话语,将其作为表现自我的最为充分的对话形式。我们要在这一视角下来研究俄罗斯文学中宇宙论传统特立独行的代表人物阿·金的创作。"①巴尔布罗夫通过三个关键词对金的创作进行解读,分别是:宇宙、创作和神话。巴尔布罗夫对金的看法颇具启发性。他在阿·金和宇宙主义者的思想中找到契合点,追求和谐是他们的共同目的。

另外,学界对金作品中所体现的东方精神一直兴趣不减,认为东西方传统的奇妙融合是金作品的一大特色,这一特点在作家早期创作中尤为明显。俄罗斯评论家在以东方精神作为限定词概括金的创作特色时,是以西方自居的,他们所说的东方大致限定在亚洲东方,在金的创作中则是指远东地区。东方异域特色更多体现在朝鲜民族传统、佛教"生死轮回"学说等方面。

金早期创作的特色集中体现在异域文化带来的新鲜阅读感受上,这得益于作家的少数族裔身份。评论家安宁斯基曾说过,东方精神与俄罗斯现实的"结合造就了作家阿纳托利·金的不可重复的戏剧"②。最早提出"四十岁一代"作家说法的评论家邦达连科多次撰文点评金的创作,他曾写道:"金的小说中回响着有一颗异族心灵的俄罗斯作家的声音","这是俄罗斯艺术思想内部传来的东方的声音,这是东方与俄罗斯的相遇,这是我们同东方的接触,是我们之中进行的交流。"③

评论家卡梅亚诺夫(В. И. Камянов)较早注意到金的选材新颖,并肯定这位文坛新秀的抒情哲理小说表现出的卓越才华。他在《替代悲剧》(1978)一文中以金早期创作的远东题材作品《夜莺的回声》为例,论述当代创作诗学中正在复兴的传说故事手法。这部小说女主人公奥尔加是生活在阿穆尔河畔朝鲜商人家庭的女儿,男主人公奥托则来自遥远的德国,已经行遍半个地球,在女孩子眼中,他就是童话里的王子,而且故事情节的设定,也符合民间传说故事的特点。男主人公出现的第

①　Бальбуров Э. А. Поэтический космос Анатолия Кима. //Гуманитарные науки в Сибири. 1997. №4［EB/OL］. http://www. codistics. com/sakansky/kim/balburob. htm.

②　转引自余一中:《半人半马村(译序)》,《外国文艺》2000年第6期,第7页。

③　Николаева П. А. Русские писатели XX века. Биобиблиографический словарь. М. :Просвещение. 1998. C. 338.

二天一早,就意外治好了生命垂危女子的病,而后两人相爱,姑娘为爱追随恋人远走他乡。研究者指出,这里主人公与作家以往的远东题材不同,以往更贴近现实生活,大多选取内心淳朴的普通远东居民,但奥尔加的故事更具有传奇故事色彩。"金以往作品中,关注普通人的内心是'永恒不变的'内容,他们是渔民,捡拾海带海贝的人。这些人的生活,仿佛没有散碎的细节,是被一根粗线编织成的网,连接着各种事情和过程。世界对于他们而言,是他们紧紧依偎的活生生的伙伴。"①金远东题材的创作魅力,最初就是来自这些普通的主人公形象。

马姆列耶夫(Ю. В. Мамлеев)在《存在的命运》一文中,论及当代俄罗斯的精神现状时,曾以金的作品《莲花》《松鼠》《海的新娘》为例,证明 20 世纪 80 年代东方玄学和东方哲学的思想及形象开始进入苏联文学,认为金成功地将当代俄罗斯生活同佛教宇宙论相结合,认为金笔下的人物体现了佛教的哲学思想,他的作品说明 20 世纪俄罗斯的生活与深邃的东方智慧源泉并未断绝联系。也正因如此,马姆列耶夫对评论家邦达连科关于金的评价表示赞同。

扎苏欣娜(Н. А. Засухина)分析《古林的乌托邦》时曾提出,这部小说延续了扎米亚京、普拉东诺夫、布尔加科夫的传统,更准确地说应该算作反乌托邦小说。她试图从古代中国的哲学角度破解兼容东西方哲学思想的金的创作之谜,但对于思想体系复杂的金来说,单一视角的解读尚不能够达到全面透彻。

巴甫洛娃(Т. К. Павлова)就读萨哈林国立大学期间曾专门撰文数篇,研究金笔下的远东题材。《阿纳托利·金 70 年代小说中的远东民族图景》(2012)一文中,她以《蔚蓝色的岛屿》和《四篇自白》两部小说集中的作品为例,分析了不同时期萨哈林岛上各民族混居共处的生活场景。巴甫洛娃评价说:"阿·金的书以艺术的形式向读者介绍了远东地区多种文化传统方式的特点,有助于人们了解这片土地上各民族和平

---

① Камянов В. И. Взамен трагедии//Вопросы литературы. 1978. №11. C. 33.

共处的原因和环境。正是得益于阿纳托利·金的创作,朝鲜族人生动的形象才得以进入俄罗斯文学空间。作家再现了远东各民族居民的生活变故。"①研究者认为这些 20 世纪 70 年代的作品展示了远东朝鲜族人家庭的典型生活画面以及当地各民族文化的相互影响,70 年代之后,远东画面还出现在《莲花》《松鼠》《我的往事》等作品中。

巴甫洛娃在《阿·安·金早期小说中的"东方"感受》(2012)一文中,分析了金 20 世纪 70 年代作品中呈现的 20 世纪初远东被日本殖民时期的景象以及岛上的俄罗斯人、朝鲜族人和日本人之间的复杂关系。金鲜少直接描写萨哈林岛南部在日本殖民和战争期间的烧杀抢掠,仅在人物对话只言片语间闪现,却也可以清晰感到朝鲜族人受到的欺凌压迫。通过分析作品细节,研究者指出文化殖民对岛上朝鲜民族语言文化与生活方式的影响。例如《苗子的蔷薇》中,女主人公苗子取的是日本名字。《伐木工人》《采药人》里都有取日本名字的朝鲜族人物出现,说明这一现象的普遍性。《复仇》当中的崔淳国在母亲去世后,不想让她长眠在异域他乡,于是按照日本的习俗采用火葬。1945 年之后萨哈林岛摆脱日本统治,由苏联政府接管,朝鲜人中俄罗斯名字开始大量出现。而有一些朝鲜习俗,仍然保留在老一辈人的习惯中,比如《儿子的法庭》中描写一个老年女子在着装和发型上保持朝鲜族特点。于是,在金的笔下呈现出的是朝鲜、俄罗斯、日本三种文化传统相融合的萨哈林生活画面。研究者借用安宁斯基的评价,"金作品中回响着朝鲜和日本的混合旋律",指出金的人物具有非个体的、超越心理刻画的某种混合交织的特点。巴甫洛娃总结,金呈现的萨哈林文化融合图景,"突出了各种文化和平共处和相互正面影响的特点"②。这一特征后来也出现在《莲花》《松鼠》和《森林父亲》等作品中。

巴甫洛娃的文章《阿纳托利·金早期小说中的远东语言现实》

---

① Павлова Т. К. Этническая картина дальнего востока в прозе Анатолия Кима 1970-х гг. // Россия и АТР. 2012. №1. С. 79.

② Павлова Т. К. Восточные перцепции в ранней прозе А. А. Кима. // Восток. Афро-Азиатские общества: история и современность. 2012. №5. С. 136.

（2012）当中，借助阿·金的小说分析了远东多民族语言现象的形成原因及现状。在《阿纳托利·金早期小说中的家庭模式》一文中，巴甫洛娃选取《复仇》《海的新娘》《儿子的法庭》《苗子的蔷薇》等短篇小说，分析了传统的家庭模式。"尽管每个民族都有自己的家庭传统，但是对幸福和谐的追求把大家连接在一起。正是这一点使阿纳托利·金作品中的家庭范畴超越了民族的标准。"[①]此外，巴甫洛娃在《安·契诃夫和阿·金——从绝望岛到希望岛》（2012）一文中，通过契诃夫的《萨哈林岛》和金的短篇小说《伏牛花》两部作品的对比，反映出萨哈林岛的今昔变化。同一个岛屿，在契诃夫笔下是苦役犯流放的地点，在金的笔下则充满希望。"如果说萨哈林岛对契诃夫而言是'俄罗斯的镜子'，那么对于阿纳托利·金来说，这里就是'宇宙的镜子'，是与自然独一无二的交点。可以推测，正是在萨哈林岛上，本真呈现的自然风光与高度融合的民族文化传统陪伴金走过某些最重要的时刻，形成了他对世界的看法。"[②]

俄罗斯学界关注金的最后一个焦点是对其多元杂陈的实验性创作手法的探究。现实主义、现代主义、后现代主义手法的杂糅，时空跳跃、多角度叙事、体裁创新等成为金的一贯写作策略。

评论家邦达连科对金的创作始终保持动态关注，在《找到蔚蓝色的岛屿》和《一代人的自画像》等评论文章，以及《"莫斯科派小说家"或是艰难时代》一书中，他论及作家写作手法的变化。他认为从早期的短篇小说到《松鼠》《森林父亲》的问世，金开始采用新的形式写作，即"纪实文学与虚构兼备，作家的政论性和人物的客观化同在，童话与日常生活

---

① Павлова Т. К. Сахалинские Кирилло-Мефодиевские чтения: к 155-летию со дня посещения Сахалина святителем Иннокентием（Вениаминовым）// Материалы региональной научно-практической конференции. Делова А. Ю., Бородулин Д. А. Ижевск: "Принт-2", 2016. С. 78.

② Павлова Т. К. А. П. Чехов и А. А. Ким: от «острова отчаяния» к «острову надежды»//Интернет-журнал. 2012. №1. С. 9.

共存"①。

利波维茨基也提到金作品中的神话故事元素。他在分析苏联1968—1986年的小说创作时,曾提出这一阶段文学进程的特点是"现实迫切性和艺术取向的更新",指出知识分子作家群积极探索小说创作手法的革新,部分作家在小说中采用寓言故事形象结构(притчеобразные структуры),即在叙事中插入民间神话故事,《松鼠》就是一个典型的例子。作家们使"想象出来的人物与现实层面的主人公接触","将现代层面投射到永恒的背景上",形成当代与永恒、与古代的对话,"经常是站在以民间神话构建的永恒的角度对现代性进行评判","这是20世纪70年代十分有效的哲学化形式,很快就蔚为风尚",这种手法"使作家们置身于社会历史准则和模式之外,找到更为宏大的,超越历史的评价体系"。②

涅法金娜(Г. Л. Нефагина)在专著《20世纪末的俄罗斯小说》(2003)一书中,论及假定性隐喻小说时提出,神话、童话、想象三种类型是主要的假定性手段。作者以金的长篇小说《森林父亲》为例,分析了神话作为假定性手法在作品中的应用,认为作家利用俄罗斯东正教、多神教、佛教中的神话情节表现了自由和孤独主题。通过分析图拉耶夫家族祖孙三代人的思想和人生经历,作者指出这部小说反思了人类在20世纪的生存状况。涅法金娜认为作家创作风格上具有明显的隐喻特征,但在具体的分析论证过程中,她论述的重点还在作品思想内涵的揭示上,仅将神话和童话视为假定性隐喻手法提及,未围绕隐喻进行深入的诗学形式研究。此外,涅法金娜在论文《出生与死亡之后:阿·金长篇小说中的神话特征与存在主义元素》(2004)中,分析了《松鼠》《森林父亲》《约拿岛》中"自由""孤独"等存在主义主题,以及这些作品的神话时间和空间特征。

---

① Бондаренко. В. Г. «Московская школа» или Эпоха безвременья. М.: Столица. 1990. С. 272.

② Лейдерман Н. Л., Липовецкий М. Н. Современная русская литература 1950—1990 годы. Том 2. М.: Академия. 2003. С. 191, 203.

加吉耶夫（А. А. Гаджиев）2009 年发表研究文章，分析《松鼠》和《约拿岛》中的变形手法。作者提出，"变形是文本结构重要元素，是当代很多现代主义、后现代主义小说的常用手法"①。他认为《松鼠》的形象层面和叙事结构中都用到变形手法，而《约拿岛》中的变形体现了神话诗学的特点，使人物可以实现灵魂穿越，变成另一个人。

国立特维尔大学斯卡科夫斯卡娅（Л. Н. Скаковская）的博士论文《二十世纪最后三十年俄罗斯小说中的民间文学模式》（2004）中通过分析当代文学中民间文学的象征、意象，从文学不同层面研究了民间文学对 20 世纪 70 年代至 90 年代俄罗斯文学的影响及其在文本中的功能。斯卡科夫斯卡娅指出，20 世纪末部分作家创作中表现出回归民间文化的倾向，究其原因，首先是文学内在发展规律使然，其次与社会历史语境相关。世纪之交作家们回归民间宗教和文化传统，是试图为关乎存在的重要问题求解。她选择舒克申、拉斯普京、克鲁平、伊斯康德尔、金、托尔斯塔娅、马姆列耶夫等人的作品，选取艺术观念、体现俄罗斯性格的途径、作品时空结构、体裁构成、情节架构、创作手法等方面，展现了这一期间俄罗斯文学的独特图景。她以《森林父亲》为例，分析了这部作品在标题、形象和时空结构方面体现出的民间文学特点，揭示了民间寓言体裁具有的深刻的哲学、美学内涵及教化意义，并认为民间文学的情节、母题成为作家主观价值体系的重要表达手段。

季明娜（С. И. Тимина）在其主编的《当代俄罗斯文学（20 世纪 90 年代至 21 世纪初）》第一章《当代小说的体裁形式》中提到，金在长篇小说中融合了其他多种体裁的特点，如：《松鼠》是童话和长篇小说的结合（роман-сказка），《森林父亲》被作家称为"寓言长篇小说"（роман-притча），而《伴着巴赫的音乐采蘑菇》是宗教神秘剧长篇小说（роман-мистерия）。科利亚季奇（Т. М. Колядич）主编的《20—21 世纪之交的俄罗斯小说》（2011）一书中，卡皮察（Ф. С. Капица）以阿·金的创作为

① Гаджиев А. А. Метаморфозы демонической канцелярии（фантасмагории А. Кима и В. Орлова）//Известия Уральского государственного университета. 2009. № 1/2(63). С. 162-168.

例,分析了 20 世纪末俄罗斯小说中的新神话及其流变。布列耶娃(T. H. Бреева)在《阿·金长篇小说〈昂利里亚〉的神话诗学情节》(2014)中,分析了《昂利里亚》中的神话故事、主人公原型、孤独主题。

伏尔加格勒国立大学波波娃(А. В. Попова)的副博士论文《阿·金 20 世纪 80 至 90 年代的小说:体裁诗学》(2011)中分阶段梳理了金的创作历程,分析了金中篇小说的体裁结构,并总结长篇小说《松鼠》《森林父亲》和《半人半马村》的体裁融合特征。波波娃与斯米尔诺娃合作发表的论文《阿纳托利·金的中篇小说诗学》(2010)以《莲花》《葱地》《夜莺的回声》《古林的乌托邦》为例,总结了金中篇小说的诗学特征,主要体现在人物形象类型、结构原则和贯穿全篇的母题与意象等方面。

别洛努齐金娜(М. Д. Белонучкина)在学位论文《阿·金〈约拿岛〉情节中的神话现实》(2018)中,分析了小说中约拿神话的圣经故事原型,以及主人公经历的神话特征。该作者在《阿·金小说的"词语""音乐"与"爱情"观念》(2008)一文中,以《昂利里亚》《伴着巴赫的音乐采蘑菇》《约拿岛》为例,分析了词语、音乐和爱情这三个重要观念在文本中的体现。文章作者认为,这三个观念与新约神话有着直接联系,词语与创世、基督相关,巴赫的音乐源自基督和基督的学说,而尘世的爱情与天堂之爱相比,并非真正的爱,真正的爱存在于彼岸世界,因而在金作品中,相爱的人能够在彼岸世界死而复生,获得永生。

海鲁季诺娃(А. Р. Хайрутдинова)在副博士论文《作为阿·金艺术图景概念化手段的二元对立——以〈昂利里亚〉〈孪生兄弟〉〈半人半马村〉为例》(2012)中,从词汇语义学视角分析了金创作的个人风格,指出"生—死""爱—恨"二元对立的功能化特征,以及在作品文本具体应用中作家个性化创作模式的特点。作者认为,二元对立模式体现了认识世界的普遍方式,在作品中既具有结构意义原则,也是世界模式建构原则,是作家世界图景的重要组成部分。她从这三部作品中的语言表达手段入手,研究金艺术图景中的"生死""爱恨"观念,从而分析作家的哲学思想和创作理念。此外该作者还就阿·金的创作发表数篇相关论文。海鲁季诺娃在《阿纳托利·金作品中的死亡语汇功能性评价》

(2010)一文中,就上述三部作品中表示死亡的 240 处用词进行了梳理,结合金笔下的死亡主题,指出生死二元对立是作家世界图景的核心观念,隐喻化手法增强了作品的艺术表现力,形成金创作的个人风格特征。在《阿纳托利·金作品中的生与死》(2011)一文中,作者分析《昂利里亚》《孪生兄弟》和《半人半马村》这三部长篇小说中生死两个词出现时的形容词定语,发现其中死亡母题有佛教思想的影响。在《阿纳托利·金作品中"生命"一词定语搭配的特点》(2011)一文中,海鲁季诺娃结合生死主题分析了《松鼠》《昂利里亚》《森林父亲》这三部作品中修饰"生命"一词定语的用法。文中共区分性质定语、时间定语、物主定语、数量定语和空间定语等五个类别,经过分类分析,再将这些定语的含义综合起来,可以发现作家鲜明的个性特征和对生命的独特理解。

格鲁舍夫斯卡娅(В. Ю. Грушевская)的副博士论文《俄罗斯 1970 至 1980 年代长篇小说的艺术假定性》(2007)分析了阿·金的《松鼠》和弗·奥尔洛夫的《乐师丹尼洛夫》这两部作品中艺术假定性的特点、形式和美学功能。在俄罗斯 20 世纪 70 至 80 年代文学进程中,艺术假定性成分的增强使传统诗学手法得到补充和丰富。格鲁舍夫斯卡雅分析了《松鼠》中的假定性手法,如童话形象、神话母题、神秘主义思想、怪诞形象等,区分了假定性手法的类别,确定变化的原则是小说结构原则,并将艺术假定性与小说思维原则结合起来。通过艺术假定性的分析,揭示出作品中人们的行为、社会生活及存在的普遍规律之间存在的联系,并由此明确作家关于人与世界的观念内涵。在《阿纳托利·金创作中非凡诗学的形成》(2007)一文中,格鲁舍夫斯卡雅借助科夫通(Е. Н. Ковтун)非凡诗学(поэтика необычайного)观点,分析了《复仇》《狐狸的微笑》《古林的乌托邦》《莲花》《松鼠》等作品中的假定性手法,着重分析了《松鼠》中民间故事、神话母题、隐喻和象征等手法。

上述研究基本上遵循文学的传统研究方法,即对作家创作的思想内涵和艺术形式进行评析,但每一研究结论大都具有局部性特征,或只适用于单部作品的解读,或受限于对某一局部特征的表述,尚不足以反映金创作的整体风格,即便是论述作家创作之路的专著,也还显出未能深入的遗憾。

目前,金的作品已在 28 个国家出版并被译为多种语言。在俄罗斯、日本、韩国、美国、德国、波兰、保加利亚等国都有关注他的研究者。在德国、意大利、美国、法国、韩国和日本,均有以他的创作为研究对象的硕士、博士学位论文通过答辩。例如,1991 年日本东京大学崔刚英(Choi Gunn Young)的硕士学位论文《阿纳托利·金和他的长篇小说〈松鼠〉》,1995 年美国芝加哥伊利诺伊大学沈敏子(Sim Min ja)的博士论文《研究阿纳托利·金创作的结构主义方法:魔幻现实主义》等。可以说,金在俄罗斯当代文学进程中的存在,被视为一个相当独特的文学现象,引起俄罗斯国内外研究者的广泛关注。

在我国,金正在引起更多关注。目前,金的《莲花》《半人半马村》,以及写于 20 世纪 70—80 年代的几个短篇如《海的新娘》《士兵的孩子》《漂浮的岛》《有电视机的笼子》《复仇》《"新宗教"》《白色的犍牛》等已被译成中文。张建华先生在《新时期俄罗斯小说研究(1985—2015)》(2016)中,对世纪之交俄罗斯小说发展中最具代表性的思潮、流派特征和影响较大的作家作品进行了评述,其中涉及了金的五部作品,分别是《墙》《伴着巴赫的音乐采蘑菇》《涅乌斯特罗耶夫的气味》《海的新娘》《约拿岛》,从魔幻手法、幻化叙事和合成小说等独到的研究视角,对金复杂难懂的作品进行了精要深刻的分析。1987 年石枕川和许贤绪先生合作翻译出版金的小说集《海的未婚妻》,共收入六部小说。该书由曾与阿·金在苏联见面长谈的作家朱春雨作序,标题为《西去的骑手》,对阿·金 20 世纪 80 年代之前的创作予以精辟的介绍,尤其指出金在苏联文坛的独特地位,将其喻为"西去的骑手"。许贤绪先生在 1991 年出版的《当代苏联小说史》中,对金 20 世纪 70—80 年代创作的作品有较细致的分析,指出了金创作中的东方色彩和假定魔幻倾向,对《莲花》和《松鼠》两部作品的内容和主题进行了简介和剖析。2000 年 6 月《外国文学》杂志刊登了余一中先生翻译的《半人半马村》,在译文序言中,余一中先生概括了金的创作风格,指出他带有的"俄罗斯性"和东方因素,对金的 20 世纪 90 年代创作转向有所提及,并主要针对这篇寓言式长篇怪诞小说的主题、结构和创作手法做出精要分析，同时指出了其中的后现代主义色彩。金亚娜先生在《期盼索菲亚——俄罗斯文学中的"永恒女性"崇拜哲学与文化探源》（2009）一书中，细致入理地分析了阿·金的短篇小说《海的新娘》中的女主人公的母性形象，从"水"所体现的生命力与母性崇拜的角度对小说进行解读。刘涛在合著《俄罗斯文学的神性传统》（2010）一书的第八章《世界终结的神话〈昂利里亚〉》中，详细分析了这部小说的形象，并解说金的生命永恒思想。李新梅在主持研究的课题《俄罗斯后现代主义文学中的文化思潮》（2008—2011）中分析了《半人半马村》和《昂利里亚》的末世论主题。刘辉辉在博士论文《从艾特玛托夫到佩列文——神话诗学视角下的俄罗斯当代文学》（2013）中，以《莲花》《松鼠》《半人半马村》等为主要研究文本，专章论述了金小说中的魔幻现实主义特征。此外，金的名字出现在刁绍华先生主编的《20世纪俄罗斯文学辞典》中，其中列举了金的几部主要作品，极其简略地介绍了他的创作历程。郑体武先生主编的《俄罗斯文学辞典：作家与作品》（2013）中，有介绍金的专门词条。王秀云在硕士论文《跨越和熔铸——阿纳托利·金创作中东西方文化因素的融合》（2016）中，剖析了《莲花》《半人半马村》《海的新娘》《森林父亲》《昂利里亚》等作品中的宗教主题、反乌托邦主题、道德探索主题和生态末世主题，分析了作家如何在东西方文化碰撞中艰难地实现文化跨越、融合和艺术重铸的思想求索历程。《解放军外国语学院学报》1994年第4期刊载李琳的文章《谈俄罗斯"四十岁一代"作家阿纳托利·金〈莲花〉的美》，指出《莲花》的语言及象征意境之美。而除此之外，在有关俄罗斯当代文学的评论文章中虽对阿·金的名字偶有提及，但也是只言片语一带而过，至今国内尚未对他的创作进行全面系统研究。

四、本书研究路径及方法

通过对作家阿·金创作历程的分期描述和研究现状的梳理，可以发现金是一位艺术个性鲜明、创作风格独特的作家。他的小说哲理意蕴丰厚，对生死、善恶、永生的探索自始至终贯穿于作家的写作历程中。

隐喻化的形象体系和时空体系是其哲理化题旨的形式坐标。他的人物形象体系类型化十分明显,探索着的、体现神性的孤独个体、自然万物、形形色色的魔怪等形象都具有丰富的隐喻意义。在金的叙事风格上,时空跳跃、多角度叙事更是将读者引入迷宫。

　　隐喻在金的创作中起到非比寻常的重要作用,隐喻表达元素几乎在其小说创作全程中均有不同程度的体现,至创作后期隐喻色彩尤为浓郁。这些因素在文本中出现的频率很高,在作家的艺术表达系统中占据着举足轻重中的地位,有些甚至成为一部作品的核心隐喻,是作品的题旨所在,对深入解读文本起到至关重要的作用。作家对哲理思想的执着探求借助隐喻、以寓言式写作在文本中得以充分表现和传达。在阅读中,我们不可避免地遁入隐喻的迷雾;而拨开迷雾、破解谜团的过程正是我们追寻作家的创作理念、解析隐喻意义的过程。在这一过程中我们发现,金创作中的隐喻手法在文本不同层面均有体现,完整解读必然要将其一一择选、解析、组合。作家在文本中搭建隐喻框架,形成意义相对独立的隐喻模式,因此通过隐喻解读能够更为清晰深入地揭示隐藏其中的创作题旨。

　　本书选择作家阿纳托利·金,他的小说创作,他创作中的隐喻模式作为研究对象,有以下几个原因。

　　第一,阿·金是一位不无神秘且颇为费解的作家,独特的东西方哲学思想以及诗学构筑为解读金的作品带来相当的难度,使得国内对他的研究较同时代其他成名的作家如弗·马卡宁等人而言,明显滞后。他的创作思维宏阔、文化内涵丰盈、话题重大、“玄机”重重。人何以受苦、人性的恶如何根除、人如何摆脱孤独、如何面对死亡、永生是什么、浩渺寰宇之中如何感知上帝的存在……这些问题甚至难能求解、求证,唯有“哲理”的参悟。

　　第二,金惯于采用隐喻表达,其生命哲理的参悟和表达主要借助于隐喻。隐喻不仅作为一种修辞手法在“妆点”文本,还成为其艺术思维的根基。从形象体系、时空结构至题旨,都渗透着隐喻。隐喻在金的创作中贯穿始终,成为作家表达哲思的基本思维方式和构建文本的主要诗学手段,从而形成了由隐喻建构的具有现代主义特征的艺术世界。

20世纪文学理论的园地百花齐放,理论方法空前丰富,令人眼花缭乱。但本书仍然信守一个根本的观点,即文学是作家运用文学手段表达思想、反映现实的艺术形式,因此研究作家的"艺术表达方式"是作者主要的研究路径。本书以金小说创作中的隐喻表达为研究对象,将隐喻、意象、象征、神话、童话、寓言等作为隐喻表达的艺术组元,以形象体系和时空体系为两大结构支柱,以文本题旨为意义旨归,尝试构建分析作家创作的隐喻模式。

本书选取金作品中非常典型的特征——隐喻模式作为研究主题,是对这位特色作家进行系统研究的一种新的尝试,研究的对象和方法明显有别于此前的研究者。

首先,本书的研究对象力图涵盖金的整个小说创作历程,视野聚焦于统摄金总体创作风格的隐喻模式,唯望独辟蹊径以补"只见树木,不见森林"之缺憾,将这位作家及其创作艺术魅力的精粹给予挖掘和呈现。

其次,隐喻模式的研究具有对作家的艺术思维统领性描述的特点,可达到立意高远、深邃、宏大的效果,将作品的"形式"与"内容"紧密地结合亦可避免研究偏重一方的不足,这种研究模式不仅对于金的小说研究是可行的,对其他作家的作品解读也许同样不无借鉴意义。

本书总体上采用文本分析法,在文本不同层面分析诸多隐喻组元的作用及隐喻模式的建构方式,并由此入手分析隐喻在作家艺术世界中的体现,挖掘文本的深层涵义。论文还借鉴了概念隐喻理论、原型批评、文学母题分析法,同时吸收了巴赫金的时空体理论。

本书的新意将体现在:

1. 阿·金是一位独具特色的具有现代主义特征的作家,但至今国内对他的研究较同时代其他成名的作家如弗·马卡宁等人而言,显出不足。研究可有补遗、深化、拓展的多重意义。

2. 从隐喻模式的角度系统梳理金的创作,揭示作家构建文本的隐喻组元、表达哲思的隐喻模式，有助于揭开其创作的神秘面纱，为深入解读其作品提供一条新的有效途径；对当今文坛的隐喻研究也许会有一定的借鉴意义。选取金这样一位特色鲜明的作家为研究对象，不失为一次有益的尝试。

第一章　金的哲思溯源与
　　　　隐喻表达的文化基原

金既是一位挥洒才情妙笔生花的文人,又是一位沉浸哲思探索求真的哲人,他的《松鼠》《森林父亲》等小说被公认是哲理小说,他作品中几乎总是蕴含着某种哲理意味。金始终关注当代人的精神世界,他将其置于广阔的背景下,作为全人类精神历史的片段来呈现。"俄罗斯文学也许从来没有为人类哲学提供过一个真正哲学意义上的发现,但是,正如俄国的宗教哲学文艺批评家舍斯托夫在20世纪初曾经说过的,在俄国,哲学思想历来是融汇在文学中的。"①金笔下的人物常面对"善与恶""爱与恨""生与死""人与自然""存在的孤独"等问题,这些问题恰是人类精神求索中亘古不变的永恒困惑。

苏联时期主流文学中大部分作品哲学性偏弱,但仍有一些作家在创作中通过形象体系、象征、隐喻等手法表述自己的艺术理念和哲理感悟。列昂诺夫(Л. Леонов)、普拉东诺夫(А. Платонов)、阿斯塔菲耶夫(В. Астафьев)及金都试图将创作同哲理联系起来。②几位作家固然在创作手法和思想倾向上各不相同,但哲理意味是他们作品的共性,隐喻既是桎梏下不得已而为之的无奈之举,又是哲性思维诗学言说的最佳方式。列昂诺夫的《俄罗斯森林》、普拉东诺夫的《切文古尔》、布尔加科夫的《大师与玛格丽特》、阿斯塔菲耶夫的《鱼王》、艾特玛托夫的《断头台》、金的《松鼠》《森林父亲》就是这样应运而生的。

金步入文坛之初并未囿于社会主义现实主义的创作方法,而是大量运用假定性写作手法(意象、隐喻、象征、神话、童话等)③。他在艺术表现手法上大胆创新,以现实为基点,隐喻为原则,永恒为背景,用饱蘸

① 张建华:《关于俄罗斯文学的两个问题》,《俄罗斯研究》2001年第4期,第62页。

② См.:Агеносов. В. В. Советский философский роман. М.:Прометей. 1989. С. 12.

③ 本文关于假定性的理解,参见钱善行:《当代苏联小说的嬗变——主要倾向、流派及其他》,社会科学文献出版社,1994年,第129页:"狭义的假定性,是同所谓'按照生活的本来面目再现生活'的严格写实原则相对而言,具体指文艺创作中的非写实成分,如作为体裁的讽刺、寓言和童话故事,作品取材方面的神话、宗教迷信故事和各种幻想成分,以及比喻、夸张、变形、象征和拟人化等技巧手法。"

思想的笔墨勾勒出人类精神求索的世界图景。作家之所以偏爱隐喻表达，首先是其哲思表达的必然；其次源于身份认同的困惑，这种困惑使之充满世界主义者的普世情怀；再次是外部文学语境的影响；最后是由作家的文学审美取向决定的。这些对金的创作产生影响和作用的内外因素共同构成作家偏爱隐喻思维的文化基原。

第一节　金小说的哲思溯源

　　"优秀的俄罗斯文学总是哲学化的，如同哲学经常在与文学的联系中，或者完全在文学形式里呈现自己。关于存在的'终极'问题的提出，对它们进行理解的尝试，对'铅一样沉重的生活'的反抗，以及对更好生活的希望，难道这一切不需要哲学理解吗？如果这不是哲学，那又是什么呢？"[①]聚焦人类的存在、反思当代人精神世界是金创作全程中一以贯之的主线，他的创作主题几乎全方位触及了人类存在的所有重大方面。不过，在不同阶段，作家关注精神世界的方式和内涵有所差别，大体来看，涉及自然哲学及宇宙论、存在主义哲学、宗教哲学和政治哲学这四个领域，基本涵盖了金对于人与宇宙、人与自然、个体与他人、世界各国各民族关系的思考。这四个领域中，自然哲学及宇宙论思想体现出作家对人与自然关系的思索、多神教"万物有灵"的思想以及俄罗斯宇宙论的部分观点；存在主义哲学思想则表现为工业文明发展带来的精神危机中当代人的疏离冷漠与孤独感受；金普世的宗教思想中融合了不同宗教的复杂智慧，包括东正教、佛教禅宗、道家思想、印度教吠檀多派的观点等；政治哲学思想则体现为世界主义，这是作家痛苦思索之后的超越解脱。

一、自然哲学及宇宙论

　　自然哲学（натурфилософия）思想是金许多作品中的哲思共性，尤

---

　　①　尼科利斯基：《俄罗斯文学的哲学阐释（前言）》，张百春译，安徽大学出版社，2017 年，第 1 页。

其在早期和中期创作中,自然哲学是其哲思的核心。德国哲学家石里克(M. Schlick)认为,自然哲学"是一种致力于考察自然律的意义的活动",所谓自然,"是指一切实在的东西,即一切在空间和时间上确定的东西"。① 自然哲学关注自然中万物存在的秩序,关注人与自然和宇宙的关系,其中的观点在人类对生态危机的反思中得到应用,也成为生态文学的主题。金的自然哲学思想并非唯物论,而是倾向于神创论,他的观点主要表现为如下三个方面。

首先,作家将人与自然视为和谐整体,和谐和秩序是二者理想关系的体现。不过,金的自然观带有深厚的宗教色彩。他赞同亚里士多德的观点,即神是最高存在,"这个神,在时空之外,是非物质的,但'神'是物质宇宙系统的原动力或第一推动者"②。亚里士多德认为,善是自然与上帝的本性。善意味着正义公平、权利平等,善对于万物的发展有利。在《森林父亲》中,作家通过森林父亲和大地母亲的神话意象,隐喻了自然与人类的血缘关系,同时指出森林法则意味着"众生平等"、和谐共处。当人类一味狂妄自大、违反森林法则时,地球上万物凋敝、生灵消亡,最终恶果就是毁灭。作家也相信"天人合一"之际的顿悟可能。在《柔情环节》《维尔齐洛沃》《采药人》《莲花》《松鼠》中,作家一再重复"天人合一"的感悟场景,以人与自然的相融作为领悟宇宙"永生"奥义的契机。在这些作品中,自然通过大量意象得到表现,自然是和谐美好充满灵性的,领悟者则在自然中某个神圣的时刻,与之浑然一体,顿悟到个人有限生命与宇宙永恒存在的联系,并在这种精神相通的时刻克服对死亡的恐惧,将个体的存在融入宇宙的永恒存在。

其次,金的自然观带有泛灵论色彩。他刻画的自然形象经常带有来自多神教和希腊神话的含义,多神教"万物有灵"思想在金的小说中十分突出。金相信宇宙万物皆有生命、有灵性,人的灵魂与宇宙万物的灵性相通。因此,他的作品中顽石有灵魂,动物、树木、花草与人的灵魂

① 石里克:《自然哲学》,陈维杭译,商务印书馆,2017 年,第 7 页。
② 萧焜焘:《自然哲学》,商务印书馆,2018 年,第 181 页。

可以互相转化，自然有永恒的神奇生命力，甚至能令垂死者复生。正是基于"万物有灵"，在各种形态转变中灵魂可以迁移。《苗子的蔷薇》中苗子死后鬼魂化为墓地上的蔷薇花，《森林父亲》中的人和树可以互变。"万物有灵"使万物保持灵性的沟通，因此，《松鼠》中米佳理解千年石块的灵魂，《采药人》中杜河洛对星汉自语，向蚂蚁发问。在《森林父亲》中，作家经常以树代人来描写人物的感受。例如，形容他生活中的新事件"是他生命的绿色树冠新添的枝杈，而树干还深深扎在密林中"①。众多的多神教神话意象是万物有灵思想的主要形象载体。《森林父亲》中的林妖、潘神及森林父亲的神话形象使森林充满神秘生机，这些独特的形象和情节呈现的是具有永恒生命力的灵性宇宙。

最后，金的自然观有着宏大的范畴，带有宇宙论思想的特点。"宇宙论是人类在关于宇宙的知识基础上形成的对宇宙的看法或理论。"②在金对"永生"世界的描绘中，作者想象那里是一个超越尘世的完美存在，可以发现宇宙论，尤其是费奥多罗夫（Н. Ф. Фёдоров）、德日进、维尔纳茨基（В. И. Вернадский）和齐奥尔科夫斯基（К. Э. Циолковский）等人对金的影响。前两位思想家的观点倾向于宗教哲学宇宙论，后两位的宇宙论学说属于自然科学宇宙论，他们是这一理论的创始人。俄罗斯宇宙论更多关注的是人同宇宙的关系。齐奥尔科夫斯基认为人类生活是不完善的，而宇宙是完善的。"我们生活在其上的地球是无限宇宙中的一个小星体，它处在不断的发展过程中。其中人类的进化起决定性作用，甚至在宇宙完善的道路与人类进化的道路之间存在着某种一致性。"③维尔纳茨基则提出并发展了生物圈和智慧圈的学说。"他认为生物圈是生命存在的范围，智慧圈在所有方面都比生物圈更加完善，通过人类智慧的力量，生物圈最终向智慧圈转化。"④他们的学说都突出了对人类未来的美好展望，相信人类存在会不断进化，渐

---

① Ким А. А. Отец-лес. М. : Рипол классик. 2005. С. 32 - 33.
② 张百春：《当代东正教神学思想》，上海三联书店，2006 年，第 503 页。
③ 同上，第 506 页。
④ 同上。

趋完善。

金借鉴齐奥尔科夫斯基的思想，受到维尔纳茨基提出的生物圈向智慧圈转化学说的启发，在"永生"的描写中寄托了对人类未来世界的理想，认为这是完善的精神世界，它纯净、空灵、超然而且美好，是比尘世更高的存在，但又同现实世界不可分，甚至在现实生活中常有某些瞬间可以让人们参透"永生"的奥秘。在金的笔下，宇宙是永恒的，那里有超越尘世的完善的精神世界，尘世并非自我封闭的世界，而是与宇宙永恒存在相关联。人物往往借由尘世的某一时刻突然参悟宇宙生命存在的真理，仿佛瞬间获得能洞察宇宙的视觉，例如《采药人》《莲花》《松鼠》等作品。《采药人》中陌生人感悟到，尘世之上的高处有一个汇聚善的能量的精神世界，是善良的人死后的归宿，他由此改变了对待死亡的态度。《松鼠》中米佳预言，行善的莉莉安娜死后会步入高空，自由穿行于美好的精神存在。意识到尘世与"永生"的联系，使人物获得了顿悟由生到死进而获得"永生"的可能，尘世与"永生"的神秘联系为他们提供了死亡恐惧的勇气。

此外，俄罗斯思想家费奥多罗夫的生态末世的预言可视为宇宙论观点，他对金的影响十分明显。费奥多罗夫在 19 世纪末已经预言，人类将面临生态危机，这将是一幅世界末日的景象，他一百年前的预见如今正为越来越多的人所关注。"土地贫瘠，森林消失，气象恶化，表现为洪水和干旱——这一切都证明有一天会'大难临头'。"他认为人类自己应当承担罪责，"这个星球的富有责任的居民虽然十分清楚他们居住的地方是不稳固的，虽然饱受各种恶劣天气、灾难、贫困的惩罚，却并不关心地球气象的调节，始终完全听命于环境"。[①] 从生态和气象学的角度来讲，费奥多罗夫是很有远见的，他对人类的警示预言在金的长篇小说《森林父亲》中得到形象的展现。金预言人类社会罪恶累积带来世界末日，那时森林父亲将离去，大地母亲失去生命力和生存欲望，土地贫瘠，

———————

① 费奥多罗夫：《共同事业哲学》，范一译，辽宁教育出版社，2001 年，第380—381 页。

而人类将因仇恨和恶行而灭亡。末日并非一切终结的时刻,末日之后,恶和仇恨消失,人类可以凭借爱的力量进入新世界。这种末日的设想和美好未来的期望是带有宗教色彩的。

法国学者、神学家德日进对金的影响同样不可忽视,结合他的思想,才能更透彻地理解金中后期小说中的隐喻表达。这位思想家的一些预言很有见地,德日进预言的人类整体化、全球化趋势正在实现。他曾提出将出现一个普及的、从某些特定的中心出发覆盖整个地球的神经系统,被认为是对互联网时代的预言。德日进是一位进化论者,认为宇宙的历史是由低级阶段向高级阶段进化的历史。他将进化过程划分为"生命前""生命""思想"和"超生命"等阶段。在这一过程中,物质不断变得复杂,意识不断强大,于是从物质现象发展到生命现象,出现了人和人的思想。他把人类社会的未来寄托于宗教信仰,认为人类美好未来和社会进步建立在基督教博爱的基础上,爱的力量可以将人们联合起来,变为和谐集体。进化的原则是意识的本源也是它的最终归宿,即"欧米伽点"。德日进认为,人类首先会"通过个体化的方式","达到我们自己",即实现自我,但这并非终极目标。最终应当通过"人格化"实现人性深处的神性,"拯救在我们利己主义深处潜伏着的真正神圣的部分","与众多的人类个体的汇合点相一致",[1]形成精神智慧圈。了解这些思想家的观点,对于理解金笔下虚幻玄妙的永生世界和复杂难懂的末日观点颇为必要,而如此复杂的思想也只有借助想象力和隐喻的文学表达方能得到表现。

二、存在主义

存在主义哲学思想是金的哲思中贯穿始终的部分。存在主义哲学认为,"人的存在不同于物的存在,他是积极能动的超越的存在,即不断谋划选择和创造,这也就是人的自由,人的真正的存在就是人的自由,

---

① 德日进:《人在自然界的位置·论人类动物群》,汪晖译,北京大学出版社,2015年,第143页。

人就是在自由的创造活动中获得自己的规定性和本质,故人的存在先于人的本质"①。存在主义哲学家们认为,应当以超越主客、心物等二分的人的存在本身作为哲学研究的起点,关注孤独、绝望、恐惧、困惑等心理体验以及对死亡的思考,以此作为人的本真存在的基本方式。他们"揭示存在的意义和方式进而揭示个人与他人及世界的关系","大都强调人的超越性,认为人的存在就是不断超出自己的界限"。② 存在主义哲学家中,有无神论存在主义和基督教存在主义(亦称"有神论存在主义")之分,前者的代表如海德格尔、萨特等人,后者代表人物有克尔凯郭尔、雅斯贝尔斯等。无神论存在主义否定有超越于人的自主独立性之上的非理性力量(上帝)存在,而基督教存在主义则"主张以个人内心体验去承认一种非理性力量(上帝)存在"③。金的思想显然受后者,即有神论存在主义的影响更大。

在金的小说创作中具有存在主义倾向的世界感受中,有两点十分突出,即强烈的孤独感和对自由的渴求。

在金的笔下,"孤独"(одиночество)、"自由"(свобода)、"永生"(бессмертие)、"幸福"(счастье)、"爱"(любовь)、"创作"(творчество)、"苦难"(страдание)等词堪称高频词,其中"孤独""自由""永生"和"创作"等几个词每当出现时,必标以黑体大写,赫然于文本中。存在主义哲学家们关注孤独、绝望、恐惧、困惑等心理体验以及对死亡的思考,以此作为人的本真存在的基本方式,然而孤独在金作品中并未停留在反映人类存在本质的层面,对于金的人物来说,这同时也是一种精神试炼。

孤独既是金背负作家使命的感受,又是他人生历程中的心声。金声称,在1979年加入苏联作家协会之前,自己是文学界一匹"孤独的狼"。此前他已经正式从事写作长达十余年而无人问津,他也曾为发表作品奔走于各杂志社,均被拒绝,以至于放弃发表作品的努力,但仍笔

---

① 余源培等:《哲学辞典》,上海辞书出版社,2009年,第192页。
② 刘放桐等:《新编现代西方哲学》,人民出版社,2000年,第332—333页。
③ 余源培等:《哲学辞典》,上海辞书出版社,2009年,第192页。

耕不辍。直到 1973 年金的作品才在朋友的推荐下得以发表,此后迅速引起文学评论界的重视。加入作协后,表面上他结束了孤独隐修的生涯,然而写作中面对自己的时刻,内心的孤独感并未远去。当他在乡间小屋静心写作时,孤独仍是最为深切的感受。

　　金的作品总是笼罩着宇宙存在中孤独苍凉的基调,因为他强烈地感受到,每一个人都是被抛到宇宙中的孤儿,把这种感受写下来就是他的宿命。金笔下的人物虽然各自经历不同,但都仿佛身在浩渺宏阔的宇宙中,清远无边的孤独成为其精神世界的隐喻,标志着他们存在的本质特征。一生孤苦的杜河洛、漂浮的岛附近长大的孤儿姐弟、孤儿米佳、朝鲜遗孤伊依、变成小蟑螂的弃儿们、被父亲抛弃的斯捷潘,这许多的孤儿意象表达了生存孤独之感,突出体现了金的存在主义倾向。金书写孤独,意在呼唤爱的温暖和善的呵护,倡导珍惜人间的温情、积极行善。除了孤儿意象,金笔下的主要人物几乎都是孤独者的形象,例如:《莲花》中失去母亲的洛霍夫,《松鼠》中四位学美术的大学生,《昂利里亚》中双目失明的奥尔菲乌斯等。他们的形象都打上了孤独的印迹,孤独是这些人物的存在样态和精神标记。他们漫步于自我的灵魂之旅,孤独地体味人生,孤独地面对死亡,孤独地找寻上帝、找寻精神家园。他们不断向上苍、向寰宇发问:人生存的意义何在,如何能冲出死亡的阴影、挣脱时间的束缚、飞往永生国度。他们的孤独是思想者的痛苦,也是当下人们精神状态的隐喻。

　　在对生命意义的追问中,金表现出对"自由"异常强烈的渴望。对自由的渴望通常源于受到的束缚,束缚可能来自方方面面,生老病死、选择的无奈、人生的重负等等,恐怕谁人都无法超脱,钟爱哲学的金也不例外。他的束缚主要来自血统身份、性格和经历。首先,是其移民身份所致。作为第三代朝鲜移民,金了解朝鲜移民在俄罗斯的生存境遇和血泪经历,但囿于社会环境和民族身份,他选择了隐蔽的话语表达,他的隐喻是其文学心声的"保护色",使他的心声在创作中得到宣泄。其次,是其兵役的经历所致。他在军中服役三年,这是一段压抑、痛苦、绝望的经历,作家以写诗来逃避。他称兵役为服刑,认为兵营无异于集中营。在兵营里，"如果你不能战胜魔鬼，就得朝自己胸腔或头颅开枪"，而金在诗歌创作中"学会了从自己的时代眭着眼睛躲到梦里去，到达那美好的诗的国度，如被赐予的新王国一般。在最为艰苦的年代里我写了大量诗歌，其中每一首都是我为逃出生活集中营迈出的一步"。①这是金痛恨束缚、渴望自由的另一个重要原因。再次，是其在文学界的挣扎所致。在十年的"磨剑"期间，金曾奔走于杂志社、出版社，然后无奈地放弃了发表作品的努力。不过，他并未放弃写作，他开始将写作视为安抚不被认同感、去除失落感和挫败感、带来个人成就感的一种方式。他曾悲愤地写道："我真想为历代失败的文人死而复生的手稿唱一首安魂曲。那些文人大概像我一样，渴望在不自由的世界里做个自由的人，因而遁入记录在破旧纸张、泛黄的书页中的沉思，以此成为自由人。"②作家于是埋首于"抽屉文学"，在莫斯科郊野暗夜的孤独中，在不羁的创作中神思遨游，品味写作带来的深刻而真实的思想自由，并以此为乐。

金的自由观突出强调精神的自由。人生牢笼的意象则突出金对束缚的敏感与反抗，他笔下有带电视机的笼子、有囚禁松鼠的笼子、有关押犯人的囚牢，这种压抑的环境使生命窒息、精神受困。在《莲花》中，洛霍夫对人生的感觉是"作茧自缚"："洛霍夫觉得人一辈子都在作茧，用时间的丝没完没了地作那缚己的茧。他像条蚕，左爬右爬，但尾巴被永恒的钉子固定在他出生的地方，只有头竭力地向前移动，拼命地拉长那顺从的无形的身子。"③人如蚕，光阴如蚕丝，人生便被缠成了茧，这种人生感受中更多是束缚和无奈。金天才地书写了自由被剥夺的精神状态，发出渴望自由的呼声，并从宗教中找到获得精神自由的途径。他认为走过苦难、病痛和死亡的必经历程，就是摆脱这些痛苦获得解脱的过

① Ким А. А. Моё прошлое. //Остров Ионы. М. : Центрполиграф. 2002. С. 476 - 477.

② Ким А. А. Моё прошлое. //Остров Ионы. М. : Центрполиграф. 2002. С. 495.

③ 阿纳托利·金:《莲花》,石枕川译,《世界心理小说名著选:俄苏部分(二)》,贵州人民出版社,1990年,第225页。

程。当《莲花》中母亲结束一生苦难跨过死亡之后，她进入"我们"，获得自由。当《昂利里亚》中末日来临之后，每个人都摆脱死亡获得了生命的自由。当《约拿岛》中麻风病院的病人通过集体祷告实现了容貌改变，瞬间迁移海底神话世界时，他们获得了永生的自由。

金笔下的"永生"主题也与他对自由的极度渴望有关。俄罗斯评论界谈及金必会提到"永生"，这是作家20多年来创作当中的首要题旨。但是或许可以认为，对"永生"的渴望同样源自金心底最为真切的自由呼声，因为"永生"也可以视为摆脱死亡束缚之后精神的自由存在。费奥多罗夫认为："最大的义务就是复活，即把一个不自由的世界——在这个世界里一切取决于物质需要、因果关系——变成一个有意识的、自由的世界。这个世界我们现在还只能在想象中想象，却必须实实在在地去实现它，因为这不仅是一个理想，而且是行动计划。实现它是一种美德，这种美德将拥有自由和不朽（бессмертие），它不但使人无愧于幸福，而且能给人以幸福，因此它不仅是一种美或善，也是福祉……人活着不应只为自己（利己主义），也不应只为别人（利他主义），应当同所有人在一起，为所有人而活着。"①在费奥多罗夫的思想中，金获得了强大的精神动力，在深层的精神追求和宗教期许中满足了金对自由的渴望。由此可见，金的自由观具有宗教内涵。金所理解的自由观与自由创造相关，例如《松鼠》中的阿库京复活之后可以不受时空和外部条件束缚，获得在空中自由作画的创作才能。

自由观是理解金的世界感受和哲理思想的重要方面，它源自作家发自心灵深处的呼声，希望可以凭创造获得心灵自由，挣脱束缚、走出压抑。金运用神话元素解除了死亡的束缚，人物获得永生的自由；他引入童话变幻，人物获得了变形的自由。他的笔下，海的新娘要卸下拾贝背篓，渴望摆脱肩头的生活重担和心头的重负，渴望自由；艾基被心上人拒绝后奋力朝蓝岛游去，渴望在那传说中神奇的地方无所顾忌、自由

---

① 费奥多罗夫：《共同事业哲学（一）》，范一译，辽宁教育出版社，2001年，第113页。

自在地追逐幸福;《软玉腰带》的男主人公渴望体验飞翔,是想要坚强面对患绝症的亲人,摆脱恐惧的束缚。

在刻画主人公形象时,金主要着墨于人物在精神世界里对自我的超越。他的人物经常处于孤独思想者的矛盾痛苦中,有时甚至陷入思想危机,作家往往力求在死后的未来给出解救之路,使他的作品难免笼罩着悲观的色彩。这种存在主义哲学倾向不仅为金的小说带来一批感受孤独、忧惧死亡、陷入绝望的人物形象,也带来现代社会中个性丧失、自由被剥夺的异化人物形象。金在宗教精神中找到了使人获得真正自由、彰显人性、摆脱异化的力量,尽力捍卫着人的个性和尊严。

三、宗教哲学

在对人的精神世界始终如一的关注中,至创作后期,金的笔下自然哲学思想渐渐退居其次,而宗教思想占据其哲学世界的主导地位。

金的宗教思想中包括东正教、印度教吠檀多派、佛教、禅宗、多神教等思想。多神教思想主要体现在一些表现自然力的神话形象,如大地母亲、森林父亲、林妖等,经常与他的自然哲学思想相融合。金的宗教思想中东正教思想是主干,爱、善和苦难是核心要素,倡导对上帝绝对的信仰,相信"永生"。但这个"永生"天堂的特征又具有鲜明的印度吠檀多派特点,比如转世说、创世说、平等和人类宗教的思想等。此外,"因果报应"和"跨界轮回"的佛教思想是其宗教思想中的补充。禅宗的顿悟是作家早期创作中常见的场景。金从众多的思想源头中撷取精神资源,试图发现一切可以超越生死的方法,以具有普世意义的方式解说人类精神存在之本质。他的宗教哲学思想并无集中的著述和严密的理论体系,只是融注于创作中,汇聚成为博采众家学说的合成哲理特征。

1979年金在不惑之年受洗,加入东正教。他接受东正教教义中关于罪与死的说法,相信"原罪",并提出以信仰为前提,以爱和善作为拯救力量,以苦难为净化的手段,相信人类未来可以实现对死亡的超越,善终将战胜恶,苦难会涤荡罪恶,带来救赎,人类最终进入"永生"。

金在《松鼠》中首次明确表述了自己的东正教思想,但是这部小说创作完成之后他才正式受洗，所以用他自己的话说，此前他还是"异教徒怀疑论者"。小说中用到了基督复活原型。主人公米佳死而复生，追随基督的足迹，历经精神苦难，博爱善良之心不变，终于摆脱死亡的束缚。此后的《森林父亲》中，金描写了魔怪与上帝的对立、末日情境，其中苦难净化的思想和善与爱的救赎力量均源于东正教思想。发表于1995年的长篇小说《昂利里亚》完全以基督教神话中的世界末日为背景展开，作家将死亡扩大到全人类。在俄罗斯社会浓郁的末日情绪中，金这部作品试图说明，只有坚定信仰，谦逊地接受上帝的安排，顺从地迎接死亡，平静等待世界末日，才能期待重返失落的天堂。对死亡问题的哲学沉思在金的笔下已经与其宗教思想融为一体。长篇小说《伴着巴赫的音乐采蘑菇》是一部宗教神秘剧小说，作品围绕着一个日本男孩、天才钢琴家天志的经历，探讨如何才能战胜各自的心魔，克服现代社会生存压力下人们之间的疏离、冷漠、敌意，达到人与人彼此相爱、和谐共处，最终在永生国度里乐享安宁。小说中人物众多，均是死者，以各自声音出现，讲述自己的前尘往事。巴赫的音乐成为一种宗教精神的象征，用以指引人们抵挡魔鬼对人灵魂的进攻。作品中一再重复"只应为爱而活着"，但小说结尾，隐喻手足相残的恶仍在延续，表现出悲观的情绪。长篇小说《约拿岛》取材于圣经神话关于约拿被大鱼吞入腹中的故事，以约拿暗中违背上帝旨意受到惩罚后忏悔、得到上帝谅解为主线，穿插了罗马尼亚王子多吉施蒂建造王宫、美国人斯蒂文·克莱斯勒听从伪装上帝旨意的魔鬼指示赚钱建宅、作家金的写作过程等几个故事，旨在说明对上帝虔诚的信仰可以引领人类走出迷误、进入永生。小说主人公们寻找遥远的岛屿，希望那里能找到对永恒困惑的解答：人的使命、幸福何在。这次旅程隐喻了人类探索真理的精神漫游之旅。金在作品中一再提到，这曾是自己写作计划中的最后一部长篇小说，相应地，作品里充满末世情绪，因此，其中的宗教哲学思想也可视为金个人探索人类灵魂未来之路的一次总结。《天堂之乐》是目前为止金最后一部长篇小说，其中的阿金（Аким）来自新石器时代，在寻觅天堂乐土，在思考什么才是天堂之乐的万年中，他不停通过灵魂穿越去验证，直到第二次大洪水来临,末日已至,整部小说都充满着"上帝就是爱"的思想。

吠檀多是古印度哲学中影响较大的学派,该词原指"吠陀文献的完结部分形成的奥义书",其另一含义是"吠陀圣典的最深旨义"。① 吠檀多教派思想对金的影响体现在如下四个方面。

第一,"生死轮回"说。根据印度宗教哲学观点:"转世是无常的,是苦的积聚;由于业的束缚而无法断除,于是有生就有死,死了又会再生。人生从出生到老死,然后又从自身转移至他身。只有在今生摆脱业的束缚,到了梵天的世界才能不再受再生的困扰。"②在金的《约拿岛》中,主要人物,与作家同名的作家金数次轮回重生,带着信仰的困惑追问上帝何在、苦难何为;《天堂之乐》中,石器时代的原始人阿金同样数次轮回,不惜跨越时空穿梭万年,下至海底上达九天,寻找人生意义。

第二,创世说。根据吠檀多的根本经典《梵经》的说法,梵是世界的创造者,类似基督教的上帝;"吠陀(天启圣典)的语产生宇宙万有",基督教创世也是以神说"要有光"开始的。在金的最后两部长篇小说中,将词语的神圣创造力提到了创世的高度。但是在《梵经》中记载:"梵显现世界是为了游戏","在晚期的奥义书中已经出现了主宰神为了游戏创造世界的说法。"③金在《昂利里亚》中构建了世界末日神话,故事背景就是寂寞的上帝无聊时想出魔鬼和人类开战的游戏,最后人类灭亡,进入天国。"游戏说"与基督教神话结合,构成了这部小说的整体背景。

第三,吠檀多派的伦理道德观中突出的平等观念,在金的创作中随处可见。印度智者认为"对牛、象、狗、贱民等都要平等看待"④。《薄伽梵歌》中指出平等的三个层次:内在层次即是在个人心灵上,平等看待苦乐、毁誉,保持心理平静;外在层次要平等对待他人,无论是敌人还是朋友,好人还是坏人,都同等看待;达到自我与梵的合一。《采药人》中单身老人杜河洛乐天知命的形象可以通过这一观点得到更深刻的解释。

---

① 孙晶:《印度吠檀多哲学史》(上),中国社会科学出版社,2013年,第1页。
② 同上,第136页。
③ 同上,第153页。
④ 同上,第139页。

　　第四,吠檀多派的"人类宗教"说与金宗教思想的"众说纷纭"高度一致。"人类宗教"说由罗摩克里希那(S Ramakrishna)(1836—1886)提出,主张打破各种宗教的界限,消除派别差异和分歧,实现世界上各种宗教的联合统一。他从各种宗教的共同点出发,认为"各种宗教所信仰的神都是同一实体,只不过名称不同",比如称为"上帝""安拉"或"佛陀"等,但是宗教的最终目的相同,"都是要达到人与神的结合,实现人类的'普遍之爱'和'美好生活'"。① 他相信人的自我是本性善良的,应当启迪他们内在的"善性"和"神性"。他将西方的人道主义思想与吠檀多结合,主张消除私欲,不迷恋钱财、荣誉、喜乐等世间俗事,倡导人们用自己的善行为周围人、为邻人服务,才能找到通往神的道路。在金的早期道德探索主题小说中,已经充满了对庸俗人生的反思和批判。《莲花》中信奉菩萨的老朴因为自己的善良,临终脱离死亡的痛苦,进入"我们"的精神世界,《昂利里亚》中的人类普遍复活也并未区分复活的人是否信仰上帝。罗摩克里希那最为明显的影响还在于他提出的宗教统一的思想,金在自己的创作中完成了类似的实践。虽然得到的多半是不解和否定,但对于消除分歧、实现和解与统一的积极意义不乏思想价值。

　　除吠檀多派思想外,佛教的跨界轮回和"因果报应"思想对金创作的影响同样明显。佛教的"轮回说"认为"轮回的主体(灵魂)在轮回过程中还会生起它的同类或异类","表现出不同的形式,如成为天神,或畜生,或下地狱等"。② 这种思想在金的作品中体现为人的灵魂跨界穿越到鸽子、小狗、章鱼的身上等情节。此外,金相信人有来世,自己和亲人的善恶行为会带来因果报应,决定一个人的来世。例如在《约拿岛》中,约拿后裔因祖辈的贪欲而受难。这些形象和情节承载了作家的佛教思想,成为其宗教思想中的东方因素。需要提及的是,金小说中反复出现的林中采摘模式里,有着佛教禅宗"顿悟说"的影响。

---

① 朱明忠:《印度吠檀多哲学史》(下),中国社会科学出版社,2013年,第52页。
② 孙晶:《印度吠檀多哲学史》(上),中国社会科学出版社,2013年,第284页。

很明显，金的描述中吠檀多派和佛教的轮回是东正教"永生"思想的外衣，内核依然是东正教的上帝决定论。在金的宗教思想中，吠檀多派和佛教思想虽然处在非主流地位，仅仅为作家的"永生"思想提供了另一层含义，却也在一定程度上表现出不同于东正教观点的内容，思想并置融合的痕迹十分明显。

四、世界主义

世界主义（космополитизм）是一个政治哲学概念，最早源于斯多葛派，意在强调斯多葛人是世界的公民。18 世纪基督教的一个教派将世界主义用于宣扬人类普遍得到拯救的理论，自 19 世纪 80 年代开始转变为哲学理论。[①] 它强调全人类，世界各国、各个民族都可以一视同仁，平等友爱相处，人应当是世界公民。"1788 年威兰在《世界主义者教团的秘密》中写道：'世界主义者的名字叫世界公民，具有最根本的和最重要的意义，因为他们把地球上的所有民族都看作是仅有的一个家庭中的许多分支，把宇宙看作是一个国家，在这个国家里有无数具有理智特质的公民，每个民族都按照他们特有的方式方法为了他们自己的福利而忙碌，以此在普遍的自然法则下促进整体的完善。'"[②]当代法国哲学家伊夫-夏尔·扎尔卡（Yves-Charles Zarka）梳理了关于世界主义的历史阐述和现代更新，指出一些研究者的偏差，比如将世界主义等同于全球化。他认为世界主义是为了人类的责任，已经超越了民族国家的视野，"只能关乎当下和未来的人类整体，而不是其中某一部分。一种行动的原则，一种权利或义务，只有当它具备普遍维度时，才具有一种世界主义的意义"[③]，它涉及文化、生活方式、宗教、生态等问题。"世界主义应该为政治提供调节原则"，"建立一种友爱的政治"，"反对任何种类

---

① 参见谢文郁：《世界主义运动评介》，《国外社会科学》1991 年第 9 期，第 62 页。

② 里夏德·范迪尔门：《欧洲近代生活》，王亚平译，东方出版社，2005 年，第 250 页。

③ 伊夫-夏尔·扎尔卡：《重建世界主义》，赵靓译，福建教育出版社，第 35 页。

的围墙","在世界各地之间建立一种团结一致的原则,以及在一个被不平等和非正义所撕裂的世界中,欢迎接纳外国人和移民的原则"。①

金的世界主义倾向就是这样一种具有普世意义的思想,他渴望由此跨越国家和民族性的藩篱,达到人类的和谐共存,精神相通。因此,金执著地固守精神家园,在书写人类精神现实的创作苦旅上孤独地跋涉。"世界主义这种思想是一种非常美妙的事物,但对于全体人类而言,它过于伟大,因此永远只能停留在思想阶段。"②世界主义只能作为概念和思想的形态存在,目前在实践中是无法得到推行的。虽然金对美好的人性、对人类和谐的未来充满期望,但世界主义的乌托邦思想只能是一个理想。

金的世界主义基于他对语词魔力的相信。《旧约·创世纪》提供了一种"语言创世说",讲述上帝以语言创世,因而上帝语词具有创世神力。卡西尔曾经指出,在诸多神话中,语词的地位至关重要,因为"太初有道"(Слово)。金相信"太初有道",认为最初的言词表达与指称物之间具有同一性,"道"即"言"(слово),最初是无声的概念符号(понятийный символ),可以是动作、图形或眼神的暗示,即便是聋哑人也可以通过符号体系理解言所传达之意。虽然同样的事物、现象和概念在不同语言中发音各异,但意义相同,因此他相信对于掌握了原初言语之意的人来说,不存在语言障碍。"《圣经》中的语言已不仅仅是抽象编码的符号,而是与实际的东西两相认同。从神口中说出的语言即外化为实物,体现了一种实实在在的主客观相互间的交感作用。"③金相信善念在人类精神中是相通的,从这个角度出发,他认为自己表达所用的是人类灵魂的语言,这种语言对所有人都是一样的,地球上每一个曾经有生命的灵魂都用这种语言表达过自己内心的善念。这最初的无声的

①　伊夫-夏尔·扎尔卡:《重建世界主义》,赵靓译,福建教育出版社,第101页。

②　转引自乌尔里希·贝克:《世界主义的观点:战争即和平》,杨祖群译,华东师范大学出版社,2008年,第1页。

③　叶舒宪:《圣经比喻》,广西师范大学出版社,2003年,第4页。

"言"是世上所有美妙的书籍、诗篇的最初精神根基。"世界随着最初的话语而被展示于精神的视野中……能够直接领悟到宇宙生命间无限的创造威力,也许是人所能达到的至高境界。"①艺术创作最初便是形而上地体现在这种语言当中,而后才化为某一民族的语言形式。作家承认,在每一创作个体的精神品质中都带有民族性格特征、特定历史阶段及政治因素赋予的社会心理特征等。但是他认为,从广义上说,全人类只有一个民族属性,即人的属性。人的属性超越民族性和国家性,金自称是书写人的属性的作家。虽然他的写作语言是俄语,但他未写出的无声语言是人类的心灵之语,这是每一个曾经活在世上的人都知晓、都懂得的。② 金所说的超越民族性、国家性的人类心灵之语即真善美的理念。在金的思想中,希冀消除语言障碍,全人类共同走向光明的未来,"那时朝鲜人也好,其他民族也好,都可以没有愤怒怨恨、没有手足相残、没有对恶行的深刻绝望的负罪感而生活在一起"③。

金曾到世界各地旅行,当他只身一人走在异国他乡陌生的土地上时,都会感觉这里就是家乡,因为他视全球为故乡,金称这种感受为自己的世界主义。也正是基于这种感受,金阅读了大量哲学家和宗教思想家的著作,从这些哲思精华中吸收了许多智慧因子。他试图在世界主义中包容东西方哲学思想,并在创作中兼收并蓄。他的作品中仍不断出现韩国人形象,但已经不带有明显的民族个性特征,与他笔下频繁出现的不同国籍、肤色的人物一样,仅仅是小说中的全人类的代指符码。如《昂利里亚》中的韩国歌唱家奥尔菲乌斯,虽然是纯正的韩国人,但人物的名字取自希腊神话人物"俄耳甫斯",显然已经超越了形象的民族身份,成为一个隐喻的化身。《伴着巴赫的音乐采蘑菇》中,主人公是日本男孩天志,其余人物则来自古今"中外",显然作者表现的并非是

---

① 耿占春:《隐喻》,河南大学出版社,2007年,第30页。

② См.:Ким А. А. Моё прошлое//Остров Ионы. М.:Центрполиграф. 2002. С. 544.

③ Ким А. А. Моё прошлое//Остров Ионы. М.:Центрполиграф. 2002. С. 335.

某一国的问题,而是以关注人类整体生存为目的。《约拿岛》当中罗马尼亚人、美国人和俄罗斯人共同踏上"寻神之旅",隐喻了人类对共同精神归宿的寻觅。金渐渐模糊了人物的民族性格特征,只从人的精神实质这一角度来展现他们的形象。"他总是试图通过故事讲述者的记忆将过去、现在与永恒相联系,这是作家看待生活的普世性观点的结果,是其独特艺术思维的表现。"①金的写作不是以描写人物民族性、社会性方面的精神特质为主要目的,而是力求集中表现人类的精神实质。

"将永恒与瞬间融合是阿纳托利·金哲学世界感受及其诗学的重要方面。"②金创作于早期阶段的作品在反映当代社会生活、叩问当代人心灵的同时,提出的问题往往具有人类普遍意义。至创作的中后期,这一特征愈益明显,尤其在苏联解体之后,金的宗教情怀和世界主义思想成为其创作中的精神内核。二者对于博爱、平等的追求是相近的,但对于人类未来的美好愿景则带有乌托邦的性质。

从金的创作可以发现,他对于社会个体生存现状、人类命运的走向、自然和宇宙的未来深感忧虑。他在各种哲学思想中汲取智慧,就是希望一劳永逸全方位解决这些困惑,能让个人有自由选择,个体间平等友善,整个世界和谐有序,宇宙中神性精神恒在。为个性尊严、文明危机而发出的警示呼告,有其积极意义,但将希望寄托于上帝神性精神,则注定了他宗教哲学思想的乌托邦色彩。

"哲学越是抽象,就越需要借助隐喻来进行思考。"③金正是通过隐喻,在文学中表达了关于人类形而上的永恒存在的哲学思想。上述自然哲学、存在主义哲学、宗教哲学和世界主义思想通过形象、情节和时空载体得以呈现,以一定的隐喻艺术手段来保证。借助文学隐喻表达,金为其哲理思想找到了适合的言说方式。

---

① Бавинова И. Е. Творческий путь А. Кима. Ставрополь: СКСИ. 2006. С. 16.

② Андреева И. В. Голубой остров— новая земля//Дружба народов. 1976. №10. С. 265.

③ 束定芳:《隐喻学研究》,上海外语教育出版社,2000 年,第 29 页。

第二节　身份认同的困惑

"身份认同（идентичность）是人对于自我的心理认识，以主体的自我等同感和整体感为特点，是指人认识到（部分是有意识的，部分是潜意识的）自己与某种类别、范畴（社会地位、性别、年龄、角色、范例、规定、团体、文化等）的同一性。"[①]在文化研究中，身份认同通常指在社会身份和文化身份上对"我是谁"的追问。作家身份焦虑对创作的影响是不言而喻的。金是俄罗斯朝鲜族第三代移民，生于哈萨克斯坦，长于库页岛，成名于莫斯科，因此汇集了俄罗斯文化、朝鲜族文化和哈萨克草原文化等多元因子，其中，前两种因素居金精神世界的主导地位。多元文化赋予金独特的创作风格，同时也为作家带来身份认同的困扰。分别面对俄罗斯文化和韩国文化时，金均被冠以异国情调，一度感受到不同文化作用力的夹击带来的双重疏离陌生。在两种冲击力的交互作用下，作家的认同倾向曾经摇摆不定，甚至无所适从。从某种意义上说，金的创作之路就是他在多元文化合力之下的精神探索之路。

首先，金的身份认同困惑源于他的朝鲜民族身份，作家在俄罗斯社会有着民族异己感，甚至曾感到语言认同的困惑。金对于身份焦虑的表述在其自传体小说《我的往事》中清晰可见。他追述了祖父辈移居库页岛和1937年朝鲜族人向哈萨克斯坦大迁移的颠沛流离，回忆了自己在哈萨克草原上的童年、远东的少年时代、莫斯科求学、辍学从军、定居首都并专事写作、解体后赴韩任教等人生经历。其中，莫斯科求学和韩国之行对金的身份认同感冲击最为明显。前者使其朝鲜族身份得到凸显，后者则使他最终意识到自己创作中内在的俄罗斯风骨来自俄国文化的浸润。

19世纪后期至20世纪初，许多朝鲜移民来到俄罗斯远东地区定

---

① Левит С. Я. Культурология. XX век. СПб.：Университеттская книга. 1997. C. 136.

居。金的祖父便是其中一员。当时,"为加强对朝鲜移民的管理,俄国地方当局设立了专门的朝鲜学校,它们为在朝鲜移民中普及俄语、宣传俄国文化起到了重要作用。在对待俄式教育的态度上,朝鲜移民经历了从排斥到接受的过程。俄国东正教在朝鲜移民中较为普及,此外,他们还在一定时期内保留了本民族的多神教信仰。移居远东地区的朝鲜人在与俄国人的接触中受到俄罗斯文化的影响,但仍在很大程度上保留着原来的生活习惯和传统风俗"①。朝鲜民族的域外生存并不意味着他们对本民族传统价值的背离。相反地,他们渴望东西方文化能够相通相融、甚至互补。从其民族文化历史来看,朝鲜文化本身便"兼收并蓄",易于接受外来文化。"受历史的影响,朝鲜文化中融入了许多中国和日本的文化因素。朝鲜人无论身在何处,总能较快地接受一种全新的文化。远东地区的朝鲜人也不例外,他们在与俄国人的接触中,吸收了俄国文化中的很多精华,这便于他们融入俄国社会。"②不过,这种融入必然面临坚守与放弃的抉择,取舍之间是复杂而矛盾的认同心理。一方面,融入俄国社会是朝鲜移民自身异域生存的需要,因而同化是必然结果。他们不得不改变原有的习俗,接受异国语言文字、观念形态及思维习惯,不得不适应俄罗斯传统文化,并开始从佛教、儒家思想转身,向东正教寻求精神寄托和终极关怀。另一方面,朝鲜民族眷恋本族文化传统与价值取向,难以做到彻底俄罗斯化,佛教和儒家思想的精神传统犹存,因而他们力图在两种文化的调和中求得内心的平衡,以此化解焦虑。

金的家族在扎根俄罗斯之后,祖孙三代被逐渐同化。与多数朝鲜族移民的融入心理相似,他们也有着身份认同的焦虑。金的父亲是二代移民,受洗为东正教徒,以俄语教学为业,生活和社会习俗有所改变,但其内心固守朝鲜族传统,精神特质上未被俄罗斯同化,因而缺乏归属感。1937年大清洗时期,朝鲜移民在莫须有的罪名下被迫迁往中亚。

① 陈秋杰:《十月革命前俄国远东朝鲜人的文化生活》,《西伯利亚研究》2007年第6期,第70页。
② 同上,第73页。

金生活在远东的父母、家人便不得不放弃房屋良田、稻麦收成，被押送至哈萨克斯坦。金曾在《半人半马村》和《森林父亲》里集中表现对极权制的鞭笞，与这段历史恐怕不无关系。不过碍于时代和身份的约束，作家只能"隐蔽地"进行抨击。身处俄罗斯社会，当他遭遇民族身份认同的追问时，困惑之感难以避免。在复杂难言的感受中，可以隐约发现某种被掩饰着的矛盾与不被认可的尴尬。这种困惑在金的生平经历中只能找到蛛丝马迹，却让我们有理由相信其确实存在。童年生活在哈萨克斯坦时期，金就曾经感觉到自己所归属的朝鲜族人"不是那里生活的主人"①，他也曾了解到历史上在堪察加半岛上的朝鲜族人曾是日本殖民统治下的二等国民，日本人被赶走后，他们仍感到是二等公民，因为朝鲜族工人的工资是俄罗斯人的一半，这种历史和现实成为作家心中抹不去的伤痛。

前辈的认同之困隐隐影响到金。一方面，他易于为此焦虑。他在《我的过去》中写道："年幼时已经隐约感觉将和祖父一样得不到自己的领地。"此外，"还是孩童的我心中不断为父母感到焦虑，尤其是父亲，当他遇到纠纷或是工作不顺时，总显出一副迟疑不定又愧疚的样子"。②但另一方面，与先辈不同的是他与朝鲜族文化的明显疏离和对俄罗斯文化的精神融入。自童年起，金已经敏感于自己的民族身份，这是一种融合了自豪、疑虑、亲切和陌生等情绪的复杂感觉。对于自己的民族，金体会到精神相通、文化疏离但族裔认同的情感，这种情感和对俄罗斯文化的濡染与接受是并存的。金八岁起正式学习俄语，十七岁中学毕业离开远东赴莫城求学。心系远东的他无法割舍朝鲜族文化和民族情感，但身处俄罗斯主流文化核心地带，他在心理上进一步走向后者。随着朝鲜民族融入俄罗斯的进程及主流文化对少数族裔文化策略的改变，祖父的悲苦和父亲的隐忍已成历史，金较先辈少了限制，因而他对俄罗斯文化的融入已平顺许多。20 世纪 50 年代中期，正值苏联国力强

---

① Ким А. А. Моё прошлое//Остров Ионы. М. : Центрполиграф. 2002. С. 328.

② Там же, С. 328.

盛时期,金的国家自豪感强化了他的文化认同心理。及至专事写作,他曾动摇用俄语写作的信心,族裔身份造成他融入主流文化的"心理障碍",然而金认定写作是自己人生的宿命,他的选择是其文化立场的鲜明体现。此外,写作也是他对现实的逃离。"我多么想在纸上书写文字。此时我才能做自由人,能做我自己,能成为我虚构出的那些弥足珍贵的、我所钟爱的人物。我是生于异乡失落民族精神源头的永恒他者,但在文字创作中,我收获故乡,找到令我欣悦的存在。"①可见,写作的部分动力源于作家挣脱身份的焦虑,创作成为金守护心灵自由的精神避难所。

金的文学之路可谓历经坎坷,奔走十年之后他的作品才得到发表,而为他带来最初的成功和荣耀的正是早期创作中那些反映远东地区朝鲜移民生活的中短篇小说。部分评论家对金这样的少数民族作家抱有成见,有人称金是用俄语写作的"乡土派"作家,这一评价意味着他仅属于地方作家的行列,导致如此偏见与作家的民族身份有直接关系。金的创作得到文坛关注,一定程度上缓解了自我审视和怀疑带来的心理震荡,他坚定地成为俄罗斯文化的书写者。苏联解体给生活在俄罗斯的少数族裔再次带来严重的认同困扰。解体的冲击之下,意识形态发生变化,国家政治结构松动,民族主义兴起,许多族群以本族文化为基础,由民族认同发展为建立独立国家。而金则痛心于不同文化族群的联盟未能长久共存这一事实,其文化认同感在此时开始显现心理断层。

对于金的身份认同之惑,娜·伊万诺娃曾有评论。她撰文《后来——寻求崭新身份认同的后苏联文学》(После. Постсоветская литература в поисках новой идентичности),分析几位俄罗斯少数民族作家的创作与民族身份认同问题,其中也提到阿·金的尴尬。她对比解体前后的艾特玛托夫、伊斯康德尔和金,认为他们在解体前的成名是搭上了苏联营造民族团结友谊氛围的"顺风车",在解体后民族自我认同感失落的情况下,几位作家纷纷陷入思想危机。艾特玛托夫表现出

---

①　Там же，С. 493.

消极主义,伊斯康德尔一味描写主人公整个世界的毁灭,金则陷入存在主义绝望。① 伊万诺娃敏锐地注意到,上述作家小说创作中一些变化反映了解体带给他们的心理震荡。伊万诺娃还针对金的几部作品,提出自己的独到见解。她认为在《半人半马村》中,拉动世界大幕可以进入另一时空的隐喻应该结合作家自身做更广义的理解,断言这是金离开本民族神奇艺术世界的隐喻。她提出小说中半人半马隐喻的就是作家自己,他是朝鲜和俄罗斯民族性的结合体。而作为一名俄罗斯作家,金时而培植身上的朝鲜民族性,时而又压制,这就是他在文化上的半人半马主义(кентавризм)。她认为《昂利里亚》中描写的世界末日隐喻了旧我的终结,终结之后民族性可以不再成为困扰。关于世界大幕、半人半马主义和世界末日隐喻的论断显出些许的偏激色彩,而且明显偏离了金创作的本意,但她对于金思想中的变化分析得不无见地。她认为金提出世界主义的思想,其根源在于作家要超越自我身份认同的危机。将作家的哲学追求统统归于民族身份认同的危机似乎太过绝对了,但可以认为,金走向世界主义的过程中,身份认同的危机无疑成为一个强大的推动力。作为一个少数民族作家,金对民族和谐的向往和追求是不言而喻的,世界主义正是这种向往的表现。金的普世性哲学追求与走出身份认同的困惑在世界主义思想中得到融合,促使作家更为坚决地以超越民族性的立场,站在全人类角度思索人类精神存在的未来和复活、永生的可能。

其次,金的身份认同困惑来自文化传统的差异。金的民族身份和经历使他不可避免地带有三种文化印记:俄罗斯文化、朝鲜文化和草原文化传统。作家一生中长期生活在俄罗斯文化氛围中,俄罗斯文化传统是居主导地位的。对森林的情感、林中采摘的爱好、俄罗斯多神教的诸神、东正教传统是金作品中的常见情节,表现出浓郁的俄罗斯文化传

① Иванова Н. Б. После. Постсоветская литература в поисках новой идентичности// Русская литература XX века в зеркале критики. Тимина С. И., Черняк М. А., Кякшто Н. Н. СПб.: Филологический факультет СПбГу, М.: Академия. 2003. С. 117-129.

统。金在哈萨克斯坦出生长大,童年对草原文化的印象虽然短暂,但还是留有印迹,表现为其部分作品中鲜明的自然意识和自由意识。《莲花》中的母亲出生、成长于中亚草原,她对神奇自然的感受同草原紧密联系在一起,至母亲弥留之际,在幻觉中她魂归眷恋的草原故乡。另外,作家在一些短篇小说中,如《骑马的哈萨克人》等,通过塑造民风彪悍的草原民族性格表现了他们豪爽的性格和强烈的自由意志。朝鲜文化传统主要体现在作家笔下的远东题材小说,这些作品多创作于早期,主人公多为远东朝鲜移民,作品中反映了他们的生活,体现出东方民族特有的道德伦理观念,其中有着浓郁的"因果报应"思想。

亨廷顿(S. P. Huntington)提出:"人们根据他们与别人的不同之处来确定自己的身份。"①这一说法不无道理,但明晰差别的认同方式势必伴随认同感和归属感的缺失。金的诸多困扰源自非此即彼的选择与定位,于是,超越民族界限、以包容化解矛盾成为他的心底呼声。自幼在朝鲜族和俄罗斯人混杂而居的远东度过童年和少年,其成长环境已兼容多种文化背景,因而潜移默化中的文化融合使他不排斥任何文化基因,他是文化意义上的世界公民。

在金的写作生涯中,对于远东始终涌动着难以割舍的乡愁,于是催生以远东题材为基调的小说集《蔚蓝色的岛屿》《夜莺的回声》《采药人》等问世,这些作品因凝聚了作家的家园情结而独具特色。金在文坛十年磨剑后一鸣惊人,不能否认部分得益于其东方血缘带来的独特世界感受和文学表达方式,远东题材以异域色彩为文坛吹入清风,并开启金的文学之路。这一阶段,金创作中的朝鲜族文化元素和东方哲思意蕴显而易见,从主人公形象、民间传说到佛教思想等方面都显出迥异于俄罗斯文化的特征。

评论界曾不止一次指出,金的艺术表现手段和世界观中有东方因素。在金的哲学思想中显现出俄罗斯东正教思想与古老东方哲学的杂

---

① 亨廷顿:《文明的冲突与世界秩序的重建》,周琪等译,新华出版社,2001年,第47页。

糅,这种混合在他的世界感受中是难分彼此的,在其早期创作的关于库页岛朝鲜移民生活的小说中尤为明显。不过,金在后期创作中对远东题材疏远起来。金的中后期创作中,除写于 1998 年的自传体小说《我的往事》之外,远东地区的生活在作家笔下几乎绝迹,直到 2001 年的长篇小说《约拿岛》,读者才在神话背景下再一次与远东相遇。生活环境的远离使远东题材留在了金创作的早期和中期,东方因素在其后期创作中仅体现为佛教的"生死轮回"和"因果报应"说。

远东记录了金在朝鲜族移民圈的生活。他曾在《我的过去》中提到远东人的性格共性:"他们和首都居民比起来,内心更自由,对他人更慷慨豪爽,更细心周到、热情友好。"[①]他笔下的远东题材中,朝鲜族文化元素集中体现在主人公重视亲情、突出血缘的家族观和丧葬习俗等方面。这些人物秉承民族性格,坚守传统伦理道德,重视家庭亲情,相信善恶有报。东方文化因素在金的创作中始终可见,不论是人物形象塑造、故事传说插叙还是思想影响,都有迹可寻。不过,综合来看,作家的精神之树应是双枝干的,东方精神特质之外,俄罗斯文化元素更加不可忽视。

多重血缘的文化身份固然注定金的认同心理中难以避免矛盾与背离,但在文化立场上,金承认朝鲜族精神基因的同时绝对倾向于俄罗斯文化认同。安德森(B. Anderson)[②]认为,民族是一种想象的政治共同体,"民族就是语言——而非血缘——构想出来的,而且人们可以被'请进'想象的共同体中"。从这个意义上说,金理应被视为俄罗斯作家。金的世界感受无法简单归于某一种民族文化传统,不过在纯俄式的语言系统内,俄罗斯文化仍是其精神主干。他在访谈中说道:"我认为,只有语言才能决定写作者对文学的归属性。一个人用哪种语言写作,用

---

① Ким А. А. Моё прошлое// Остров Ионы. М. : Центрполиграф. 2002. С. 338.

② 安德森:《想象的共同体:民族主义的起源与散布》,吴叡人译,上海人民出版社,2011 年,第 140 页。

哪种语言最为充分地表达自我,他就属于哪一国文学。"①这番话似可视为金认同俄罗斯文化归属的自我宣言。金中学毕业便来到莫斯科,尔后半个多世纪定居于此。1979年他不惑之年受洗,进而开始集中书写生死,关注永生、善恶、末日等主题,作品中充满深沉的哲理思考。对于个人创作的哲思倾向,金并未溯源至东方。"我的哲学非常个性化,因为它来自生活经验,而非书本。有人认为我的思想依据是东方传统,我不同意这样的观点。"②身处主流文化圈中,金的思想汲取众多精神资源,俄罗斯宇宙论对其创作影响尤为重大,而在他作品中所承载的苦难意识,所体现的执着求索精神和浓郁的东正教情怀无疑根植于厚重的俄罗斯文化传统。在俄罗斯的文化思想和东正教精神中,金获得了强大的内在动力。他宣讲"永生",倡导宗教信仰,试图超越现实存在,力求建构人类精神世界的理想模式,实现精神存在的终极追求。与朝鲜民族性格中的乐生和重视现世满足有很大不同,金中后期的创作几乎完全聚焦于死亡,个人的、集体的、甚至全人类的末日。这种带有死亡和末日焦虑的人生思考与东正教的思想更为契合,而苦难更被金描绘成走入"永生"的必经之路。

邦达连科认为,阿纳托利·金在小说中仍是一位细腻的画家,也许,正因细腻、敏感的天性,他不能接受任何形式的战争。改革开始后文学界和政界的纷争令他感到痛苦,他不愿看到苏联被拆分成各个部分,不愿文学圈中的朋友们出现分化甚至对立,但在当时,这种情形已经不可避免。1991年国家动荡之际,金远走韩国,在高校任教5年,教授俄罗斯文学。在血缘故乡,金所有的书都被翻译出版。他享有舒适的生活环境和优厚的工作条件,还可以顺利加入韩国国籍。可是在韩国,金也曾遭遇身份认同的尴尬,一位韩国文学理论家当着他的面评价道:"阿纳托利·金与韩国文化毫无关系。"这种结论是自然而然的,因为金自始至终都是用俄语写作的俄罗斯作家,但是这样的直截了当仍

———————————

① Руденко С. А. Я пишу о бессмертии//Молоко. 2001. №9. [EB/OL]. http://moloko. ruspole. info/node/46.

② Фролова Е. В. Поклонимся одуванчику[EB/OL]. http://www. ug. ru/old/00. 15/t48. htm.

然带给作家内心隐隐的刺痛,他为此也曾困惑不已:"在俄罗斯有些先
生不承认我是自己人,在历史的故乡人们还是让我明白我是外人……
那我该何去何从?"①

金在民族归属的两难境地中经历了身份认同的危机,在血缘故乡被
认定为俄罗斯作家,而强大的文化差异也使他发觉自己是血脉家园的异
国人,并终于看清自身的俄罗斯文化底色。正是在韩国,他意识到,实质
上他只能是一个俄国作家,不可能是别的身份。他曾对邦达连科说过:
"确切地说,正是在韩国时我最终彻底地感到自己就是俄罗斯人,俄罗斯
作家。"他告诉韩国朋友:"人都有双亲,对于我来说,韩国是父亲,俄罗斯
是母亲,人不能没有母亲。"②他深知自己并非俄罗斯文学传统意义上的
正统作家,他正视这一点,并坚持着自己的文学、美学追求。

如影随形的身份焦虑给金的创作带来明显影响。早期金以东方特
色成就文坛声誉,中期创作中俄罗斯特色渐浓,至后期则从世界主义者
的视角思索人类的精神出路,整体上显现出多元文化融合的景象。在
中期创作里,金不再纠结于东方因素的坚守或放弃,他立足于俄罗斯生
活和俄罗斯历史,以超越民族和国界的视角关注全人类的未来命运。
他的创作主题日渐宏大,写作风格更趋成熟,隐喻表达的特色更为突
出。当他将视野放大到宇宙,将思想锁定于宗教以后,金找到了一个广
阔的精神空间,可以令他不再为身份认同感到痛苦、困惑,而这种感受
曾经长期伴随他的人生。

2005 年金获得《林中亮地》杂志颁发的文学奖,在颁奖时安宁斯基说
道:"这东方轻轻袭来的气息神秘而又不可解释,但它存在,不是因为阿纳
托利·金的朝鲜血统,而是因为,他的经历和他的精神都说明,他是一位
真正的俄罗斯作家,他敏锐关注的方面是我们曾经未予理解的。"③

---

① Ким А. А. Моё прошлое//Остров Ионы. М. : Центрполиграф. 2002. C. 543.

② Бондаренко В. Г. Русский будда Анатолий Ким［EB/OL］. http://www.
tribuna. ru/news/2009/07/22 news 982/ .

③ Аннинский Л. А. О романе Анатолия Кима «Белка»［EB/OL］. http://
www. yasnayapolyana. ru/news/archive/2005/jul_sep/index_14. htm.

　　其实,东方意蕴抑或俄罗斯精神,若被断然分开孤立看待,必然无法构成金精神世界的全貌。不论站在二者之中哪一立场,都会发现与之格格不入的思想。例如,他在不遗余力描绘东正教观念中的末日、永生并探寻信仰的力量时,分明透出不符合东正教教义的佛教轮回思想。应当承认,多元文化背景带给金身份焦虑的同时,也赋予他包容的心态和超越民族、国界的视角,他虽然立足于俄罗斯生活和俄罗斯历史,但视野关注的是全人类未来的命运。他无意区分教义,宣讲哲学,而是从种种源头中发现能够促进人类未来以善为先导、爱为保证、彼此和谐相处的智慧因子,这种下意识的融合体现了金对世界大同的乌托邦构想,寄托了他的世界主义理想。金的世界主义思想源于对现代社会文明疾病的忧心,基于对俄罗斯文化与东方思想的重新认识,反映了摆脱身份焦虑的自觉与迫切,凝聚了突破东西对立并整合东西方思想资源的努力。

　　一个人"所属的文明是他与之强烈认同的最大的认同范围。文明是最大的'我们',在其中我们在文化上感到安适,因为它使我们区别于所有在它之外的'各种他们'"①。在金的身份焦虑中,内心困顿无疑来自这种"我们"与"他们"的界定和隐形冲撞,而世界主义的思想可以提供一个多元共存的平台,使冲撞化解消散。

　　"我们"本是朝鲜民族的重要传统观念。有研究者提出,"韩国人使用'我们'这个词比世界上任何一个民族都多","'我们'是韩国人的精神家园"。使用"我们"一方面表明韩国人的民族自豪感,但另一方面则强调了"我们"与"他们"的不同,这是"一种极端排他的说法"。②

　　然而作为金小说中标志性概念的"我们"内涵则深广得多。"金小说的核心主人公是人类生活,是人类不死的'我们'。"③这是死者的灵魂和声,以声音存在。"我们"最初在小说《向蒲公英致敬》中以大写字母

---

①　亨廷顿:《文明的冲突与世界秩序的重建》,周琪等译,新华出版社,2001年,第22页。

②　金文学:《丑陋的韩国人》,贵州人民出版社,2011年,第62—63页。

③　Бондаренко. В. Г. Образ человека. //Собиратель трав. М. : Известия. 1983. C. 569.

出现时，还仅仅作为一种隐约模糊的感受，但已经带有哲理意味。此后的《莲花》和《松鼠》中都有作为生命众赞曲的"我们"，每一个跨过死亡的灵魂都汇入其中，在永恒时空背景下还可以发出自己的声音，对前世回顾，或与其他声音对话，甚至化身为使者返回人间。"我们"的概念包括了过去、现在和将来的全人类的声音，是人类精神世界的汇总。"阿纳托利·金带领读者通过展现生命的终结表现生命的伟大价值。他一再寻求从必有一死的'我'通往全人类不死的'我们'的途径。"①在金的后期创作中"昂利里亚"成为永生国度的代名词。金用"我们"和"昂利里亚"将抽象的永生之国寓于其中，构建了自己的精神乌托邦。金使用"我们"并非要突出异质，反而是强调共性。他笔下的"我们"不是为与"他们"相区别，而是试图将人类精神存在的善端全部囊括。可以说，"我们"是金世界主义思想的集中体现。

　　"在我的灵魂中各民族多种语言如各色市集汇合在一起，从未停止喧嚷，令人眼花缭乱。我会具有多种精神特质。我与生俱来的宇宙主义大多源自童年印象。"②世界主义的感受是金在芬兰赫尔辛基旅行时首次发现的。当他走在陌生的城市里，周围的冷漠路人使他伤感，然而陪同的一位年轻芬兰作家使他顿然领悟，不同国度的人们即使语言不通也可以实现心灵默契。这种感觉使他相信：无论身在何处，都如在故土；无论所属哪一国籍、种族，人类灵魂是相通并相知的，因为人类具有共同的本质，即世界性。"每个人就是所有人。每个人都有两种命运。其一作为'小我'被锁定在生卒年月；另一种命运则与全人类的命运相联系，并因此包含着人类历史的全部时光。"于是，作家释然，"我安然于所在之处，我珍视所得到的宁静"。③ 毫无疑问，世界主义倡导的普世文明，为"我是谁"这一问题提供了令他满意的答案。在世界主义的理想

①　Там же，С. 566.

②　Ким А. А. Моё прошлое//Остров Ионы. М.：Центрполиграф. 2002. С. 326.

③　Ким А. А. Моё прошлое//Остров Ионы. М.：Центрполиграф. 2002. С. 557.

中,身份认同之困不再使金感到纠结。

金的"世界主义"乌托邦思想中融合了诸多文化元素,因而早已超出这一概念的初始含义。世界主义思想强调全人类,世界各国、各个民族都可以一视同仁,平等友爱相处。金的世界主义则极具普世追求,他强调各国各民族和平友爱的精神根基在于,全人类只有一个民族属性,即人的属性,这一属性超越民族性和国家性。

金以隐喻表达发出哲思的诉求,他努力超越民族身份认同的困惑,超越他人对其民族归属的偏见束缚,在传达自己哲思的过程中,寻求着心灵的解脱和创作的自由。

第三节　文化语境与作家创作的审美取向

一、文化语境

任何一位作家的创作历程都无法脱离身处的具体环境,金倾向隐喻表达也同样受到其所处环境的直接影响。外部环境对金的影响主要体现于两方面,即社会语境和文学语境。社会语境方面最直接的因素是社会体制的更迭,而文学语境则包括对社会主义现实主义审美范式的悖逆和文学自身审美手段的变迁。

首先,在社会语境方面,金从 20 世纪 70 年代发表作品至 2019 年最后一部小说问世,其间经历了苏联停滞时期、改革调整阶段、苏联解体、震荡复苏等历史阶段。社会体制的更迭为文学的发展变化提供了社会语境。1985 年苏联改革使社会政治生活进入新阶段,为苏联文学带来重大的转型契机,自由、开放、论争的氛围开始形成。"文化、文学话语发生了由'集体性'的,'社会性'的主体原则向个体化、个性化、世俗化的主体价值的演变。意识形态控制时代才能出现的'集体性话语'——同一性思维与统一性声音——不再存在。市场经济带来的对文化消费功能需求的增长更加快了统一精神价值的失落。无论是作家,还是批评家的基本存在方式是持续不断地宣告'他者'的终结,确认

'自我'的无限在场。这注定了多元化状况的出现,因个人生成的'差异''自由''多元'成为时代创作和批评精神的重要特征。"①金在这一时期突出鲜明的个性特征,作为俄罗斯第一位朝鲜族作家,他既保留了民族文化的视角,又在创作手法上不断求新求变,成为先锋派的一员。苏联解体之后,文学领域进一步趋向复杂多元、丰富多变的局面。时代背景和社会条件都为金的创新尝试提供了广阔天地和更大的创作自由。随着苏联解体,俄罗斯社会环境发生巨变,一系列社会重大事件,如私有制和民主化进程,使俄罗斯遭遇前所未有的危机。与此相应,世纪之交俄罗斯文学界掀起宗教热潮,涌现出一批具有末世论色彩的作品。20世纪90年代,《圣经》成为许多俄罗斯作家创作的一个重要源泉,宗教题材,尤其是以启示录中的世界末日为写作背景成为俄罗斯文学界的创作热点。金的《昂利里亚》《约拿岛》均直接取材于圣经。金多次演绎末世论主题,也与特定社会语境的影响有密不可分的关系。

其次,对刻板僵化的社会主义现实主义审美范式的悖逆导致金走向隐喻表达范式。金在20世纪70年代步入文坛之际,正值苏联社会的停滞时期,主流文学界仍然遵循社会主义现实主义原则,提倡塑造典型形象和英雄人物,盛行黑白二元对立的审美范式。由此导致创作手法千人一面,文学审美心理疲惫和文学发展的困顿,苏联文学的发展陷于瓶颈,求新求变已成必然。但是书报检查制度的威慑力量依然强大,于是隐喻的创作手法成为许多不肯媚俗、渴望革新的求真作家不得已的选择。20世纪80年代苏联文学主流和非主流的对抗更趋明显,作家群中表现出文学价值观取向的多元化、世界感受和审美取向的显著差异,文学进入多元的发展空间。金在日益变化的文学环境下则发挥了自己隐喻思维的特长,在神话、童话、寓言中汲取灵感,隐蔽地对抗主流文学。金将童话、神话、寓言相结合,塑造了自然神灵、妖魔鬼怪等鲜活多元的艺术形象,丰富的隐喻蕴含了深刻的哲思,使他作品中的隐喻表达成为

---

① 张建华:《新时期俄罗斯小说研究(1985—2015)》,高等教育出版社,2016年,第49页。

解读热点,其中的反思、批判精神和渴望超脱尘俗的终极追问也屡屡成为评论的焦点。

再次,文学自身审美手段的变迁促进金隐喻表达范式的形成。20世纪80年代,苏联文坛"出现一个新的现象,名为假定隐喻小说(условно- метафорическая проза)。作家们使用伊索式的语言,以便使自己与国家主流不一致的思想可以躲避书报审查制度。这一流派作家广泛运用神话、童话、传说等揭示当代问题"①。文学审美手段的变迁促进了金隐喻表达的倾向,丰富了他的隐喻诗学手段。

20世纪80年代可谓当代俄国小说假定隐喻倾向的巅峰时代,作家采用不同的假定隐喻手段,诸如神话、童话、幻想等手法,表达各自对社会、对现实的看法和感受。采用这种写法的作家除阿·金之外,尚有 B. B. 奥尔洛夫、Ч. T. 艾特玛托夫、Ф. А. 伊斯康德尔、В. Н. 克鲁平等人。伊斯康德尔的《野兔与蟒蛇》(Кролики и удавы,写于1973年,1986年发表)、奥尔洛夫的《药剂师》(Аптекарь,1988),与金同为"四十岁一代作家"克鲁平的《活水》(Живая вода,1980)等,均具有突出的假定隐喻色彩。

邦达连科认为:"四十岁一代作家中,金是将日常生活和人类精神的宇宙主义合成用于小说的第一人,他将民间创作的隐喻因素同日常生活因素融为一体。"②对人物心理与道德的透视是"四十岁一代"作家的共性特征之一。③ 在1985年《文学问题》组织的一次讨论中,金指出这一代作家的相似之处:对世界的感受相似,对人所受苦难都十分敏感,因而"四十岁一代作家的主人公是内心相似的人,他们叛逆、不和

---

① Воробьёва А. Н. Современная русская литература. Проза. 1970—1990-е годы. Самара:СГАКИ. 2001.С. 20.

② Бондаренко. В. Г. Найти «Голубой остров»//Литературная учёба. 1981. №2. С. 123.

③ "四十岁一代"作家是邦达连科于20世纪80年代提出的说法,金与弗·马卡宁、鲁·基列耶夫和阿·库尔恰特金等人都是其中的主要代表人物。这一表示"代际"称谓的简单概括,表达了他们的众多共同之处,比如他们都出生于20世纪30年代后期至40年代初,四十岁左右成名,创作中关注当代生活中的社会心理与道德,倾向于反映个人在现代生活中的存在状态和道德状况。

谐,但全力以赴寻求和谐和实证主义"①。不过,与同时代作家比较而言,金在哲理化倾向上更为偏重。金的创作手法对俄罗斯读者来说还是有些陌生,俄罗斯读者习惯于主人公是行动的核心,但在金的小说中,这类情节从来不是起主导作用的,他的作品以作家的思索和人物的情绪变化为导线,其主要内容是人们对生命、善恶、爱恨的思索。"常常主要人物已经退场,小说却还未结束,也没有出现激烈的行动,而叙述还在继续。因为小说中心不是人物……金小说的核心主人公是人类生活,是人类不死的'我们'。"②这一见解准确概括了金的创作特色。他的哲理诉诸文学,勾勒出现实与永恒哲理的某种契合。

　　涅法金娜在《20 世纪末的俄罗斯小说》一书中总结了 20 世纪 80 年代中期至 20 世纪末的俄罗斯小说流派、风格特征,分析了数十位分属现实主义、现代主义和后现代主义的俄罗斯当代作家的创作风格。她提出假定隐喻小说的说法,将隐喻作为广义的一种诗学表达,突出了童话、神话元素在世纪末小说创作中的复兴。她认为 20 世纪下半叶俄罗斯现实主义小说中的假定隐喻倾向是对意识形态领域审查制度的自动反应,其起源可以追溯至果戈理、奥多耶夫斯基和布尔加科夫等人的幻想现实主义小说。假定隐喻小说发展的巅峰时期是在 20 世纪 80 年代中期,在一些作品中,神话、童话、科学概念、幻觉成分形成神奇的,但尚可辨认的当代世界,精神上的不完善以及人的异化在人变形为各种野兽和魔怪的隐喻中得以表现。假定隐喻小说不注重人物性格、个性心理方面的刻画,它往往塑造超越个性特征的形象。有时这类小说的人物即便有其专属的特征,也不体现在性格方面,而是作为某种哲学思想或社会特征的体现。人物有时完全不具备心理特征而作为符号出现在作品中,具有神话、民间童话假定性的类型特点。涅法金娜划分出三种假定性类型:童话类、神话类和幻想类假定性。她还将假定隐喻小说分

---

① Ким А. А. Бондаренко. В. Г. Автопортрет поколения. //Вопросы литературы. 1985. №11. С. 91, 99, 107.

② Бондаренко. В. Г. Образ человека. //Собиратель трав. М.: Известия. 1983. С. 569.

为社会小说和哲理小说两种。前者反映社会政治体制问题,揭露苏联
社会的丑恶现象和社会矛盾。后者反映人类生活中的哲理问题和存在
问题。在哲理倾向的假定隐喻小说中,"假定性表达可以不是显性的,
而是作为扩展的隐喻融入现实主义作品中,化为深层潜文本的隐喻,为
哲理思想的表达提供强有力的传导"①。假定隐喻小说在涅法金娜的书
中是与现实主义、现代主义、后现代主义小说分章并列的,作者在分析
中选取的作品并不局限于某个"主义",可见,假定性和隐喻表达在文学
中的存在较为普遍。涅法金娜的研究是 20 世纪末俄国小说的全景扫
描,她对假定隐喻小说的详解为我们进一步探究文学作品隐喻开创了
新的理路,提供了分析范例。

　　特定的外部环境催生了独特的写作方式,更与金的隐喻艺术思维
相得益彰,形成作家善于以隐喻传达哲思的创作风格。普鲁斯特曾写
道:"隐喻是深刻的诗意幻象的优先表达,它赋予风格以'永恒的属
性'。"②金的小说融现实、幻想、哲理为一体,凝重的哲学理念糅合在隽
永的神话和童话寓言故事中,形成朦胧神秘的氛围,隐喻式地表达着
"对人类永恒价值观"的独特理解。20 世纪 70 至 80 年代,金采用隐喻
手法也许是出于隐蔽地对抗官方主流意识形态的无奈,然而隐喻式写
作带给他更多的创作自由,于是金更为积极地将假定隐喻手法投入创
作的实验场,收获了一大批杰作。金写于 20 世纪 80 年代的代表作隐
喻风格十分明显,并不限于局部运用意象、象征、隐喻等手法。《松鼠》
当中人与妖共存,在形象和时空体系中现实与童话和寓言交融,表现了
复杂人性;《半人半马村》以希腊神话时空与宇宙神秘时空的交错呈现
了神话和科幻色彩,否定了极权社会和人性中的兽性原则。这些作品
也成为苏联 20 世纪 80 年代假定隐喻小说的代表作。

　　在多变的时代背景下,多元的文学语境中,金的隐喻艺术思维得到

---

　　①　Нефагина Г. Л. Русская проза конца 20 века. М. : Флинта. Наука. 2003.
С. 157.

　　②　Борев Ю. Б. Эстетика. Теория литературы: Энциклопедический словарь
терминов. М. : Астрель. Аст. 2003. С. 241.

充分施展。他极尽艺术想象,激发创作灵感,将古希腊罗马神话、俄罗斯多神教神话、基督教神话形象、童话元素和寓言手法等融入创作,体现在形象体系和时空结构中,形成独具特色的隐喻表达。

二、作家创作的审美取向

金在谈"四十岁一代"作家创作手法革新时曾提到假定性手法在现实主义中的运用,认为二者并不矛盾。"当代的独特体验要求以独特的美学形式,以更适合当代人世界感受的形式反映现实。幻想、童话和神话这些假定性形式是文学固有的、永远都需要的手法,我不认为这些手法不能用于当代文学。不应仅看到这些手法的目的本身,而应当记住,'现实主义'是对生活真实广泛的反映,其本身也包括形象化的种类和形式。"①不过,严格说来,金是一位由现实主义转向现代主义的作家。金早期创作属于现实主义范畴,但中期开始,金的现实观和文学审美手段逐渐接近现代主义,假定性形式逐渐成为其诗学手段的主体,因而走向现代主义。

首先,金的现实观是现代主义的现实观。传统现实主义者注重反映外部现实,强调再现客观世界,追求客观真实。在现代主义者眼中,外部现实往往倾向于幻象化,他们关注主观内在因素,因而侧重对主观内心真实的展示。金更多地是在依托作品诉说自己对存在的理解和超验感受,表达思想中的"现实"世界。

其次,在金的创作中体现出现代主义本质性的思想特征,主要表现在如下三个方面。第一,作家创作视角关注的范畴具有整体性。金关注的焦点不是局部事件,而是整个社会、整个人类的精神世界历史、现状以及未来命运。这种广阔的宇宙视角体现在《森林父亲》中人类末日预言和身为外星来客的基督再次降临、《昂利里亚》中世界末日后实现永生、《约拿岛》中人类寻神等情节。金在创作中不断表达个人对人类

① Ким А. А., Бондаренко. В. Г. Автопортрет поколения//Вопросы литературы. 1985. №11. С. 107.

精神困境的深切忧虑。在金的作品中通过隐喻，侧重表现人物的精神现实，折射出具有敏锐的宇宙意识和强烈的宗教感受的精神世界。第二，作家所表达的思想内涵具有抽象性和概括性。在金的小说情节中，读者不能只关注某一个人物的具体经历、某一情节表面的来龙去脉，而是应当从人物形象以及情节中，抽象出某种深刻内涵。金始终在创作中表述深蕴的哲思，往往就某一人文理念进行概括。例如《采药人》当中，作家要传达的核心理念是"善"，这一哲理由每个主要人物作为载体，善良老人、守活寡的忠贞妻子以及得绝症的陌生人都是善念的载体。金借助隐喻表达哲思，使得故事、情节、人物的描写大为削弱，情节淡化，而哲理化得到凸显。第三，追求人的个性和谐。现代主义常常表现人存在的异化、个性分裂和存在的孤独感，并借此表达对个性和谐的渴望与追求。在金的笔下，《墙》的男女主人公在隔膜中失去了曾有的爱的和谐，《松鼠》中的海豚先生在人类社会经历异化，几乎迷失本性、险遭灭顶之灾，《"新宗教"》中堕落庸俗的男主人公不再相信美好的爱情，在都市中精神萎靡堕落。这些颇具代表性的形象均有疏离、异化、孤独的现代主义个性特征，金借助这些负面形象带有的隐喻内涵，发出对和谐人性的向往之声。

最后，金的文学审美手段具有现代主义艺术的非理性特征。现代主义突出假定性手法，采用变形的原则，体现了极大的创作自由。金经常采用意象、象征、隐喻、意识流、直觉、潜意识、幻觉回忆、时空跳跃等手法，借助神话成功营造宇宙时空中人类的精神生命样态，自如地进行当代人精神现实的摹写。在 2018 年《文学报》的访谈中，金自我总结说："我没有停下脚步。我对现代主义的实验手法和创作尝试很感兴趣，感觉自己是先锋派作家我也觉得很有趣。"①

西班牙哲学家奥尔特加·伊·加塞特（J. Ortega y Gasset）认为，隐喻不仅是现代主义的一种装饰成分，它是现代主义的实质。《海啸》

---

① Огрызко. В. В. Не оставаться в плену своей известности（интервью）// Литературная газета，2018. №36.［EB/OL］. https://litrossia. ru/item/anatolij-kim-ne-ostavatsja-v-plenu-svoej-izvestnosti-intervju/.

《"新宗教"》《松鼠》《涅乌斯特罗耶夫的气味》《墙》等小说中,金以隐喻的方式展现着当代人精神世界中的人性与非人性的存在,将隐喻作为自己理解人性、思索生存的美学感知方式。他力图找到能够诠释人类终极归宿的神秘力量,渴望建起贯通人类存在与宇宙永恒的桥梁。在隐喻中,作家似乎找到了把生命和宇宙统一起来的原初力量,凭借这种力量,他就在万物之间、在现世与永恒之间找到了相似性,并且找到艺术表达的不竭源泉。

本章小结

金借助文学隐喻实现了作品中的哲理言说,其小说创作形成以哲理性为内核、以隐喻思维为主导、以隐喻为表达手段的诗学特征。金走向隐喻表达是多重原因合力作用的结果,大体上可归结为内因和外因两类,即文化语境(文学语境、社会语境)和内在需求(隐喻艺术思维、哲思追求、身份认同困惑、审美取向)。自然哲学思想、存在主义世界感受和宗教哲学思想是金走向隐喻手法的内在驱动力之一。身份认同的困惑迫使作家在隐喻表达中寻求创作和言说的自由,并驱使作家超越民族性,从而走向世界主义。文学语境促进了金隐喻风格的形成,丰富了他的隐喻诗学手段。作家个人的文学审美取向则在文学形式上保障了隐喻表达的实现。

在上述原因的合力作用下,金的隐喻风格逐渐成熟。他借助隐喻手法针砭极权弊端、反思苏联历史,凝神于宇宙存在的思索,专注在个体死亡困惑的解脱。阅读金的作品如入迷宫,挖掘其隐喻表达的构成及意义内涵则是我们解读作品、走出迷宫的有效路径。

第二章　隐喻思维与
隐喻艺术组元

第一节　文学隐喻与隐喻思维

一、文学隐喻

西方的隐喻研究历史久远,学说林立。从柏拉图算起,至今已历时两千余年,其间研究重心经历了几番转变,在当下又成为学术界的研究热点。隐喻特有的意义之谜吸引了来自语言学、文学、哲学等诸多领域的学者,他们在各自研究视角下循着不同的阐释路径,数十次给出界定,大致形成了"比较论""替代论""互动论""映射论""概念合成论"等最具代表性的观点。隐喻早已超越了语言现象的疆界,甚至"在某种程度上成为解读当代西方社会文化的一个关键词"①。从隐喻研究的关注视点来看,从最初的词语层面转变为句子层面,而后扩大到话语层面,句子、段落、篇章、文本等均可纳入话语层面。"话语可以小至单词,可大至一个句子、一首诗、一篇文章、一组作品,等等。诗歌、小说等都可以被看作是典型的、扩展了的隐喻。"②由此可见,隐喻研究的关注视点渐呈宏观、扩展的趋势。

西方文学隐喻研究始于亚里士多德,最初仅在修辞领域的词语层面进行,主要体现为古希腊罗马的修辞学贡献,以文学内部研究的修辞层面为主。亚里士多德对古典修辞学的影响直到 20 世纪 30 年代才随着隐喻理论的推陈出新得到彻底超越,文学隐喻研究不再局限于词语修辞研究。理查兹隐喻研究的关注视点转移至句子层面,并确立了隐喻作为认知工具的地位,而布莱克把隐喻看作是一种话语现象,在更广阔的语境下实现对隐喻的判断和理解,这对文学隐喻研究是极大的促进。

1980 年,美国学者莱考夫(G. Lakoff)和约翰逊(M. Johnson)出版《我们赖以生存的隐喻》(*Metaphors We Live By*),将隐喻研究引入认

---

① 张沛:《隐喻的生命》,北京大学出版社,2004 年,第 48 页。
② 束定芳:《隐喻学研究》,上海外语教育出版社,2000 年,第 36 页。

知领域。他们提出概念隐喻的命题,即人类通过概念系统理解世界,而人类认识世界的概念系统大部分是隐喻,这在哲学和语言学等领域均具有里程碑式的意义。他们借鉴了心理学具身认知理论来解释隐喻思维机制,提出"人类的思维过程在很大程度上是隐喻性的","人类的概念系统是通过隐喻来构成和界定的"。[①] 二人否定了隐喻基于相似性的观点,认为隐喻"基于我们经验中的跨域关联,这导致隐喻中两个域之间的感知相似性"[②],因而隐喻的本质是认知。"我们是否系统地使用从一个概念域来思考另一个概念域的推理模式? 实证研究确立的答案是'是的'。我们将这种现象称为概念隐喻,将这些跨域的系统对应称之为隐喻映射。"[③]他们在文学文本隐喻的分析中发现,新的隐喻思想,就是以新方式组织和理解经验,复杂的新概念隐喻由简单的概念隐喻组合而成。这一发现为文学隐喻解读提供了新路径,从隐喻思维的视角出发,从关键核心意象出发,可以发现小说中贯穿始终的思想,更清晰地呈现作家创作意图,因而,隐喻解读可以成为行之有效的解读方式。

文学隐喻研究在整体隐喻研究的理论演进过程中同步发展,代表隐喻研究最新成就的"映射论"和"概念合成论",对于分析作家在文本中的隐喻表达尤其具有启示性的意义,许多国内外文学研究者已经将其应用于文学领域。文学隐喻研究在文学的历史轨迹上凸显出如下几个关键点:西方浪漫主义诗学隐喻研究、新批评的隐喻研究、原型批评理论、结构主义隐喻转喻二元对立研究模式及后结构主义的隐喻观。

西方文学史上,浪漫主义时代的诗学隐喻研究成就斐然。18世纪意大利哲学家维柯(G. B. Vico)开启这一研究的理论先河,他认为,人类最初用诗性文字思考、用寓言说话、用象形文字书写,这些都基于隐喻思维、借助"诗性智慧"完成。他提出,人类社会的英雄时代使用的语言包括了隐喻、意象等隐喻表达。维柯的"诗性智慧"思想在后世得到

---

① 莱考夫,约翰逊:《我们赖以生存的隐喻》,何文忠译,浙江大学出版社,2015年,第6页。

② 同上,第245页。

③ 同上,第214页。

传承，列维-斯特劳斯（Levi-Strauss）的《野性的思维》、卡西尔（Ernst Cassirer）的神话思维、弗莱（Northrop Frye）等人的隐喻观与神话思想均受到维柯的影响。浪漫主义诗人们则在创作实践中以隐喻、象征、意象、神话激发灵感，传达各自的诗意感受和浪漫情怀，其主要代表人物赫尔德称"诗不仅仅是抒情的呼喊，更是通过隐喻发放出的寓言与神话"①，雪莱宣称"诗人的语言主要是隐喻的，这就是说，它指明事物间那以前尚未被人领会的关系，并且使这领会永存不朽"②。这些观点成为浪漫主义诗学隐喻理论的注脚，对 20 世纪的思想家同样不无启迪。

韦勒克（Rene Wellek）一贯倡导文学"内部研究"，其与沃伦（Austin Warren）合著的《文学理论》（*Theory of Literature*，1942）中区别了同属一个范畴、语义有所重叠的四个术语：意象、隐喻、象征和神话。他们提出，按上述顺序排列，这四个术语代表了两条线的汇聚：其中一条线以"感官个别性方式"诉诸感官的审美的连续统一体，可以使诗歌与音乐、绘画联系起来，但与科学相区别；另一条作为"间接"表述方式，采用转喻和隐喻，在一定程度上比拟人事，把人事的一般表达转换成其他的说法，从而使诗歌主题精确。它们与科学的表达方式截然不同，与它们相关的是"虚构的""神话的"和"诗的"这三种文学表述方式。③ 同时指出，隐喻概念有四个基本因素：类比、双重视野、揭示无法理解诉诸感官的意象和泛灵论的投射。书中还对比论述了隐喻与象征、意象的异同，这种将诗学隐喻"家族成员"并列、对比而论的方法为文学隐喻研究提供了较为清晰的思路。

艾布拉姆斯认为，"诗人也好，散文作家也好，要谈论心灵活动总离不开隐喻"④。他通过大量实例，论证了浪漫主义文学评论关于"表现"的隐喻和心灵的隐喻。在《忠实于自然的标准：罗曼司、神话和隐喻》一

---

① 张沛：《隐喻的生命》，北京大学出版社，2004 年，第 27 页。

② 雪莱：《为诗辩护》，见伍蠡甫，胡经之主编《西方文艺理论名著选编》（中卷），北京大学出版社，1986 年，第 67 页。

③ 韦勒克，沃伦：《文学理论》，刘象愚等译，江苏教育出版社，2005 年，第 210—211，226 页。

④ 艾布拉姆斯：《镜与灯》，郦稚牛等译，北京大学出版社，2004 年，第 59 页。

章,艾布拉姆斯针对现实主义批评家对浪漫主义诗歌的指责做了细致的辨析,呈现了运用隐喻、神话能否真实反映世界的论辩。

加拿大学者弗莱(Northrop Frye)从颇为宏阔的视角提出了自己的一套理论体系。他对隐喻的研究主要体现于如下三个领域:对诗歌隐喻的研究、写作模式的类型划分和对《圣经》隐喻的研究。弗莱对《圣经》进行的隐喻诗学研究是颇具创见的。他认为《圣经》形成了一个庞大的隐喻,"隐喻也许并不是圣经语言的一种偶然性的装饰,而是圣经语言的一种思想控制模式"①。弗莱的原型批评理论同样基于对神话、象征、意象和隐喻几个核心术语的理解,从文学隐喻的视角整体上把握文学类型的共性和走向。

雅各布逊(Р. О. Якобсон)提出的隐喻与转喻的二元对立模式是结构主义语言学领域的重要理论贡献,对其后的许多理论家产生深刻的影响。雅各布逊率先将这一模式用于文学风格的区分,以此说明不同文学流派在文学思维方式上的差异。他认为,语言中隐喻和转喻过程的区别在更大的话语模式中也可以看到。在文学作品中,话语根据相似或毗邻的关系转换主题,这与隐喻或转喻的思维过程一致。不同文学风格的作品可以根据其对不同思维过程的偏好来加以区别。诗歌强调相似性,因而倾向于隐喻,散文本质上由毗邻性促成,因而倾向于转喻。由此他提出,隐喻和转喻是诗学话语展开的两条路线,在浪漫主义、象征主义文学作品中隐喻占主导地位,而现实主义作品中转喻是主流。"从浪漫主义到现实主义再到象征主义的历史进程就可以理解为从隐喻到换喻再回到隐喻的转换。"②这种独特的二元对立在文学批评中是富有启发性的手段。值得注意的是,早于雅各布逊,英国神话民俗学家弗雷泽(James Frazer)曾提出相似律和接触律这两种巫术的原理,并总结了人类思维方式的隐喻和转喻特征,这对雅各布逊的理论模式或有启示。雅各布逊的理论既体现了对前人成果的继承,也带来了对

---

① 弗莱:《伟大的代码》,郝振益等译,北京大学出版社,1998 年,第 82 页。
② 塞尔登等:《当代文学理论导读》,刘象愚译,北京大学出版社,2006 年,第 90 页。

后继研究者的启发。洛奇(David Lodge)在《现代写作模式》(1977)一
书中,对雅各布逊的理论进行了细化和补充,并用于评析现代文学。他
突出了语境的重要作用,认为在一个语境中是隐喻者,换入另一个语境
则可能成为换喻,并提出隐喻式写作和转喻式写作两分法。法国人类
学家列维-斯特劳斯结识雅各布逊之后,接受了索绪尔的语言学方法,
将其用于社会学研究,分析人类学中的亲属关系和神话学。他在神话
的研究中试图揭示故事潜在的二元对立范式,提出每一个神话都有一
个神话结构,由此派生出的许多神话故事是神话结构的各种表达。"神
话结构相当于语言,是无意识的产物;而神话故事则相当于言语,是有
意识的产物。有意识的只是无意识的一种表达。"①而心理学家拉康
(Jacques Lacon)受到雅各布逊二元对立模式的启发,将其用于无意识
的分析中,从结构主义的角度改造了弗洛伊德的理论,提出自己的结构
主义精神分析学说,这是雅各布逊隐喻观在后结构主义中的发展例证。
雅各布逊和列维-斯特劳斯的观点对文艺理论家巴特(Roland Barthes)
的研究方法也产生了影响。在《叙事作品结构分析导论》一文中,巴特
试图找到一种分析叙事作品的普遍方法论资源。由于受到普罗普(B.
Я. Пропп)的启发,他将最小的叙事单元称为功能,并指出,叙事作品由
各种功能构成,依据它们起作用的方式可划分两类:分布类和归并类功
能。分布类功能在横向层次上起作用;归并类功能在纵向上起作用,被
巴特称为"迹象",它常将一个意义单位过渡到更高一个层次中去。功
能包含着转喻关系,迹象则包含着隐喻关系。功能和迹象可以对叙事
作品进行区分:功能强的叙事作品纵向暗示深度较弱;迹象性强的作品
(如心理小说)显示出多层次的深度感,不突出连续叙事;介乎二者之间
的叙事作品则既是多层次的、深度的、隐喻的,又是横向性的、叙事性的
和连贯性的。大多数叙事作品是同时具有功能和迹象特征的。② 上述
研究者多为结构主义或后结构主义者,从雅各布逊到罗兰·巴特,虽然

---

① 刘放桐等:《新编现代西方哲学》,人民出版社,2000 年,第 416 页。
② 参见汪民安:《谁是罗兰·巴特》,江苏人民出版社,2005 年,第 115—116
页。

解决的问题各不相同,但他们在研究方法上颇有共性,都采用隐喻转喻二元对立的研究模式。

解构主义者们也重视并肯定隐喻之于文学的作用,但他们更看重隐喻在解构中的应用。法国解构主义者德里达(Jacques Derrida)认为,结构是西方文化的根基,他将其称为"逻各斯中心主义",解构是对结构进行分解、消除,对西方形而上学传统进行反省和质疑。结构深层的认知方式是隐喻式的,结构更迭组成西方传统思想史,因此,西方思想史就是隐喻或换喻的历史。在德里达的理论中,隐喻成为他针对"逻各斯中心主义"的瓦解策略之一。受到德里达影响的解构主义者保罗·德·曼(Paul de Man)注意到文学作品中隐喻带来的意义不确定性。"修辞在本质上悬置了逻辑,并打开了指涉偏差的多变的可能性。"①对这种不确定性的追寻,恰恰是解构批评采取的策略,解构主义者们由此证明文本的内部如何自相矛盾、破绽百出,因此,隐喻变成一种解构手段,被后现代主义所采用。同为解构主义者的乔纳森·卡勒(Jonathan Culler)在《文学理论入门》(Literery Theory,1997)第五章《修辞、诗学和诗歌》的"修辞手法"一节中,融合了传统和现代的隐喻观,他肯定隐喻是一种重要的修辞手法,并指出它可以作为一种认知方式。

上述文学隐喻研究模式相似,其隐喻研究视点由词语修辞扩大至话语层面,且研究内容具有学科交叉的特点。隐喻正作为一种普遍的认知方式,以激发想象力的方式理解语言和世界。

俄罗斯的文学隐喻研究主要体现在文论和作品文本分析两大领域。文论家关注隐喻在文学中的地位和作用,也不乏文学研究者将隐喻理论用于解读作品,前者以理论分析为主,后者侧重应用研究。

实证主义研究的代表,俄国文艺学家维谢洛夫斯基(А. Н. Веселовский)对文学隐喻的研究体现为三个方面。

首先,对民间诗歌中自然形象的隐喻进行了模式研究,认为这种模

---

① 塞尔登:《文学批评理论——从柏拉图到现在》,刘象愚、陈永国等译,北京大学出版社,2003 年,第 396 页。

式是隐喻、象征、神话、寓言的基础。在其研究文学样式起源的《历史诗学》（Историческая поэтика）一书中，他考察了各国历史早期的诗歌，发现民歌中大量存在有关人的内心生活与大自然现象之间的对照手法，他将这种民间诗歌的模式称为二项式对比法（параллелизм двучленный），并"将原初的二项式对比法与人类历史早期思维的万物有灵论联系起来，而这种思维的特征就在于，将自然现象与人的现实生活发生关联。他还断言：象征、隐喻、动物寓言中的讽喻式的形象性正是从二项式对比法这类手法中延伸出来的"①。

其次，对修辞隐喻的分析。受到以亚里士多德为代表的古典修辞学的影响，维谢洛夫斯基的历史诗学体系中，隐喻基本上是立足于修辞的分析，他认为，"把对比中的一个成分所固有的特征转移到另一个成分上，这是——语言的隐喻；我们的语汇充满了这些隐喻"②，"隐喻是修辞不断发展而产生的新现象，隐喻中反映了混合艺术（синкретизм），尤其是世界的诗学幻象"③。他还指出："每个词都曾在某个时期是比喻，都曾从某个侧面形象地表现客体的某个方面或特征，这对于它的生命力而言，是最富于特征性和代表性的。"④这与当代隐喻理论中对隐喻的观点不谋而合。

再次，维谢洛夫斯基指出隐喻在民俗仪式中的作用，认为"心理对比法及隐喻的对比成分构成了许多民族仪式的基础"⑤，从中可以发现人类学对他的影响。

俄国形式主义者突破了维谢洛夫斯基的诗学研究模式，借助语言

---

① 哈利泽夫：《文学学导论》，周启超、王加兴、黄玫、夏忠宪译，北京大学出版社，2006年，第339页。

② 维谢洛夫斯基：《历史诗学》，刘宁译，百花文艺出版社，2003年，第152页。

③ См. об этом：Тамарченко Н. Д. Теория литературы. Том 2. М.：Академия. 2004. С. 47."混合艺术"是维谢洛夫斯基提出的概念，用来指人类原始文化初期各种不同艺术混为一体的现象，认为叙事诗、抒情诗和戏剧都是以一定的演化类型从混合艺术演化而来。

④ 维谢洛夫斯基：《历史诗学》，刘宁译，百花文艺出版社，2003年，第459页。

⑤ 同上，第305页。

学成果将研究视角锁定在文学作品内部,其理论核心概念"文学性"和"陌生化"都提到隐喻,他们关注的是隐喻带来的审美效果。形式主义文论以关注"文学性"而闻名,这一概念由形式主义核心人物雅各布逊在分析诗歌语言时提出,特指文学区别于其他学科的独特性,"是使一部作品成为文学作品的东西",而文学性就在文学作品的语言形式中。他认为,"隐喻类的文学作品中,诗性功能强,因而文学性也就较强"。陌生化是形式主义文论的另一核心概念,由什克洛夫斯基(В. Б. Шкловский)在《作为技巧的艺术》一文中提出,"艺术的技巧就是使对象陌生,使形式变得困难,增加感觉的难度和时间的长度,因为感觉过程本身就是审美目的,必须设法延长"。[①] 陌生化过程无非是要实现审美目的,这是一个借助艺术形象实现感性认知的过程,与隐喻产生新意的作用机制是相同的,因此隐喻可被视为陌生化的手法之一,托马舍夫斯基(Б. В. Томашевский)就曾谈到诗歌修辞中"磨损隐喻"(стёршиеся метафоры)如何推陈出新。他在《文学理论:诗学》一书中论述词义变化问题时,从诗学语义学辞格的角度谈到隐喻。他指出两种隐喻:第一种是以有生命体喻无生命体,即拟人;第二种是以具体喻抽象,以生理现象喻道德和心理现象。他指出,"隐喻的效果经常表现为词语的形象性:隐喻表达是形象性的","语言隐喻(即意义带有隐喻来源)不是修辞学意义上的隐喻,因为语言隐喻当中的第二重意义被当作常用意义",他强调"修辞隐喻应当是新的,意想不到的"。[②] 托马舍夫斯基进而指出,隐喻意义的翻新可通过同义词替换和补充修饰语两种手法实现。这种令磨损隐喻意义翻新的手法也正是陌生化的一种方式。可见不论是"文学性"还是"陌生化",都与隐喻密不可分,因而在形式主义文论中,隐喻也是一个关键术语。

　　文艺学家奥·米·弗莱登贝格(О. М. Фрейденберг)在研究古希腊罗马的诗歌和神话时分析了隐喻意义的生成。她认为,"隐喻就是将一

---

　　① 朱立元:《当代西方文艺理论》,华东师范大学出版社,1997 年,第 49,51,45 页。

　　② Томашевский Б. В. Теория литературы. М.: Аспент-пресс. 2002. С. 53.

个现象的特征转移至另一个现象（如'钢铁意志'）。我们使用隐喻时产
生比较成分'像……一样'，它在隐喻中总是存在（如'意志像钢铁一样
坚硬'）"①。她将历史诗学和语义学方法结合起来，系统研究体裁和情
节的发展规律，"肯定了神话的认识意义"，"对动态中的神话和形成中
的文学做出成功的阐释"。② 她很重视隐喻研究，曾撰文《希腊抒情诗的
起源》（Происхождение греческой лирики），将形象作为意义，隐喻作为
意义的表达，并指出，诗学隐喻必然具有概念的实质，诗学隐喻建构概
念，是概念功能中的形象。③ 在《神话与古代文学》一书中，她提出神话
形象（мифологический образ）和概念（понятие）是理解世界的两种方法，
神话形象是具象、感性的思维，而概念是抽象思维。④ 她在研究古希腊
罗马文学各种题材和体裁的形成、演化过程时，历史地分析了古希腊、
古罗马文学中的隐喻，认为其中既有神话形象的具体语义，也有概念的
抽象含义。她认为隐喻并未带来形象性质的变化，而是以另一种表达
带来了新的意义，"新义开始以另一种方式传达形象的语义，换言之，是
在完全不同的一个层面——抽象地传达，仿佛思想读到的是一回事，而
所说出的是另一回事"⑤。弗莱登贝格精辟地指出，隐喻包含着比喻和
谜语。"任何隐喻都隐藏着谜语，首先因为需要弄懂它、猜透它，其次因
为隐喻不像概念那样直截了当表达意义，最后则因为隐喻的语言建构
在寓意上并且以特殊方式说出：在形式上用形象表达，在内容上用概念
表达。"⑥弗莱登贝格关于隐喻的论述结合了大量古希腊罗马文学的实

① Фрейденберг О. М. Миф и литература древности. М.：«Восточная
литература» РАН. 1998. С. 241.

② Мелетинский Е. М. Поэтика мифа. М.：Наука. 1976. С. 141.

③ См.：Николюкин А. Н. Литературная энциклопедия терменов и
понятий. М.：Интелвак. 2003. С. 533.

④ См.：Фрейденберг О. М. Миф и литература древности. М.：«Восточная
литература» РАН. 1998. С. 233.

⑤ Борев Ю. Б. Эстетика. Теория литературы：Энциклопедический словарь
терминов. М.：Астрель. 2003. С. 241.

⑥ Фрейденберг О. М. Миф и литература древности. М.：«Восточная
литература» РАН. 1998. С. 249.

例,详尽平实地呈现了隐喻在古代文学中的特点和使用规律。尽管她的理论中不乏引起争议之处,但她的一些见解还是颇有见地,因而得到重视。

俄罗斯著名学者洛特曼(Ю. М. Лотман)将隐喻纳入自己的理论框架,对隐喻的应用独树一帜。洛特曼在其文化符号学理论中,提出将隐喻作为创新思维的基本机制。洛特曼认为,"隐喻就是应该整合两个相互对立的符号结构,相互对立的符号结构应互相融通成为一个统一的整体。思维要有创新,即生成新的意义,必须要有两个因素相互作用"①。洛特曼在比较分析了雅各布逊、艾柯和托多罗夫等人的隐喻观之后转入文化领域的隐喻研究。他指出,在文化发展史上有一些历史阶段非常重视隐喻,例如神话诗学时期,中世纪,巴洛克时代,浪漫主义时代,象征主义时期和先锋派,隐喻成为这些时期所有艺术话语的不可缺少的标志。但洛特曼将隐喻修辞手段更换为隐喻思维方式研究,着重揭示文化文本的创新机制,指出隐喻思维是人类创新思维的机制。他用该理论分析各类文化文本,具有方法论的启迪。利哈乔夫(Д. С. Лихачёв)等人曾论述比词语搭配更为广义的语境下的隐喻象征,包括整部作品语境中的隐喻象征。有时将各类寓言(иносказание)(包括长篇的文本)也称为隐喻。可见,隐喻可以作为一种思维方式;隐喻象征可存在于整部作品的语境中。

借助认知隐喻学理论在作家、现实、文本之间搭建解读桥梁是当今的新兴热点。戈洛文金娜(Головенкина Н. В.)的副博士论文《在布尔加科夫艺术世界图景中现实的隐喻模式化》就是在文学研究中应用概念隐喻理论的范例。戈洛文金娜指出,"运用彼此相联系的隐喻系统使作家可以构建艺术现实的完整模式,借助属于另一个概念(понятие)领

---

① 李肃:《文化的创新机制——洛特曼文化符号学的视角》,外语教学与研究出版社,2008 年,第 70—71 页。

域的概念(концепт)以表现各要素之间的联系"①。隐喻模式是一个新出现的术语,对它的界定尚处在争论中,戈洛文金娜参照丘季诺夫(А. П. Чудинов)界定隐喻模式的定义:隐喻模式存在于语言载体意识内部的直接派生关系中,是基本意义与再生意义典型语义的对比,它是新的、再生意义产生的标准。戈洛文金娜采用了"隐喻模式化""概念隐喻""隐喻模式"等认知语言学中惯用的表述。她认为,分析作品中的隐喻模式可以概括作家将现实隐喻化的规律。文学作品中的世界图景反映着作家个人对现实世界的理解和思考,借助内容元素、语言和形象手段体现出来。她运用莱考夫和约翰逊的概念隐喻理论,分析了布尔加科夫作品中对现实的隐喻,将作家观念作为源域,社会现实作为目标域,创作作为从源域向目标域的隐喻映射,从而通过分析作家的艺术世界图景,得出其创作中对现实的隐喻模式。她的研究对于以隐喻揭示作家、文本与现实的关系很有启迪。

二、隐喻思维

　　文学是语言文字的合成,是人类思维的产物。语言文字原本就是"近取诸身,远取诸物"的隐喻系统,思维和语言又同样都具有隐喻的本质,因此,可以说隐喻与文学是天然联系在一起的。俄罗斯古典文学文化研究者利哈乔夫曾指出,隐喻象征可以超越词的组合,存在于更为广阔的语境中,甚至一部作品的语境中。在《文学术语和概念百科辞典》中如是说:"有时将所有的寓言,包括长篇文本都称为隐喻。"②本书在文学范畴内理解隐喻,认为隐喻不仅存在于修辞层面,还存在于文本的整体语境下。广义的隐喻是通过一些文学手段来暗示、折射题旨的表达手法,其基本特征是"言在此而意在彼"。隐喻有时可能成为统摄全文

---

　　①　Головенкина Н. В. Метафорическое моделирование действительности в художественной картине мира М. А. Булгакова. Автореферат. Челябинск. 2007 [EB/OL]. http://cheloveknauka. com/metaforicheskoe-modelirovanie-deystvitelnosti-v-hudozhestvennoy-kartine-mira-m-a-bulgakova.

　　②　Николюкин А. Н. Литературная энциклопедия терменов и понятий. М. : Интелвак. 2003. С. 533.

的主导表达方式,这是由作家的艺术思维决定的。

隐喻思维是人类思维方式的一种,通过事物间的类比和联想发现相似性,找到事物间的联系,从而实现由已知到未知的认识过程。认知隐喻学认为隐喻思维是人类思维的本质特征,是一种独特的创造性思维。隐喻表达和隐喻思维关系密切,相互依存。隐喻思维对隐喻表达起决定性作用,是隐喻表达的内在基础,隐喻表达则是隐喻思维的外在表现。

在西方思维哲学的研究过程中,人们对隐喻思维的认识经历了无视、发现、批判、反思再到接受和重视的曲折历程。在梳理前人对隐喻思维的研究论著过程中可以发现,隐喻、神话与原始思维的关系问题是对隐喻思维认识的关键。对隐喻思维与神话和诗性智慧的认识源自维柯。虽然处在一个逻各斯居统治地位的时代,维柯已经极富远见地洞察到,原始思维、隐喻思维和神话思维是同质相通的。他认为,"荷马式的英雄史诗源于'神圣'诗歌,即源于神话;而后者的特征在很大程度上取决于那种尚不发达的、特殊的思维方式,它可与儿童心理相比拟"[1]。他注意到诗歌创作中的隐喻思维,将其称为"诗性玄学",并指出"最初的诗人们就用这种隐喻,让一些事物成为具有生命实质的真事真物,并用以己度物的方式,使它们也有感觉和情欲,这样就用它们来造成一些寓言故事"[2]。维柯对神话思维的肯定是对当时过于偏重理性主义的反拨,其理论科学性虽然并不完备,但他的独到见解影响至后世的哲学家和人类学家。列维-布留尔通过研究原始思维加深对人类的思维特征与方式的认识。他指出原始思维是以集体表象为形式、遵循互渗律的原逻辑式的神秘思维。原始思维相信个体和社会集体、社会集体与周围环境之间可以神秘互渗。在区分原始思维与逻辑思维的同时,他指出,原始思维是以后各种思维类型的源头,逻辑思维也不完全排除原逻辑思维,而是与原逻辑的神秘因素共存。列维-斯特劳斯将神话思维

---

① 梅列金斯基:《神话的诗学》,魏庆征译,商务印书馆,1990 年,第 9 页。
② 维柯:《新科学》,朱光潜译,商务印书馆,1989 年,第 183 页。

（或原始思维）称为"野性的思维"，这种思维更为依靠感觉直观，"野性的思维借助于形象的世界神话了自己的知识。它建立了各种与世界相像的心智系统，从而推进了对世界的理解"①。他用结构主义原理论述神话思维，认为神话思维是"理智形式的修补术"，是借助概念和形象间的中介物——"记号"进行的组合，无论组合成何种形式，永远只是将一种意象从一个对象移置到另一对象之上。他研究神话深层结构，通过具体情节寻找共同的结构原理，从而发现人类神话思维的普遍性规律，并提出神话思维是具体的科学思维，其与抽象的科学思维仅在形式上不同。

卡西尔提出隐喻思维和逻辑思维是人类精神活动的两种类型，指出隐喻思维是语言和神话的共同前提。"人类的全部知识和全部文化从根本上说并不是建立在逻辑概念和逻辑思维的基础上，而是建立在隐喻思维这种先于逻辑的概念和表达方式上。"②卡西尔强调，语言思维中充满了神话思维，应当从隐喻着手研究语言与神话的异同。海德格尔和伽达默尔等人则从本体论阐释学的角度，将隐喻思维作为逻辑思维的基础，如伽达默尔认为隐喻属于"逻各斯"的领域。在隐喻思维与逻辑思维的关系问题上，他们对卡西尔有所超越。当代对隐喻思维的研究在概念隐喻理论中得到重大突破。莱考夫和约翰逊强调隐喻存在的普遍性，他们认为，人类思维、行动的普遍概念系统归根结底具有隐喻的性质，即隐喻思维是人类一种基本思维方式。综上所述，隐喻思维是人类认知活动的一种重要方式，是认识世界的一种主要工具。"隐喻不仅是语言的构成方式，也是我们全部文化的基本构成方式。正像隐喻总是超出自身而指向另外的东西，它使人类也超出自身而趋附更高的存在。语言的隐喻功能在语言中创造出超乎语言的东西，隐喻思维

---

① 列维-斯特劳斯：《野性的思维》，李幼蒸译，中国人民大学出版社，2006 年，第 289 页。

② 卡西尔：《语言与神话》，于晓等译，生活·读书·新知三联书店，1988 年，第 127 页。

使人类在思维中能思那超越思维的存在。"①如今人们已经认识到,隐喻思维在本质上是一种创造性思维,理性思维必须通过隐喻方式才能完成自我更新。文学作为人类创造性思维活动的产物,其产生、发展和存在都无法脱离与隐喻思维的联系,"诗与思"最初就密不可分。

虽然隐喻思维在文学中普遍存在,但在不同作家的创作中,隐喻思维的影响和表现方式还是有很大差别。阿鲁秋诺娃(Н. Д. Арутюнова)曾指出,文学家不是用通常的观点来看世界,而是透过形象来理解事物、看待世界,这也决定了隐喻对文学创作具有重要作用,对某一位作家或诗人所用的典型隐喻进行分析,可以总结出该作家的创作特点。② 对于金来说,隐喻思维在其艺术思维中占主导地位,这种艺术思维方式决定了作家观察、理解世界的方式,也影响到他对个人艺术世界的构建。把握金的隐喻思维特点和表达方式可以从作家对词语的认识来入手。在金80周岁生日的电视访谈中,他特别强调了词语的重大意义:"对我而言,词语不仅仅是信息,词语对我来说就是精神生活的本质。"③他的创作中大量运用隐喻表达方式,"以此喻彼",以形象性手段表现抽象的哲理,形成贯穿于作家整体创作中典型的隐喻风格。他以隐喻的思维方式超越现实,实现了对人物精神世界和超验感受的表达,跨越了现实与想象之间的沟壑,将自己的心灵哲思以文学的形式呈现出来。

本书在文学文本整体语境下考察隐喻。"只要是在一定的语境中,某一类事物用来谈论另一类不同的事物就构成了隐喻,那么隐喻就可能在各个语言单位层次上出现,包括词、词语、句子和话语。根据语境特点,话语可小至单词,可大至一个句子、一首诗、一篇文章、一组作品。"④文学隐喻源于具体的语境,在语境中产生、存在。斯克列亚列夫

---

① 耿占春:《隐喻》,河南大学出版社,2007年,第5页。

② См. об этом：Арутюнова Н. Д. Метафора и дискурс//Теория метафоры. М.：Прогресс, 1990 [EB/OL]. http://www.nspu.net/fileadmin/library/books/2/web/xrest/article/leksika/strukture/aru_art01.htm.

③ Николаев А. 80 лет исполнилось Анатолию Киму [EB/OL]. https://tvkultura.ru/article/show/article_id/346167/.

④ 束定芳:《隐喻学研究》,上海外语教育出版社,2000年,第44页。

斯卡娅确信,"离开语境不可能确定文学作品隐喻的语义本质。语境不是文学作品隐喻的装饰,不是背景,甚至不是隐喻存在的'营养环境',语境是文学作品隐喻的语义主体,是它的内涵"①。文学隐喻是主观的,具有美学功能,体现着作家的风格。"文学隐喻超越了修辞的语词选择甚至语境范畴,在文本中和其他多种文学手段、修辞方式并用,成为一种带有全局性和整体性的美学现象,并且作家对喻体的选择更富有个性化和独创性,常常包含了大胆的想象、意象的跳跃。即使是隐喻意象的使用在整个作品中是局部的,但由于它构筑了新的意义层次,提升了作品的境界,所带来的审美效果仍然是整体性的。"②在作家隐喻艺术思维的统领下,隐喻可能成为整部作品的主导表达方式。

　　隐喻是一种暗示、折射题旨的言说,其基本特征是"言在此而意在彼",往往可以通过人们熟悉的、具体的形象事物或思想概念,表达复杂抽象的哲理思想。本书提到的隐喻含义有广狭之分,隐喻模式的隐喻所指为隐喻诗学家族的整体,是基于隐喻艺术思维的文学表达方式,此时隐喻是一个宽泛的概念;而作为隐喻组元之一的隐喻是诗学隐喻家族中一种隐喻表达手法,是较为狭义的隐喻。

　　诗学层面的隐喻包括意象、隐喻、象征、神话、童话、原型等。③ 在庞大的隐喻诗学家族中,这些手法均为文学隐喻手段。这些概念交叉程度很高,是统一在隐喻话语中的概念域。它们在文学话语中的意义生成机制和表达方式都源于隐喻思维,因此同属文学隐喻家族,隐喻思维是它们内在的共性特征,金诗学手段的主体就建立在这一基础上。

　　在金的小说文本中,意象、隐喻、象征、神话、原型、童话和寓言是隐喻形式要素的基本单位,即隐喻艺术组元。在金以隐喻思维为主导的艺术世界中,多种隐喻表达手段并存,构成其文学话语的基本元素。它

---

　　① Скляревская Г. Н. Метафора в системе языка. СПб. : Наука. 1993. С. 35.

　　② 汪正龙:《修辞、审美、文化——隐喻的多维透视》,《江汉论坛》,2016 年第 9 期,第 92 页。

　　③ 张沛:《西方文论关键词》,外语教学与研究出版社,2006 年,第 778 页。

们是构成金隐喻表达的基础层面,隐喻建构的第一层次。这样的文学元素组合似颇有大全之嫌,但对于金而言非常适用。金的创作手法多元变化,体裁融合大胆创新,艺术思维自由不羁,哲学探索兼容并包,世界感受神秘玄奥。在金的作品中,经由上述表层的、具体的隐喻表达手段组成形象体系和时空结构,保障了深层的思想内涵得以栖居。无论是关乎个体生存层面的困惑,还是关乎人类整体未来的思索,都在隐喻建构中通过伦理道德、人生哲理、存在主义感受、生态发展和宗教哲学等题旨显现出来。

隐喻诗学“家族”中,各组元间的关系十分复杂。韦勒克和沃伦指出,意象、隐喻、象征和神话这四个术语,就其语义来说“都有相互重复的部分”,“它们的所指都属于同一个范畴”。① 而神话、童话、原型、寓言等都可视作扩展的隐喻。在金的小说创作中,诸多艺术组元均有体现,且呈高度融合的存在状态,这也是源于它们概念语义的相近甚至重合。本书将意象作为隐喻表达的最小单位,将象征与隐喻视为文学隐喻表达的基本方式,将神话、童话、原型、寓言视为复杂、扩展的隐喻表达,是一系列意象形成的相对完整庞大的“意象群”,其表现方式更为丰富多样,含义更加深刻复杂。下文着重解说这些术语与隐喻的深厚渊源,以便从理论上证明这些文学手段作为隐喻组元的可行性和有效性。虽然诸多组元在金的文本中广泛存在,但是鉴于这些概念本身的语义重合、它们在文本中的高度融合以及下文在形象体系和时空体系中将进行的论述,为避免重复,本章对某一组元在金作品中的呈现仅概括提及,隐喻组元在金小说中形象层面和时空体系中的具体呈现详见本书第三章和第四章。

---

① 韦勒克,沃伦:《文学理论》,刘象愚等译,江苏教育出版社,2005 年,第 210 页。

第二节　意象、象征

一、意象

意象（Imagery）是关于文学艺术创作中审美想象、审美形象等的重要术语，它在文学批评中出现频率很高，然而其含义较为模糊。艾布拉姆斯的《欧美文学术语辞典》中认为，这是"一个最常见而又最含混的用词，它的使用范围可以包括读者从一首诗中领悟到的'意象'以至构成一首诗的全部描写内容"①。新批评将意象视为诗歌的基本成分，韦勒克和沃伦指出，"意象是一个既属于心理学，又属于文学研究的题目。在心理学中，'意象'一词表示有关过去的感受或知觉上的经验在心中的重现或回忆，而这种重现和回忆未必一定是视觉上的"②。他们很注重意象的感觉特点。意象派诗人庞德的定义更为贴切："一个意象是在瞬息间呈现出的一个理智与情感的复合体。"③可见，在对意象的理解中，有着意（即主观情感、体验）和象（即客观物象）两者的参与。

在俄文表达中，"意象"和"形象"可以用同一个词 образ。文学术语 поэтический образ，往往被译为"诗意形象"，即"诗歌意象"。白春仁先生认为文学中的艺术形象就是意象。"在严格的意义上，意象是事物的艺术概括，是注入作者情思的典型而又独特的反映。"④他强调形象中包含了作者对形象的评价态度，意象是"含意之象"，"意"可解释为作者的情思。白春仁先生主要从文学篇章结构的角度研究意象，认为从篇章的话语层、形象层、含义层这三个层次，渐次深入，最终可以引申出作品

---

① 艾布拉姆斯：《欧美文学术语辞典》，朱金鹏等译，北京大学出版社，1990年，第 141 页。

② 韦勒克，沃伦：《文学理论》，刘象愚等译，江苏教育出版社，2005 年，第 211页。

③ 转引自王先霈等：《文学理论批评术语汇释》，高等教育出版社，2006 年，第258 页。

④ 白春仁：《俄语语体研究》，外语教学与研究出版社，1999 年，第 32 页。

的主旨。在这个研究过程中,意象是从文学话语(形式)到作品主旨(内容)的关键环节。

《文学术语和概念百科辞典》对 образ 界定为:这是"艺术所特有的,通过塑造有审美感染力的客体再现、诠释、理解生活的一种形式(例如文学中的性格和诸如莱蒙托夫笔下《帆》的象征意象)","它是作品的存在方式,包含了表现力、感染力和意义方面。"[①]词条中从符号学、认识论和美学视角对意象进行了较为详尽的分析,但上述概念界定仍显得有些模糊,可以说包含了形象和意象两重含义。

也许正因 образ 一词多义,在俄罗斯文论中,有时在对形象的论述上会提及意象。"在哲学和心理学中,形象指的是具体的表象,即人的意识对单个物体(现象、事实、事件)其情感上可感知的外形的映像。"[②]波捷布尼亚认为形象"是被再现的表象","是某种从情感上可感知凭感性去接受的客观现实",而"形象的任务即藉助于其能将各种各样的对象和活动归组分类,并通过已知的事物来说明未知的事物"。[③] 他的看法恰恰可以用于说明意象所具有的形象性和感受性。什克洛夫斯基在《作为手法的艺术》一文中特地分析了诗意形象,强调诗意形象是加强印象的诗歌语言手段之一,诗意的艺术性是我们感受方式所产生的结果。他还以此作为导引,提出打破感受惯性的"陌生化"理论。哈利泽夫(В. Е. Хализев)在分析"艺术形象"(художественный образ)时赞同波捷布尼亚对"形象"的观点,区分出"作为意识现象的形象性表象和作为这一表象之感性体现(视觉的和听觉的)的形象本身"。他借鉴符号学理论,划分出"形象"和"形象性",特别指出形象的"那些可从情感上去感知可凭感性去接受的特征",认为"符号概念并未取代传统的形象和形象性的概念,但已将形象和形象性置于一种新的、更为广阔的涵义

---

① Литературная энциклопедия терминов и понятий. Николюкин. А. Н. М. : Интелвак, 2003. С. 669 - 670.

② 哈利泽夫:《文学学导论》,周启超等译,北京大学出版社,2006 年,第 118 页。

③ 哈利泽夫:《文学学导论》,周启超等译,北京大学出版社,2006 年,第 119—120 页。

语境中",可以将符号概念用于分析作品的语言结构,评析人物肖像和行为方式。① 总的来说,什克洛夫斯基看重的是意象对于诗歌创作审美感受的作用,而波捷布尼亚、哈利泽夫注重的是意象"可被感知、感受"的特点,这一点正是新批评理论家十分重视的。其实西文的"意象"(imagery)同样以"形象"(image)为基础,而且对文学意象的论述从未脱离文学形象。

明晰了意象的界定及其特点之后,可以发现意象与隐喻关系十分复杂,二者既有联系又有区别。它们的联系体现在两方面:第一,意象和隐喻都具有形象、"图式"特征,这在二者的概念界定中可以轻而易举地发现;第二,意象可以构成隐喻,隐喻可以作为意象之间的组合方式。在意象的使用中,艾布拉姆斯指出意象和隐喻的联系,即意象可借助隐喻得到表达,且意象可以构成隐喻。② 韦勒克和沃伦则详细分析了意象的构成和在诗中的应用类型,将威尔斯(H. W. Wells)的《诗歌意象》一书中提出的七种意象重新排列,得出隐喻与意象密不可分的结论。事实上,隐喻和象征都可以作为复杂意象的构成方式。

意象与隐喻的区别主要体现在:首先,其构成和存在方式有所不同。意象是一个主客观的复合体,隐喻则必有两个客体存在。俄罗斯《文化学百科辞典》提到意象、隐喻和象征的组分区别,"意象是单一的(образ един),隐喻有双重成分(метафора двухсоставна)",并且提出"形象在揭示世界,象征在影响世界,而隐喻在模拟世界"③,从三者的功能角度进行了对比区分。学者朱全国在《文学隐喻研究》中提到,意象作为"融合了情感与思想的存在",在作品中,"本身可以成为一个较为独立的存在",单独构成表现样式。④ 隐喻则不具备这种自在性,它由本体

---

① 明茨,等:《俄国形式主义文论选》,王薇生编译,郑州大学出版社,2005 年,第 211—213 页。

② 艾布拉姆斯:《欧美文学术语辞典》,朱金鹏等译,北京大学出版社,1990 年,第 141—143 页。

③ Левит С. Я. Культурология. Энциклопедия. Том 1. М.: Российская политическая энциклопедия. 2007. С. 1295.

④ 朱全国:《文学隐喻研究》,中国社会科学出版社,2011 年,第 234 页。

和喻体构成,展示的"图式"往往是双重的。① 其次,二者意义产生的方式不同。意象的意义产生于意象自身,不需要转化,意象与自身相等;隐喻是一事物在另外一个事物的暗示之下产生出新义,隐喻必然存在意义的转化,如同完成一个自我超越的过程,因而张沛在《隐喻的生命》中称"隐喻是转换生成的'三'"②。

在诗学隐喻家族中,意象是最基本的组元,它虽然可以在作品中单独得到表现,但更多时候为了增强表现力,往往以团队形式出现,构成"意象群"。比如上述意象彼此相关,叠加在特定时空中,成为灾难隐喻、永生象征等更为复杂的哲理思考。叠加意象借助隐喻家族的中坚力量——隐喻和象征的方式来实现意象复杂化。对于意象、隐喻和象征的关系,学者汪正龙指出,这三者之间"并不是并列的,隐喻和象征毋宁说都是文学意象的存在的不同方式"③。关于隐喻意象与象征意象的区别,涉及下一个更为错综复杂的问题:象征与隐喻。

二、象征

象征(symbol)译成俄文是 символ,这个词在符号学、数学、人类学、心理学等领域通常用作"符号"之意,在文学、美学、宗教学等领域则译为"象征"。从词源学上看,symbol 源自希腊词 symbolon,本义是双方将某一信物分成两半,各执其一,日后相遇可凭断处的裂痕加以"拼合"完整,以此相认。symbolon 的动词形式是 symballein,含意正是"拼合""比较"或"凑成",可见象征最初是指本身不完整的事物,需要另外的事物或它自己的另一半来拼凑合成才可构成整体,因此象征从古希腊开始已经与记忆、比较、辨认、整体等观念联系在一起。关于象征的概念界定中,基本上都关注了象征双重组分,可以看出上述源头的影响。

《文学术语与概念百科辞典》对象征界定如下:"物象(предмедный образ)与内涵(глубинный смысл)构成象征的结构,物象与内涵就像缺

---

① 同上,第 238 页。
② 张沛:《隐喻的生命》,北京大学出版社,2004 年,第 17 页。
③ 汪正龙:《文学意义研究》,南京大学出版社,2002 年,第 104 页。

一不可的两极，但又彼此相离，因此产生了象征。"①《美学·文学理论·术语百科辞典》将象征界定为"一种有生命或者无生命的客体，它指称或者'就是'另外某种东西"，在列举了一系列包含象征意义的手势、动作（如捶打胸口象征懊悔或惋惜）之后又指出，"文学象征集形象与思想于一身"②。在象征主义文论中，象征指"完整的主体意识，它把这个完整的意识分为两半，一半留在意识里，一半以文字形式留给人世间"③，也就是说，需要通过联想打通感官和心灵，才能体味到象征之义，领略象征之美。

一般说来，象征具有暗示性、多义性、不确定性等特征。俄国象征主义诗人伊万诺夫（В. И. Иванов）曾指出象征的多义性："不能说蛇作为象征就仅仅意味着'明智'，而十字架作为象征，就只表示'赎罪苦难的牺牲'……在意识的不同领域同一个象征也会具有不同的意义……联系着蛇的全部象征和这些象征意义的是伟大的宇宙神话，这其中在神圣蛇象征的每一个含义都在神圣的一体的各层面各得其所。"④歌德（J. W. Goethe）曾论述过象征义的不确定性，"象征把现象转换成观念，又把观念转换成意象，这个观念始终在意象中保持其无限的活跃性，难以被捕捉到，即使采用各种语言来表达它，也无法表达清楚"⑤。黑格尔则着重指出象征的"暧昧性"，他认为作为象征的形象不能同意义完全一致，而抽象意义的内容可以用不止一个形象表示，这种形象和意义之间的不协调性产生了"象征的暧昧性"⑥。

韦勒克和沃伦对比了不同领域的象征界定，认为"它们共同的取义

①　Николюкин. А. Н. Литературная энциклопедия терминов и понятий. М.：Интелвак. 2003. С. 976.

②　Борев Ю. Б. Эстетика. Теория литературы. Энциклопедический словарь терминов. М.：Астрель. 2003. С. 400.

③　张首映：《西方二十世纪文论史》，北京大学出版社，1999年，第56页。

④　Тамарченко Н. Д. Теория литературы. Том 1. М.：Академия. 2004. С. 157.

⑤　王先霈、王又平主编：《文学理论批评术语汇释》，高等教育出版社，2006年，第289页。

⑥　参见黑格尔：《美学》，朱光潜译，商务印书馆，2009年，第10—11页。

部分也许就是'某一事物代表、表示别的事物'",并提出,文学理论上的象征"较为确当的含义应该是:甲事物暗示了乙事物,但甲事物本身作为一种表现手段,也要求给予充分的注意"。① 可是,如果单纯从这一界定出发来理解象征,在与隐喻相对照时,则势必陷入这两个术语概念的"纠缠不清"。

从上述种种界定可以看出,隐喻与象征有着极为密切的关系,二者的区分必定是艰难的。事实上,这两个术语在许多方面的确十分相似,这一点也早为诸多学者发现。利哈乔夫曾提到,在古俄罗斯文学中"我们认为是隐喻的用法,在很多情况下是隐蔽的象征"②。葛兆光认为,"象征本来是一种符号、一种暗示、一种隐喻"③。洛谢夫(А. Ф. Лосев)认为,象征不但与标识(эмблема)不同,而且区别于符号(знак),象征与隐喻最为接近,"在隐喻和象征中事物的意义和事物的形象彼此交织,这其中就有二者的相似之处"④。利科(Paul Ricoeur)在研究了隐喻与象征意义生成过程的相似之后提出,"从纯语义学的观点来看,象征的定义与隐喻的定义没有什么不同"⑤。因此,此处先从二者的共性入手。

隐喻与象征是一对语义上近乎相同的概念,这对术语堪称诗学隐喻家族中的"双生子",二者有诸多相似之处。首先,象征与隐喻由共同的思维方式构成,二者都基于隐喻思维。根据叶芝对诗歌的"隐喻符号"与象征的"玄想符号"的区别可以发现,"象征的玄想符号包含隐喻的因素……与隐喻相比,象征不是个别的,而是整体的、体系化的,象征是隐喻的体系","象征具有隐喻性,或隐喻是象征的基础",不过"象征

---

① 韦勒克、沃伦:《文学理论》,刘象愚等译,江苏教育出版社,2005 年,第 214 页。

② Тамарченко Н. Д. Теория литературы. Том 2. М. : Академия. 2004. С. 148.

③ 葛兆光:《中国思想史·导论》,复旦大学出版社,2005 年,第 57 页。

④ Тамарченко Н. Д. Теория литературы. Том 1. М. : Академия. 2004. С. 157.

⑤ 汪正龙等:《文学理论研究导引》,南京大学出版社,2006 年,第 78 页。

高于隐喻,是隐喻的提升,比隐喻更深刻、完美和动人"。① 韦勒克、沃伦
将意象、隐喻和象征概括为如下的关系转换之链条:"'象征'具有重复
与持续的意义。一个'意象'可以被一次转换成一个隐喻,但如果它作
为呈现与再现不断重复,那就变成了一个象征,甚至是一个象征(或者
神话)系统的一部分。"②简言之,他们将象征视为重复多次的意象,而隐
喻则是形成象征的基础。在西方,很多人将隐喻视为象征的特殊种类,
也有人视象征为隐喻,都是基于二者的隐喻性而言。其次,象征和隐喻
的构成方式相同,都由两部分构成,隐喻由本体与喻体构成,象征由象
征体与象征义构成。正因如此,在描述二者构成的概念表述上极为相
似。再次,象征与隐喻在意义形成过程中都生成新义。隐喻的两个组
成部分通过彼此的关联或替代,相互作用而产生新义。而关于象征义,
美国学者坡林(Laurence Perrine)曾指出,"象征的定义可以粗略地说成
是某种东西的含义大于其本身"③,这部分超越本身的含义便是象征产
生的新义。第四,象征与隐喻的意义表达方式都具有暗示性,二者都以
暗示指向各自的深层含义。人们有时会将隐喻义的解读喻为"破解谜
团",俄罗斯也有学者将谜语和隐喻联系起来研究,而古希腊语中"谜"
这个词就是出自古希腊语的象征一词。隐喻在两个事物的相互关联中
形成隐喻新义;象征意义从来都不是明确表述、一览无余的,而是通过
具体形象暗示某种抽象含义,具有暗示性、多义性的特点,象征义需要
在特定语境下发挥联想、想象来得出。

　　虽然象征与隐喻有着许多相似之处,但它们终究有别。黑格尔对
象征与隐喻的区别可谓切中要害。他认为"象征一般总是一个形象或
一幅图景,本身只唤起对一个直接存在的东西的观念"。黑格尔在指出
象征的形象或图景对应观念时,强调了二者关系具有暧昧性。同时他

---

① 朱立元:《当代西方文艺理论》,华东师范大学出版社,1997 年,第 16—17
页。
② 韦勒克、沃伦:《文学理论》,刘象愚等译,江苏教育出版社,2005 年,第
214—215 页。
③ 转引自刘象愚:《外国文论简史》,北京大学出版社,2005 年,第 236 页。

对照指出,"意义和表现意义的形象以及二者之间的关系都明白说出时",没有了暧昧性,"具体事物就不再是真正的象征,而是通常所谓'比喻'"。他认为比喻的两个要素分别是"一般性的观念"和"表现观念的具体形象"。① 黑格尔认为,因为人们需要利用"感觉"现象来表达"精神"现象,所以产生了隐喻。厄本(W. M. Urban)说:"比喻在我们用它来体现一个其他方法所无法表达的观念内容时就变成象征。"②他们也突出了象征和观念的对应。阿鲁秋诺娃在《隐喻和话语》这篇文章中分析了隐喻和象征的关系。她指出二者都建立在形象的基础上。象征和隐喻概念意义的接近和交叉导致"隐喻形象"和"象征形象"含义接近,许多评论家则在广义上应用象征与隐喻两术语。但隐喻表达的是包裹在形象外壳下的语言意义,总是关系到具体的主体,可以使事物间的偶然联系变为现实,可以深化对现实的理解,而象征往往指向现实之外。象征不表示偶然的含义,它所表达的是具有普遍意义的思想。③ 她的观点与上述研究者相近,只不过她认为象征指向"具有普遍意义的思想",而上述研究者认为象征指向"观念"。

总体来看,象征与隐喻的区别首先体现在,隐喻总是直接或间接与现实世界相比照,象征则经常带有超验的意义。隐喻深化对感性感知的现实的理解,象征则超出现实的界限。隐喻义指向具体形象,而象征义指向抽象观念。韦勒克与沃伦曾引用柯勒律治的观点作为自己"象征"概念的补充,象征的特征"是在个性中半透明式地反映着特殊种类的特性,或者在特殊种类的特性中反映着一般种类的特性……最后,通

---

① 参见黑格尔:《美学》(第二卷),朱光潜译,商务印书馆,2009 年,第 12—13 页。

② 王先霈、王又平主编:《文学理论批评术语汇释》,高等教育出版社,2006 年,第 290 页。

③ См. об этом : Арутюнова Н. Д. Метафора и дискурс//Теория метафоры. М. :Прогресс. 1990 [EB/OL]. http://www. nspu. net/fileadmin/library/books/2/ web/xrest/article/leksika/strukture/aru_art01. htm.

过短暂,并在短暂中半透明式地反映着永恒"①。此处,韦勒克和沃伦突出了象征可以指向反映永恒的特性,在象征带有的超验意义上与上述几位学者达成共识。象征义带有抽象性、系统性、超验性、整体性,相反,隐喻则包含着具象、体验的特征。

其次,虽然象征和隐喻的意义表达方式有相似之处,比如都具有暗示性,不过,隐喻中形象与意义的对应是可以辨认的,它受制于作家的意图和表达方式。象征则不同,象征意义是通过暗示被唤起的,具有不确定性和多义性,象征中包含着多重未曾言明的意义,需要阅读者的想象积极参与解读。"象征的美学特征即'藉有形寓无形,藉有限表无限,藉刹那抓住永恒,使人只在梦中或出神的瞬间瞥见的遥遥宇宙变成近在咫尺的现实世界,正如一个蓓蕾蓄着炫熳芳菲的春信,一片落叶预奏那弥天漫地的秋声一样'。"②象征意蕴经常同形而上学的理念、宗教寓意和神话象征意象相关,其多重含义和朦胧意蕴可以带给读者很大的解读空间。

以金小说《莲花》中的太阳意象为例,可以发现隐喻和象征的细微差别。当作者称"太阳是生命的主宰"时,采用的是隐喻,将"太阳"喻为"生命的主宰",表现出太阳能带给地球生命和温暖,隐喻含义是具体的、可感知的。而小说中的核心意象"太阳莲"反复出现,在文本的具体语境下,形成整体的意蕴,其含义具有抽象性、超验性,成为"永生"国度的象征。

意象、隐喻和象征作为隐喻艺术组元,是构成金小说中富含隐喻或象征含义的形象体系与时空体系的重要组分。例如,都市意象、田园意象、墓地意象、囚笼意象等构成时空体系中部分时空类型。

用于构建形象体系的隐喻主要有:海啸、地震、洪水等意象隐喻灾难;耷拉在一边的肥肚子、笼中蹬着轮子飞跑的松鼠、画布上的小虫等意象隐喻庸俗者;坟墓之痒、心灵的灼痛隐喻人物的精神困境;涅乌斯

① 转引自韦勒克、沃伦:《文学理论》,刘象愚等译,江苏教育出版社,2005年,第214页。

② 王岳川:《当代西方最新文论教程》,复旦大学出版社,2008年,第36页。

特罗耶夫的气味隐喻小人物被忽视的存在;墙隐喻人与人彼此隔膜的状态;看不见的隐形人隐喻精神空虚的困惑者;失明、疯癫、麻风病等疾病隐喻苦难等。用于构建时空体系的隐喻有:标准化建筑里的房间隐喻都市时空中个体生存的封闭状态;在翻腾的大锅中蒸煮隐喻外省人在首都莫斯科要经历的转变;以盘踞摩天大楼顶层的魔鬼意象隐喻大都市的金融政客;以动物走失隐喻失去家园;以人类之间的吞噬隐喻战争;以复苏的俄罗斯大地隐喻恢复生机的民族;等等。为突出永生题旨的多重内涵,作家采用了系列隐喻:以女子和赶路隐喻生命;又以小女孩隐喻生命;以老妇人隐喻死亡。

用于构建形象体系和时空体系的象征主要有:"水""太阳""树木植物"等意象构成永恒生命力的象征,这种生命力的象征含义带有超验的色彩,而水的意象有时带有宗教象征含义;幽灵、妖兽和魔鬼意象象征死亡和各种形式的恶;天宇、高山等意象象征上帝的家园;鱼腹象征地狱;约拿被鲸鱼吞吃象征死亡;约拿被鲸鱼吐出象征死而复活;等等。象征意象在金早期作品中往往起到喻示小说题旨的作用,例如《莲花》中的"太阳莲"和《软玉腰带》中的"玉带"都象征着引领濒临死亡的人经历苦难、摆脱恐惧、实现向永生转化的神秘力量。而在《采药人》中,蔚蓝色的岛屿是一个独特的象征,代表一切美好的、不可捉摸的东西。

第三节　神话、原型、童话、寓言

一、神话

神话理论历史悠久,学派众说纷纭,美国民俗学家阿兰·邓迪斯(Alan Dundes)称神话研究是"国际性的跨学科的冒险事业"。他给出定义:"神话是关于世界和人怎样产生并成为今天这个样子的神圣的叙事性解释。"[①]俄罗斯当代隐喻研究学者斯科利亚列夫斯卡娅

---

① 阿兰·邓迪斯:《西方神话学读本》,朝戈金等译,广西师范大学出版社,2006 年,第 1 页。

（Скляревская Г. Н.）指出："隐喻同神话在起源和语义性质上的联系众
所周知。神话本身就是隐喻。"①神话（миф）源自希腊文 myshos，其拉
丁文形式是 fabula（叙述、寓言）。哈利泽夫在《文学学原理》一书中对
神话界定为"故事、叙述和各种传说"，并引用达里字典中的神话定义，
指出神话强调所讲述内容的虚构性："神话——这是寓言般的、虚构的、
童话故事般的领域；神话学则被界说为寓言学。"②《世界各民族神话百
科辞典》中这样描述神话："广义上来说，神话首先是古罗马、圣经等故
事中关于创世和人类起源的古老传说，以及对古代的，多为古希腊、罗
马诸神和英雄事迹的叙述。"③对宗教的研究表明，基督教、佛教和伊斯
兰教都包括大量的神话。神话与隐喻的关系可以从神话思维和神话故
事功能两方面得到解释。

　　首先，神话与隐喻的密不可分是由神话的思维方式决定的。德国
哲学家卡西尔认为，"神话作为一个隐喻，是对世界意义象征性的表述。
神话思维的象征性表现为它常以隐喻的方式形成对世界的看法"④。他
认为神话具有"神话思维"方式，这是一种"隐喻思维"，以神话为其内容
与形式，是人类最原初最基本的思维方式。"神话思维从根本上说来富
于隐喻性。"⑤神话不是按照逻辑的思维方式看待事物，神话思维中不存
在逻辑分析。这种隐喻思维形成概念的方式不同于逻辑思维，不是采
用"抽象"方法，而是遵循"以部分代全体的原则"形成"具体概念"。卡
西尔将隐喻思维视为神话和语言的基础，他认为语言的逻辑思维功能
和抽象概念实际上是在神话的隐喻思维和具体概念的基础上才得以形

---

① Скляревская Г. Н. Метафора в системе языка. СПб.：Наука. 1993. С.
21.

② 哈利泽夫:《文学学导论》，周启超等译，北京大学出版社，2006 年，第 134
页。

③ Токарев С. А. Мифы народов мира. Энциклопедия. Том 2. СПб.：
Советская энциклопедия. 1988. С. 11.

④ 王先霈、王又平主编:《文学理论批评术语汇释》，高等教育出版社，2006
年，第 572 页。

⑤ 梅列金斯基:《神话的诗学》，魏庆征译，商务印书馆，1990 年，第 87 页。

成和发展的。卡西尔认为神话隐喻思维的产生先于逻辑思维,在神话时代之后,逻辑思维才发达起来,隐喻思维则与逻辑思维并立,主要被保存在文学艺术活动中。

列维-斯特劳斯将神话思维(或原始思维)称为"野性的思维",这种思维更为依靠感觉直观,"野性的思维借助于形象的世界神话了自己的知识。它建立了各种与世界相像的心智系统,从而推进了对世界的理解"①。在这个意义上,他认为野性的思维是一种类比思维,这种思维方式决定了神话的结构也是隐喻式的,因而对神话应采取隐喻式解读。对神话的结构研究有两种类型:一种为普罗普《故事形态学》中提出的功能分析,即剖析故事的内在顺序组织结构;另一种研究类型就是列维-斯特劳斯的神话结构研究模式,即试图揭示故事潜在的二元对立范式(如"上与下""生与熟"等)。列维-斯特劳斯从结构主义的方法对神话作品的结构进行了分析,指出了隐喻是构成神话的基本原则。他的研究进一步说明了隐喻之于神话的重要性,保持隐喻研究的视角才可以更为深入地理解神话,得出确切的认识。弗莱则指出,"神话意象的世界是完全隐喻的世界,……在这个隐喻的世界里,每一件事物都意指其他的事物,似乎一切都是处于一个单一的无限本体之中"②。综合上述观点可以得出,神话思维是一种隐喻思维方式,神话结构是按照隐喻原则构建的,因此对神话的解读注定离不开隐喻。

其次,神话故事具有隐喻性和象征性。俄罗斯学者洛谢夫认为神话是象征。他指出,神话并不是图示或寓意,而是象征,它虽然超脱于日常现象,但仍然是可直观的真实、事物的外观和意象,神话中呈现的是原原本本的生活。洛谢夫的言外之意是说,不能用现代人的眼光看待神话,现代人眼中的神话虚构就是原始人认为所经历的现实,神话中的观念和物质的内容浑然不分地融合在一起,神话是观念与可感形象的直接的、物质的契合,这是由原始人物我不分的思维方式决定的。梅

①   列维-斯特劳斯:《野性的思维》,李幼蒸译,中国人民大学出版社,2006 年,第 289 页。

②   弗莱:《批评的剖析》,陈慧等译,百花文艺出版社,1998 年,第 150 页。

列金斯基(E. M. Мелетинский)在《神话的诗学》一书中强调,关注文学中的神话主义要重视神话的"隐喻性、形象性、象征性"①。而利科则明确指出神话故事具有象征功能,他认为神话有两个特性,"一、神话是一种语言表达方式;二、在神话中,象征采取故事形式。"他认为,"神话故事只是在表述前所感受与经历的一种生活方式的言语外壳","神话只是在意象中才恢复某种完整;由于人本身已丧失那种完整,他才在神话和仪式中重新演现和模仿它",因此,"神话只能是一种意象的恢复或复原,在这意义上,它已经是象征性的了"。② 神话具有象征功能,神话又是一种表达方式,那么将神话视为一种隐喻表达方式是不言而喻的。在文学领域的研究中,神话作为文学隐喻的方式之一,被文论家们视为激发作家灵感的源泉和情节架构的基础。可以断定,对神话的理解和阐释离不开隐喻。

　　人类文化进程中神话几度沉寂而又复兴。两个多世纪以来,从浪漫主义者对抗理性主义的神话诉求,到现代主义对抗现代文明的神话再造,直至当今席卷全球的"新神话主义"文化思潮,新神话的内涵和外延不断扩大。20世纪末,"重述神话"③的运动使"新神话主义"再度更新了时代内涵,成为世纪之交的思想文化浪潮。"新神话主义这一术语的积极使用开始于二十世纪初,大约在二十世纪再神话化过程之前,用于区分象征主义的神话主义,在20—21世纪之交,又不仅被用于定义文学流派的特征,还包括对世纪之交文化进程自身特点的意识。"④叶舒宪指出:新神话主义"是20世纪末期形成的文化潮流,在

---

　　① 梅列金斯基:《神话的诗学》,魏庆征译,商务印书馆,1990年,第175页。

　　② 里尔克:《恶的象征》,公车译,上海世纪出版集团,2005年,第145—146页。

　　③ "重述神话"运动:2005年,由英国坎农格特出版社牵头,美、英、中、法、德、日、韩等30多个国家和地区的知名出版社参与的全球性运动,旨在以神话故事为原型,由作家融合个性风格,重构各国的传统神话,引起媒体的普遍关注。

　　④ Погребная Я. В. "Аспекты современной мифопоэтики" [EB/OL]. http://www. niv. ru/doc/pogrebnaya-aspekty-mifopoetiki/mifopoetika-i-neomifologizm. htm.

一定程度上代表着世纪之交西方文化思想的一种价值动向。它既是现代性的文化工业与文化消费的产物,又在价值观上体现出反叛西方资本主义和现代性生活,要求回归和复兴神话、巫术、魔幻、童话等原始主义的幻想世界"①。这样的界定,体现出神话的当代特征与广义文化内涵。

在当代神话复兴的背景下,阿·金的创作如鱼得水。他的隐喻艺术思维突出神秘直感和神话思维的特征,灵动的想象、奇幻的时空、神话意象和母题是其小说创作的关键因素。神话意象往往带有深厚的历史文化底蕴,承载着作家的哲理思考,因而既丰富着文本的审美样式,也深化了作品的思想内涵。卡皮察(Ф. С. Капица)在科里亚季奇(Т. М. Колядич)主编的《20—21 世纪之交的俄罗斯小说》一书中,分析了金以神话元素表达哲理探索的创作思想,指出"金小说的主要特征是在情节与主题中展现神话隐喻的手法"②。金从希腊神话、《圣经》、俄罗斯多神教及民间神话、童话故事和东方神话中汲取素材。在小说形象体系构建中,塑造了许多妖魔鬼怪和神的形象,如幽灵鬼魂、狐狸精、半人半兽、吸血鬼、卡雷内奇蛇、喀迈拉、许德拉、魔鬼撒旦、森林父亲、大地母亲得墨忒尔、阿佛洛狄忒、林妖、潘神、俄尔甫斯、先知约拿、天外来客基督、天使、上帝,可谓群神毕至,诸神同在。金写于创作中期的《森林父亲》是长篇神话寓言小说,《半人半马村》是神话小说,其中的神话形象体系和神秘时空体系都是以神话意象构建而成的。金后期创作中,许多作品借助宗教神话元素,读来愈发显得神秘费解,从其宗教神话的隐喻含义入手解读,则有拨云见日之感。《昂利里亚》的故事情节以圣经末日神话为背景,上帝、撒旦、众魔鬼都是其中的人物。《约拿岛》以圣经神话中先知约拿为原型,改写了约拿被大鱼吞下的故事,其中的形

---

① 叶舒宪:《人类学想象与新神话主义》,《文学理论前沿:第 2 辑》,北京大学出版社,2005 年,第 34 页。

② Капица Ф. С. Неомиф и его трансформация в прозе конца XX в. // Русская проза рубежа XX - XXI веков. под ред. Колядич Т. М. М.: Флинта-Наука. 2011. С. 92.

象几乎都带有宗教寓意。这些神话形象、神话母题和神秘时空,都是基于神话意象建构而成。

二、原型

根据荣格(C. G. Jung)的研究,原型一词最早由犹太宗教哲学家斐洛·犹迪厄斯(Philo Judeaus)于公元前 1 世纪提出,"指的是关于人类心中的上帝意象",里昂主教艾累尼厄斯提到原型,是说造物主"比照他身外诸多原型的样式创造了世间万物","原型另一种常见的表现形式是神话和童话"。[①] 荣格区分"原型"与"原型思想"时,解释说"原型是一种假想而不可言说的模型,类似于生物学中的'行为模式'"[②]。

荣格在原始神话中寻找集体无意识的踪迹,他从神话母题和无意识入手,分析文学创作的源泉,提出原型理论。"原型是一个不断地在历史进程中重现的形象——无论它是一个妖魔,一个常人或是一种过程。每当创造性幻想得到自由表现时,它就会出现。"[③]他提出,原型最初呈现为原始意象,原始意象在远古时代表现为神话形象,然后在不同的时代在无意识中被激活,转变为艺术形象,因为"每一种原初意象,都包含一种人类的心理和命运,一种无数次出现在我们先人传说中的痛苦或欢乐的遗迹"[④]。文学作品的艺术形象同原始意象有着内在的联系,荣格曾经描述过许多原型,诸如诞生原型、复活原型、英雄原型、死亡原型、受难原型、上帝原型、魔鬼原型等诸多的原型。弗莱认为,原型就是典型的、反复出现的意象,"原型最基本的模式是神话,神话是所有其他模式的原型,而其他模式不过是'移位的神话',即神话不

---

①　荣格:《荣格文集Ⅱ:原型与原型意象》,蔡成后等译,长春出版社,2014 年,第 4 页。

②　同上,第 5 页。

③　荣格:《分析心理学与诗的艺术》,《人,艺术和文学中的精神》,卢晓晨译,工人出版社,1988 年,第 80 页。

④　同上,第 91 页。

同的变异"①。在荣格和弗莱对原型的界定中都采用了模式研究的方法,其研究对象是反复出现的神话意象,换言之,原型就是神话意象模式。

本书借鉴荣格和弗莱的观点,将文学作品中反复出现的神话意象作为神话原型。但是,对原型的"复原"必定面临障碍,因为缺乏原始人的思维方式和神话语境,原始意象的含义是现代人注定无法全部还原的,对原型的现代解释只能通过隐喻思维来完成。

金小说中出现的原型有三种类型:神话原型、文学作品原型和文化(仪式)原型。首先,在神话原型作为组元的类型中,金借助希腊神话和圣经神话原型塑造了大地母亲、森林父亲,以及一系列怀疑者和违逆者形象,如《昂利里亚》中的俄尔甫斯、《约拿岛》中的先知约拿和作家金等。怀疑者与圣经中的人类始祖亚当一样,抱着怀疑心理,质疑者一再怀疑上帝不公,无视人类苦难,违逆者则在背弃信约时受到惩罚。其次,金的小说中借助文学作品原型,刻画了小人物和举斧杀人者。金在运用小人物原型时延续了俄国19世纪文学中小人物的精神内涵,他们胆怯、善良,不懂得钻营,屡屡被侵害,例如《涅乌斯特罗耶夫的气味》中的主人公涅乌斯特罗耶夫。举斧杀人是陀思妥耶夫斯基《罪与罚》中的行凶者原型,金借用这一原型塑造了《松鼠》中疯癫的凯沙和《森林父亲》中的格拉钦斯卡娅。凯沙因精神失常,举起斧子杀掉一匹马,之后为此恐慌不已,遁入森林。而《森林父亲》中格拉钦斯卡娅举斧杀人后疯癫,在精神世界经历了苦难。这一原型带有"罪行"的隐喻,金采用举斧杀人的文学原型,意在将精神苦难作为"罚",将信仰作为拯救,实施宗教精神的救赎。文化仪式原型则体现在《约拿岛》中先知约拿被鲸鱼吞进和吐出,这是献祭仪式原型。金的小说中"梦"和"飞翔"意象也带有原型意义,这是他作品中经常重复出现的意象。例如,《松鼠》中的米佳梦中经历死亡仪式,而《古林的乌托邦》《软玉腰带》《松鼠》等作品中

①　赵一凡等:《西方文论关键词》,外语教学研究出版社,2006年,第831页。

的飞翔意象则意在突出主人公具有的独特精神特质,荣格认为飞行的能力,如墨丘利,代表了"没有固定形态的非物质特点,都在某种程度上表达了精神是所有这些可能形式的决定者","精神,一如既往地'随心而至'"。① 上述原型依然是建立在意象基础之上的。

三、童话

在古代民间文学中神话、童话(сказка)、民间故事有着千丝万缕的联系,概念上甚至难以明确区分。汉语中的童话比英美的 fairy tale 和俄罗斯的 сказка 范畴要小,这个词 20 世纪初来源于日本,本意为"儿童故事",因此,我国习惯上将面向儿童的奇幻教育故事理解为童话。周作人在《神话与传说》中提出四分法,将与神话大同小异的文学作品划分为四类:神话、传说、故事和童话,认为童话是神话的一支,并将童话分为民间童话和作家童话。②

在普罗普的《故事形态学》中,将 сказка 称为故事,将故事分为七个类别,强调了这些故事的"超自然性"。俄国的神奇故事、动物故事等大致与我们今天所理解的童话故事相当。艾布拉姆斯则将童话归属于民间故事类别下,"民间故事(folktale)的严格定义应该是:口头流传的、短篇白话故事,作家情况往往不详……全世界各民族都有自己的民间故事,它们包括'神话'、'寓言'、英雄故事与童话故事。很多所谓'童话故事'实际并不是描写仙女精灵,而是表现各种奇迹,例如:'白雪公主'"。③ 苏联文化学家柯斯文(М. Ó. Kócвeн)在研究原始文化中的民间创作时指出,民间创作包括神话(即关于过去的奇谈)、童话、歌谣、叙事诗、谜语和谚语,其中神话是民间创作的最早的形式。"童话故事,是作为关于兽类的习性和关于虚构的存在物等的,带有教育意义的陈述

① 荣格:《荣格文集 II:原型与原型意象》,蔡成后等译,长春出版社,2014 年,第 134 页。

② 参见戴岚:《女性创作与童话模式——英国十九世纪女性小说创作研究》,华东师范大学博士学位论文,2007 年,第 21—26 页。

③ 艾布拉姆斯:《欧美文学术语辞典》,朱金鹏等译,北京大学出版社,1990 年,第 120 页。

发展起来的。"①根据他的观点,神话和童话都有神话色彩,但是童话突出了教育意义。

种种定义之中,都承认童话中的奇迹(如艾布拉姆斯所说)和变幻(体现为精灵鬼怪、魔法),认为在童话中折射着社会现实。童话之所以进入诗学隐喻家族,正是因为童话中体现着普遍的隐喻思维。童话故事往往是幻想与现实的交织,其中有魔法宝物,也有神奇动物,就其艺术本质来说,充满隐喻性和象征性,饱含哲理和想象。

童话形象和童话情节在 20 世纪 70—80 年代比较频繁地出现在苏联文学中。"神话、童话、幻想都是展开的隐喻,也就是说这些手法都是文学的基本建筑材料。"②童话类隐喻小说的童话人物、童话情节的含义充满当代意味,情节是现实化的。有神奇故事、动物童话等各种童话类型,通过奇迹、或是寓意出现在作品中。人类社会可能以动物世界的形式有寓意地得以呈现,这些动物在民间故事中通常都具有一定的褒贬含义。学者刘守华认为:"民间童话中的幻想和实际结合,不外乎采取两种方式:或者是叙述普通人因其某种机遇进入幻想境界,生出美妙故事;或者是让那些神奇角色闯到人间生活里来,创造出种种奇迹。"③这两种方式构成的情节都在阿·金的小说中经常出现。

金小说中不乏童话意象,有时则在文本中插入童话故事。以童话意象塑造的形象有《松鼠》中的松鼠伊依、海豚,舒兰的袖珍妻子,《昂利里亚》中的吹笛少年,《阿丽娜》中的小女孩阿丽娜、小老鼠、阿丽娜的外婆、看家狗帕尔坎等。《松鼠》中穿插的动物在人类社会异化,以及由于偷看打破禁忌失去幸福的童话小故事,都具有深刻的哲理意义。《采药人》中艾治给曾子讲了给人带来幸福的凤凰的故事,这个童话故事表达了艾治对幸福的渴望。而曾子两次讲述忠贞妻子等候自己丈夫的童话

①　柯斯文:《原始文化史纲》,张锡彤译,生活·读书·新知三联书店,1957年,第 198 页。

②　Курчаткин А. Н. , Бондаренко. В. Г. Автопортрет поколения. //Вопросы литературы. 1985. №11. С. 108.

③　刘守华:《故事学纲要》,华中师范大学出版社,2006 年,第 28 页。

故事,暗示曾子对丈夫的爱至死不渝。中篇小说《古林的乌托邦》中,古林虚构了一部童话乌托邦小说,设想人类未来世界高科技带来不死的场景。这些童话故事的插入使金的作品奇幻多变,哲思深刻。

四、寓言

寓言故事是扩展的隐喻,其叙事结构简单,通常以隐喻性的语言表达复杂的道理。"寓言是任何文学体裁与类型都可采用的一种创作技巧。"①维戈茨基(Л. С. Выготский)曾说,"寓言就只是图解普遍观念的最直观的形式"②。寓言因其短小,往往是截取的片断情节,其题材来源广泛,神话、童话、历史故事、民间故事等均可转化为寓言。

俄文主要有六个表示"寓言"的词,分别是 аллегория、иносказание、притча、басня、бестиарий 和 парабола。其中 аллегория 与 иносказание 在《文学术语与概念百科辞典》中含义可以互换,是寓言手法的总称,也可表示寓意。бестиарий 是文艺学术语,特指动物寓言,是"12—13 世纪流行的关于动物的故事书,夹杂许多无稽传说和神话"③,这个词被谢苗诺娃用于描述金的长篇小说《松鼠》。《文学术语与概念百科辞典》将 притча 界定为"一种叙事文体,以隐喻的形式讲述的短小而有寓意的故事"④,可以译为寓言、寓意故事。而 басня 则是"说教文体,是以诗或散文形式写成的具有道德寓意结论的短篇故事"⑤。这两者都是短小有寓意的故事,概念十分接近,区别在于 притча 的含义更深刻,具有全人类的概括意义,而 басня 触及的多为个别人的问题。而 парабола 则为"隐

①　艾布拉姆斯:《欧美文学术语辞典》,朱金鹏等译,北京大学出版社,1990年,第 8 页。

②　转引自王先霈等:《文学理论批评术语汇释》,高等教育出版社,2006 年,第244 页。

③　《俄汉详解大词典》(1),黑龙江大学辞书研究所,黑龙江人民出版社,1998年,第 253 页。

④　Николюкин. А. Н. Литературная энциклопедия терминов и понятий. М. : Интелвак. 2003. С. 808.

⑤　Там же. С. 73.

喻性的道德说教故事，寓意故事"，"20 世纪该词指小说和戏剧中有多重
含义的寓言：如卡夫卡的《审判》（1915），海明威的《老人与海》
（1952）"①。金将自己的长篇小说《森林父亲》归属于 притча，而涅法金
娜认为用 парабола 一词更为准确，因为"парабола 具有多层次性、未完
成性的特点，它与 притча 不同，它不会超越直观的、情境的内容，而是
与之同化、协调一致"②。就作家创作本意和哲思宏阔的特点来判断，森
林父亲的隐喻含义显然具有全人类乃至整个宇宙的视角，притча 比较
符合金的本意。本文论及寓意及寓言手法时倾向于 аллегория 的含义，
论及寓言小说的思想含义时则回到作家的创作初衷，倾向于 притча 的
词义。

　　寓言是 20 世纪小说创作中的典型手法，它面向人类存在的道德本
源，力求简洁的隐喻表达方式，是作家能够言传、读者能够意会的有力
手段。石南征先生指出，"70 年代以来，苏联文学的形式和风格的确出
现了引人注目的新倾向。寓言化便是其中之一"③。他同时也分析了寓
言化小说的特点，"小说在寓言化过程中，可能会不同程度地呈现出时
空淡化、情节弱化、线索单一、矛盾冲突集中、人物及人格化形象的性格
单纯、故事短小等特征"，但是"寓言化小说在主题上并不要求引出狭窄
的道德教训，而往往指向广阔的道德——哲理意蕴"。④ 金的小说《松
鼠》《森林父亲》《半人半马村》均标示以寓言体裁，这几部作品涉及复杂
人性和社会政体的深刻哲理，但金并未局限在道德说教。他在充分保
证作品文学性的同时，兼顾寓言体裁，借助动物和神话形象完成了人物
的精神肖像，隐喻性地表达了自己的哲理思想。

　　寓言作为隐喻艺术组元，体现在形象体系的构建中。例如，《松鼠》
中的若干形象带有动物寓言的特点，松鼠伊依善良脆弱、胆小怕事，莉

---

　　①　Там же. C. 718.

　　②　Нефагина Г. Л. Русская проза конца 20 века. М. : Флинта. Наука. 2003.
C. 158.

　　③　石南征：《当代苏联小说与寓言化》，《苏联文学》1989 年第 5 期，第 51 页。

　　④　同上，第 52 页。

莉安娜的母鸡妈妈愚蠢可笑、唠叨琐碎，海豚先生质朴单纯、笨拙迟钝，他的猫咪妻子虚荣势利、轻浮不忠。寓言组元还体现在一些童话形象和神话形象的深刻寓意中。例如，《松鼠》中的童话形象松鼠伊依和《半人半马村》中的半人半马均是半人半兽，这个形象是人性兽性二元对立且相互依存转化的最佳隐喻。《松鼠》中描写兽性具有多重的含义。在伊依身上，兽性是不懂得人心中的仇恨，只为饥饿感而恐慌。而在一些恶兽身上，则体现为仇视人性，他们竭力杀死真正的人类，以便肆意作恶。《半人半马村》是关于人性与兽性相互冲突的寓言，如果兽性之恶战胜人性，则将面临与半人半马一样的堕落毁灭。《森林父亲》中，森林父亲和大地母亲是神话形象，他们的形象中包含着人与自然具有血脉联系的深刻寓意，整部作品则是关于人类存亡的寓言。

本章小结

　　文学隐喻是"言在此而意在彼"的文学表达手段，可存在于文本整体语境下。隐喻思维是人类思维方式的一种，通过事物间的类比和联想发现相似性，找到事物间的联系，从而实现由已知到未知的认识过程，隐喻思维是一种独特的创造性思维。在诗学隐喻家族中，成员众多，谱系复杂。意象、隐喻和象征经常交织在一起，并出现在神话、原型、童话、寓言等扩展的文学隐喻中，组合成文学作品隐喻表达的基本层面，进而建构更为复杂的文学话语。"由于多种表现手段并用，文学隐喻有时候具有多层次的累积性和累创性，形成语义表达的叠加效应"，对于一部作品来说，"不仅含蓄性的意象可以形成隐喻，典故、象征、寓言等，都可以形成隐喻，文学的言外之意和语义张力常常和这类隐喻有关"。①

　　在金的小说文本中，作为隐喻艺术组元的诸多手法，是其诗学隐喻

---

　　①　汪正龙:《修辞、审美、文化——隐喻的多重透视》,《江汉论坛》2016 年第 9 期,第 93 页。

的主要表达方式,也是金文本意义迷宫解读路径上的重要指向标。这些组元生成文学意义的内在机制具有共性,都是基于隐喻思维发挥作用。其中意象是最小的基本单位,隐喻和象征是意象组合方式,可构成隐喻意象和象征意象,使意象群表达的哲理含义更为复杂深刻。神话、原型、童话和寓言属于文学话语层面,是扩展的隐喻,同样基于意象的隐喻或象征含义塑造形象,构建时空,表达哲思。诸多隐喻艺术组元构成了整体隐喻结构的基础层面。在此基础上,这些隐喻艺术组元又共同作为"建筑材料",构成隐喻结构的第二层次——形象体系和时空体系。形象是文本结构模式的重要成素,时空为形象提供存在语境,是形象伸展活动的舞台。当文本在隐喻艺术思维主导下生成时,在文本世界中形象和时空也具有明显的隐喻功能。在针对金的创作特点走向隐喻解读的过程中,确定隐喻组元,也就找到了隐喻模式的建构"材料"。

第三章　隐喻的形象

　　隐喻艺术组元构成金小说隐喻表达的基本层面。明确了金小说创作中的隐喻组元,只是完成了隐喻解读的第一步,如何将作品的言与意通过隐喻的方式连接起来,需要在整体隐喻结构第一层次上,进入文本的形象体系和时空体系。诸多隐喻组元交织在文本的形象体系和时空体系中,构成作家整体隐喻表达的两大基本结构支柱,也是隐喻解读的第二个步骤。

　　金小说中的形象作为作家隐喻式艺术思维的产物,是隐喻意义的基本载体。这些隐喻化形象,承载着作家的人生思考、社会道德探索和哲学理念,借助意象、隐喻、象征、神话、原型、童话、寓言等隐喻组元得到表达,实现由文本的艺术世界向作家理念世界的映射,因此具备了隐喻结构功能,是金小说隐喻结构的支柱之一。金对形象的塑造着重其内涵意义,这些形象的特征不是直陈式一览无余的,而是通过隐喻含义的分析才能现出其潜在的特征。形象体系中,神话、童话形象占有相当大的比重,金从希腊神话、《圣经》、俄罗斯多神教及民间神话、童话故事和东方神话中汲取素材,这些神奇的人物形象与现实背景相结合,被赋予某种哲理的色彩,而若干现实形象则在作家隐喻的语义场中增添了象征色彩或隐喻含义,因此从隐喻组元到形象体系的隐喻阐释,可以进而成为题旨解读的导引线索。

　　隐喻的形象按照内涵可划分出四种主要类型,分别为自然形象、魔怪形象、人的形象、上帝及使者的形象。通过对这四类形象的隐喻解读,可以发现,自然形象系列承载了作家追求人与自然和谐统一的自然哲学思想,魔怪形象系列中有着多神教和东正教中恶与死亡的喻义,人的形象系列体现出作家的存在主义哲学思想和东正教世界观中对人的使命的反思,上帝与使者的形象系列则蕴含着上帝神性创造与拯救的东正教思想内核。作家的世界感受和宗教哲学思想深蕴于形象之中,得到隐喻表达。

第一节　自然形象

金小说中的自然形象有生命力意象和灾难隐喻两种类型,分别隐喻了不同的含义,从中可以看出金对自然有着形而上的多重理解。金的自然观强调人与自然是和谐整体,同时具有泛灵论和宇宙论的特点。

自然形象在金的小说中具有如下特点。其一,自然作为和谐宇宙的象征,具有善的本质。大自然在金的作品中绝不仅仅是情节发生的地点或环境背景,在他眼中,自然不仅具有物质属性,更为重要的是,自然还具有人格化的精神属性,是人类的精神家园,这与作家的自然哲学、泛灵论、佛教思想有密切关系。他认为人应当与自然灵犀相通、能感知自然奥秘,由此开始领悟永生。其二,他笔下自然形象涵盖宇宙万物,星空大地、山林水泽,无不具备灵性和美感。作家对自然之美的描写细致入微、不吝笔墨,充满诗意。其三,不论金笔下的自然具体体现为哪一种形象,它们都充满了或创造、或毁灭的神秘力量。金的笔下,自然是多面孔的,它不仅是力量的体现,有时还以灾害意象成为末日的隐喻。

在金的作品中,作为重生和生命力象征的自然是超验力量的体现,带有希腊神话、多神教和基督教的影响。"多神教的诸神是隐喻。这些隐喻来自人和自然的密切联系,来自人们认为自然有一种生命和能量,它们和人自身的生命和能量是同一的。"[1]金通过"太阳""水""林木植物""大地"等自然形象,表现自然中流转的永恒生命力,构成了一系列生命力意象,其中随处闪现着金的自然哲学思想,也蕴含了对"永生"的宗教哲学思考。金的主人公就是其思想代言人,他们顺应自然中善的法则,懂得人应当与自然灵犀相通、和谐共生、以爱维系,并由生死流转中领悟"永生"。多种隐喻组元构建自然形象,赋予文本离奇神秘的审美特征。自然形象被"层层加密",具有了复杂的内涵,因而以隐喻为路

---

① 弗莱:《伟大的代码》,郝振益等译,北京大学出版社,1998 年,第 97 页。

径,更适于解密其深层哲思。自然形象体系中的隐喻艺术组元构成生命力意象和灾难隐喻两种相对立的力量,使形象呈对照结构。

一、生命力意象

1. 太阳

太阳因其光和热总是被视为生命能量的源泉,在神话和民间传说中,也常体现为智慧和完善的本质。古人视太阳为宇宙中心,有时将太阳奉为神明,有时认为太阳是神的意志。民间观念里认为太阳是神的脸庞、眼睛或是神注视人类的窗口。"太阳总是从东方升起,在基督教象征体系中是永生和复活的体现。"[①]许多文化中都有太阳崇拜的阶段,将其视为最高的宇宙能量,生命的力量。在金的作品中太阳形象总是与生命力和永生相关。作为生命力意象的太阳隐喻源自金的自然哲学思想,太阳光晕的神性象征则来自金的东正教思想。

在阿·金创作的初期和中期,太阳作为主导意象高频出现。在短篇小说《复仇》中,作家写到杀人凶手杨死去时,他后脑朝上倒地,未能再见到太阳。显然朝向黑暗,有接近死亡之意,而面向太阳,则有机会领悟永生。《采药人》是金较早创作的作品,是他在高尔基文学院的毕业作品。小说的主人公杜河洛称太阳是万能的主宰者,它赐予生命,因而杜河洛对着夕阳喃喃自语,自己的生命属于这个主宰者。

《莲花》中作者称"太阳是生命的主宰",小说中的核心意象"太阳莲"三次出现,贯穿全篇。母亲弥留病榻的时刻,儿子洛霍夫将产自阳光国度的橘子剥下橘皮,翻转成莲花状放在她手心,将死的母亲仿佛恢复了一丝生机。这是小说中太阳莲首次出现,虽然耐人寻味,但象征意味尚不明显,母亲从中得到的更多是亲人的温情和安慰。母亲去世后数年,朝鲜老伴老朴走到人生尽头,死前呼吸困难之际,太阳莲再次出现。母亲化身为"我们"的使者,手持太阳莲引领曾照料她的老朴走过

---

① Истомина Н. А. Энциклопедический словарь. М.: АСТ. Астрель. 2003. С. 822.

死亡。此时太阳莲意象中关于生命永恒的象征意蕴较之前清晰明确起来。"太阳"象征永恒生命力,"莲花"则是印度佛教象征圣物。印度神话中,莲花的作用取代了生命树,是最早的宇宙形式,一切从莲花中诞生,因而莲花可以被视为"赐予生命但是还没有觉醒的元气,还没有获得意识的生命的象征"①,也就是孕育生命的原初力量,所以莲花也象征生命力。此外,"在印度文化中,莲花最普遍的象征含义之一便是代表太阳与创造,纯洁与完美……太阳神苏利耶则手持两朵盛开的莲花,象征启迪"②。而苏利耶作为吠陀太阳神,象征着永恒不朽。"太阳莲"是意象的叠加,包含了出生、创造、神圣、轮回、醒悟、转化、永生等一系列深刻复杂的含义,几重叠加组合产生超验的意义,使太阳莲兼备神性和生命的双重象征,从而令人联想到小说中的"我们"——"永生"精神王国。母亲去世多年后,洛霍夫最后一次来到母亲墓前,感到灵魂已被阳光照暖,它在光灿灿的大洋上空游动,而母亲的灵魂发出回应声音,"在亮堂堂的太阳后面有另外的世界,有我的灵魂,有我负疚的儿子的爱,有我生命的前途"③。死亡是冰冷的,预感到死亡的洛霍夫被阳光照暖了灵魂,他得到母亲的启示,太阳后面的"永生"世界,是死后生命的前途,是灵魂温暖明亮的归宿。太阳莲在小说结尾出现时,洛霍夫将其交给家乡好友的女儿,隐藏着永恒生命奥秘的象征物将得到传承,启迪更多人平静面对自己与挚爱之人的死亡。

日出与日落象征出生、死亡及重生,因此朝阳与落日的象征含义是对太阳作为永恒生命力意象的延伸。"在基督教中,黎明象征耶稣复活。"④《莲花》与《松鼠》中的林中采摘景象里,都有朝阳照射的细节,朝

---

① 伊利亚德:《神圣的存在》,晏可佳等译,广西师范大学出版社,2008年,第181页。

② 布鲁斯-米特福德、威尔金森:《符号与象征》,周继岚译,生活·读书·新知三联书店,2014年,第87页。

③ 阿纳托利·金:《莲花》,石枕川译,《世界心理小说名著选:俄苏部分(二)》,贵州人民出版社,1990年,第200页。

④ 布鲁斯-米特福德、威尔金森:《符号与象征》,周继岚译,生活·读书·新知三联书店,2014年,第16页。

阳预示新的开始,太阳象征"永生",因此在作为感悟"永生"的采蘑菇场景中出现朝阳的形象,更清晰地表现出作家以太阳象征"永生"的用意。小说《昂利里亚》中作家写道:"上帝就是爱,正像太阳就是生命一样。"这是末日之后人们有感而发所说的话。其中的天国,则被描绘为绿色阳光普照的景象。《约拿岛》中罗马尼亚王子多吉施蒂认为,对世上所有生命体影响最大的是太阳,太阳辐射进入生命的核心部分。小说中称太阳是上帝的一盏"白色的神灯",升起在宇宙的黑夜里,照亮尘世的生灵。国内战争中被枪杀的白军军官安德烈与恋人列维卡在森林中昂利里亚隐藏 70 年,这期间他们仅仅饮水为生,主要依靠阳光照射的能量存在。作品结尾处寻神求永生的众人在瑰丽朝霞映衬的海边一一出现、重生。小说的叙述者,对上帝持怀疑态度的作家金也在守护天使的引领下向阳光灿烂的天空飞升,一路高飞跃过太阳到达更高空间,等待对自己的最后审判。金发表于 2018 年的中篇小说《带光晕的房子》,以太阳余晖中的老房子为主导意象,将拥有了人的记忆、思维和情感的老房子人格化。老屋背景中的落日光晕如同日珥,本该步入生命的黄昏,但在生命力和神性的双重加持下,老屋历经岁月却克服了时间空间。金加入科幻元素,老房子具备意识和智慧之后,增添了让意识随人物以光的倍速瞬移穿越空间的能力。于是房屋虽已数百年历史,却神话般进化,堪比超级智性生命,这里承载了爱的记忆,其中贯穿着生命与永恒。

金早期和中期作品中太阳作为生命力意象出现频繁,且起到点明主旨或叙事线索的重要作用,在其创作后期则主要在作品细节中显现。这是由于自然哲学思想在金的早、中期创作阶段占据主导地位,是作家哲思构成的主要部分,因而与后期作品比较而言,作为永恒生命力意象的太阳显得更为"夺目"。

2. 水

水是生命之源,是原始生命力的象征,能滋养生灵,涤荡污垢,因此又可起到净化作用。俄罗斯民间故事中有活水的说法,是指能够起死回生的神水,经常帮助善良的主人公复活,使其力量大增,打败邪恶的敌人。圣经神话中也有活水的故事,耶稣曾用活水暗示神秘生命力。水的净化作用则体现在基督教洗礼的仪式上,水能涤荡罪恶并赋予新生命,因此洗礼意味着使人的灵魂得到净化。在金的作品中,水的意象作为永恒生命力和净化力量,主要体现为大海、雨水、井水和洪水。

《莲花》里的海水、雨水带有净化、新生的意义。洛霍夫在母亲死后曾绝望地想要上吊自杀,他神思恍惚地来到海岸树林里,入夜时分,海边的林中冷雨飘落,在洛霍夫的感觉中大海和森林合而为一,因为"大海和森林同是一个父亲的儿子,只是蔚蓝的海洋年长些,而千年老林是他的弟弟"①。当自己浸于海中淋雨的时刻,洛霍夫领悟到,无论在森林里,在海洋中,在铺满羽毛草的草原上,在山岭或在陌生的星球上,人都能找到美好的生活,母亲的爱和母亲的辞世向他揭示出,通向永恒的唯一道路乃是生命,应当使生命过得更有意义。雨水的浇淋和海水的冲刷使洛霍夫身心得到涤荡,他仿佛完成了灵魂的洗礼,重新获得活下去的力量。伊利亚德认为,"没入水中象征回到原初形式、整体复活、新的诞生,因为潜入水中便意味着形式的解体、重归存在以前的无形……每一种与水的联系都意味着再生,因为解体之后便继之以'新生',而且还因为没入水中就意味着丰产,所以水能增加生命和创造的潜能"②。洛霍夫的感悟中,水体现了前一种类型的神奇力量。《森林父亲》里水意象的出现则意味着丰产,在密林中有年年春汛涨水的河流,家园里有水井,都是滋润生命的源流。

流动的水是一种涌动的原始生命力的象征。《森林父亲》里贵族尼古拉·图拉耶夫在暗恋的女子嫁人后心灰意冷,来到密林深处,建好庄园,名为木桩家园,命人打了一口井,他第一次见到阿尼西娅时正在水井边。这个腰间系绳、脚穿树皮鞋、满脸汗水、褐色头发的年轻农妇,为寻找自家丢失的牛在林中转了一天一夜,又累又渴,误闯到庄园里,并

---

① 阿纳托利·金:《莲花》,石枕川译,《世界心理小说名著选:俄苏部分(二)》,贵州人民出版社,1990年,第273页。

② 伊利亚德:《神圣的存在》,晏可佳等译,广西师范大学出版社,2008年,第179页。

水让她立刻精神一振,因为喝得太急,水顺着嘴角流到圆鼓鼓的胸前,衣服都湿了一片,尼古拉此时刚好走到门廊处,呆呆看着水流曲折流过她胸部,顺着衣襟滴到地上,被她身上表现出来的生命活力震惊。年轻单身的贵族地主并非是爱上了阿尼西娅,但自己也莫名所以地请她到家里当厨娘。在森林中,井水赋予普通农妇、已有家室的阿尼西娅以神奇的魅力,唤起尼古拉无法遏制的生命激情。在林中春汛来到,万物生机孕育、生命力勃发的时刻,水的神奇力量促成了图拉耶夫家族血脉的延续,使尼古拉感觉阿尼西娅是阿佛洛狄忒和得墨忒尔的女祭司。尼古拉和阿尼西娅开始了同居生活,他们先后生下五个子女。革命爆发后,庄园被毁,一家人放弃家中的一切搬到城里,阿尼西娅感到在所有失去的东西中,井水是她最割舍不下的。尼古拉的妹妹利达是森林、湖泊女神的化身,当她站在林中湖边时,感到自己的灵魂生于古希腊,与湖泊有天然的亲缘关系。她与生命中偶遇的四个男人分别生下四个子女,虽遭世人非议,但她顺应神奇的生命规律,并不为自己的行为感到羞耻惭愧。斯捷潘是尼古拉五个孩子中最小的一个,在二战前线夜夜梦到井水。当斯捷潘伤病累累、奄奄一息回到林中荒凉的老家等待死亡时,一看到毁坏的水井便留下眼泪。他动手修理水井,井里又流出洁净的水来,因为他已经意识到这是维系生命的源泉。在森林里斯捷潘神奇地活下来,就在这里当上了护林员,结婚生子,至死都不肯离开森林。在这部小说中,水的生命意象具有浓郁的神话色彩,不仅带来新生命,还如童话和圣经神话中的生命活水一般,有医治疗救的神力。金的作品中,水经常和树联系在一起,比如斯捷潘的感觉中,林中水源和树木的汁液都是森林的血液,自己与森林血脉相连。森林使他起死回生,他感到森林中湿润的苔藓、植物的汁液、草叶上的露珠、白桦树的汁液都是森林生命的血液。回到故土时,森林为他注入了新的血液。从此,斯捷潘寸步不离森林,他的鲜红血液已经无法脱离森林里的润泽,无法脱离林中的河流和水井,他成为森林父亲忠实的人类之子。

水的生命力意象在《约拿岛》中更加倾向于斯拉夫神话和圣经神话中的意义阐释。"斯拉夫人,其中包括俄罗斯人普遍认为,河流和海洋是生者和死者世界的分界线。"①小说中存在海底的死者世界,一个被金描绘成昂利里亚的神话时空。死去的人们转化为水草、鲱鱼等海洋生物,摆脱了对死亡的恐惧。"海洋常被比喻为地球的子宫。所有生命都从原始海洋中孕育而生。在许多的文化中,海洋都与创始神话联系在一起。海洋似乎神秘莫测,它代表着一种无意识的混沌状态,故而在这片深不见底的水域里,其象征含义也总是与死亡和超自然的力量联系在一起。"②小说结尾处数个人物从海中走出,他们都早已终止了尘世的生命存在,灵魂却还在迷惑思索中痛苦不已,但再次现身海上时,他们都因自己的苦难获得精神上的重生。这与基督教的水中救赎主题相关,同时也是洗礼的象征,表示道德的一半象征性地浸没,不道德的一半逃离,这些人物的精神重生,如同新生儿来到尘世。

3. 林木

在原始人的眼中,树是宇宙的象征,因其扎根大地,枝朝天空,连接天地。此外,树代表着一种神圣的力量,它作为植物随季节而发生周期性枯荣,象征了死亡和再生,即死而复生的过程。在很多民族的神话中,都有生命树的神话形象。在金的笔下,树是神圣再生的象征,森林是神圣家园。《圣经》里有生命树和智慧树(善恶树)的形象,其中生命树是"永生"的象征,智慧树的果子使人眼明心亮知善恶,亚当和夏娃吃的便是智慧树的果子,因此失去了"永生"。在俄罗斯神话中,森林空间与人类居住的空间相异,因俄国农民长期以来实行伐林耕作的制度,使得森林与人类呈对立状态。俄罗斯神话中与森林有关的另一个形象是森林老人(Лесные старики)。"他们居住在森林里,很像是关怀备至的祖先,并极有可能源于祖先崇拜。"③金在小说中并未展现森林与人类的矛盾对立,而是很大程度上借用了世界神话中森林的生命意象,以及基

---

①　Мадлевская Е. М. Русская мифология. М. : Эксмо. Спб. : Мидгард. 2007. C. 171.

②　布鲁斯-米特福德、威尔金森:《符号与象征》,周继岚译,生活·读书·新知三联书店,2014 年,第 32 页。

③　Шуклин. В. В. Русский мифологический словарь. Екатеринбург: Уральское изд. 2001. C. 190 - 192.

督教中的"永生"象征意象。作为标题和作品中主要形象的森林父亲则部分采用了俄罗斯神话含义,带有祖先这层含义,但小说中的森林父亲是单数,是地球生命的起源,与造物主相似。由此可见,俄罗斯神话对这一形象的塑造影响有限,作为主导意象的是森林在世界神话和基督教神话中的含义。

金笔下的森林融合了俄罗斯多神教、基督教和希腊神话的传说,因而充满神秘色彩。在《松鼠》中有一个细节,一个林中采摘者迷路后,因不能珍视森林的宝贵财富受到林神(Леший,亦作林妖)惩罚。《伴着巴赫的音乐采蘑菇》中,列京相信在俄罗斯广袤的大地上,即便身处不幸的时代,也会有林神留在幽暗的森林里,林中总有些角落还保持着令人赞叹的原生态的美。"斯拉夫人普遍接受森林之灵(俄语作 leshy;白俄罗斯语作 leshuk 等)的概念,森林之灵能确保猎人得到足够数量的猎物。这一类型的神灵是相当古老的:动物之主。森林之灵结果变成了家畜保护神。某些森林精灵(domovoi)在人们建造房屋的时候会潜入屋内,这也是一种极为古老的信仰。这些精灵有好的,也有坏的,大多在支撑房屋的梁柱里安营扎寨。"①在金的小说中,林神、潘神都是森林的守护者,家神也曾在夜晚捣乱胡闹,因此森林是神灵出没的神秘所在。

《森林父亲》中森林形象具有多重含义。首先,森林象征一种世界秩序,与混沌形成二元对立。森林父亲这一神话形象代表着一种建构世界的模式。森林按照大自然法则生存,与人类社会恰好形成对照。森林以无私的慷慨累积生命的养料,每棵树都终生扎根于地下的泥土,树木间彼此和平相处,不嫉妒,无恶意,不争斗,相互配合,统一构成整体,因此森林总是生机盎然,这构成了小说中独特的森林哲学。二十世纪的人类社会与上述森林的哲学恰好背道而驰,战争、杀戮、仇恨、死亡,争斗的结果将是恶的泛滥,人类将自取灭亡。作家认为,只有森林

---

① 伊利亚德:《宗教思想史》,晏可佳等译,上海社会科学院出版社,2004 年,第 972 页。

的哲学能够帮助人类,但人类违背森林的生存法则,以流血、武力解决问题,当绝望孤独成为人类的精神主宰,森林父亲离去,人类灭亡的世界末日即将来临。因此,在小说中与其说是在倡导森林法则,不如说是在警示和分析人类社会的自我终结。

　　其次,森林父亲是万物缔造者的形象,作家称之为森林父亲,隐喻人类与自然的"血缘"关系。树的形象主要取《圣经》中生命之树的喻意,作家将树木视为生命源泉,其中也蕴涵着重生的力量。在绿色的华盖下,人类懵懂、稚嫩的灵魂获得了奇异的平静。图拉耶夫家族的命运与森林有着神秘的联系。"漆黑的梅晓拉森林一动不动地立在他的根上,静静吸收他们(图拉耶夫们)温暖的生命,在自己肚腹内的湿润中溶解并且逐渐将其变为每一棵普通的树,这样的树在森林里有很多。"①对于这个家族来说,森林是他们的圣地。这里有着家族的精神命脉,也是家族的生命根基。家族姓氏的词根"Тур"在俄语中是"原牛"之意,这是17世纪前生长在欧洲森林中的一种野牛,这一姓氏象征了不羁的自然生命力。在艺术中原牛的形象是恩利勒神(苏美尔人神话中最高神之一,大气神,后为土地神、丰收神)的象征,体现了丰产和生命力。② 不过在小说中,作家选取这一灭绝了的动物形象,用意不在于突出其勃发的生命力,而是要以此找到图拉耶夫家族衰落、瓦解的根源。该家族的生命树是一棵状若竖琴的双枝干的松树,松树象征着"永生"和坚韧不屈的生命力,双枝则是人物精神困惑和宇宙二元对立法则的象征。在俄罗斯人心目中,对松树与橡树同样敬畏。俄罗斯人雕刻神像、火葬柴堆都使用松木,另外他们认为松树还可驱邪。③ 图拉耶夫家族树见证生与死,垂死的斯捷潘在这棵树下恢复生机,困惑的格列勃倚树饮弹自尽。每当家族成员感受到死亡的气息,都体会到心灵灼烧的痛楚,这种痛是

　　① Ким А. А. Отец-лес. М. : Рипол классик. 2005. С. 39.

　　② См. Ащеулова И. В. Мифологемы воды и леса в романе А. Кима «Отец-лес»// Проблемы сохранения вербальной и невербальной традиций этносов. Шарикова Л. А. Кемерово: Графика. 2003. С. 6 - 8.

　　③ 参见 Шуклин В. В. Русский мифологический словарь. Екатеринбург : Уральское изд. 2001. С. 315。

意识到人类正在走向自我毁灭而产生的。

最后，森林父亲是一个矛盾的形象。在金的笔下，人类生存中遇到的矛盾困惑都在森林父亲的形象中体现出来。作为生命源头的森林父亲在二十世纪开始感到孤独，以至于产生自杀的念头，表达了金对科技进步可能带来人类灭亡的担忧。这是因为有一个千年游魂，虚空之王的孤独渗透到了森林父亲的意识里，将死的渴望散播开来。结果森林父亲"兼容了生的渴望和死的意愿，既感到无法克制的孤独，又需要同人类森林联系在一起，执着追随上帝，却在行动中露出魔鬼的痕迹"①。这是神话象征与东正教思想及自然哲学、存在主义哲学相结合形成的意义载体，突出了生命的源头，也指出人类在世界中的位置，将死亡带来的存在的孤独感作为人类与自然割裂后的主要感受，表明作者对文明与技术进步的反思。

4. 大地

古人视大地为宇宙中心，许多民族的神话中都有大地母亲的意象。天与地是所有创世神话中都出现的形象，而且以地为母、以天为父的模式也很普遍。大地赐予万物生命，一切来自大地，又归于大地，因此大地母亲总是受到敬奉和赞颂。《松鼠》中将润泽的大地作为所有生命的祖先，中篇小说《葱地》当中也出现大地母亲的意象，而在《森林父亲》中，这一生命力意象得到突出，不仅将大地视为生命的孕育者，还将其称为丰产大地女神得墨忒尔。这是希腊神话中的丰产神和农神得墨忒尔与斯拉夫神话中润泽的大地母亲（Мать—Сыра Земля）形象的融合。她多次出现在这部小说中，隐喻着生命之初的另一种力量，带有的是女性、母性的特征，与森林父亲形成对照，共同象征生生不息的造化神奇。"古代与现代地面上的女神，她们带来了大地的富饶，她们的生育与婚娶，她们的死亡与欣欣向荣被认为是萌芽、衰颓以及耕作物的大地春回等的象征或因果。这些神灵依她们的性别说明了原始的农业都与妇女

---

① Смирнова А. И. Русская натурфилософская проза второй половины XX века. М. : Флинта. Наука. 2009. С. 112.

结了不解之缘。"①大地母亲在小说中有两重含义：其一是播下种子能带来收成的大地，其二是有繁殖力可以孕育生命的女性，因此，在小说中把女人们称为得墨忒尔的女儿。例如，尼古拉感到阿尼西娅身上体现出的墨忒尔和阿佛洛狄忒精神的融合，是土地和水双重生命元素的体现。此外小说中的农家女王（Царь-баба）阿廖娜、农妇玛丽娜等形象都具备得墨忒尔的胸怀和丰产特征。她们爱着自己的丈夫，不论丈夫是否对她们报以真情，她们还是无私地为家族繁衍后代。通过神话意象，希腊农神、希腊和俄罗斯神话中的大地母亲、夏娃、农妇等形象统一为以女性为代表的宇宙生命力；而森林、亚当、农民等形象体现为与之相对的男性生命力。自然界的林木生长、农事劳作和人类繁衍融合成为一个相通的生命体系，在作家宇宙论视角下，人类生存繁衍是宇宙生命循环中的一个环节。

俄罗斯广袤的大地上到处是良田和密林，作家笔下的得墨忒尔突出了非凡的孕育能力，这也是俄罗斯神话中大地母亲形象的特征。小说中她顺从地孕育播撒在她体内的新生命，她只关注孕育本身。热爱土地的农民对待大地如同对待上帝赐予的妻子一样，所有的农民都懂得，应该有自己的土地。但是，国家实行了农业集体化，将农民和土地分开。虽然他们得到允许还可以耕种，但是不能自主决定种什么和怎样种，一切听从命令指挥，这使他们对土地的爱发生了变化。肯耕种的人逐渐减少，即便有农民留在土地上，他们也习惯了接受上级指令，完全不考虑得墨忒尔的感受。最初，为了孕育，得墨忒尔接受了这种安排，虽然这种孕育是格外痛苦的。不遵循自然规律随意干涉自然使丰产大地女神得墨忒尔与农民分开，又被化学家施以药剂的暴力，她感到被践踏、被蹂躏，渐渐变得贫瘠、荒芜，但她还是没有放弃永恒的孕育能力。当悲观死亡的情绪开始在寰宇蔓延时，得墨忒尔大地母亲最初尚在坚信自身无限丰产而依然乐观。然而当到处弥漫自杀的阴影，人人

①　威尔·杜兰：《世界文明史（第一卷）：东方的遗产（上）》，台湾幼狮文化公司译，东方出版社，1999年，第72页。

都感到极度孤独时,得墨忒尔也不想再活下去了。于是陆地上没有一棵树再能变绿,因为自杀的渴望使永恒的得墨忒尔想要结束自己的存在。一旦生命力的源头枯竭死亡,等待人类的必然将是末日。

"凡生命体都会死,因而仅仅有关生命体的神话必然离不开死亡。事实上,也只有死才能让死本身的过程或有关死亡的神话变得可理解。但是人们不禁要想,万能的上帝本可以只造一个肯定是好的模范世界:没有死亡,没有罪恶,没有悲惨;因而还必须产生一个因'堕落'而导致异化的神话,以此解释为什么上帝所创造的完美的世界竟与我们现在生活的现实世界如此悬殊。"①《森林父亲》中大地母亲的自杀意愿和人世间自杀想法的传播为生命力的凋敝终结做出解释:孤独感和对上帝的怀疑带来堕落和罪恶,使得原本应该永恒的生命力也日渐枯竭,生命力意象渗透了恶的因素,便出现魔怪意象的黑暗、死亡特征;生命力保持原初的状态,则体现神启意象的光明、永生的特征。

金一直在自然中寻求宇宙精神和谐的原则,自然也因此逐渐成为他哲学思想中的灵性元素。太阳、水、树木和大地作为生命力意象,通过神话含义传达着作家复杂的思想,带有超验的色彩。这些来自东正教、希腊神话、俄罗斯民间故事的神话意象凝聚了作家的精神追求,融合了宗教、自然哲学和存在主义哲学等多源头的智慧因子。在东西方神话、哲思的交相辉映中,自然幻化为永恒。

二、自然的灾难意象

在金的笔下,第二种类型的自然形象是自然灾害,它的出现较前一种类型要少得多。自然灾害表现出骇人的威力,它是一种不受控制的盲目力量,可以不问缘由、不分善恶地毁灭现存世界的一切,它带来的是终结和死亡。自然灾害使自然站到人的对立面上,灾害面前的人是那么渺小、脆弱、无力、绝望。在金笔下的自然灾害有两种隐喻含义:其一是死亡、困境考验,如《海啸》中的灾难隐喻;其二是末日隐喻,如《在

---

① 　弗莱:《伟大的代码》,郝振益等译,北京大学出版社,1998 年,第 146 页。

巴赫音乐伴奏下采蘑菇》中的大地震。

《海啸》是金早期创作的一部短篇小说,其中描写了准尉作为海啸幸存者的经历。劫难在半夜时来临,准尉刚好下夜班回家。眼看轰然巨浪涌上陆地,他飞速跑上四楼到家门口使劲叫门,可是门反锁着,估计妻子已经吓呆了。高过楼房的巨浪越来越近,求生本能使他顾不上救出妻子,转身逃命。他毫不迟疑地从衰老的邻居求救的身影旁绕过,头也不回,直到爬上一个陡坡,抓住一片草地。除了尽力活下去,他所能做的就是眼睁睁看着身边的死亡惨剧,对任何人施以援手都可能导致他被惊涛吞没。一个邻居本想伸手救落水的妻子,却脚下不稳手一松,怀中的儿子也不幸落水被卷走。准尉身边还不时有人连同手中抓着石头从坡上落水,有人已经神智失常又哭又笑。在这场和死神的赛跑中,身强力壮的准尉得以保全了生命。但是灾难阴影永远留在了他的记忆中,使他陷入孤独恐惧的心灵困境。

《伴着巴赫的音乐采蘑菇》写到神户大地震,带有末世论色彩。神秘剧中的护士妙子死于神户大地震,她的灵魂对地动山摇的倾塌感还是心有余悸。妙子死后意识到,对于日本来说,大地震和核爆炸都不是平白无故的偶然,而是警告,要让日本思考历史和未来命运,仅仅借助金钱盲目建立起富裕舒适的物质生活是毫无意义的,如果仍任由这种情形发展,那么这座四面环海的岛国未来堪忧。作家有意将偶然的自然灾害和社会的弊端联系起来,使大地震作为一种毁灭性的力量具有了惩罚、警告的意味。

在《森林父亲》中,格列勃遭遇精神危机之后回到森林当守林人,当森林发生一年一度的春汛时,另一个守林人阿尔焦姆便不辞辛苦地划着船离开森林到村中去赴女友的约会,他感受到春水带来的勃发的生命力。而格列勃在汛期感到这种与世隔绝仿佛是世界末日。末日洪水会在吞没一切之后消失,然后开始一个新的世界。在对世界、对人类彻底失望之后,激活阿尔焦姆生命能量的水被格列勃视为末日的象征,这是格列勃精神危机的写照。"洪水本身既可以从神愤怒和报复的意象意义上看成是恶魔意象,也可以看成是拯救意象。"①意识到自己多年从事的是研制杀人武器的工作,格列勃回到森林。此时他处于负罪心理和自杀的犹豫中,因而洪水令他有末日感。

《约拿岛》中,约拿违背神意,乘船逃走,结果海上狂风大作,波浪涛天,上帝掀起波涛表现愤怒与威力,如果约拿不站出来,整艘船将倾覆,水在此刻显现的是惩戒的威力。当约拿被抛入海水中,继而被大鱼吞下,海面上立刻风平浪静,船上的其他人转危为安。水在这个故事里代表了愤怒和惩戒。

综上所述,金笔下自然形象有两种类型的隐喻内涵:其一为生命力象征,其二为灾难意象。象征永恒生命力的有太阳、水、树木植物、大地等自然意象。灾难意象则以海啸、地震、洪水等作为灾难隐喻。两种自然形象类型呈对照之势,在隐喻表达的形象体系建构中表现结构张力。多神教、希腊神话和基督教神话是构成上述自然形象的神话组元,形成独特的审美意蕴。

在金的艺术图景中,自然基本上是作为宇宙法则的体现,蕴含了深刻哲理。它既可以代表生命力,也可以代表与之对立的毁灭力量。自然形象中体现出作家哲学思想的融合:自然哲学、佛教、宇宙主义、天人合一等思想元素在自然营造的永恒背景上共存,作家将它们纳入自己的生—死—永生(不死)思想体系,将永生作为人类能够达到的精神至善境界。不过,这些思想支脉却不是平行、平等存在的。上述关于水的神话形象中,虽然既有来自俄罗斯民间信仰的观念,也有基督教净化、惩戒的宗教象征含义,但宗教象征意义逐渐在文本中凸显,成为主导意蕴。若在时间纵向流动的坐标下分析作家笔下的林中采摘意象,则可以发现,同样是指向永生的自然形象,由早期和中期创作中的自然哲学符号,转化为后期的宗教象征符码,这标志着作家的哲学追求从自然哲学开始向宗教哲学倾斜。

---

① 弗莱:《伟大的代码》,郝振益等译,北京大学出版社,1998 年,第 191 页。

第二节   魔怪形象

金的长篇小说是人类与诸神、天使、精灵和魔怪共存的艺术天地，具有幻化变形能力的妖怪和反叛作乱的魔鬼尤为引人注目。在金具有代表性的《松鼠》《森林父亲》《半人半马村》《昂利里亚》和《约拿岛》等小说中，大量神话隐喻包含了丰厚的哲理意蕴，承载着对生死、善恶、末日与永生的思考，表现出作家思想中二元对立的特征。魔怪作为上帝神性的对立面出现，与良善和永生相反，隐喻了阴暗沉重的罪恶与死亡。魔怪形象是文学中独具象征含义的表达元素，通常代表邪恶、死亡和毁灭，与代表美善、永恒和创造的神性构成二元对立。魔怪形象在世界文学和俄罗斯文学中都并不陌生。仅俄罗斯文学就有莱蒙托夫的《恶魔》、陀思妥耶夫斯基的《群魔》、索洛古勃的《卑劣的小鬼》、布尔加科夫的《大师和玛格丽特》等反映魔鬼主题的优秀作品。上述作品中的魔鬼形象都依托圣经神话，而在阿·金的小说中，不仅有基督教意义上的恶魔，还活跃着泛神论意义上的妖魔。

阿·金笔下的魔怪形象主要由神话意象、童话和寓言等组元构建而成。从其内涵上，可划分为鬼怪和魔鬼两种类型。鬼怪形象有三种来源：第一种来自远东民间故事传说，往往表现为冤魂；第二种来自作者自创神话，这类妖怪可以在兽与人之间互变，内心盘踞着动物的灵魂，具有可以幻化、擅长变形的能力，如《松鼠》中的伊依、莉莉安娜；第三种则取自俄罗斯民间故事和希腊神话，例如卡雷内奇蛇、半人半马怪、喀迈拉等。金笔下的魔鬼形象则取自圣经神话，代表邪恶的力量，诱惑人们作恶、背叛上帝，他们既是"恶"的化身，又拷问并惩罚着人间罪恶，甚至不排斥行善。妖怪意象多见于金前期创作，与民族历史和社会现实紧密融合，表现邪恶、人性的堕落及人的异化等问题，具有强烈的社会道德批判倾向，也隐约流露基督教的善恶思想。这一时期正是作家金皈依东正教前后，泛神论的思想影响依然明显，而皈依东正教之后，自长篇小说《森林父亲》开始出现明确基督教意义上的魔鬼形象，并贯穿于此后创作中。魔鬼以怀疑和否定来反叛上帝,以诱惑和试炼使人性堕落背离神性。金通过魔鬼形象为世间之恶寻根溯源,反思恶之由来、存在与所终,认为恶是一种与宇宙和谐相对立的抽象精神元素,在魔鬼的诱惑下若失落信仰则走向堕落和毁灭;反之,顺从神性引领则能抗拒诱惑,弃恶从善,走向永生。

魔怪形象与人的形象形成对照,有时又带有人的性格特征。他们大多是"恶"的化身,是人性中恶的隐喻,是与宇宙和谐法则相对立的因素。金前期创作中出现的多为幽灵、妖怪和野兽的意象,表现了邪恶、人性的堕落、人的异化等问题,这些恶的体现比较具体,有更多的尘世色彩。《森林父亲》中开始出现明确的宗教意义上的魔鬼形象,金为人性恶找到宗教的解释,即源于魔鬼的诱惑导致信仰的失落和自身的毁灭,恶代表了一种抽象的宇宙精神元素,成为神性的对立面。在《昂利里亚》当中,恶魔们背负的是对上帝的背叛、对人的诱惑和嫉妒等罪名,人类多以受害者的面目出现,因此对恶的寻根溯源必然离不开《圣经》,需要在宗教范畴内得到解决。金塑造这些魔怪采用了神话、童话、寓言等组元,这些组元组合起来,给作品意义的阐释带来广阔空间。

一、鬼怪意象

鬼怪是金 20 世纪七八十年代作品中经常出现的意象,除了远东题材中的鬼魂故事,其余妖兽鬼怪多与人性、神性相对,多半代表报复、兽性、诱惑、邪恶、堕落、死亡等负面含义。金不仅以妖兽鬼怪隐喻人性之恶,还将其主宰下的灵魂与背离永生相联系,对人性的泯灭做出解释。金早期创作中的冤魂意象多与远东地区的神话传说有关,与俄罗斯东正教的魔鬼并不相同,指的是死者的鬼魂。远东地区民间相信,死去的人化为魂魄,拥有神秘的力量,能够影响生者,可以护佑生者,也可以带来灾祸。金的笔下,鬼怪意象代表着人死后的存在方式。如果一个人生前有怨气,也可能化作冤魂搅扰活着的人。

1. 冤魂意象

短篇小说《苗子的蔷薇》是一部带有道德探索和反思意味的作品,

小说同时也赞美了无私的爱情,并慨叹朝鲜女子的命运。矿工之子李吉诚17岁结婚,当时正是高考前一年,他原本是数学天才,寄宿父亲老友崔木匠家,崔家长女苗子清秀消瘦,羞怯沉静,与李吉诚偷尝禁果怀孕。木匠并未责怪李吉诚,反而为此愧疚,到李父面前请罪,甚至打算跳矿井谢罪。李父提出两个孩子成家,于是吉诚辍学成为矿工,业余时间就读夜校,并未放弃学业。苗子看顾孩子缺乏睡眠时,李吉诚忙于读书从不帮忙照看。李父矿难去世,母亲选择跟儿子同住,帮助苗子照看孩子。在苗子支持下,吉诚辞职考取莫大。苗子兼职两份工作,省吃俭用供丈夫读书。吉诚毕业前,苗子在工作中被动物咬伤病重时,吉诚坚持参加实习工作并未回乡探望。直到苗子下葬之后,姐姐写信告知死讯。信中说苗子死前,感觉被那只咬伤自己的貂附体,发出尖叫声。吉诚经历了几个不眠之夜,一直梦到妻子死前的尖叫,但未对他人吐露不幸,直到毕业功成名就后才衣锦还乡。当夜吉诚睡下时,一阵特别的气息袭来,浓烈又略带苦味,令他不安。他起身发现气味来自从前苗子挂在屋内的一件上衣。这件衣服提醒他,苗子曾活在世上,如今已不在。吉诚很想痛哭,但是这个幸运儿没有流泪的禀赋,他抛下衣服起身出门。第二天一早,吉诚母亲发现儿子不在房间,她想起夜里似乎听到死去儿媳呼唤吉诚的声音,慌忙寻找,在海边发现趴在船里的吉诚。众人将他唤醒,吉诚对于发生的事情全无任何印象。一周后,吉诚与母亲、儿子匆忙离开,苗子的家人和朋友在她的墓前祭奠告慰,并为家人祈福,请她的鬼魂谅解大家并保佑所有生者。坟前苗子父亲种下的野蔷薇灌木丛上,鸟儿啄食着甜美浆果。小说结尾的花和果实,就像佛教经常谈论的因果,吉诚虽然事业有成,但在心中的愧疚感将伴随一生。蔷薇通常象征爱情的思念和追忆,恰似苗子为爱奉献的婚后生活和短暂人生。她的一缕幽魂,仅以显灵的方式表达了不甘和哀怨。

　　短篇小说《柔情环节》中也出现了冤魂。叙事者"我"儿时听说,几十年前,曾外祖母家中亲人接连死去,算命先生告知是因为亲属中有人死后多年都未能好好安葬,他的鬼魂有怨气,才来索命。老人想起丈夫的哥哥曾在深夜林中路上被猎人误杀,猎人将其草草掩埋,然后辞别家人逃走。多年后他写来忏悔的书信请求原谅,请死者亲属不要为难自己的家人。为告慰亡灵保佑家人平安,当时已经是祖母的老妇人冒生命危险夜渡边境河流,回到故土找寻线索,历尽艰辛最终将亲人遗骨安葬,尔后家人果然安康。

　　这些传说是作家在远东地区生活的烙印,从他对魂魄意象的兴趣,可以发现金创作中很早就十分关注生死问题。而作家这两部早期创作的小说都体现出对死者的敬意。《柔情环节》的标题体现了作家对逝去亲人的情感,作品冤魂显灵、安葬亲人骸骨的情节,极富东方色彩。小说中首次提及永生,这时的作家在作品中对永生的领悟与对生命的感受相通,永生思想尚未明确表述,仅在结尾以顿悟方式出现,但是已显宗教哲理思想的端倪。

　　2. 妖兽意象

　　妖兽在金的作品中是与人性、神性相对的力量,妖怪多半代表邪恶、堕落,而野兽则代表兽的本能,是动物性的体现。

　　魔怪是各民族民间故事中的常见形象,这些形象往往带有隐喻含义。狐狸是远东神话故事中常见的神话形象,往往代表着妖怪,它是可变化的,有时又喻指邪恶的力量,这一形象在金笔下出现多次。短篇小说《狐狸的微笑》带有民间鬼怪故事的色彩,故事主人公是库页岛朝鲜二代移民。女主人公外号"狐狸",自幼性情古怪,长大后出落得极美,一男孩炳基为与她结婚放弃了列宁格勒大学的学业,很快成家、生子。曾劝阻他放弃女孩坚持学业的同学仁洙在回乡与老友相聚后,夜里经过墓地遇见狐狸而迷路,狐狸面带笑容时隐时现,他则在墓地转了一夜,饱受惊吓。这里狐狸象征了恶意的报复。而小说《莲花》中,洛霍夫在母亲墓地,遇到一只在偷吃的狐狸,狐狸装死骗过他逃走。30 年前母亲临终前到家里来的护士令洛霍夫感觉,这就是多年后他将遇见的狐狸变的。洛霍夫被护士引诱,在母亲弥留之际,在病榻旁与护士肌肤相亲,母亲死后他感到加倍痛苦愧疚,几乎轻生。护士—狐狸—死神在洛霍夫的感觉中是一体的,护士是多年后他将要见到的狐狸变的,狐狸与死亡相联系,于是洛霍夫幻觉中护士与死神合一。狐狸、护士与死神,以这种变幻的方式联系起来,构成一个象征体系,作为太阳和莲花所代表的永生国度的对立面出现,象征着死亡、不洁和不完美,从而反衬出跨越了死亡的永生境界纯净、超然而美好。借由狐狸的喻意,作家形象地反映出恶的报复和生死较量的主题。

龙在金的小说中也承载了恶的隐喻含义。《森林父亲》囊括了人类20世纪的全部精神灾难,其中喷火翼龙卡雷内奇蛇(Змей-Горыныч)的形象取自俄罗斯民间故事。Горыныч词根是山(гора),意为"山之子",传说中它总是住在山洞里,看守着宝藏或生命活水,而在圣经中龙是恶的象征。这部小说里的卡雷内奇是恶和死亡的象征。它由被杀之人的恐惧和疼痛产生,平时居住在火山口,魔鬼用铁矿石把它养大,因而受到魔鬼的驱使。一个多世纪以来,它时常飘在世界上空吞吃钢铁,每逢大规模战争爆发,它必会出现。它若放纵狂吃会不断变大变重,最终将导致地球偏离现有运行轨道,飞向太阳,落入火焰。钢铁可联想到战争,战争带来死亡,因此战争也是恶的体现,而卡雷内奇蛇吞吃钢铁的细节隐喻着恶的累积终将使世界失衡,带来灭亡的结局。小说里另有一个喀迈拉(Химера)的形象,与卡雷内奇蛇同属恶的象征。它在小说中与希腊神话的形象有所不同,是半蛇半狗,靠有膜的双翼飞翔,他生在绝望、痛楚和人类的耻辱混合的脓液中,被称为恐惧的喀迈拉。当世间宣布最高正义的统治时代来临之后,正义的捍卫者却被以各种罪名大批消灭,灰色的小魔鬼手拿武器在夜间行动带来恐怖,每隔一段时间就射杀一批人,另一些人则被专门列车遣送到偏远地区,此时喀迈拉的灰色蛇蛋开始出现在令人意想不到的地方,比如臭气熏天的监狱马桶里,城市住宅的水晶吊灯罩底部,等等,都是世上隐蔽的肮脏角落。这是带有政治色彩的隐喻,苏联大清洗的政治暴力同样带来恶果,金以恐惧的喀迈拉将大清洗时期社会畸形的精神面貌和人性中隐藏的阴暗面呈现出来。

《松鼠》是金首部长篇小说,讲述了四名美术学院大学生的人生经历。作品中以动物意象隐喻人性的种种弱点,其核心题旨是道德探索中人性善恶的抉择。吸血鬼艾鼬、松鼠、母狮等动物作为恶的隐喻,还分别指向人性中的情欲、胆怯、控制欲等弱点,这些人兽合一的形象与代表善的人性和永恒神性展开争夺人心的灵魂鏖战,战局结果主人公或永生或毁灭。小说中存在着神、人和妖三界。野兽幽灵进入人类婴儿体内成长为妖,平时化身人形生活于人群中,也可随时变形为兽,其内心丑陋、自私、贪婪、残暴。野兽幽灵妄图主宰人类,永远盘踞在人心中,故秘密与人类开战。它们定下魔力遍及世界的野兽咒语,合力铲除有创造才华、能唤醒人性使人接近神性的天才。美丽的女教师莉莉安娜在小说中是情欲和死亡的象征,她的名字暗指莉莉特(Лилит,又叫莉莉丝)。这个名字来自希伯来文"黑夜"一词,在许多神话中都有莉莉特的形象。莉莉特在美索不达米亚地区被认为是疾病和死亡的使者,古代犹太教神话中是吸血女妖,暗夜魔女,撒旦的情人。莉莉安娜内心是艾鼬吸血鬼幽灵,9 岁时无意中看到家中来客的亲热场面,留下情欲阴影。严格的家风和负罪心理使她压抑封闭自己,拒绝所有爱慕者,甚至想剃度进修道院。过时未嫁的她到奥卡湖边孤儿院工作,爱上比自己小 11 岁的学生——绘画天才阿库京。工作期满回莫斯科时她将阿库京送入美术学校,后与之成为情人。她的使命是束缚画家唤醒人性创造力的才能,但爱情使她违背吸血鬼的天性,为爱人而自伤流血。当阿库京爱上一个吹长笛的女孩玛丽娜,并向莉莉安娜诉说可望不可及的感情时,她不知不觉将削笔刀从肩头划到臂弯,失血昏倒,从此手臂上留下一道深深的伤疤。在阿库京死而复生、洞悉永生奥秘之后,莉莉安娜受到感召,终于赶走心中野兽幽灵,死后获得永生。

与莉莉安娜相反,《松鼠》中的伊依在善恶之争中走向自我毁灭。他是二战时的朝鲜孤儿,三岁时躲避战乱与母亲逃进森林,母亲饿死,他却因得到林中松鼠母亲的照料,奇迹般地活下来,但从此他的灵魂中一半是人,一半是松鼠。他获得了变形的能力,可以随时变成松鼠的样子。伊依被苏联夫妇收养,在库页岛长大,毕业后在莫斯科一家出版社当美术编辑,娶妻生子,小心翼翼寻常度日。他经常要变回松鼠,有时跑到郊外林中,在枝头跳跃,有时夜里偷偷从气窗钻出去,在人行道上爬树和电线杆。伊依可以让自己的灵魂穿越到任何人、任何动物的体内,去体会他们的感受。虽然伊依不具备领受神性的智能,他却有一颗擅于思索的心灵,喜欢思索生活中的现象、道理。伊依温柔敏感,它不懂人类为何有仇恨,甚至夜梦中也为人类的恶而流泪。但是当他想回忆母亲的容貌时,脑海中出现的只有松鼠,他为此深感悲哀。他执着地想去除兽性变成真正的人,这是心灵对崇高的渴望。他误以为杀死林中一只无辜的松鼠就可以从兽的本性解脱,然而当他手上沾满鲜血时,他方才懂得,这也是松鼠母亲的鲜血,他杀死的是自己的手足,而其他生灵的死并不能带给他渴望的永生,他终未如愿。

善与恶的凶险对峙中,莉莉安娜以自我牺牲之爱使灵魂得救进入永生,松鼠却因误信杀戮而错失永生。伊依的名字具有多重含义,喻示着他内心的分裂。这既是俄语天才一词的词尾,又是斯拉夫神话中黑神侍从之一尼依(尼雅、魏依,-Ний,-Ния,-Вий)一词的词尾。天才的创造力有助于人类参破永生奥秘,而"尼依是地狱之神,同时还是死亡之上的命运,他在冬天化身为'死亡'……他是永恒的恶,因为他不得不昼夜不停地工作——接纳死者的灵魂"①。伊依在命运的抉择中本应发挥天才接近神性,却因惧怕野兽咒语而埋没才华,结果恶占上风导致杀戮无辜毁掉自己。《松鼠》中人性和兽性的对峙令人很容易将野兽幽灵代表的恶同东正教的魔鬼联系起来,但作家的笔触仅止于野兽之恶,并无在此为恶寻求宗教解释的意图。这种对抗人类生物本能带来的恶的主题在《半人半马村》里得到继续。

对抗人性之恶的主题在《半人半马村》里通过神话形象继续得到演绎。这是一篇带有神话和科幻色彩的哲理性寓言小说,整部小说都以古希腊罗马神话为背景。小说中有两个世界,一个是可见的世界,这里纷乱罪恶,生活着人、半人半马、野马和亚马逊女人族;世界大幕另一边是更高的存在,掌控着地球生命生杀大权的四指外星人几次穿过世界大幕从天而降。人马、野马都体现着野兽的生存本能与生存法则。黑格尔将半人半马怪叫作"人兽同体的杂种",他们"是以自然方面的淫逸

---

① 　梁坤:《撒旦起舞的奥秘》,《长江学术》2008 第 1 期,第 81 页。

和肉欲为主要的性格特征，精神方面却退居次要地位"。① 半人半马们混合了人性和兽性的双重原则，但在他们的种种表现中，兽性的一面远远超过人性。他们内心不懂得友爱、同情，只听从身体原始的、不加节制的欲求。半人半马村里是一种蒙昧残忍的原始生存形态，马人们野蛮、放纵，原始的欲求完全主宰了他们的行动，也导致他们的灭亡。作家描写了他们在争夺女战俘时相互打斗、厮杀，看到垂死者时毫不恐惧怜悯，小半人半马们争抢着从自己一息尚存的亲人身上拔箭以换取口香糖，首领靠挥舞大棒维持权威、推行命令，大棒随时可能打死身边的同类，而其他的半人半马都对此习惯、漠然，只保证自己及时跳开。按照兽性的原则，饱食、生存、繁衍的生理欲望压倒一切。"在村子存在的整个时期里，半人半马多半是因暴力死掉的。"②残酷、自私、仇恨、堕落最终带来了马人的毁灭。一匹枣红马隐喻了人性原则的提升是可能的，但应当以爱为起点。这匹小母马是阿玛宗女人的坐骑，主人被马人折磨致死后，它深感难过，执意要到主人的葬身之处去。作家通过描写它对人的深情表明，它内心有向人性靠近的可能。当枣红马心灵中怀着对主人的爱时，它梦到自己是"非人非马无嗅无色的神奇的生命"，在光明的梦境中腾云驾雾，平稳飞翔；"也许母马在它的梦中变成的那种生物就反映了半人半马的本质，也就是马的原则和人的原则的统一，也就是他们的爱的融合"。③ 但枣红马的这种幻想只能停留在梦境中，虽然它向往能够与人的原则结合，变成那种"亲切而聪明的生物"，"能在蓝天和白云间飞翔"，但是它为给女主人报仇，怂恿丈夫所在的野马群向半人半马村进攻。丈夫战死，枣红马也参与了杀戮，转眼间就踢死一个女半人半马，此时，它的"汗气中已经没有，也不可能有丝毫的人味儿了"④。爱使一匹马在梦中感受到向人性提升的美好，而暴行使它在现

---

① 黑格尔：《美学》（第二卷），朱光潜译，商务印书馆，2009年，第188—190页。
② 阿纳托利·金：《半人半马村》，余一中译，《外国文艺》2000第6期，第67页。
③ 同上，第63页。
④ 阿纳托利·金：《半人半马村》，余一中译，《外国文艺》2000第6期，第71页。

实中彻底走向兽性,这也是半人半马村毁灭的原因。小说中的阿玛宗女人国是极权统治的形态之一,首领和元老们憎恨男子,不承认爱情。虽身为人类,但她们的仇恨是违反人性的,最终同样面临灭顶之灾。这部小说集中体现了金的人性观点,即仇恨、暴行与人性相悖,也是恶的一种形式,具有恶的本质。

上述妖怪意象是人心中欲望、仇恨、怯懦、残暴等各种阴暗面的隐喻,如果被这些丑恶困住,就会失落人性的美善,走向堕落毁灭。金借助妖怪的神话意象,为当代人的精神守望敲响警钟。

二、魔鬼意象

金小说中的魔鬼有撒旦(Сатана)和群魔。撒旦出现于金中期创作的作品中,始于《森林父亲》,不过在小说中作家并未明确指出这就是魔王撒旦,而是用了另一个名称虚无之王(Царь пустоты)。在《昂利里亚》中,魔王撒旦是统帅恶魔的黑暗之王(Князь),在宇宙棋局中代表黑方,统领来自黑暗深渊的群魔,这些魔鬼各有名字,各司其职,归属撒旦管辖。

《森林父亲》中魔鬼撒旦的存在十分隐蔽,他常以"我"的人称出现,自称虚无之王,是仅次于上帝的王。"我"是一个孤独的、不懂得爱的灵魂,曾进入尼古拉、格列勃的内心,体会他们的人生感受,甚至进入森林父亲的梦境,影响到森林父亲的意识,成为森林父亲内在矛盾的一部分。"我"隐身于森林,有时化身为森林父亲,利用了森林的巨大生命潜力撒播不可遏止的孤独感。"我必须为宇宙潜能的空耗负责,我的过错在于,通过森林的生命,通过森林的巨大潜能,我试图排遣自己超大密度的孤独感。"①这是"我"在宇宙中主宰虚空的巨大感受,这种孤独无可排解。然而当孤独感通过人与树的转化,逐渐散播到人类意识中之后,人类普遍在无法承受的孤独感中出现了自杀的心理,导致很多人自杀身亡,就连永恒的大地母亲也因渴望停止存在而死去,森林父亲无处扎

①　Ким А. А. Отец-лес. М. : Рипол классик. 2005. C. 472.

根,不得不移居其他星球,而"我"的灵魂将收容所有的人类森林。森林父亲是无辜的,他只是感觉到在漫长的转化过程中,"随着一个又一个图拉耶夫变成树,在森林潮湿的腹内产生一个独立的行动,出现了独立的意志"①。森林父亲还开始做一些噩梦,这些噩梦后来都变成了人类的不幸,这是撒旦控制下造成的恶果。在这个隐蔽的魔鬼的驱动下,卡雷内奇蛇开始频繁出现在空中,更是增加了人们的恐慌。"我"在小说中的自白经常看似出自森林父亲之口,比如称人类是自己的孩子,但随着叙事的展开,作家有意表现出森林父亲的形象与"我"的声音的不协调,"我"驱使卡雷内奇蛇的情节将"我"与恶联系起来,而后,当"我"终于自称虚无之王,而且万物凋敝,森林父亲移居别的星球之后,二者的形象分化终于明朗。最终人类的恶行与撒旦的孤独激发出更多的人不可遏止的孤独和绝望,他们选择自杀,人类走向了自我毁灭。"再没有人能制止嗜血和杀戮,人类已与死亡为伴,让死亡在人间疯狂舞蹈,恶的能量滋长……爱已毫无意义,因为爱只能产生沮丧和绝望。"②这是假借森林父亲的身份说出的撒旦的话语,魔鬼带来战争、苦难、绝望、死亡等种种恶的景象,制造一片末日氛围。

金在《森林父亲》结尾改写了《路加福音》,"我"化身为独眼奴隶,见证耶稣复活、升天的经过,而森林中这条通往耶路撒冷的小径就是圣经《路加福音》里面的以马忤斯之路。"我"曾在两千年前亲眼见证了基督复活升天奇迹,化身为当时在场的一个独眼奴仆,为基督脱下鞋子,请他落座,又端上食物。在基督与众门徒告别升天消失之后,"我"对哭泣的路加弯腰耳语说:"客人一去不复返,但他在我心里,只要这颗心还在,关于他的记忆就永在。"③虽然见证了奇迹,保留了记忆,但"我"这颗不懂得爱的心将基督的升天理解为父亲对人类孩子们的抛弃,因此"我"对世界上的仇恨、杀戮和撒旦恶行都悲观无奈,孤独的灵魂只感受到绝望和忧愁,在基督升天后的两千年间人类累积的罪恶使"我"愈发

---

① Ким А. А. Отец-лес. М. : Рипол классик. 2005. C. 39.
② Ким А. А. Отец-лес. М. : Рипол классик. 2005. C. 124.
③ Ким А. А. Отец-лес. М. : Рипол классик. 2005. C. 569.

不相信基督会再度返回。小说最后，"我"通过那个神秘的小男孩的眼神、笑声，终于相信，在世界上将会消除导致其灭亡的恶性因素，尔后会出现一个新的世界。这个结局是作家对于傲慢贪婪无知的人类终将毁灭地球家园的悲观预见，末日终点必将来临。但是金仍在末尾留下了希望，"我"将会因仇恨死去，然后因爱重生。恶与仇恨带来"我"与世界的毁灭，爱才是生命与复活的能量源泉。虚无之王"我"是恶的源头，既代表了人类灵魂中寻找神性的渴望，也表现出面对人类历史和社会现实的乱象，怀疑甚至否定上帝仁慈和基督之爱的虚无思想，其中的矛盾可以说是宗教精神与现实恶行的碰撞中永远的追问求索。

《昂利里亚》创作于金在韩国任教期间，其中借助基督教神话虚构了一个世界历史终结的神话，以上帝的游戏和天使与魔鬼交战为故事背景和情节基础。创世之初，天使曾点亮群星开启宇宙中的时间。然而上帝对人类的宠爱令天使嫉妒，于是任意妄为反叛破坏，堕落为黑暗之王撒旦，从此出现恶魔与天使阵营的对立。小说中主要写到以下几个魔鬼：死亡魔鬼——化为不同人面貌的凯里姆，癌魔——驼背侏儒渡边，情欲与时间之魔——时而寄身于人，时而寄身于器物的隐形魔（д. Неуловимый），寄身于城市的莫斯科魔（д. Москва）和纽约魔（д. Нью-Йорк）。小说的主要叙述者是隐形魔，他曾经是与上帝一同点亮群星开启世界时间之维的时间天使，因而他可以预见到末日大限将至。20世纪的灾难始于1914年，黑暗之王带领魔鬼大军与上帝的天使军团开战，天使们大获全胜，而恶魔经此一役溃不成军，散落到世界各处。各式魔鬼百年间不断作乱，使人类经历了许多不幸和灾难。例如，莫斯科魔带来了大清洗和极权主义，纽约魔带来了都市主义和消费社会。X时刻，即末日来临前，撒旦的魔鬼军团在世界各处频繁作恶，趁末日来临、人类思想混乱恐慌之际，动摇人对上帝的信仰，想方设法引诱人们出卖灵魂或者自杀，以这种方式利用人类反对上帝，加重人类的罪恶。他们蛊惑人类登高练习无翼飞行，很多人在求生拒死的恐慌中不想坐以待毙，盲从练习，导致他们在末日前就从高处坠落而死。魔鬼自称是为人类盗取火种的普罗米修斯，誓死要让人类学会反抗上帝，怂恿人类手持宇宙之火铸就的利剑攻占天堂。魔鬼们也自相残杀,他们各有辖区和自己的"客户",甚至经常因抢生意而大打出手。隐形魔很清楚,在 X 大限时刻之后,新的世界秩序建立时,魔鬼们都将万劫不复,而上帝的宠儿们——人类还会再生、复活。他已经发现魔鬼同伴们在大限临近时能量减弱,轻微失常,比如自制力变差,陷入某种怪癖。最后莫斯科魔杀死死神凯里姆,自己被癌魔渡边杀掉,而隐形魔将渡边抛出太阳系进入开阔的宇宙。在时间消失终结之后,隐形魔也被消灭。上帝的末日游戏与吠檀多的世界游戏说颇为相似。

《昂利里亚》中作恶多端的魔鬼将自己的堕落归咎于上帝,认为上帝和魔鬼之间的善恶之战是上帝孤独无聊时想出的一个游戏,上帝的寂寞成为争战的原因。在魔鬼眼中,上帝为了使生活更有趣些,就安排一些天使堕落,和他争夺对人的控制权,然而游戏的结局是早已安排好的,魔鬼注定要失败、灭亡。在这种思想中隐藏着魔鬼堕落的根源:嫉妒、骄傲和怀疑。"恶中有善,是俄罗斯文学中魔鬼形象的共同特征。"①《昂利里亚》中的群魔虽然保留了《圣经》中诱人做恶的原型特点,但对比《圣经》,这些魔鬼身上颇有人性。他们会怀旧、伤感、嫉妒、忧郁,甚至在有些时候比人还富有同情心。金极力倡导人们坚定信仰,顺从上帝。作家表现人类世界中人情的冷漠和人性的丧失,旨在揭示人自身对信仰的失落是失去上帝庇护的主要原因。末日前世界上的混乱局面也证实了人性的堕落,魔鬼的诱惑仅是对人类的考验,是人类自己没有坚守住精神领地,才给了魔鬼可乘之机。金在小说后记中写道:"我想要说的是,如果我们记住我们与上帝一样都是不死的,我们是上帝的一部分,那么,在很大程度上,我们的生活和行为都会采取与今天的自我放任相反的方式。"②作家之所以编织一幅末日神话图景,正是对人性失落发出的振臂疾呼。因此,魔鬼形象的实质是人面对的诱惑和考验,上帝与魔鬼的交战就是这场善恶考验的隐喻。

---

① 梁坤:《末世与救赎——20 世纪俄罗斯文学主题的宗教文化阐释》,中国人民大学出版社,2007 年,第 103 页。

② Ким А. А. Онрилия// Новы мир. 1995 No.3. С. 112.

在《约拿岛》和《伴着巴赫的音乐采蘑菇》当中，魔鬼体现为人物听到的声音。这种声音会逐渐控制人的精神世界，使人做出亵渎上帝的事情。《约拿岛》里的魔鬼在美国教徒斯蒂文·克莱斯勒静坐冥想时在他耳中说，要去赚钱，赚够五十万，然后盖一座楼房，就可以接近上帝。斯蒂文以为听到了神谕，开始以赚钱为人生目标，逐渐变成贪恋金钱的人，恰恰走上了悖逆上帝之路。《伴着巴赫的音乐采蘑菇》中，俄罗斯号手列京迷上了巴赫的音乐，他整天听天志弹奏的巴赫音乐录音带，感觉除了音乐，还隐约可以听得到嘶哑的喘息声（ХДСМ），这声音来自冰冷的、不可见的黑暗，并且声音的主人一直在暗中监视人类。巴赫的音乐本应带给人和谐和善，但列京在不知不觉中发生了变化，他的声音有时会突然出现奇怪的沙哑，很快又恢复正常。作家以此暗示，列京开始受到魔鬼的控制。神秘剧里还有一个角色是"蘑菇噩梦"，它的魔力使人总是梦到要摘巨大的蘑菇而摘不到，人们因此发疯。"蘑菇噩梦"与其他场景中作为生命永恒的象征的蘑菇采摘截然不同，当它变成噩梦，就成了恶魔力量的化身。

"根据东正教神学的观点，恶是人本性堕落的结果，是魔鬼的诱惑，它是虚无。同样，魔鬼也是虚无，是对上帝信念的缺失。"①《约拿岛》中，因人们失落信仰，刚愎自用的魔鬼将对上帝的反叛延伸到世间，在黑暗神灵蛊惑下苏联成为魔鬼向上帝发起暴动的战场。恶魔军官们率领部队藏匿于民间，煽动苏联人武装叛乱反对上帝，在苏联大地上展开神魔的较量。小说中金描写了被魔鬼控制的苏维埃，以神话隐喻揭示了在他理解中的苏联历史的教训。

金在塑造魔怪系列形象时首先突出了他们的"暗"色调。魔怪多在夜晚行动，幽灵苗子、狐狸精都选择夜晚现身，妖怪杀死米佳·阿库京也是在夜里，而且凶手是一只黑猪。黑暗、阴郁、远离光明的氛围是大多数魔怪形象的标志。此外，魔怪几乎都以某种方式与死亡相连，经常是死亡的制造者。金刻画的魔怪形形色色，其来源有远东神话传说、希

---

① 刘锟：《东正教精神与俄罗斯文学》，人民文学出版社，2009年，第113页。

腊神话、俄罗斯童话和基督教神话。不论是何种"出身"、何种形态,不管是幽灵、妖兽,还是魔鬼,几乎都与暴行、死亡、仇恨联系在一起,并成为恶的化身。

在阿·金的创作中,魔怪隐喻具有深刻的思想内涵。金将魔怪意象与现实背景相结合,借此反思恶之由来、存在与所终,从而赋予这一形象浓郁的哲理意味。金将人性、人类历史、现实与未来纳入宏大的宇宙视角,在创作过程中,思索人性善恶抉择、爱恨交织和永生渴求。魔怪意象是包含代码意义的形象体系,在作者二元对立的世界模式中,黑暗堕落、罪恶诱惑的存在,隐喻了神性的对立面。在善恶、神魔的对立中,创作早期金将仇恨、嫉妒、残忍、贪婪等视为恶的表现,与之抗衡的应当是爱、善、宽容、同情。从中期开始,金的写作视角开始扫视人类古今、天地寰宇,善恶观表现出浓郁的宗教特征,将极权压迫、战争杀戮、信仰失落作为恶的表现。总体来看,金倾向于以东正教思想为主导的善恶观,将恶解释为人的原罪、堕落,即"罪"与"恶"同源共生,魔鬼是恶的载体、人性的试炼者和诱惑者,而上帝是至善的体现。金在笔下人物的经历中凝聚了善与恶两种力量的交锋,神性指向善和永生,魔鬼的诱惑带来恶与死亡。魔怪形象与金笔下的神性精神和永恒生命力的象征构成对立统一的整体,共同隐喻了一个哲学宇宙,凝聚了金对人类精神存在之现实的审视与思索。魔怪意象不仅是金塑造形象、编织情节和表达思想的创作手法,还成就了作家魔幻的叙事风格。魔怪意象中妖魔的灵魂穿越附体的能力使小说叙事中的时空跳跃自然过渡完成,造成叙述中的剪接效果,使金的小说形成灵动多变、叙事新奇诡异的特点。

魔怪意象代表对和谐、永恒的背叛,体现死亡、仇恨、混乱、恶的本质,是与宇宙永恒、和谐、爱与善的原则相悖的。恶的力量强大,人心常常难以抵挡。金将恶的存在作为一个事实,让一系列的神话意象来"扮演"恶,其实是在为世间的不完美、人性的不和谐找到宗教意义上的恶源。金所塑造的人物,其内心向来是善与恶的交战之所、魔鬼与上帝争夺的战场。作家塑造这些魔怪,其根本目的是探讨人类精神世界所面临的问题,期望"对症用药",实施疗救。虽然身为虔诚的东正教徒,但金并未局限于东正教对恶的阐释,他没有放过任何的恶之源。他的思想纵观古今、投向未来,期待从宇宙的广角,以强大的神性、多元的路径拯救人类,去除不完美,走向爱与和谐。

第三节　人的形象

金的作品中,尤其长篇小说中,往往人物众多,但主要人物类型特征明显。作家并未浓墨重彩地刻画人物性格特征,也不纤毫毕现地交代形象的现实根基,他们中有些甚至没有姓名和肖像描写。金对人物的关注集中在精神世界,这里是善与恶、神与魔兽的战场。在灵魂鏖战中,有人从人性趋向兽性,败给魔性,堕入庸俗人生;有人误入迷途无法自拔,深陷精神绝境;有人顽强超越自我、追随神性,因而实现了精神升华,走出苦难,挣脱精神困境,获得新生。可以说,庸俗人生、精神困境和精神新生是金笔下人的精神世界之三种处境。因而本书按照人物精神世界的特点,将人的形象划分出如下几种类型:庸俗者、困惑者和新生者。他们在孤独中,对人生的意义产生不同的理解,因此,尼古拉走向虚无,格列勃陷入绝望,斯捷潘承受苦难,奥尔菲乌斯、阿库京、天志选择皈依,约拿走向怀疑甚至背叛。金笔下一众心灵受难者,挣扎于人与自身、人与社会、人与宇宙自然、人与神的悲剧性冲突中,尝试求索超越。

一、庸俗者

金写于早期的一些现实主义短篇小说有着契诃夫式的犀利和忧郁,作家不仅善于发现人性的美,也善于反思现实生活中的庸俗现象,呈现出人物的精神异化,带有现代主义特征。他用"耷拉在一边的肚子""笼中松鼠""画布上的小虫"等意象隐喻庸俗者和庸俗人生,在揭示和讽刺人物精神困境的同时,表现出深深的忧虑和浓重的悲剧意识。

"文学中的隐喻有时候并不像常规隐喻那样鲜明突出、直截了当,而是和写实性意象、典故等结合在一起,具有隐蔽性,判断是否隐喻主要看它是否表达了深一层的意涵。有时候写实和隐喻没有明显的界限,表面上看起来写实的意象或场景也可能是隐喻。"①短篇小说《"新宗教"》中的隐喻就是写实的意象。这篇作品是典型的道德探索小说,讲述一个大学生在南方海滨小镇女友尼娜家度假时,被女孩的姐姐玛尔塔诱惑,而后走入城市庸俗生活的故事。已经为人妻母的玛尔塔定居莫斯科,只身回母亲家度假,刻意引诱妹妹的男友与之肌肤相亲,向他灌输所谓的都市人"新宗教"。在她的理解中,"新宗教"就是在假期走入自然、彻底放松并净化身心,然后回到城市的刻板生活中。然而身在自然中,玛尔塔却完全没有实现灵魂的净化。她带着享受的心态,偷偷放纵,表面上夸赞妹妹和男友是"漂亮的一对",私下不断找机会与男孩偷情,再一走了之。她不但破坏了妹妹的幸福,而且导致一个未经世事的男孩的堕落。男主人公被这种"甜蜜的"激情迷惑毒害,随后离开纯情的尼娜,沉迷在情欲里走入自私自利、道德堕落的人生轨迹。他后来也擅长"横刀夺爱",插足并拆散好同事的婚姻,还为帮妻子争得更多财产与从前好友对簿公堂。当年海边那个长着绝妙的下巴和嘴唇、有着古典式身材的男孩子已经变成一个秃顶、臃肿的中年男人。"我从未想到过,我会成为一个肥胖的人,三十五岁就开始秃顶。天啊,不久前我手拿着书躺在长沙发上,突然看见了自己的肚子,这肚子耷拉在一边,也和我并排地躺在沙发上。"②这一庸俗化的人物外形,尤其"耷拉在一边"的肚子的形象,象征了人物的道德堕落、精神萎顿的内心世界。他彻底贯彻了以个人欲望为主导的自私哲学,成为"新宗教"的又一庸俗信徒,作家借此对这种形式上的"新宗教"自私虚伪的实质进行了谴责。

《松鼠》是金创作的首部长篇小说,以动物作为隐喻,对现代社会庸俗名利中表现的人性弱点予以尖锐揭露。小说中四名进入野兽咒语黑

①　汪正龙:《修辞、审美、文化——隐喻的多重透视》,《江汉论坛》2016 年第 9 期,第 92 页。

②　阿纳托利·金:《"新宗教"》,《海的未婚妻》,石枕川、许贤绪译,上海译文出版社,1987 年,第 212 页。

名单的大学生姓氏词尾均为-ий,暗指"天才"(гений)。但在野兽咒语的迫害下,有三个人失去了发挥创造才能的机会,背离了永生的追求,他们的人生经历从不同的角度构成庸俗人生的意象。

松鼠伊依(-ий)偷听到美术学校校长和老师的谈话,得知自己是这次招生中进入"黑名单"的四个人之一,就开始隐姓埋名,他只告诉众人自己名字的词尾,于是大家都叫他伊依。他为保全自己,小心翼翼地将才华遮掩起来。他毕业后到出版社工作,仍然没有放松警惕,尽量伪装成平庸、刻板的人,保持消极无为的形象,成功地生存下来。在工作中他从不主动发表任何意见,偶尔必须表态时,则挑拣些无关紧要的话题,无关痛痒地讲上两句,大家也都习惯了他的平和声音。然而明哲保身的同时,他损失了创造的激情和能力,从一个天才画家变为出版社的芝麻官,上司的应声虫。伊依是当代人在社会中沉沦、庸俗化的代表。他为了存身于兽性主导的世界,给自己找到了平庸化的生存之道。作家特地塑造了轮子里飞跑的松鼠的形象作为庸俗者意象。伊依的妻子在家里养着一只毛茸茸的真正的小松鼠,它整天在笼里蹬着轮子飞跑,但是轮子转得再快,它还在笼中。伊依被庸俗人生异化失去才华,如笼中松鼠般度日。虽然是半人半兽,但天赋才华使他原本可借由艺术提升人性而彻底变为人,却出于胆怯不惜隐姓埋名,坐视恶的泛滥,终日处于内心的分裂之中。当他注视着松鼠在笼中踏轮飞跑时,仿佛看到了自己的困境人生。笼中松鼠的无用飞奔就是庸碌人生的最佳隐喻,奔跑的努力未能提升人性,反使其在失落才华的苟且中日渐沉沦。

与伊依的经历形成对照的是《松鼠》中海豚变人的故事,与《海的女儿》相似,同样是为爱变人的童话,但金的童话是通过动物的异化反衬人类社会的病态现象,具有强烈的存在主义色彩,蕴涵着深刻的隐喻意义。一只海豚来到莫斯科,喜欢上了大都市的生活,它学会了陆地行走,身体直立支在尾巴上,走起路来像在单脚跳。他的步态相当怪异,但在当代"动物城"莫斯科街头,并未引起任何惊讶,因为时常会见到有人瞬间变为四脚着地的动物飞奔的景象。海豚先生在伊依的帮助下学了画画,办理了身份证,伊依给它取名叫谢苗·尼科季莫维奇·纳什沃奇金,又称他是腿有残疾的哑巴,帮他在出版社谋了个画宣传画的工作。纳什沃奇金借助大衣的掩盖进入人类社会,变得越来越像人。他因为忠实、愚笨得到社长赏识。后来他爱上住在地下室的基什卡(猫咪),恋爱带来奇迹,他的尾巴变成了腿脚,鼻孔由头顶长到了脸上,容貌变成人类的样子。他学会了说话,还与基什卡结了婚,彻底变成一个中等个头、身材偏胖、皮肤白皙的中年人。两年后,纳什沃奇金升职为总编助理,学会了打官腔、摆架子,表现出自命不凡的庸人嘴脸,与伊依故意保持距离,喜欢在伊依面前摆出领导的身份。他野心勃勃地加入出版社争权夺利的斗争中,因不够精明、不够卑鄙而失势,猫咪妻子立刻背叛他投入主编怀抱,他一气之下病倒。养病期间,海豚的特征逐渐恢复,它终于意识到不能适应人类社会,于是及时变回动物原形,后来游到黑海安家落户,成了一只自由幸福的海豚。海豚变人原本是象征人性之美的爱情带来的奇迹,但随后在病态环境中被人性贪婪蛊惑,丑陋人性占据上风。直到争斗中奄奄一息,海豚先生才醒悟自己的迷失。对于野兽身上的本性,金并不一概贬抑,海豚先生及时醒悟后恢复本性,避免了在人类社会的灭亡,最后在黑海畅游,得到了作为一只海豚的幸福生活。和伊依一样,海豚先生变成人的经历同样是一个庸俗的社会环境下的寻常故事,流俗的力量强大到把一只"自投罗网"的海豚变成了庸人,他的种种劣行映照着人性的弱点,比如背信弃义、狂妄自大和贪婪无耻。所幸在童话中它还可以恢复原形,变回海豚。伊依曾为其取名纳什沃奇金,词根意为"我们的",这个形象是"我们"——人类的写照,集合了人性的美与丑。如果说金笔下数次出现的大写的"我们"是笼罩神性光辉的爱与善的精神王国,那么纳什沃奇金可被视为融合人性善恶美丑的现实存在。爱情中的人性之美使海豚进化为人,但沾染了人性之恶以后他几乎遭遇灭顶之灾,回归自然本性才使其获得痊愈。这个小小的插叙故事中写出两大对立主题:人性善恶对立和人类社会与自然的对立,前者旨在反思现实社会中人性异化的悲剧,后者则对人类脱离自然自命为万物主宰的做法提出警示。金通过海豚变人再变回原形的异化故事反衬人类社会的病态现象,同时指出人性贪婪傲慢带来的堕落和毁灭。

格奥尔基·阿兹纳乌尔的故事是野兽的爱情和金钱带给天才的毁灭。格奥尔基在亚美尼亚的农村长大,小时候他的绘画才能被来乡下探亲的姨妈玛罗——一位庸俗的莫斯科名画家发现,玛罗把他带到了莫斯科,送入美术学校,专修绘画。一次,他当着玛罗的客户,澳洲百万富翁遗孀、母狮夏娃的面揭穿了姨妈的庸俗品味,与玛罗吵翻,却由此与夏娃相爱。后来格奥尔基因"追求形式主义"学科成绩不及格,被学校以此为由开除。夏娃是表面柔顺内心强悍的女子,她年轻、富有、能干,管理着一批豺狼虎豹的手下,向来不达目的不罢休,她的灵魂中盘踞着狮子的幽灵,可是格奥尔基对此一无所知。夏娃以自己的爱情打动了格奥尔基,将其拖入与永生背离的轨迹。她半人半兽的爱非但没有给自己带来升华,还使天才格奥尔基因爱而变成了猎物。格奥尔基与夏娃婚后移居澳大利亚,有了三个孩子,过着富裕、悠闲的生活,但他仿佛生活在金笼子里。品味极佳的妻子送他豪华大画室,他却灵感不再。格奥尔基闲来出于消遣把金龟子等昆虫蘸上颜料放在画布上,任其爬动,形成"画作",玩笑般出售,未料被夏娃暗中买下。她同时买通艺术评论家大肆吹捧,将其炒作为澳洲新潮画家,荒谬地成为"金龟子画派"创始人,他的画炒出了"天价"。格奥尔基因此发财致富,自己买了快艇周游世界。他想要躲开遍布狮子足迹的世界,甚至想移居其他星球。格奥尔基在"金龟子画"上发现,小虫爬行轨迹各异,但是最后这些画布上的俘虏完成的画面总是相似,他感到自己想要创作的东西已经在昆虫俘虏们的"创作"中得到了表达。画布上小虫忙碌的身影是庸俗人生的又一绝妙隐喻,小虫喻指庸人,毫无方向感地忙碌,勾勒出的人生轨迹却都大致相同,格奥尔基仿佛从中看到自己的人生缩影,这些画布上的俘虏隐喻格奥尔基人生无为才华不再的困兽之境。格奥尔基最终懂得,自己灵感不再、才华已尽,他作为画家的艺术生命早已在移民时结束,随着艺术创造能力的枯竭,他背离了永生,走向死亡,在车祸中丧生。小甲虫作为庸人的隐喻在金小说中不止一次出现。中篇小说《夜莺的回声》的创作早于《松鼠》,其中的叙事者"我"是艺术评论家。

"我"发现自然界有一种小甲虫,民间叫作"消防队员",它们醒目的红色鞘翅下是清晰可见的黑点,看上去很像消防员的服装,因此得名。这类甲虫似乎不会飞,对人类无益也无害,通常它们不喜欢动,三五成群晒着太阳,但一遇危险就快速躲闪四散奔逃。在人类社会中不乏精神特质与小甲虫类似的人,他们毫无创造力,留恋舒适富足,只想抓住周围一切可以抓住的物质上的东西,反感艺术中一切具有创造性的活动。"我"看到他们就会沮丧地想,世界上画家们创造艺术珍品的努力都付之东流。作家将甲虫的生存之道和部分人秉持的庸俗人生哲学联系起来,为此忧心忡忡。"消防队员"与《松鼠》中作为庸俗人生意象的甲虫,都隐喻庸碌无为的存在,揭示出庸人精神世界的困顿苍白。

《松鼠》中英诺肯季·卢佩京命运更为悲惨,因为爱上吸血艾鼬莉莉安娜而逐步走向死亡。凯沙来自农村,是四个人中才气平平的一个,但他非常热爱生活,心性善良,自幼向往崇高完美的世界。他的人生理想是当一名乡村教师,教导出长大后仍能保持纯真、善良、无私品质的学生。在美术学校念书时,他深深地爱上失去爱人的莉莉安娜,担心她绝望中寻短见,但莉莉安娜对他无情嘲讽,甚至出言相激,逼他自杀。于是凯沙变得抑郁消沉,终于放弃学业,回到穷乡僻壤的老家,从此再未作画。他本想实现当乡村教师的梦想,可村里孩子越来越少,最后根本没孩子可教,他只得做了牧马人。他到家几天后母亲突然精神失常,12 年后老人去世。失恋、失业、失去母爱,凯沙渐渐对美好生活失去信心,他的情感由绝望、悲哀变为愤恨,有时母亲发病,他就用缰绳把她狠狠捆住。他和母亲都在野兽的魔咒里迷失了人性。母亲死后,凯沙大腿上长出个小侏儒,凯沙给他起名字叫布巴。布巴喜欢争论、狡辩、大声哭闹,经常恶语谩骂。凯沙知道这是母亲报复的恶果,一切源于他自己的恶念,布巴就是他灵魂中恶的显现。凯沙带着布巴在村里深居简出地住了 4 年,为摆脱侏儒的折磨,他曾两次要弄死布巴,却在布巴呼吸困难时自己也感到窒息,因为布巴就是异化的凯沙自己。后来他像母亲一样精神失常,有一天走进森林以后不知所终。凯沙的经历同样是失去创造能力之后背离永生之路。他与格奥尔基都在爱上不该爱的半人半兽之后,走上与自己使命相悖的路,最终被毁灭。

　　通过上述庸俗人生意象,作家主要挖掘了社会之恶与人性之恶的根源,从情欲、权势、金钱等的诱惑对人性良善的侵蚀,表现出对"恶势力"增长将毁掉善良人性的担忧,并以这几人的经历,指出解救之路在于坚守爱与善的原则,远离兽性、固守人性、接近神性,人类才有望摆脱有罪的存在,获得更高的本质,超越兽性,获得永生。如果在这场灵魂之战中向恶、向兽妥协,会失去神圣的创造力,落入庸常,被庸俗吞噬,甚至被野兽同化。金对庸常的反思延续了俄罗斯经典文学的精神传统,以众多独创的意象完成对庸人形象的塑造,突出了作品道德探索的意味和哲思意蕴。

二、困惑者

1. 迷失者

　　阿·金早期作品中关注现实生活中的矛盾,尤其是社会环境、命运经历对人物情感与内心的影响。他笔下的迷失者往往经历了某种生活中的变故,或者正处在精神困境中不能自拔。这些人没有恶念,但是幸福对他们而言似乎显得遥不可及。孤独的意象经常出现在这类形象的建构中,往往引起存在主义的哲学思考。"存在主义所探讨的人生,是有限的、具体的生活,是个人的特殊的存在方式,是个体的人在不同时间里单独发生的特殊生活方式。它要回答和解决的问题,就是个人应该怎样存在。通过对一个一个人的存在方式的研究,去把握'存在'作为'存在'的基本问题。它是为那些想使自己自由自在地生活的个人而设计的人生观,是为那些只顾个人的一时存在而不顾其余一切的人而构思出来的世界观,是为那些企图使周围的一切都服从于自己存在的人而制造出来的宇宙观。"①这些迷失者往往在与他人的关系中,处于孤立的状态,未能顾及周围的人,他们的世界往往只有"我",不能构建和谐的"我们"。作家为构建这一类型的形象,采用小人物原型,并借助下

---

　　①　高宣扬:《存在主义》,上海交通大学出版社,2016年,第49页。

列意象来隐喻精神困境:《有电视机的笼子》中"笼子"的意象,《海啸》中的海啸和房间与窗户意象,《森林父亲》中的"坟墓之痒"和"心灵的灼痛",《涅乌斯特罗耶夫的气味》中主人公的名字和气味,《墙》中墙的意象和看不见的隐形人意象等。金借由这些意象和原型隐喻主人公的精神困境,展现了现代特有的心灵危机,完成了对人物精神肖像的刻画。

短篇小说《有电视机的笼子》讲述两个人生迷途者失去精神追求的不幸。19 岁的漂亮女孩玛拉父母离异,她从波罗的海沿岸小城来到莫斯科,大学落榜到工地求职打工,受到工段主任青睐。二人相差十五岁,玛拉渴望有保障的生活,于是接受他的求婚。他收入不错,有一套独门独户的房子,婚后玛拉成为专职主妇。最初逃离繁重的劳动、过上悠闲安逸的生活,这让玛拉很满足,努力经营小家庭,但婚后二人的分歧愈发明显。玛拉热爱生活,充满热情;丈夫吝啬自私,没有朋友。玛拉任何花销都要记账,烫坏一件衬衫丈夫有一星期不理她,她买来装饰家庭环境的花被他称为没有用的干草。他不准玛拉出去工作,害怕有男人来纠缠,为了让玛拉安心待在家里,他特地买来彩色电视。玛拉郁闷、气愤,甚至在梦里常常毒打他。当玛拉质问丈夫:"你到底想要什么? 要我一辈子和你一起蹲在这个你把我关起来的笼子里,替你看守财产吗?"他回答:"就算是这样吧。但笼子是有电视机的,而且是彩色的!"①玛拉并不甘心自己年轻的生命成为物质的囚徒,在安逸生活中她已经意识到自己的迷失,为此感到痛苦,想要追求自由。得知怀孕后她心理十分矛盾,由于想要挣脱牢笼,她甚至否认了最初的感情,屡屡梦见毒打丈夫。小说标题中的笼子意象与《松鼠》中笼中松鼠的庸常困顿略有不同,此处隐喻了囚禁自由、精神窒息的生活方式。而玛拉的丈夫虽然看似是一手打造笼子的"制作者"和"看守",实际上是一个作茧自缚、自始至终困在物质安全感中、放弃精神自由的囚徒,一个不幸的迷失者。金对于玛拉丈夫的描写并不是扁平化的,通过玛拉与小区邻居

① 阿纳托利·金:《有电视机的笼子》,《海的未婚妻》,石枕川、许贤绪译,上海译文出版社,1987 年,第 161—162 页。

"我"的简洁对话，可以了解到这是一个带有童年饥饿记忆的人。他幼年经历战时饥荒，乞讨求食才活下来，童年阴影延续到成家后，他对于物质生活有着困守安逸的坚持，打造小家庭的笼子就是这种心理驱使下的结果，一定程度上又带有担心失去的不安全感。小说中穿插了老妇人"我"的故事，与玛拉的婚姻形成对照。"我"年轻时与丈夫在争执中互不相让，在应当付出爱与宽容时"我"的退缩使二人分开，他上了前线一去不返，而"我"自那时起余生都在等待中度过。小说结尾处"我"满怀期待和祝愿，希望看到玛拉走出困境，为小生命提供温暖庇护，也不放弃笼中的不幸困兽。结尾处的笼中困兽显然是指封闭在物质满足感中玛拉的丈夫。小说中每个人物之间虽有分歧争执，但作家通过老妇人的视角，表现了善意和同情，这符合金创作的初衷，他在展现矛盾与困境的同时，保留人性的亮色与温暖，这种看清生活真相之后依然热爱生活的乐观态度，令读者相信幸福可期。

《海啸》描写了两个失去生活热情、感受不到生命意义的孤独者和他们封闭自我的心理状态。"我"在一个基金会工作，住在集体公寓里。邻居准尉曾在库利尔斯克海岛服役时遭遇海啸，失去了妻子，此后便调来莫斯科。二人平日只简单问好，一起无声喝茶，并不交流，相安无事。"我"从准尉酒后的哭诉中得知，海啸袭来时，准尉狂奔至家门口，尽力想要破门而入救出妻子。但是急速奔涌的巨浪已经逼近，对死亡的恐惧使他独自逃生。准尉对妻子的施救被"我"喻为一棵葱的善行，使他免于一死，而绕过其他求救者则令他内心永远停留在黑暗中。灾难中得救的不是他，而是他内在的某种别的东西，这个它，是我们内在最主要最可怜的部分。此处金特地用了中性的形式，强调从海啸中逃生的是"它"(оно)。作家借此表明，作为人的那一部分已经死去了，留下的仅仅是中尉内心的求生本能，这是与美好人性相对的自私暗面。因此，作为幸存者的中尉如同行尸走肉的身体躯壳，从此开始了冷漠无趣、机械重复的生活。灾难使准尉不得不直面死亡的恐惧，家毁人亡的惨象，生死关头的良善无私还是自顾自逃命的抉择，给他的心理留下无法抹去的阴影。"我"经常在下班路上偶遇邻居，他目不斜视只看自己的鼻尖走路，而"我"则看着自己的鞋尖走回家。准尉常夜里偷溜入"我"的房间，吸支烟，赤着脚无声地在墙边走来走去，然后在墙角躺下，或在窗前望着街道伫立片刻，"我"总是装作睡着。墙角蜷缩和夜半凭窗而立的形象是准尉恐惧孤寂内心的外化。窗作为自我与外部世界的界限，提供给准尉在边界处向外张望的可能，是既向往外界又与之阻隔的边界。白天封闭独行的准尉，自我与外界呈紧张对峙；夜色中他望向街头，有一种融入的向往和放松的平静，然而他终究还是将自己禁锢在窗前。

《海啸》中"我"是另一个封闭自我的形象。"我"认为，他人的内心是无法认识的世界，"我"不会去窥探别人内心的黑暗隐秘，"我"自己的内心已经够黑暗了。"我"在生活中也是孤独的人，发现自己没有科研天分，放弃物理学研究到基金会工作。每天上下班看着急匆匆的人群无人关注自己的存在，"我"对此很满意。"我"混迹于一群无所事事的人中间，上班时聊天抽烟，下班后感到苦闷无聊，好像掉进沼泽爬不出来，经常想到自杀。"我"内心漠然、精神困顿，还有着类似"地下室人"的病态心理，经常在思索的狂热独白中自我否定、自我剖析，内心如同经历了心理海啸之后的荒凉世界。"我"有时下班后驻足女大学生宿舍楼前，望向宿舍窗口，每个亮灯的窗口都像一幅镶着黑框的画，分别挂在一面巨大的墙上，"我"如同偷窥者，看着自己遥不可及的美好。小说中提到"我"认为自己没有生育能力，并称之为"该隐的记号"。在交通高峰时段的公交车和地铁上，"我"感觉自己就像是身在慧骃国的格列佛，因身为"耶胡"感到羞愧难堪，只想用衣衫隐藏耻辱。"我"曾经从邻居的经历一度得出悲观结论，认为善拯救不了世界，但偶然一个陌生姑娘的笑容让我感到，相信善才能接近幸福，懂得爱才能理解幸福。"我"懂得，如果"我"不能相信善，就永远不会有孩子；如果"我"不会爱别人，就永远不会开心。于是"我"坚持小小善行，夜里总是让门开着，方便邻居进出，这扇门成为准尉摆脱封闭的出口。"我"从讨厌邻居的眼泪变为开始接纳并友好待他。小说结尾可以看出，"我"生活的态度出现转变，表现出精神复苏的迹象，开始期待公寓空房间将出现的第三位房客。"我"猜想,他将在"我"出差归来时从浴室走出,头顶围绕着玫瑰色的光环。第三位房客头带光环的形象是有着象征含义的。通常在圣像画上,圣徒的头部周围围绕着光环,颜色可能是白色、蓝色、金色、红色或绿色。白色光环象征天堂的光明,蓝色象征与天空的联系,金色象征神的光芒,绿色常被解释为永恒生命的颜色,而红色象征牺牲和复活。"红色象征为基督而牺牲",也"象征着圣灵之火,基督以此来为自己所拣选的人施洗"。[①] 从浴室走出来的新邻居,就是一个洗礼之后涤荡罪恶、浴火重生的意象。这部小说篇幅短小结构紧凑,通过一系列意象将两个受困灵魂封闭的内心和不自由的精神状态展现得淋漓尽致。海啸带来人性的考验,房间则隐喻人所身处的困境,门是摆脱封闭的出口的隐喻,窗是自我与外部世界的界限与连接,而光环象征了精神的复活重生。作家在这部充满现代主义生存感受和道德反思的作品中依然寄托了美好愿景,希望人的心灵不要在遭遇孤独困境时成为灾区,在任何困境中都不要放弃善良和爱。

《夜莺的回声》中"我"是艺术评论家,遭遇妻子背叛,生活变故,一度动摇了生活的信念,对良善失去信心,对上帝产生怀疑,想要放弃一切责任,精神陷入危机。"我"感觉生活在苦闷黑暗中,阴沉的灰蓝色雾霭模糊了太阳的视线,城市里飘散着沼泽燃烧时散发的气味,似乎通过鼻腔直冲大脑,激起各种忧郁疯狂的想法,甚至感觉地球在脚下无焰燃烧。"我"明白灵魂受到重创的自己在莫斯科已经无法生活下去,于是告别喧嚣堕落的都市,来到祖父 1914 年从图瓦城到伏尔加河畔 B 城途中的一个小村庄。在此成为乡村教师,劈柴、挑水、煮饭、燃起俄式炕炉,过着简朴的生活。"我"阅读祖父记录当年往事的笔记,将祖父从受到误解和恶语恶行伤害而自杀的一刻唤回,回到与祖母年轻相恋的时空,自己则化身星辰,与年轻时的祖父对话谈心,共同反思个人经历和现代人庸俗生活昭示的精神危机。"我"试图让学生们懂得什么是创造、犯罪、自我毁灭、自我牺牲,让他们体会温暖与希望,相信未来人们

---

① 　徐凤林:《东正教圣像史》,北京大学出版社,2012 年,第 46 页。

将会忘掉残酷,欢乐降临,由善良、仁慈和创造构成的统一链条终将闭合。在阅读祖父手稿,并穿越时空与祖父面谈之后,"我"对于世间的良善再次充满信心,相信了爱的力量能够战胜死亡,也终于懂得,失去对人性善的信心就是心灵的死亡,而生命至高无上的奥秘在于,生命之光永远不会被黑暗吞噬。

《被遗忘的小站》是金早期创作的短篇小说,讲述了主人公迷失在记忆中的伤痛。这是一个童年伤痛导致偶尔失忆的人为找到初恋回忆进行的追溯尝试。叙述者童年时正值二战,不幸头部受伤,此后偶尔会出现失忆,如入梦境,清醒后不知身在何处发生了什么。他对于初恋仅存模糊印象,只记得打工至此,遇到铁路女工与之相爱,但是拿到工钱时病症发作,他意识不清的状态下未及与恋人作别便稀里糊涂回到老家,连站名都遗忘。而后他曾多次寻找,都没能如愿。他服兵役之后成家,生活将他带入另外的轨道。每次出差,他会在焦虑中构思小说情节,包括自己童年受伤、青年时期打工遇到初恋情人的经历。他将不确定的情节设定为创作构想,假设的相遇和恋情的开始,都是失忆的主人公在填补自己记忆的空白,于是拼凑成不同版本的初恋故事。而讲述者终于在经年之后的寻觅中偶遇初恋情人,却已物是人非,留下无尽的哀伤。从那时起,生活回到正轨的他每到出差时,总有种疯狂的情绪,想要像作家一样写一篇青年木匠与铁路女工的爱情小说,还想通过写作重组自己脑海中纷乱模糊的记忆碎片。叙述者先是第一、第三人称交替使用,最初看似写作构思的需要,但渐渐合并为第一人称叙事,直到小说结尾,讲述者与被讲述者逐渐合而为一。叙事者的旧疾使作品中充满不可靠叙述,通过记忆的缺损带来的病态反应,呈现回忆与真实、创作与生活的对照和错位,模糊了现实与想象、生活与梦境的界限。篇名中被遗忘的小站作为核心意象,在叙事者的人生旅途中,既是一段丢失的人生轨迹,也是困在其中的记忆迷宫。无数次对消失记忆的追寻之旅就是注定失败的轮回,而真相与细节已经无从复盘验证,这也是一种精神的困境。

前面三部作品中的迷失者,或受困于物质,或封闭于过失自责,或迷失于过往记忆，都具有某种命运偶然性的意味。这些困境的出现昭示了人心灵的局限性、道德的不完善，以及命运的无常。金为塑造这些形象选取的均为写实意象，通过解读其中的隐喻含义，能够更加清晰地发现作家隐藏在琐碎现实中的深刻反思。从创作中期开始，金塑造的迷失者发生了变化，困扰他们的问题开始更具普遍意义，例如人生终极性问题，人物开始在存在的永恒精神本质层面展开哲理探索。

《森林父亲》是一部关于 20 世纪人类生存状态的寓言，金通过饱含寓意的意象，将百年俄罗斯、几代探索者的形象浓缩在这部小说，俨然一部俄罗斯版的"百年孤独"。前文已分析该作品自然形象中的生命意象、死亡意象、魔怪意象等，而在迷失者形象的塑造中，有着突出的死亡意象和孤儿意象。"死亡"和"孤独"是图拉耶夫家族三代人共同的心理痛点，向死的孤独中，他们都感受到心灵的灼烧、痛楚，"我即孤独"（Я—одиночество.）是他们的共同感受，是图拉耶夫家族人生的宿命，使这个家族每个成员远离人群，奔向僻静的乡野或森林。祖辈的尼古拉醉心哲学，以"死亡渴望"（могильный зуд，直译是"坟墓之痒"）来形容这种经常袭上心头的孤独感。在尼古拉"坟墓之痒"的比喻中隐藏了坟墓这一死亡意象，将家族的精神痛楚与死亡联系起来。每逢此时，他习惯就地躺倒睡去。睡去有双重隐喻：其一，睡眠是死亡的隐喻，而尼古拉躺倒入睡模拟了入土死寂的状态；其二，睡去是一种躲闪回避，隐喻躲藏在思想的梦乡，正是这位酷爱哲学的贵族隐修思考的人生写照。尼古拉在森林的隐修、他的哲学和梦乡都是其心灵的避难所，然而当思想碰触到死亡与孤独时，这些闪躲回避也只能暂时帮他逃离痛苦。晚年时，尼古拉发现自己已经无处躲避，便以否认一切的姿态断绝各种情感，与世界隔绝，逃至虚无，却至死也未能摆脱空虚孤独。父辈的斯捷潘和孙辈的格列勃则把这种对死亡的感觉形容为"心灵的灼痛"（ожог души），每逢这种感受出现时，尼古拉的儿子，守林人斯捷潘选择在繁重体力劳动里挥汗如雨，转移对内心痛感的注意，或是去林中打猎，让千年绿林滋养心灵注入力量。尼古拉的孙子，数学家格列勃则会突然凝神呆住，低垂视线，试图遮住自己眼中流露的死寂绝望，以免被人发现。最终在

都市现实中幻灭绝望的他也逃到林中,却未能完成自我心灵修复,始终
未走出精神世界的绝望。涅法金娜认为,虽然"《森林父亲》里的主人公
是凡人,但他们生活在神话坐标系内,在这个坐标系中命运形成生死循
环……在假定的世界里生与死、人与森林、开端和终结连在一起成为整
体"①。正因主人公强烈的生命意识,死亡才在生命之路的另一端投过
阴影,带给人物灵魂和思想的煎熬。这场精神争战中有人在困境中败
北,有人从苦难中超脱,走向死亡的方式决定了生存样态的本质不同。

　　《森林父亲》中的尼古拉是 20 世纪初俄国贵族知识分子的代表,他
一生寻求无拘束、无限制的自由,最终迷失在对自由哲学的坚持中。他
潜心哲学,喜欢思考、静悟,毕生都在追求自己作为人的最高使命——
自由,却在生命接近尾声之际拒绝了人性中爱的法则,落入彻底的孤
独。在贵族青年们热烈讨论投身社会舞台为大众利益效力的时候,年
轻的尼古拉选择另类独行。他清醒地体会孤独,"我就是孤独,如果连
同时间一切都变为空虚,怎么能得到爱的幸福和认识自我的快乐"②。
他向往能够无拘无束地去爱,认为这是内心自由的最可信标志,可是他
对一见钟情的维拉·霍达列娃却没有勇气表白。得知她嫁人的消息之
后,尼古拉难过之中草率决定了他下半生的生活方式:退役隐居。他在
继承家产时仅选择了密林深处的一个偏僻幽暗的角落,在自己的领地
兴建木桩家园,意在寻求离群索居的隐修哲学家生活,哥哥安德烈因此
称他是"天生的个人主义者"。在林中庄园,幽居独处的尼古拉遇见已
婚农妇阿尼西娅,实现了不受理性和道德规范约束的自由的爱,与之生
下四子一女。他家里总是响起阿尼西娅驱赶小猪或斥骂孩子的声音,
但这些现实中的粗野叫骂丝毫不妨碍尼古拉老爷享受孤独,他的思想
自由飞翔在无法实现的幻想云端,幻想的云朵将他送回遥远的过去。
幻想和过去显然都不在现实维度中,因而身在林中、心在云端的尼古拉
始终未能脚踏实地与生命的法则相连接。虽然尼古拉理解并认可森林

① Нефагина Г. Л. Русская проза конца 20 века. М.：Флинта. Наука. 2003.
С. 161.

② Ким А. А. Отец-лес. М.：Рипол классик. 2005. С. 13.

哲学与森林生存法则，并一再论说森林的和谐法则是善、爱、奉献，但在晚年背离森林法则，仅以寻求人生真爱作为自由意志的最高体现。暮年他偶然与一生念念不忘的维拉重逢，立刻下定决心，毫不犹豫地抛弃阿尼西娅和五个孩子，了无牵挂地与所爱的女子出走莫斯科，以自私率先背叛了森林的法则，去体会自由。看似可以走出孤独的时候，他却被莫斯科蜗居的哥嫂拒绝收留。此后，他彻底沉入孤独，迷失于所谓自由哲学的追求，认为已经体会到摆脱一切责任、脱离与世人的所有联系的自由，他感觉那个曾一见钟情并一生挚爱的女人此刻也与自己毫不相干。尼古拉开始自称"谁也不是"（Никто），并解释说他无需名字，因为他谁也不是，只是人而已。这种走入迷途的哲学追求不仅使他伤害了身边的亲人、爱人，也导致他自己精神世界的灭亡。他在肮脏的地下容身之所，被亡命徒打死，哲学家的一生以孤寂地死去而告终。尼古拉的孤独落寞是高度自我的存在，注定了他的哲学是极度自私的，只给他带来了虚假的所谓心灵彻悟。当他的自由追求超越道德底线时，当他最终放弃了爱与付出时，得到的是人性失落的可悲结局。临死前，他突然对将要打死他的暴徒说："上帝在每个人心中。"在生命最后的时刻，他唯一承认的是上帝仁慈的爱，在这一刻，他走出思想的虚无主义，进入死亡的虚空状态。

写于 1997 年的《涅乌斯特罗耶夫的气味》主人公是一个精神世界被虐杀的小人物，死后尸体的气味成为他存在的唯一标识，是他的存在被忽视的隐喻。社会变革后莫斯科失业者涅乌斯特罗耶夫因亲生儿子的算计，沦落成无家可归、衣食无着的流浪汉，不仅失去原有的生存空间，还几乎失去了做人的尊严。他大学时代的好友谢柳京发迹致富，买下并住在前者的房子里。他们经常相遇，但流浪汉由于对一切漠然麻木，而生意人出于厌恶蔑视，所以都故作不相识。流浪汉栖身在原本属于自己家的房顶上，富翁用长钉封闭屋顶天台出口时意外将流浪汉钉死而不知。富翁生意失败即将变卖房产，才发现屋顶上流浪汉的尸体，明白了房子里的气息是流浪汉的尸体发出的，他不但未忏悔同情，反倒一味在心里为自己开脱，将一切归咎于死者，怨恨死者没有让他早些注意到尸体的存在。人情的冷漠剥夺了涅乌斯特罗耶夫做人的尊严,夺走其生命,还要他为无辜丧命自负其责。作家不断重复一句话:死亡不是偶然的,来自外界的欺侮和剥夺造成这个小人物从精神到肉体逐渐死亡的悲剧。主人公的姓氏涅乌斯特罗耶夫(Неустроев)在俄语中含义是"未安排好,未妥善处理",可视为主人公因无法适应现实落得无家可归、最终死于非命的悲惨命运的隐喻。作家以 19 世纪俄国小说中的"小人物"为原型,塑造了涅乌斯特罗耶夫的小人物形象。此外,契诃夫的《胖子和瘦子》中同窗相遇的原型场景不断出现。不过,金笔下的小人物并不具有卑微的心理,他原本是与世无争的知识分子,只因迷失在新的社会现实中,无法在弱肉强食的社会环境里立足,才导致最后的惨死,其经历令人同情,也发人深省。

　　发表于 1998 年的《墙》主要描写当代人的心灵隔膜和精神孤独的现状,小说标题就是作品的主导意象。主人公是一对知识分子夫妻,瓦连京和安娜彼此相爱,但猜疑、争吵如二人之间筑起的高墙,最终使他们分开。瓦连京意识到不想失去安娜,四处寻找,却与之一再错过。后来安娜被歹徒杀死,瓦连京则感觉自己已经一无所有,变成一个透明的隐形人。瓦连京和安娜在现实中都有着孤独的感受,他们都感觉自己是外星来客,偶然飞到此处,仿佛不属于这个现实世界,虽然在现实中分别有着各自的社会身份,但这种存在是空虚而不真实的。只有瓦连京与安娜相偎依,感受着对方的温情时,他们才体会到真实、完整、充实的生存感受,并认为二人是神话中的雌雄同体。砌墙最初是他们无聊时的消遣游戏。可是,当墙越来越高、彼此的心也越来越远,内心隔膜已经成为相互间精神交流的壁垒。他们以星际理论解释存在和相处的感受:宇宙中所有星辰都是独自存在的,如果两颗星靠得太近,它们就会发生碰撞,甚至彼此毁灭。在这种极端的自我和渐趋明显的冷漠中,二人默契不再,口角不断,伤害渐深,最终失去彼此。他们的人生哲学在当代不无代表性,遵照他们的自我原则,相爱必然无法长久,于是他们各自退回生命的空虚状态。墙是现代社会隔绝、孤立的意象,隐喻人与人内心设防无法彼此真实相见的隔膜状态。原本相爱的人,也在猜忌的墙壁前感知不到爱的存在,失落了真情,变成失去存在本质的透明人,徒具躯壳,内里空空,他的隐形是存在空虚感的直观隐喻。

虽然上述人物各自的时代背景、人生经历不同,但都陷入存在主义式的精神困境,无力自拔,他们是走入思想迷途的孤独者。金为每个迷途者都提供了走出困顿的线索,宽容、善良和爱就是出路所在。

2. 违逆者和怀疑者

金作品中的违逆者都因自身原因违背了誓言、约定或神意,因而有人永失所爱,有人永受惩罚。该形象系列中有神话原型俄耳甫斯,也有圣经中的典故。违逆上帝旨意的第一人是亚当,他"露出了他魔鬼般的骄傲,企图和上帝一样。这是造物对其造物主所犯下的最大的罪"①,这种关于堕落的观点,在宗教中才能看到,亚当是违逆者的原型。怀疑者形象系列动摇了自己的信仰,质疑上帝的存在和神意,奥尔菲乌斯在思想的苦旅中艰难跋涉,舒兰陷入悔恨痛苦,格列勃因精神折磨而死去,约拿因醒悟而得到仁慈宽恕。

《昂利里亚》中的主人公天才歌唱家奥尔菲乌斯(Орфеус)以希腊神话中的俄耳甫斯(Орфей)为原型,小说中称俄耳甫斯为知晓永生秘密但违背信约的人,是主人公的前世身份。主人公是现代的、复活的俄耳甫斯,这既为其歌唱才华增添神圣光环,又带来关于信仰与怀疑的思考。在希腊神话中,俄耳甫斯是色雷斯的诗人和歌手,掌管文艺的缪斯女神卡利俄帕之子。传说他的琴声可使猛兽俯首,顽石落泪,他还曾经加入伊阿宋寻宝之旅,用歌声制服海妖。由于美丽的妻子欧律狄刻被毒蛇咬伤而死,俄耳甫斯追到冥府的地狱深处。冥后珀尔塞福涅被他的琴声感动,得到冥王许可,答应让欧律狄刻复活重回人间,条件是他在引领欧律狄刻到达人间的路上不得回顾,也不可与之交谈。当二人接近地面时,身后突然传来欧律狄刻的叫声,俄耳甫斯情急之中回过头去,结果欧律狄刻瞬间落回冥府,俄耳甫斯被抛入人间。俄耳甫斯的故事

---

① 伊利亚德:《宗教思想史》,晏可佳等译,上海社会科学院出版社,2004年,第144页。

悲剧结局的关键是他违约回首，在经历漫长等待之后，最后一刻内心的动摇导致天人相隔。

　　主人公奥尔菲乌斯是落入凡间的音乐天使，他继承了前世俄耳甫斯的美妙歌喉，如今是一名年轻的韩国歌唱家，他的歌声中有一种超越凡俗的魅力，使人在不可思议的激动中渴望回到失落的天堂，一种只能传达给人类的天堂音乐精神通过他的乐音得以再生。奥尔菲乌斯 25 岁时在德国格丁根大学举行独唱音乐会，与俄罗斯乐队指挥，32 岁的娜佳相识。娜佳此前有两段不幸的婚姻，他的声音唤起娜佳的爱，对他一见钟情。娜佳与奥尔菲乌斯的婚姻开始于歌手失明的磨难，制造磨难的是情欲和时间魔鬼——隐形魔。他在诺亚时代的那次大洪水中失去了物质形态，连他自己都看不到自己的样子，所以才得到"隐形魔"绰号。他曾经无数次附身于人，与人类女子相爱，但他一直追寻历次生命中转世的娜佳。他发现奥尔菲乌斯既是情敌，又是音乐天使的化身，因此无论是铲除天使的任务，还是对娜佳几世迷恋的私心，都令隐形魔暗中痛下杀手，要在精神上将其摧毁。与娜佳相识一年后，奥尔菲乌斯参加军事训练时，在隐形魔制造的事故中失明。他落入黑暗，感觉身在死亡国度，从此停止歌唱。为寻找摆脱黑暗的力量，身为天主教徒的他开始在精神上追随基督，踏上自己的苦难朝圣之路。虽然行踪不定，娜佳还是找到他，向他表白，并陪在他身边。两年间，隐形魔利用自己无踪无影附体在人或物内部的本领，时而藏于盲神父巴维尔身上，时而藏于奥尔菲乌斯乌木手杖的镶嵌饰品内，后来藏于娜佳的咽喉，控制她的思想和语言，借娜佳之口对奥尔菲乌斯进行折磨，以此离间了二人的感情，也导致奥尔菲乌斯想要离开她求得解脱，最后魔鬼将他引致悬崖边，致使他失足摔死，结束了此生的精神苦难。

　　世界末日之后，奥尔菲乌斯进入了天国昂利里亚，重新成为追随上帝的天使。世间死去的人们也都复活得到永生，在不同时间地点死去的失散的爱人们互相寻找对方，奥尔菲乌斯和娜佳也开始了相互寻找的历程。俄耳甫斯的故事与末日神话的结合使奥尔菲乌斯变成一个凡心未了的天使，虔诚的信仰中还不忘尘世一段忠贞的爱情。奥尔菲乌斯因为对上帝的爱进入天国,可是身处天国的他发现自己念念不忘尘世中的爱情,他因此疑惑地发问:"如果只能爱上帝,为何还要赐给我们这段爱情?虽然我在云端重获光明,我看得见周围千千万万美丽的、天使一样的男男女女,却因没有你而感到孤独。"①获得了永生的人,可以接近上帝的人,他们该感到幸福和荣耀,何来孤独感?对比《松鼠》中的超越了生死、超越了爱情、执著于揭示永生奥秘的阿库京,奥尔菲乌斯的形象更为复杂,他一直虔诚地追随上帝,追随基督的脚步踏上苦难的历程,失明就是他的受难时刻。在进入昂利里亚以后,他终于得偿所愿,一步一步接近上帝。然而这时他却有一种不可遏制的回顾前生的愿望,对娜佳的爱尤其令他难以释怀,这种回顾渴望与俄耳甫斯的回首何其相似,二人也都痛失所爱之人。奥尔菲乌斯的疑问正体现了对上帝之城的渴求与获得尘世幸福的矛盾。按照基督教教义,"上天的"即是"非尘世的",因此阿库京是标准的基督徒形象,而奥尔菲乌斯则在进入昂利里亚后发现自己既爱天国,又爱尘世,也许,他的思想更接近作家本人的观点。作者明确表明要坚定地追随上帝,可是同时肯定了尘世爱情的价值,认为这是生命的意义所在,相爱之人的爱与对上帝的爱不应是矛盾的。娜佳的名字在俄语中是"希望"之意,作家在娜佳与奥尔菲乌斯的爱情里,寄托了信仰、希望和爱三者合而为一的精神救世之理想。

　　《松鼠》中插入了一个童话故事。舒兰向拇指姑娘般的袖珍美女求婚时答应她的条件,是让她独居一室,未经允许不可以偷看、进入房间。如果他能守约,有朝一日可以得到一个真正的妻子。一次深夜回家,舒兰忍不住朝妻子的房间望去,看到桌上摆着玩偶美人,而妻子变为正常身高的美女,表情忧郁地坐在灯下。他大喜过望将誓言抛到脑后,走进房间抱住妻子。他忽略了美人在他耳边的悲叹,次日清晨袖珍妻子被乌鸦叼走。舒兰方才想起妻子的话,后悔不已,违背约定使他永失所爱。

---

①　**Ким А. А.** Онлирия // Новый мир, 1995. № 3. С. 104.

　　《约拿岛》中,约拿正是代表了违逆上帝旨意的人。圣经《约拿书》里记录了约拿的故事。上帝命约拿去尼尼微城宣布神将降罪于他们的消息,约拿装作没有听到上帝旨意,乘船出逃,驶往他施。他这样做的根本原因在于对上帝的怀疑。神安排大鱼将其吞入腹中,约拿三天三夜不停祷告,祈求上帝救他,于是上帝让大鱼将他吐在陆地上。生还后他去尼尼微城传达了旨意,全城的居民立刻忏悔祷告,上帝原谅了他们,并未降下灾难。约拿因此觉得颜面无光,他愤怒地质问上帝为何如此反复,上帝用一棵蓖麻让他懂得了怜惜。这个故事在新约中被作为表明神迹显现的故事,耶稣还曾经引用道:"约拿三日三夜在大鱼肚腹中,人子也要这样三天三夜在地里头。"(马太福音 10:40)因此,约拿入鱼腹的故事引申为死亡、复活的原型。在金的《约拿岛》里,约拿先是出逃违背上帝旨意,又一再地质疑上帝,成为怀疑者和违背者的原型,他的经历则是死亡与复活的仪式性象征。

　　金改写了圣经《约拿书》中的故事。在《约拿岛》中,约拿向尼尼微城宣布神谕之后,并未见到城市灰飞烟灭的景象,就气急败坏地向上帝抱怨说,自己已经求死,希望上帝实现他的愿望,因为死去也比活在上帝赐予的生命中好。他暗自想,要是能飞到地球另一边,住上三千年,看不见这里的一切就好了。上帝按他的这一意愿让他又回到鲸鱼嘴里,鲸鱼搁浅而死,约拿则被吐到白令海中勘察加半岛上。当地岛民见约拿从鲸鱼嘴里走出,立刻奉他为神明,称其为"鲸鱼的儿子"。约拿仍自视聪明无比,在此有了后代。他的子孙干起阴险、欺诈的事情来比任何人都娴熟。约拿厌倦了这种生活,他再次祷告,请求上帝把他送到一座与世隔绝的孤岛上,赐予他永生和财富,上帝再次实现他的愿望,约拿瞬间来到位于俄罗斯东北部海域的约拿岛①。此后约拿独自留在岛上三千年,上帝赐予他永生和岛上两座金山,约拿成为三千年来世上最富有的人,他拥有的黄金比世界现有黄金总量还多出数倍。不过,他却

────────────

　　① о. Ионы 约翰岛,位于俄罗斯海域,是一座无人居住的孤岛,岛上为海鸟栖息地。本书作者考虑到金对圣经《约拿书》文本的改写,故此处译为约拿岛。

因头上的小虫噬咬痛苦了两千年,捕食海鱼使约拿手上长蹼,变得像海豹一般,根本无法解除头上的瘙痒。最终在来岛寻他的作家金面前承认,这种生命的延续并不是他想要的。永生和财富是每个人梦寐以求的,约拿得到了这些,却并未感到幸福,也未感到自由。就在约拿转身离去之际,与金同来岛上的鸽子啄去小虫,约拿立刻精神一振,从两千年的痛苦中得到解脱。"宽恕并不取消受难,而是给予一种暂缓,这被解释成出自神的忍耐的胸怀……宽恕除了表示减轻惩罚外,还表示由一种障碍向一种考验的转化;惩罚变成促使觉悟的手段和忏悔的途径。"①约拿的经历有某种受难的意味,不过这结局指向宽恕。

作家金是《约拿岛》的一个人物,是一个具有怀疑心理的信徒形象,也曾一再因世间苦难质问上帝。他曾在赴约拿岛的途中经过一所位于西伯利亚森林里的麻风病院,见到许多在病痛中受苦的人。作家为腿部烂掉的女子玛丽亚娜无辜受难感到不平,为战争中列维卡的悲惨遭遇感到痛苦。他无法接受,既然人都有一死,为何还要让他们受许多苦难。他一再因此质疑上帝,追问苦难的根源何在,人类的痛苦和磨难的最高意义何在。见到弱女子的磨难、听到谎言都使作家金感到面对苦难与死亡时的绝望和痛苦,发出类似《宗教大法官》里伊凡的质疑。医生将苦难视为人生的必然,认为苦难如死一样不可避免,但这些经历都指向永生。金对医生的解答不能信服,他带着对上帝的质疑来到约拿岛。因这质疑和拒绝写作的反抗行为,他在词语守护天使那里接受了自己的命定惩罚:死后不能成为天使,继续入世为人,当一个内心痛苦的作家。在岛上,他见证了鸽子啄去小虫的过程,见证了神迹的显现。虽然直到结尾并无关于金思想变化的确定表述,但作家号召坚定信仰的用意在此得到明确揭示。

质疑者的形象在《莲花》里就曾出现,洛霍夫曾痛苦质问,为何不能把死亡安排得好好的,他甚至做好准备要自杀,不过自杀行动被打断后他逐渐顿悟。而在《森林父亲》中的格列勃却决绝地自杀了断,拒绝被

---

① 　里克尔:《恶的象征》,公车译,上海世纪出版集团,2005 年,第 70 页。

拯救和宽恕。格列勃是斯捷潘的小儿子，莫斯科数学家，颇有同情心，喜欢哲学思索，为国家保密部门研制武器。得知敌国已发现快捷杀人途径——利用超个体心理场的作用，激起人强烈的自杀愿望，一旦投入使用可以高速传播，杀伤力极强。格列勃在思索制敌技术期间，在一个冬夜亲见他的邻居跳楼自杀闪过自家窗口坠落的场面，骇人的是，自杀者一次未能如愿，浑身是血爬上电梯到顶层再跳，一夜反复几次后终于摔死。格列勃曾在服役时眼见一士兵自杀，这幕血淋淋的场景再次使他的心灵感到死亡的灼痛。他突然意识到自己日常工作的杀人实质，心理崩溃陷入困惑危机。他的做法如祖父尼古拉一样，和从前的自己一刀两断，终止研究，抛弃妻子和女儿，回到故园当守林人。格列勃通过科学计算推论得出，宇宙中恶的能量远大于善，正如宇宙中的物质总体积远不及虚空所占的空间，而质量大的物体会吞噬质量小的物体。原子核能量的释放就是物质的自我毁灭，相当于是找到一种毁灭方式，通过激发隐藏在物质深处、不想继续存在的愿望得以实现。可见科学理性在善恶问题上是没有出路可寻的。格列勃也经常感到心中无法愈合的灼痛，每次这种孤独感出现时，绝望的忧郁袭上心头，无法去除、无可补救、无以安慰。格列勃面对世上的恶与苦难，感到无从排解的孤独，他深陷伊凡·卡拉马佐夫的思想困境，虽然捧读《圣经》，还是不能接受现实的残酷，承受不了精神的痛苦。他绝望地在家族树下开枪自尽，终以自杀了结所有的困惑。对于间接杀人无数的格列勃来说，他自知罪孽深重，不会再度踏入现实社会"杀人"。同时理智不给他疯癫的可能，信仰又尚未带给他足够的精神力量，因而心理危机之下，结束生命被他认为是摆脱心灵痛苦的唯一办法，于是他以亵渎上帝的方式交还了生命。格列勃自杀还有一丝仿效基督之意，基督当年从容受死，也是自愿的死亡，他于是认为自己也可以从此踏上追寻基督之路。不过，格拉钦斯卡娅一语中的，指出基督是为他人洗清罪恶牺牲自己，而格列勃是为自己摆脱罪孽就死。作家金的声声质疑和格列勃的叛逆自杀是伊凡·卡拉马佐夫式的，但他们的不同在于，伊凡的饱学思辨、良知未泯和弑父恶念带来了精神绝望崩溃，而金笔下的人物如作家金一样，虽然怀疑痛苦,但对基督的信念永在。当然,金也无法在现世现实地解决关于信仰的诸多难题,于是他独创精神的乌托邦。

在金的小说中,不论是奥尔菲乌斯在天国对人间妻子的回望,还是舒兰违背约定,都永失所爱,约拿对上帝的质疑则带来数千年的孤独,这些模式与亚当违背与上帝的约定如出一辙。作家插入这类违背信约导致失去的故事原型,尝试在东正教精神主导下对惩罚和原罪进行思想追溯。对死亡的拒斥、对恶的泛滥感到痛心、对人承受的苦难感到无助,这种种缘由导致质疑者对上帝的不满。质疑声中恰恰渗透着对人生的无尽思考,对永恒的渴求,对当下文明危机的反思。科学主义的兴盛带来更高的经济效益和更快的发展速度,人类生活方式也正在发生巨大转变,然而科学理性未能有效提升人性,反而使人类愈发自大狂妄,欲望膨胀,试图主宰一切,结果导致生态破坏、资源紧张、精神焦虑、危机深重。在人类加速度走向毁灭的过程中,质疑者宗教原型的溯源带来理性反思和末日重启的期待,重建神性精神可以带来新生的信念。质疑者正是思想磨难中的跋涉者,质疑、困惑都是思想过程中的阵痛,经历了思索的痛苦之后,人类才能走向新的境界。

三、新生者

基督教意义上的新生指的是人们决定听从耶稣教义之后,人生观发生的改变。在金的创作中,新生也包含着明显的宗教意味。陷入庸俗人生和精神困境的孤独者并非都受困于其中不能自拔,新生者通过苦难净化或艺术创造力,或在现实中摆脱迷误走上精神提升之路,获得精神重生,或在神话世界里实现复活永生。金将苦难和创造作为开启新生的起点和动力。作为苦难隐喻的有疾病和伤痛等,苦难净化源自东正教的受难思想,而艺术创造力则体现着作家宇宙学视角下的"创造"观,也带有上帝的神性色彩。

苦难是俄罗斯文学的特有资源,无数具有深厚人文关怀、宗教情感的作家文人都钟情于书写苦难对人精神的净化。"苦难是指痛苦或危难,包括肉体痛苦、希望破灭、压抑、恐惧、悲伤、孤独等生理或心理上所

受的折磨。信仰上帝的人同样不能免去这种苦难。"①东正教对苦难的
解释主要有两种：一是对于违反道德反抗上帝的行为进行惩罚，二是无
辜受难，这是对品格的锤炼。而基督的受难并非由于自身的罪孽，而是
代人类受过。东正教突出苦难对灵魂的净化，倡导以爱、宽恕与顺从来
对待苦难。金小说中经历苦难的人物很多，比如人生坎坷的杜河洛、阿
春、洛霍夫的母亲、内心痛苦的米佳、失明的奥尔菲乌斯、疯癫的格拉钦
斯卡娅以及天志、受辱后死于伤寒的列维卡、二战负伤的斯捷潘等。
《森林父亲》中斯捷潘经历了二战前线和德国集中营的生死考验。当斯
捷潘返回森林时身心的疼痛已经变得无法承受，他原以为死在故土便
可以结束这迅速增长的疼痛，但出乎他自己预料，他在森林父亲的怀抱
重获生命，彻底与森林融为一体，接受了森林的哲学，更懂得珍惜自己
和他人的生命。岁月流逝，他成为父亲，这种疼痛不再左右他的生活，
原本伴随一生的痛楚仿佛在生活中独自存在，与他疏远了。斯捷潘一
生中经历了肉体到精神的双重苦难，虽然最后得出家族式结论"我即孤
独"，但在孤独中他坚持了家族祖先的原则：应该活着。这是一种历经
磨难后的超脱，顺应天命，不违心、无罪过地活过一生，斯捷潘通过苦难
的净化获得了精神的新生。

　　金笔下的疯癫是人们失去精神支柱时落入的苦难，也是一种苦难
隐喻。《森林父亲》中疯癫者谢拉菲玛·格拉钦斯卡娅是教士的女儿，
自幼受宗教熏陶，因反抗叔叔的诱奸以斧头将其劈死，此后她彻底失
忆、精神崩溃。在精神病院，她整整两年赤身裸体伏地爬行，与其他患
者一起如野兽般嚎叫，忘记了人类的语言、人类的情感。这家精神病院
位于废弃的修道院里，这里不是被神明遗忘的角落。由于伏在地上，她
偶然听到医生值班室传来的美妙歌声，歌唱对生命的热爱。歌曲旋律
连同歌词突然打动了她封闭的心灵，唤醒了她作为人的情感和记忆，她
突然发现自己处在如动物一样的状态中，从此精神开始迅速康复，终于
找回人的尊严。她脑海中所有的不幸都成为过去，她重新开始发现生

———————————

① 　帅培天等：《圣经文学词典》，四川人民出版社，1996 年，第 140 页。

活的美,懂得了生命的质朴意义就在于热爱生命。她坚信基督一定会重返人间,责备自杀的格列勃不懂得珍惜生命。经历苦难的格拉钦斯卡娅在小说结尾怀抱孩子出现时,已经是圣母形象的化身。

《约拿岛》对人类苦难的描写集中在玛丽亚娜、列维卡和安德烈的经历中。麻风病人玛丽亚娜得病前生下儿子,她入院后出生不久的小生命在孤儿院离开人世。玛丽亚娜的腿已经不能行走,她还是惦念孩子,白发苍苍的医生瓦西里则以善意的谎言隐瞒孩子死讯。医生真正相信不死的存在,也以此宽慰病人们。他说:"痛苦、磨难和死亡是人活着时必须经历的,从而使人得到超越、飞升,实现最终的变容。人所经历的痛苦、磨难和死亡同时又是从中获得的解脱。在最伟大的毫无希望的苦难中可以发生变容。每个人都将摆脱这一切而获得自由……痛苦和折磨不是效力于死亡,而是服务于永生……确切地说,苦难的记忆没有消失,但是改变了样子。"①瓦西里家族中,祖父最早发现苦难具有能量,所有人的苦难能量汇集起来,可以实现变容,他认为这样可以不惊动上帝而实现永生。一旦激活时间中的过去、现在和将来,变容的人便可以在时间中自由穿梭。列维卡死于伤寒,生病期间,容颜尽毁,安德烈在战争中被杀,死后他们进入了一个精致的世界,西伯利亚的昂利里亚,遭受的凌辱和苦难都渐渐远去,在他们历经苦难岁月变得苍老丑陋的容颜下,焕发出新的生命活力。

除了将苦难视为精神净化的甘霖,金还针对人们承受苦难的不同态度做出解释。《约拿岛》中的守护天使谢尔吉解答了金关于苦难的"天问",告诉他说,魔鬼喜欢在人身上挤压出苦难的呻吟、诅咒和怨恨声,而天使则以人的快乐幸福的情绪为食。这一解释启发人们转换视角看待苦难,因为如果将承受苦难视作神圣的幸福,会使天使的力量强大,助人通过磨难的考验,为自己赎罪。如果在苦难中一味怨咒愤恨,则必会为魔鬼利用,助长恶的滋生和蔓延。走过苦难获得新生的形象表达着一种信念,即人的存在不仅意味着顺从天意、经历苦难,还意味

---

① Ким А. А. Остров Ионы. М.: Центрполиграф. 2002. С. 111.

着应当超越苦难,获得解脱,实现自由,这与东正教传统观念中的苦难净化罪恶的思想又有所不同。

　　"创造"是理解金笔下新生者的另一关键词,涉及他的宇宙观,是他对人类未来精神走向的期待。富有创造力并闪现人性光辉的作家、画家、音乐家高频出现在金的小说里并非偶然。金以艺术家的敏感注意到,艺术的魅力能够引领人们发现精神的深刻本质。他认为艺术创造力有助于揭示世间永恒之美,领悟精神存在的永恒不灭。这一通过艺术而顿悟的模式中,主人公多为艺术天才:画家、音乐家、诗人、作家等。他们是"来自未来的客人",可以引领迷途的人们忘记残忍、伤害,感受爱与快乐,并且实现善良、仁慈和创造。创造者的共同点是具有善感的心灵、创造的才能,作为人类美好精神世界的代言人,创造是其在孤独中的存在方式。艺术家在线条、色彩、声音、文字的世界里找到精神智慧,实现对永生的认识和精神追求。他们因此遭到魔怪的折磨,有人经历死亡却未消减创作的激情,也有人将艺术追求升华为神性的追求,皈依上帝。

　　首先在金的作品中展现创造才能的是画家,他们可以在画中记录永恒之美的瞬间显现,传达创造的伟大秘密,画家在他笔下成为一种创造者人物类型。《水彩画》是第一次提到艺术创造神奇魔力的小说。主人公回忆了幼年见到一位画家在山中作画,幼小的心灵被绘画深深吸引,以至于其他的童年乐趣顿时失色,他从此迷恋上这种能够带来永恒幸福的创造活动,终于成为水彩画家,拥有了创造的能力。《莲花》中画家洛霍夫取得了世界声望,他所理解的艺术的目的在于,他内心的爱流露在画布上,能够提供一种神奇的契机,使有限的生命与无限的存在连接起来。"正因为他的心愿意一无杂念地、高高兴兴地去死,安详地接受死亡的召唤,并为每一个小小的幸福而跳动,他才能创作出变革者的作品,画出复杂的、具有无尽潜力的神秘画面。"[①]在艺术的创造活动中,

----

① 阿纳托利·金:《莲花》,石枕川译,《世界心理小说名著选:俄苏部分(二)》,贵州人民出版社,1990年,第207页。

洛霍夫体会到无限的奥秘。

《松鼠》中四名主人公的画家身份体现了创造力的神性实质,具有与兽性、庸俗相对抗的能力。作家十分明确地指出创造与永生的联系:有才华的人拥有创造力,可以使自己接近神性,也带给他人对永生的渴望,如果人人接近神性,半人半兽心中的野兽幽灵将失去藏身之处。四人中只有阿库京经历苦难死后复活,成为传递神性创造精神的永恒画家。

德米特里是绘画天才,在同学当中最有才气。他九岁成为孤儿,在奥卡河边的孤儿院长大,性格敏感内向。15岁时天意让米佳拿起画笔,他立刻表现出非凡的绘画才能。在老师莉莉安娜帮助下米佳考取了美术学校,专心于艺术创造,他将绘画创作视为自己生命的意义所在。但是被老师引诱后,米佳内心开始承受罪恶感,当他爱上一个吹长笛的姑娘,更是痛苦万分,甚至预感到死亡临近是种解脱。一个深夜,米佳独自走过小路时,被黑猪杀手枪杀。米佳因不甘放弃绘画,在棺木中顽强地挺身坐起,死而复生。他拒绝了林中鹿群的邀约,返回人类社会,过了大半年出现在莉莉安娜面前。因被学生们在解剖课上切去喉管,不能讲话,他通过纸笔与人"交谈"。他告诉莉莉安娜,自己复活后获得超能力,可以预见未来,可以随心而动,自由穿越时空,回到过去;能读懂他人的思想感情,甚至可以理解千年石块的灵魂。他感到自己的内心变得像清晨的天空一般,宁静高远,一无所扰。他开始不用画笔、颜料和画布在空中自由作画,用这种方法不受干扰地实现自己的创作,成为永恒的画家。在米佳的故事中,作家通过复活神话将创造与永生联系起来,"永生在我们每个人身上就体现为我们对创造的忠实程度"①。米佳是四个人当中唯一一个对创造之热情"至死不渝"的画家,因此米佳才能够神奇地死而复活,艺术创造成为他的"生命活水"。

《带光晕的房子》以一座废旧图书馆的空房子为主要形象,揭示不死题旨的同时,从一个侧面凝聚了百年俄苏历史变迁的缩影。小说主

---

① *Ким А. А. Белка. М.: Центрполиграф. 2001. С. 253.*

要叙述者是图马城一座 200 余年历史的砖石结构的两层楼图书馆,图书馆本就是民族历史文化的保存者,但在作品里图书馆老房子具有了真正的生命力。通过体会屋宇过客的人生感受,留存居住者的见闻和记忆,老房子学会了俄语,开始思考、表达交流,拥有了记忆,尝试理解爱的情感,甚至具备了以思维的方式两倍光速瞬移的能力,由物质空间存在变为具有智慧的生命存在。爱因斯坦也专程来此验证老房子以超光速移动的可能。离开之际,爱因斯坦与老屋话别,承认存在超光速,认为这是理智的宇宙游戏中意识的速度,是爱的飞翔速度。可以说,是词语逻各斯启迪了老屋的智慧,这种创造的神圣能力,将无生命的物质转化为智慧生命。曾暂住此地的车臣美女、黑寡妇萨沙以图书管理员的身份隐藏在图书馆,她整天都在身上藏好枪弹,一旦暴露随时准备与人同归于尽,但是她的思维因与房屋的记忆产生连接,脑海中不断出现叶赛宁的诗句。恐怖分子这个暴力与死亡的象征,在老房子里融合了诗意的灵魂,虽然最后萨沙死于自杀式爆炸,但她生命中这一诗意时刻被老房子收入记忆,得到留存。绘画是老屋神圣力量的又一体现。曾经的居住者亚历山大绘制了许多画作,小说标题就是其中一幅,画面的主体形象是夕阳中的二层房屋,落日的亮红色余晖形成光晕,围绕着老屋,这一意象象征了老屋作为智慧生命具备的神性特征。作家也同时指出,永生不死并非生命没有时间边界的延续,而是智慧穿越到生死之外。作家借这部作品试图探索物质和意识分离的可能,他相信意识是可以战胜时间超越生死的,从中可见德日进"欧米伽点"说法的影响。理解永生,就是要在使用身体和意识的同时,能够超出生死的界限。

《葛饰北斋的紫色秋天》是迄今为止,金最后一部小说,描写了叙述者"我"随意识流动变成降维存在,出现在名画上并与绘画大师交流生死感悟的历程。紫色在基督教象征哀伤与永恒,而葛饰北斋画作中经常出现蓝紫色背景的富士山。富士山是不死的象征,因富士山在日语中的发音就是不死,而日本人也相信,山中有着不死的秘密。可见这部作品,既是作家对自己最初绘画志向的回归,也是他借助艺术的力量,继续表达他所理解的创造精神内核。小说里叙述者"我"死后,由生命状态进入非生命状态,以意识的方式存在,一切随心而动。比如,"我"刚想到回归绘画,已经置身于葛饰北斋的画卷中,在蓝紫色的平原上,雪青色天空下,成为二维的存在。"我"在与葛饰北斋和梵高等人的交流中,总结了绘画艺术创造中的生死表达与对生命永恒的理解。

艺术的语言是可以超越国界、自然语言和民族的界限而被理解的,因此成为帮助金实现世界主义思想的有利工具。除了绘画之外,音乐也被金视为神圣的力量,可以唤醒人类对失落的遥远过去的记忆。作家写道:"太初有音乐,音乐与神同在,音乐就是神。"①他将新约中的"太初有道,道与神同在,道就是神"进行了改写,将音乐的作用与"道"等同,突出音乐可以唤醒人对神性的向往。"我们中每个人都在音乐中解脱了血液的千年奴役,摆脱了民族的永恒狭隘,脱离了母语的族系奴役。基督就是那个作曲家,他在不同的时代有着不同的显赫的名字,例如巴赫、亨德尔、莫扎特。通过音乐基督的神圣实质对于凡人而言变得更易理解。基督的音乐使懂得它的我们成为团结一致的虔诚的子民。"②这可以视作金基于基督教思想的世界主义观点的表露。音乐可以形成艺术凝聚力,将人类团结起来。音乐也可以带来精神的拯救。《森林父亲》里的谢拉菲玛·格拉钦斯卡娅在精神病院里因听到美妙的歌声走出疯癫。《昂利里亚》里的歌唱家奥尔菲乌斯、《伴着巴赫的音乐采蘑菇》中的钢琴家天志都拥有带来天籁之音的才能。在证明音乐神奇魅力的同时,两位音乐家都走上受难之路。

《昂利里亚》的开头就渲染了音乐的神圣力量。得了癌症的画家塔玛拉在弥留之际见到死神凯里姆,死神想要诱惑尽可能多的人背叛上帝,对塔玛拉花言巧语让她把灵魂交出,她就可以免除死前的折磨,塔玛拉迷惑中正要向他伸出手去,女儿吹奏的笛声传过来,死神的手立刻缩了回去,塔玛拉逃过此劫。长笛意象与小说中提及的基督圣物有关。魔鬼在 X 时刻大限将至时为了做最后的挣扎,来到人间寻找当年基督

---

① Ким А. А. Онлирия // Новый мир, 1995. No. 2. C. 28.

② Ким А. А. Онлирия // Новый мир, 1995. No. 2. C. 27.

在世间教一个牧童吹奏用过的长笛,以便毁掉圣物,阻止末日后人类得到永生,想和人类同归于尽。这个细节在小说中没有继续刻画,主人公奥尔菲乌斯成为音乐精神的体现者。奥尔菲乌斯的歌声里回荡着超脱尘世的声音,他的歌声仿佛在召唤人们去寻回失落的天堂——自己的精神家园。因此,他成为魔鬼要诛杀的对象,但奥尔菲乌斯从未向魔鬼的诱惑和折磨妥协。失明落入黑暗、承受精神苦难,都没有让他背叛上帝,直到失足落崖而死,他的乐声始终保留在心底,对抗着魔鬼的进攻。

金笔下另一位音乐天才天志则不幸得多。《伴着巴赫的音乐采蘑菇》中,主人公日本男孩天志出生在缺乏爱的富豪之家。他的出生是神意,母亲梦到音乐天使、感圣灵受孕。父亲是成功商人,只爱赚钱,叔叔却是音乐家,因此家人都怀疑这是叔嫂行为不轨而生的孩子。父亲对天志不理不睬,母亲则为无力保护孩子而痛苦。天志从小被寄养在英国,无人与之交谈,若不是音乐天使的陪伴庇护,他必将是弱智。他两岁习琴,只弹巴赫的乐曲。然而天志的钢琴老师灵魂被魔鬼控制,他的指导令天志手部残疾,无法弹琴。除了父母、师长的伤害,天志还受到弟弟的恶意攻击,这一手足相残的原型取自该隐杀死亚伯的故事。天志的弟弟为魔鬼的力量迷惑,在哥哥手残之后烧毁他的演奏录音,给哥哥施以精神上的重创,导致天志精神失常,成为东京精神病院的常客,疯癫定期发作。病友列京看到天使般纯洁的天志手臂上被魔鬼攻击留下的伤痕,看到天志在精神病院发病时张大满是血沫的嘴,龇牙露齿地像狗一样嗥叫,看到天志细弱的手臂在发病时能折断护士的手,他难过地质问音乐天使:"你为谁备下了无罪的他作为祭品,为上帝吗?上帝需要天志这样的祭品吗?"这部神秘剧围绕天志的苦难展开叙述,天志为了以音乐拯救人类精神世界而来到人世,却遭遇了魔鬼、亲人和朋友的多重迫害。魔鬼伤害他的手,亲人毁掉了他的精神寄托,朋友在魔鬼控制下象征性地实施杀戮。但天志始终对世人报以不变的爱,走在为他人受难的路上。

《伴着巴赫的音乐采蘑菇》里,作家再一次揭示了音乐的神奇力量与宇宙和谐和爱的法则之间的神秘联系,"善与和谐的原则使宇宙保持各星系的平衡状态。基督带给人类善的宇宙法则。音乐从其进入人类之初就带来了爱与和谐……音乐使所有人知道了什么是拯救"①。巴赫的音乐则以强大的艺术感染力使人可以走近真理,感觉到和谐的永生,成为一种宗教精神的象征,用以指引人们抵挡魔鬼对人灵魂的进攻。音乐带给天志庇护,与音乐的分离则导致天志的毁灭。当魔鬼想把天志的灵魂抛向无尽的黑暗中时,音乐天使用巴赫的音乐将天志的灵魂保护起来。她化身为美丽的女士,像母亲一样呵护着年幼的天志。精神病发病期间,音乐天使会将天志的灵魂暂时带离躯体,回到只有音乐陪伴的童年,那时音乐是滋养他灵魂的母体。只有纯洁、善良的天志弹奏的乐曲才具有神圣的解救、精神超越的作用。魔鬼也并未放松他们的行动,甚至附着在巴赫音乐带上,列京听着这样的巴赫音乐,逐渐被魔鬼控制。作家用神秘剧的形式,希望人们能够真正向善、追随上帝,而不是被各种魔鬼迷惑。白蘑菇和撒旦蘑菇外形相似,但白蘑菇是美味,是无辜而死的亚伯的象征,是神圣奥秘的显现;撒旦蘑菇含有剧毒,可致人死地,是人们的噩梦,是死亡和邪恶的象征。巴赫的音乐也有版本的区别,一种是天志演奏的版本,神圣美好,能唤起人对神性的渴望;一种是夹杂着魔鬼声音的版本,听得久了,会使人心中不知不觉着魔,为魔鬼所控制。作家一再强调谎言与真理、真实和虚伪的辨别问题。天志的身世之谜、真假白蘑菇、真假巴赫音乐都说明真伪难辨。这部小说将巴赫音乐和采蘑菇两个意象合而为一,强化了音乐的神圣拯救使命。

《约拿岛》将存在喻为正在写作的书,书写者金从上帝的使者词语守护天使那里得到词语,他的书写创造了一些人物的人生。这一书写的过程颇似上帝以词语创世的圣举,但是写作者金在执行神谕时屡屡对上帝不满,为人类的苦难而怪罪上帝。直到他见到守护天使谢尔吉,受到启发,才开始醒悟自己的行为是一种背叛。他飞升至词语天使面

---

①　Ким А. А. Сбор грибов под музыку Баха. М. : Олимп. АСТ. 2002. С. 147.

前,被罚重入人间完成写作。金最终肯定了永生的存在,但同时懂得对上帝只能绝对相信,决不可心存怀疑,因为慈爱的上帝即使降罪给人类,也是为了拯救。因而,作为自己生命的书写者们,当同样以虔诚之心聆听神谕。

总体来看,金笔下庸俗者、困惑者和新生者这三种主要人物类型,对生命意义与人生价值的定位不同,因而人生道路有别。这些主人公又具有某种共性特征,他们在精神上有着隐约的忧郁,因为"他还不完善,但他总是觉得,他应该能做到完善。古老的记忆使他不安,他来到世上,古老记忆在脑海中存留,不论他怎样努力回忆,却都不是那样清晰。他在寻觅自己,在大地上,在夜里,在白天,在人流拥挤的城市,也在森林中寻觅,并且创造关于自己的神话,只因他不肯承认,自己是大地普通一子,是林木、野兽的兄弟"①。作家塑造的主人公形象基本都是孤独者,各自走在精神探索之路上。在对金小说人物类型进行隐喻分析时可以发现,作家的思想中有强烈的存在主义倾向和神秘主义意识。

金以魔幻现实主义的笔法,运用神话元素,试图使人物冲破限制、摆脱死亡、挣脱民族界限等各种形式的束缚。他强调艺术创作是关乎精神领域的活动,认为以艺术为桥梁,可连接人性和神性,实现对现世人类灵魂的救赎。走向艺术创造是获得新生的隐喻,具有艺术气质的主人公成为传达神意的使者,也因此遭受魔鬼的迫害,成为圣徒式的人物。在对人生、社会现状及人类未来命运的悲悯情怀中,金一直尝试提供拯救路径。20 世纪是人类苦难深重的百年,作家对革命与战争的杀戮、人心冷漠、人性失落深感无力,历史的沧桑、灵魂的拷问、人性的剖析带来了悲观情绪和悲剧意识,仅凭世俗道德的约束和个人的努力是无力扭转乾坤的,金无时无刻不在为此痛苦,他最终走向宗教乌托邦。在金看来,基督教救世的功能带来彼岸幸福的期望,宗教的救赎是人类唯一的出路。

---

① Ким АА. . Избранное. М. : Сов. Писатель. 1988. С. 413.

第四节　上帝和使者的形象

一、上帝

金对上帝形象的塑造,着重突出上帝形象的光明和上帝之城高高在上的特点,与《圣经》提到上帝时经常强调的"光""光亮""光辉""荣光"相一致,光的意象本身就是一种隐喻表达。总的来说,上帝是基督教信仰的核心,在犹太教中,雅赫维或耶和华是唯一的神,是超自然的最高精神实体。"上帝代表一个永恒不变的存在,高高在上,与我们生活在其中的流动变化的世界形成对照。"①金在创作中塑造上帝的形象,最终目的是探讨人与神之间的关系。如前所述,他的很多作品中有着质疑者的形象,不断追问上帝存在与否,神意何在,这些形象极为鲜活生动。为了表现上帝的至高无上,作家通过一系列自然形象以及与上帝相关的象征物来暗示上帝的存在,并通过"爱""善""永恒"等词来体现上帝的至善完美。从最初的自然形象、永生象征,到后来的声音神谕、神迹显灵,上帝在金的小说中从"隐在"变为"显在"。

上帝的神性力量和原则,代表着对人性的超越,因而,信徒心目中的上帝形象超越人的认识和思维能力,往往通过神秘主义直觉得到表现。金笔下的顿悟模式就描写了自然环境中获得神秘主义感受的场景,天人合一的意象代表了上帝神性的体现,林中采摘、旭日的光芒等意象象征着上帝的神性精神本质。体现上帝神性的自然是富有灵性的精神主体,而非与人对立的客观存在,当人与自然和谐相处、精神相通时,人们就接近了永生的存在,这与中国哲学思想中的天人合一思想十分接近。"所谓'天人合一',其实是说'天'(宇宙)与'人'(人间)的所有合理性在根本上建立在同一个基本的依据上。"②在金的诸多作品中,自然是宇宙秩序、完善、和谐的化身,人与动植物一样,都是自然之子,人

---

① 弗莱:《伟大的代码》,郝振益等译,北京大学出版社,1998 年,第 35 页。
② 葛兆光:《中国思想史·导论》,复旦大学出版社,2005 年,第 47 页。

与宇宙精神相通,因而他的观点在本质上具有"天人合一"的特征。金笔下自然的隐喻表达指向上帝神性和永生奥秘,作家往往通过真实可感的自然景色描写,突出其宗教象征意蕴。承载这一含义的象征形象有日月星辰、风霜雨雪、天空海洋,等等,作家渴望的"天人合一"境界是基于二者都富有神性,从实质上说是"神人合一",将上帝神性意志灌注于自然形象,使抽象变具象,自然中的人应当感悟善、爱之心,才能接近这一境界,从中获得启示和滋养,实现个人的精神提升。"天人合一"的自然形象中,金经常采用的是意象、象征和神话等组元。

金倾向于从宇宙视角感知上帝,明亮天宇的意象常被金用来表现上帝之城。天国是上帝所在之处,通常以天空象征天国。金的上帝存在于整个宇宙,是宇宙中创世的造物主,在《昂利里亚》里,上帝在创世之初授意众天使点亮群星的情节,是对寰宇星辰之光的诗意描述。"西方学者认为,'光'在西方人心目中代表最神圣的事物,成为构造天堂或理想境界的想象力根据。"[①]奥尔菲乌斯死后升入的昂利里亚,也是一片耀眼光明。《约拿岛》当中描写了作家金被自己的守护天使谢尔吉带入高空的情节。当作家金的此生时限已到,他被化作海鹰的守护天使带到云端,越向高处,越发明亮。死者都由天使交给天堂里宝座前的主管,由他判定此人来生是下地狱、在人间转世还是飞升成为守护天使。可见,升高是超越的象征,越向上方则越接近上帝,宝座代表了上帝,光明则是神本质的显现。不过转世是佛教的说法,在探讨人死后的去处时,金的思想总是表现出佛教和基督教的融合。

高山具有高远的特征,唯其高而能接近天空,接近神性,因而在神话里通常是神明的居所。在金的小说里,高山是靠近上帝之城的所在,象征通往天堂的通道。《阿丽娜》中四岁的阿丽娜保留着对过去"成人园"(Взрослый сад)的记忆,那时她住在高山上,与大家一起飞翔,一起站在山巅合唱众赞曲。在那里不会有任何可怕的事情发生,没有人会感到恐惧。可见,阿丽娜回忆中的高山"成人园"是天使的家园。天使

---

① 陈咏明:《走进上帝的世界》,宗教文化出版社,1996年,第299页。

是上帝的使者,连接神与人的纽带,高山的意象则象征天地之间的联系,因此高山上的家园、飞翔天使的形象都无疑指向上帝所在的天堂。

除了天宇和高山意象,金将上帝刻画为慈父形象,突出了神性精神实质中的上帝之爱。"神性即是爱,人性化的、永恒的意志,即是能对永恒和无限感到渴望的意志。"①上帝是主宰者,上帝是父亲的说法,成为基督教传统中关于上帝的基本隐喻。"犹太教有把上帝当作父亲的传统。犹太人心目中的耶和华是威严、有绝对控制权的父亲。耶稣突出地宣扬了上帝作为慈爱的、广施恩惠与庇护的父亲的形象。"②《森林父亲》里,森林父亲形象结合了多神教和基督教神话的特点。森林父亲是地球上最早的生命形式。图拉耶夫家族每个成员分别在各自面临死亡之前,醒悟森林才是自己的父亲。森林在小说里象征小宇宙,森林父亲则是这个宇宙的"创世者",人类与树是相互转化的生命形式,因此都是他的"子民"。在森林父亲身上体现更多的是耶稣所突出的上帝慈父形象,是默默存在的爱的力量。如斯捷潘在伤后复原过程中与森林父亲精神合一,逃脱死神魔掌,尔后再未离开森林父亲。

《昂利里亚》中上帝是对人类呵护、宠爱的父亲。末日之后人们有感而发,认为上帝就是爱,正像太阳就是生命一样。金以神话手法实现了世界末日和末日之后的永生,所有信上帝的人都复活并获得永生,他们所爱的人也都一并复活。上帝不但全知全能,而且对善爱者"有求必应"。人们在前世的人生美好愿望都得以实现,世上消失了仇恨、死亡,人们彼此间不再隔膜、伤害,人和猛兽也可以友爱相处,上帝至善意志的显现带来永恒福祉。作家笔下,上帝对子民的慈爱关怀犹如充满爱心、永远宽容的父亲,爱是人与上帝之间的纽带。《约拿岛》中的上帝以声音出现,基本以圣经《约拿书》为原型,这里上帝的形象是威严的,延续了旧约的传统。小说结尾鸽子圣灵再次显现神迹,解除约拿的痛苦。"鸟类、鸽子在传统上一直代表宇宙的和谐或代表维纳斯和基督教圣灵

---

① 乌纳穆诺:《生命的悲剧意识》,段继承译,花城出版社,2007 年,第 219 页。
② 赵敦华:《基督教哲学 1500 年》,人民出版社,1994 年,第 34 页。

的爱。"①小说以爱和宽恕作为结束。

金最后一部长篇小说《天堂之乐》中，上帝再次以仁慈之爱的化身出现。在书中金称其为"世界的主宰者""被造物命运和生命戏剧的不可知也不可见的安排者"。小说源自《约拿岛》最后埋下的伏笔，原本作家金作为其中的人物，应当以 51 个词完成神授予的写作使命，但是他以 49 个词构成的诗歌作为结尾，完成了《约拿岛》。留出的两个词如同两粒种子，结出《天堂之乐》的果实。《天堂之乐》中的主人公阿金（Аким，又叫约阿金，Иоким），与《约拿岛》中的作家阿·金是同一人，从名字来看，融合了亚当、作家金本人和约拿三个人的名字，也融合了这三个人物的精神特征，即被造物、创造才能和违逆质疑之罪。在小说各章节，主人公从数万年前石器时代的原始人到 21 世纪年逾古稀的作家，经历了数次生命的轮回，以原始人、国外游客、海底巨型章鱼、老鼠卡佳、作家金等身份，寻遍人间天上，只想验证自己的假设：人来到世上是为了体验到天堂喜乐。小说结尾处上帝作为仁爱和宽恕的象征出现。阿金充满质疑呼唤上帝"显灵"，甘愿放弃守护天使的庇护，冒着此番逆行可能导致意外身亡无法进入天国的危险，从昂利里亚云端的精神存在跌落到尘世，以物质形态度过一天。当他跌落到烈日炙烤毫无遮蔽的地面时，已经变成赤身裸体的小男孩，正在逼近的巨型甲虫和烈日都可以轻易令他一命呜呼。然而奇迹发生，甲虫突然原地打转然后溜掉，而烈日也被身旁神奇长出的绿叶遮住。一个语调平静威严的男子的声音传来，告知阿金，"我始终与你同在"，"我不是你的守护天使，但我是你看不见的引路人"，"你想要与我见面，是要对我讲不知感激的话：为何需要虚空、欺骗和幻觉？ 为何仿佛某个他者在观看生命的幻梦"？②说完这番话，绿色植物突然迅速旋转长大长高，直插云端，并刮起宇宙旋风——死亡之舞，阿金连同周围一切被送入光明的千年王国，死亡不再，时间消失，小说在无所不知、无所不在的上帝意志的显现中

①　弗莱：《批评的剖析》，陈慧等译，百花文艺出版社，1998 年，第 162 页。

②　Ким А. А. Радости рая. ［EB/OL］https：//royallib. com/book/kim_anatoliy/radosti_raya. html.

结束,阿金在上帝的仁慈宽恕中得到永生。

除了上述上帝形象,金小说中的上帝还体现为基督的形象。"上帝以基督的肉身显示自己","上帝与基督不是两个神,而是同一个神的不同显现"。① 基督出现在金的笔下通常作为神圣的化身,显现奇迹或昭示未来。基督耶稣的形象以受难、自我牺牲、拯救人类成为后人追随的榜样。这一形象在文学中成为原型,像基督一样具有博爱的胸怀、经历苦难的人物都是基督耶稣的形象的变体,这些人物拥有超凡的精神力量、肩负拯救世人的重任。《松鼠》中的米佳有着死而复生的经历,这一情节以耶稣复活为原型。小说结尾处写道,虽然"我们骄傲地昂首迈入人类的精神宇宙",却不会立即得到永生,"通往永生的这条道路有时漫长而又无望",但我们会等到"救主那严肃而又年轻的脸庞闪现,他被十二个风尘仆仆的门徒簇拥着,而人子将不得不借助各种奇迹证实善的真理。同时不会杀人者将除掉会杀人者"。② 这段颇具启示录色彩的插话中,耶稣的出现隐喻末日审判的到来,这样的场景表明,作家对现实世界的不完善感到绝望和无力,因此热切盼望末日审判带来真善美的胜利。

在《森林父亲》结尾,金改写了《路加福音》,将基督称为星际客人,并预言基督的再度降临。外星来客基督留给主人公希望:"地球上将长出一片新的森林,香气馥郁,不再有愤怒和恶行……"③这里基督给人类的希望是在末日之后重启新生。在小说结尾,格拉钦斯卡娅将一个象征基督的小男孩抛向河中,那孩子笑着落入水中,笑着飘游而去,而后作家点明,他将是新世界来临时新的森林父亲。男孩以圣子为原型,入水而去是效仿基督牺牲自己拯救世人、以自己的鲜血洗去人类罪恶。《天堂之乐》中,耶稣基督的形象出现在小说倒数第二章,主人公遍寻天堂之乐,思索存在的意义,最后追随第一个被命名的使徒安德烈,遇到了救主。"我看到人类历史上最美的一瞬间,此时安德烈在众人中第一

①　赵敦华:《基督教哲学 1500 年》,人民出版社,1994 年,第 40 页。

②　Ким А. А. Белка. М. : Центрполиграф. 2001. С. 319.

③　Ким А. А. Отец-лес. М. : Рипол классик. 2005. С. 570.

个看见基督,并认出他就是救主。"①作家虚构了耶稣第一件神迹,年轻救主祝福了一对夫妇,九个月后,这对夫妇迎来新生命,一个美丽的女儿,她是第 14 个孩子,从出生到老去,都散发出玫瑰油的香气。在基督教中,7 象征神圣、完美、神迹等含义,14 是 7 的双倍数,同样有着神圣的象征含义。此外,14 在《圣经》中出现在家族世代的计数上,比如从亚伯拉罕到基督,其间经历了三个 14 代。金在塑造耶稣形象时有意使用这样的数字,意在象征神的完美与神圣。

《伴着巴赫的音乐采蘑菇》的主人公天志的形象具有基督受难、救世的原型特征。天志曾是另一个世界的音乐使者,那时他和所有的天使以及天上的群星,都为造物主合唱宇宙众赞曲。他的出生与基督相似,是母亲梦到音乐天使而怀孕生下的孩子,从出生起,他就被钉上受难的十字架。他是圣洁的受难者,是基督的继承者,以牺牲自己拯救人类。天志短暂的一生磨难不断,都源自魔鬼的迫害。天志手指骨折不能弹琴之后,他给精神病院的病友列京看手臂上被魔鬼抓划的伤痕,这是魔鬼向他发动攻击带来的苦难见证。由于特殊身世造成的家人误解、冷漠与魔鬼的迫害一同折磨着天志,他终于因被迫远离心爱的音乐而精神失常。但是天志始终怀有博大爱心、宽恕的胸怀,他以爱和宽恕的方式对待身边所有的人,对任何人都没有怨恨,包括令他手残的钢琴老师、烧掉他演奏录音的弟弟。小说结尾他化作受难的白蘑菇被割下,效仿基督以自我牺牲的方式洗刷人类罪恶。作家在警醒世人明辨真伪、坚定信仰的同时,将末日的阴影呈现出来。这部作品的问世晚于《昂利里亚》,发表于 1997 年,前部作品中的期望与亮色在这里已经难觅踪影,表现出作家的某种悲观情绪。

《昂利里亚》和《约拿岛》都对上帝与人的关系发出探问。在《昂利里亚》中通过对末日之后世界的描绘,《约拿岛》里通过上帝声音的显现、不死的实现、约拿实现长生并拥有财富、鸽子除去小虫等情节,作家

---

① Ким А. А. Радости рая. [EB/OL]. https://royallib.com/book/kim_anatoliy/radosti_raya.html.

始终都在提醒世人,在上帝的旨意面前要顺从、恭敬,因为上帝是至善的体现。金极力倡导人们坚定信仰,顺从上帝。在上帝形象的处理上,金总是不满足于发现人身上的上帝,他的上帝是高远、至善的,是明察秋毫、掌控一切的,是作品中可思可感的。因此金所写的神性总是闪耀在人性之上,照出种种的恶俗,制造接二连三的神迹。金后期创作中的人物苦难、对上帝的追问和反抗,多半因为作家倾向于在宗教神话内给定答案而多了点乌托邦色彩,少了些许人性的动人之处,减弱了挑战上帝的情节所应具有的张力,因为所有的难题似乎都在上帝的神迹显现中迎刃而解,人只需要信仰足矣。

金笔下,上帝没有确定的、具体的形象,具有造物主、父亲、赏善罚恶的主宰者这三重身份,体现创造、爱、仁慈、赏罚等主要功能。作家的观念中,上帝是造物主,又是人类的永恒庇护者,上帝无所不在,公正仁慈,但又是可信而不可及、可感而不可见的,隐喻是间接刻画上帝的最佳方式。不论这一形象如何完善、超验、高深莫测,金还是借助意象、隐喻、象征、神话等隐喻表达手段将其感性化。由分析金笔下的上帝形象可以推知,作家的救世思想以基督教思想为路径、以宗教道德约束为行动指南、以改变人类的心灵为手段,以终极的、永恒的精神追求为目的,因此他的救世实质上是以精神力量实现灵魂拯救。

二、使者

"人类世界的'上面'是精灵或天使的世界,和天空隐喻联系起来。天使也是上帝的创造物,和人一样同是上帝的仆人。"[1]天使团体曾经分化为两个阵营,分别以光明和黑暗为特征,代表善和恶的对立。堕落天使在黑暗之王撒旦指挥下反叛上帝,黑化成为魔鬼,是丑恶的代表,在前面的魔鬼形象系列中已经得到阐释,此处仅归纳作家笔下光明世界的天使形象。天使是上帝的信使,传递上帝旨意,也常常保护世人远离危险,并帮助他们排忧解难。金运用童话、神话组元完成这一系列形象

---

[1]　弗莱:《伟大的代码》,郝振益等译,北京大学出版社,第 209 页。

的塑造。他们被描写为外星来客,或是来到人间负有神圣使命的天使。他们具有灵性精神,但在世间通常都会遭逢多蹇的命运、恶的侵袭、魔鬼的诱惑和迫害。在这类人物的经历中采用考验的模式,凝聚了善与恶两种力量的交锋,他们是真善美的化身。

早期作品《复仇》中崔淳国从小就因擅长写诗而出了名,9 岁得知家仇在身之后,他放弃了写诗。作品里诗心作为感悟美善的载体,显然与复仇之心相对立,所以在淳国心中二者无法兼容。而在放弃复仇之后,他重新开始领悟人生的意义。此时淳国想到,"诗人是未来的人们派到我们这里来的使者,为的是让他把我们生活中最悲伤的和最快乐的事讲述给后代听。然后这位使者沿着自己的诗行走回去,永远沉入安逸的存在之中。但是他由于种种原因不能完成自己的使命,于是他冲破命运的不祥包围,造一座小小的木板房……就这样永远留在那些注定要默默无闻的人们中间"①。淳国是未来世界的使者,曾经可以通过诗行寻觅神的踪迹,却在尘世今生为寻仇经历了家破人亡。所幸他终究在醒悟后改悔,留住了诗人的心性,选择了平凡人生,而没有在复仇中失落了人性。

《古林的乌托邦》讲述莫斯科演员古林先生与妻子生活不睦,离家远行至寒冷的萨雷姆边区,与老友贾尼金相聚。小说结尾处古林在朋友面前突然无法自控地缓缓升向高空,身体呈水平状,在空中飞翔了片刻之后才落回地面,重又站在朋友面前。贾尼金顿时感到,古林是另一个世界的使者,他应该来自一个美好、透明的童话世界,那个世界不能容忍卑鄙,那里人人有爱,人人被爱。古林的飞翔场景被作家赋予神奇色彩,他在神秘的、超验的力量控制下不由自主地完成飞行,出离凡俗现实,超越了人类的状态,变成一个超验世界的代表。在基督教中天使长有羽翼可以自由飞翔,因而通常羽翼可以象征天使。古林无翼而能飞,他的形象因此带有超验的色彩,暗示他是来自天国的使者。

---

① 阿纳托利·金:《复仇》,《海的未婚妻》,石枕川,许贤绪译,上海译文出版社,1987 年,第 204 页。

《莲花》中的母亲去世后变为诸神众赞曲"我们"中的一员,再无苦难与病痛。她生前卧病在床,得到朝鲜老伴老朴的照料。多年后老朴躺在医院人来人往的过道里,死在众目睽睽之下时,母亲手持吐艳的莲花,化身为"我们"的太阳莲使者,以年轻女子的样子出现在老朴面前,引领徘徊在生死转化路口的老朴的灵魂,将他带入"我们"之中。创作《莲花》之际,金尚未皈依东正教,小说中太阳莲使者来自精神存在的永恒世界,她的形象具有不甚明晰的宗教色彩,确切地说,她是善和爱的化身。

《夜莺的回声》中数次出现天使的意象,作者均未多着笔墨,只在细节中凸显了天使所象征的善良、庇护和安慰。第一次六翼天使的形象出现在"我"想象的夜空中,仿佛三只叠加在一起的天鹅,然而枪声响起,天鹅消失,这是恶将要出现的象征。而后"我"阅读祖父笔记时,设想祖父祖母与襁褓中的父亲一家三口乘坐马车经过中亚时,逐渐飞升飘上云端,车夫掏出三对羽翼套在自己背上,拉车的马匹变成不久前奥托为保护家人开枪打死的三只野狼,马车在云端安然远去,脱离了世上将要发生的战争,这是"我"对于没有仇恨、纷争、伤害和死亡的向往。天使第三次出现时,"我"在乡村小学任教期间过着离群索居的生活。"我"所居住的木屋时常有些怪异的声响从门口或者炉子下方传来。一个傍晚,门口传来响动,"我"很担心是附近出没的匪帮来打劫,最终门被打开,灰色眼睛面容憨厚的天使长走进门来,边走边卸下自己的翅膀,原来是学校的看门人为"我"拿来鲜肉。"我"的感觉中,质朴的同事和天使长形象融合,因为他无私的关心,使"我"在孤独生活中感受到善心和温暖,重新焕发生命力。形成对比的是,奥托死前未能见到六翼天使,他被周围人的盲目的恨意逼入绝境。奥托在俄德开战后感受到小镇居民的敌意,在他决定交出防身之用的手枪以示友好时,游行众人向他投掷石块。一向以爱和善良对待世界的奥托无法承受这敌意带来的伤害,茫然向东方不停行走,一路也未能遇到六翼天使,未能得到神的安慰,最终他开枪自杀,落回1912年初见妻子的地方。小说中每次天使意象的出现,都伴着暴力或恶的伤害,天使的圣洁和善良与之形成鲜明对比,突出了作家呼唤良善与爱的创作意图。

作家相信,孩童本质上接近天使,他们有拯救世界的能力。童话小说《阿丽娜》的主人公就是天使的化身。阿丽娜四岁时父母离异。父亲是贫穷的汉语教师,经常赴中国考察。母亲年轻时未能实现个人的艺术理想,如今辗转于欧洲小国教授舞蹈,将人生失意归罪于丈夫。他们都事业未成一贫如洗,各自为追求自我价值的实现,置阿丽娜于不顾。小女孩被送往乡下外婆家,一年后父亲将她和外婆接到城里,外婆卖掉了农村房子和奶牛。之后父亲去了中国,像雾中的刺猬一样出现又消失了。外婆靠手头仅有的一点钱与阿丽娜艰难度日,苦苦支撑。阿丽娜遭逢父母的无视、家境贫困、离别、孤单,但是她从未失去爱的能力。四岁的阿丽娜感觉一切事物都有生命。她会跟刷牙杯上的图案对话,和从脚上掉落的拖鞋一起哭,舍不得吃掉红红的苹果,因为想着“苹果也想活呀”。她能听懂一切动物的语言,认为自己与小猫瓦西卡、看家狗帕尔坎、奶牛玛尔塔、小牛犊马克都是一家人。作为天使化身,她既能够进入神所在的世界,又能出入人间。她经常回想起遥远的从前,在梦中,她的灵魂会离开身体飞到空中,飘回那个世界。她仍然保有倾听上帝声音的能力,在复活节前夜,外婆虔诚地向上帝祷告之后,阿丽娜认真地对外婆说,她听到了上帝对外婆说的话。作家称每个人都是自己的守护天使。当阿丽娜遇到困难时,一个名为娜塔莎的漂亮阿姨总会现身帮忙,这其实是遥远过去中的她。金以想象勾勒出天使在人间的暖心画面,在一部自己定位为“小朋友睡前读物”的童话长篇小说中寄托了对未来世界的美好期望。

上帝的使者、受难的圣徒形象出现在《昂利里亚》中,化身为知晓永生秘密的俄耳甫斯的继承者、韩国歌唱家奥尔菲乌斯。他在人世的经历是以受难作为追随基督的基本模式。奥尔菲乌斯失明之后再未歌唱过,他仿佛坠入黑暗的深渊,那里是象征着死亡的国度。魔鬼以各种声音折磨他,企图动摇他的信仰和意志。但是奥尔菲乌斯在心中仍坚信基督永远和我们在一起,认为人子已经牺牲自己来洗刷人类的罪,人类应当虔诚期待基督的降临。他视基督为导师,并坚决走上追寻基督之路。他游历各地,寻找基督的足迹。奥尔菲乌斯经历了失明和魔鬼带来的精神苦难的考验,未曾动摇,他重回天国,成为上帝的使者,那里的居民个个容貌俊美,声音动听。这部小说寄托了金对末日之后获得永生和进入天国的愿望和信心。

《约拿岛》和《天堂之乐》中都出现了守护天使的意象。《约拿岛》中作家金在守护天使谢尔吉的保护和引领下,在写作中踏上思想探索的精神苦旅。在小说结尾处,守护天使谢尔吉化身为体型巨大如战斗机的白尾海鹰,他目光明亮有洞察力,声音纯净动听。天使以人类的快乐、幸福和祷告为能量来源,因此谢尔吉会与魔鬼打斗,以保护金的苦难不会成为魔鬼的食物。天使谢尔吉出现在作家今生死去之后,职责是将他的灵魂带入高空,交由监督作家金写作的词语天使——级别更高、体型更为巨大的金鹰处置。词语天使责备作家对上帝不知感恩,未能完成小说写作,虚伪不够真诚,还需要返回尘世,在下一个轮回完成写作,于是作家金从高空云端跌落,重回人间继续写作。《天堂之乐》中主人公阿金同样遇到两位守护天使,一位是《约拿岛》中出现过的守护天使谢尔吉,另一位是级别更高、负责守护阿金写作的天使长萨赫林。这两个名字令人联想到金的出生地谢尔吉耶夫卡和远东故乡萨哈林岛,可见金的乡情浓郁。与《约拿岛》不同的是,《天堂之乐》中天使长萨赫林对作家暗中"违规"写作不予追究,甚至同意了作家金重回人世的"任性"请求,极为宽容仁慈。

使者形象系列是上帝形象的补充,通过传递上帝意志或永生奥秘,彰显神意的神圣与仁慈,与上帝形象共同构成神的世界。不难发现,在整个形象体系中,上帝和使者这一分支艺术感染力是最弱的,尽管用到了神话意象、原型、象征等隐喻组元,但基于宗教理念塑造完成的人物,依然不具备现实"血肉",因而缺乏打动人心的力量,更多时候仅仅充当作家解说哲思的符号。

本章小结

　　"艺术形象并非简单地再现一些单个的事实,而且要浓缩、提炼出那些作家认为十分重要的生活的不同方面,以期反映出作家对生活的评价性的审视与思索。"[①]在金的小说创作中,形象体系是隐喻表达的主体,由隐喻艺术组元构成,是隐喻模式基本结构的支柱之一,带有独特的审美意蕴,具有隐喻建构功能。

　　就金小说形象体系的审美意蕴而言,很大程度上得益于隐喻组元。神话、童话、原型组元的应用极大地丰富了金笔下的形象体系。形象体系由隐喻艺术组元构建而成,因此富有深厚的文化内涵和哲理意义,成为作家哲思的主要载体。自然、魔怪、人和神的形象不仅构成艺术世界,也隐喻了一个哲学宇宙,凝聚了金对人类精神存在现实的"审视与思索"。从前期和中期创作中强烈的社会批判性,至后期浓郁的宗教哲理性,读者仿佛跟随作家的思想足迹走入精神现实,步入宇宙存在。

　　通过神话、童话组元,作家将对照原则输入形象体系的建构过程。以上四种形象类型是金小说创作中形象层面的主体,不论哪一种类型的形象都体现了两种对立的宇宙元素:善与恶、生与死、爱与恨。自然形象中的永生象征与灾难意象是两种力量的隐喻表现,人的形象是两种元素的对立角逐,魔怪形象是恶的集中体现,与之相对的则是神和神使形象体现的至善、永生、博爱,人的形象中困境、庸常和经由苦难、创造获得新生的对照,使形象体系成为层级清晰、对立分明的结构体系,同时形成一种内部的张力。

　　总体来看,形象体系基本呈现动态特征。自然形象中诸多意象的组合以及永生象征都形成宇宙中精神能量的流转;魔怪的变幻、人形象的发展离不开变化,而且在人和魔怪形象层面存在善恶的转化可能;人

---

　　① 　哈利泽夫:《文学学导论》,周启超等译,北京大学出版社,2006 年,第 119 页。

死后的轮回转世,神迹的显现、神使跨越人神两界的特征等,都突出了动态、变化的特点。

　　作家笔下的文学形象作为一个表意体系,通过隐喻,含义指向作家要表现的人类精神现实,于是,作家复杂深刻的思想通过形象体系得到隐喻式的呈现。正是借助意象、象征、神话、原型、童话、寓言等组元的复合应用,思想含义才得到最大限度的文字解说。

第四章　隐喻的时空

时空是一切存在的基本维度。文学中,时空是展开叙事的基本坐标。小说时空体系是小说文本结构和叙事层面的重要研究对象。"艺术时空问题,就其实质而言,是艺术作品的结构问题,艺术画面的网络问题,也是艺术中的人的问题。因此,艺术时空具有组织作品结构情节的功能,作家利用时空来组织作品,构思作品,描绘作品(人物形象),与此同时它们也成了被作家描绘的对象。"[1]在金的小说中,时空体系呈现复杂、跳跃、交错的特征,这与他的叙事风格相关。他的叙事自成章法,意识流手法大量运用,叙事视角看似随意转换,时空跳跃频繁出现,初读令人感觉有些混乱,但这种转换和跳跃实则体现了作家的匠心独运。阿纳托利·金的小说以精致、细腻、神秘和哲理性而著称,叙事可谓功不可没。金创作中经常出现时空穿越,人可以不必借助羽翼实现飞行,魂穿古今,上天下海入地,自由穿梭在神、人、冥界,没有时空阻碍。涅姆泽尔曾经讥讽金的作品情节是无法复述的,金作品中的确有情节弱化的倾向,但这种情节弱化服务于哲理题旨。在金的小说叙事中,思想者的声音占主导地位,而情节、性格退居其次。他早期的哲理小说便不囿成规,在现实主义的背景下融入诸多隐喻意象,赋予表层文本以隽永的深层寓意。他善于洞穿日常生活表象,寓意直达人物精神存在的本质。他不追求叙事的封闭完整,而是致力于雕琢文本内部的哲理、寓意,构筑小说中的精神主干,从而连接文本各部分,使之成为有机整体。在作品中引入神话、童话、寓言,使叙事富有哲理内涵。隐喻是金构成文本哲理性内涵的主要表达形式,诸多隐喻艺术组元构成各时空层面,构建时空结构体系,实现了寓言式风格的隐喻表达。

金的小说一个突出的写作手法是多角度叙述。金作品中的叙述视点"我"往往是不同的人物,有时他们的独白形成一种独特的对话效果,同一个人物也总是出现在不同的人称之中,时而是独白中的"我",时而是对话中的"你",时而是另一个"我"讲述中的"他(她)"。如此众多的

---

① 卢小合:《艺术时间诗学与巴赫金的赫罗诺托普理论》,北京大学出版社,2016年,第26页。

叙述人的讲述,形成独特的多声部复调音乐。"我们"的和声往往以一个人的话语开始,以另一人的声音结束,有时叙述者各自陈述,间接对话,有时由间接对话变为直接对话。文本中的"我"因此形成自由跳跃的叙述风格,这些"我"在话语中汇成"我们"。这种叙述的方式使文本中时空跳转频繁出现,形成多时空共时共存的效果。金笔下不乏人物跨越时空与自我相遇的情节。例如,在《松鼠》中年轻的伊侬与他多年后成为的镜像平面人相遇,平面人总是悲伤垂泪,如果与他在一个水平面,他就会消失不见。《墙》的男女主人公在一段话甚至一个句子中,叙述者也会变换,我们只能通过内容和语气来判断,此刻的讲话者到底是"他"还是"她"。《阿丽娜》中小女孩阿丽娜总在难过和需要帮助时遇到一个高个子漂亮阿姨,那是来自成人园(小说中相对于幼儿园的说法)的阿丽娜,是自己的守护天使。阿丽娜还曾在睡梦中到达与尘世并存的另一个国度去,在那里看着自己在地铁口睡着的样子。金自己总结说,小说中总是"人物众多,音乐复调的原则复杂交织在一起。我酷爱巴赫的音乐,于是想把音乐复调用于文学中。复调,就是在同一单位时间内回响着几个旋律要素,这些旋律按照对位和赋格曲的规律组合起来。在我的作品中一个段落内,可能出现三个人物,分别生活在三个不同时代"[①]。不过,如此天马行空的叙事并非毫无章法,引人入胜的时空跳跃建筑在充满隐喻意象的时空体系中,以哲理性题旨为目标指向。

"在哲理小说中,空间时间艺术范畴起到特殊的作用。在所有得到研究的哲理小说中,当行动在不同时间尺度中进行时,都采用被称为垂直时间段的原则,但是借助于隐喻体系,借用圣经或其他神话,时间的谬误会被读者理解为统一的时间。这样一来,人物就变成宇宙历史的参与者……整个宇宙成为人物活动的地点。事件获得了全人类的内涵

---

　　① Ким А. А. "В современной культуре я чувствую себя среди развалин". [EB/OL]. https://euroradio. fm/ru/anatoliy-kim-v-sovremennoy-kulture-ya-chuvstvuyu-sebya-sredi-razvalin

和意义。"①阿格诺索夫对神话哲理小说时间特征的概括十分切合金小说中的时空特征。金小说文本中呈现的时间有此时此刻,也有永恒无涯。日常现实可能与幻想成分结合起来,出现双重世界,神秘的、彼岸的世界和实际现实平行并存。他创作立足的空间复杂广阔,有现实中的城市、乡村,还有神话中的森林、海洋、高山、岛屿等。

　　小说中的时空不仅是外部形式要素,同时具有鲜明而又独立的艺术形象意义,并在不同程度上体现着作家的价值判断。根据巴赫金的时空体理论,特定时空中除时间、空间维度外,人的形象也是时空化了的,既有时间性质,也有空间性质。不同时空绝非仅仅作为人物的活动时空来呈现,往往可被主题化。时空必然影响人物的生存状态和精神状态,特定时空中的人物形象必定带有相应时空的烙印。这些时空本身也体现了作家的主观评价,而且与他要表现的哲理思想密切相关。金小说创作的时空结构体系主要由如下三种时空类型构成:现实时空、历史时空和虚幻时空,这些典型的时空中几乎都有标志性的核心意象。现实时空与历史时空、虚幻时空之间的跳跃和交叉,形成共时的效果,使现实与历史、现实与虚幻、现实与永恒交错融合,难分彼此。在宏阔的宇宙时空背景下,意义宏大的"永生"题旨得到了成功的演绎。时空跳跃将不同时空串在一起,令笔下的人物可以纵贯古今、神游于天上人间。

　　金直面当代人的生存困境和精神危机带来的种种问题,他经常将人物置于永恒宇宙的时空坐标中,将时空维度与人物精神现实的特征联系起来,使历史感和永恒的哲理思考并存于文本中。在现实时空中,作家时常表现出对现实时间的有意忘却,在对人生意义的追索中,超越现实的思想获得一种解脱,思想的羽翼向永恒哲理伸展开来。在现实空间的拣选上,作家有意突出了冷漠都市和温馨家园的对立,将都市时空与家园时空的本质冲突隐喻地表现出来。在历史时空中,作家着重

---

① Агеносов В. В. Советский философский роман. М. : Прометей. 1989. С. 34.

突出了苏维埃时空和集中营时空对神性的偏离、对人性的扭曲,将 20 世纪的多灾多难进行微缩呈现。虚幻时空中理想时空是作家理想的精神存在方式,是天堂乐土的象征,反乌托邦时空是社会政治隐喻,而生死时空则与死后复活相关。总之,虚幻时空体现出金对于死亡的拒斥和否定,在文本中取消了死亡带来的生命终结。童话和神话组元赋予文本时空神奇特性,一些人物获得在不同时空中自由穿梭的能力,时间维度上的"过去""现在""将来"在永恒中并置,时间的流动特性被打破,彰显出精神存在的终极哲理意义。

第一节　现实时空

现实时空在金小说当中是指作家创作之时的现实世界,是人物现世存在、活动于其中的时空,人物在现实时空中走过尘世的生命历程。在金的现实时空中不乏神话隐喻,因而具有浓重的魔幻色彩,时间和空间维度呈现高度的隐喻化特征。许多历时的现实时空服务于文本深层寓意,形成独特的隐喻含义,具有共时性哲理内涵。现实时空中,时间维度赋予空间当代特征,空间地域特征和精神内涵则作为划分现实时空的标准。现实时空体系主要可以归纳为都市时空和家园时空两种类型。

一、都市时空

都市时空是金笔下现实时空的重要类型之一。都市时空的建构中,金采用了意象、象征、神话等组元。基督教神话传说中,魔鬼背上有蝙蝠翼,金以"有膜的翼翅"作为都市背景,暗示都市是魔鬼的创造,这一时空具有魔鬼特征。都市意象和魔鬼意象象征都市恶的实质,以都市标准化建筑的意象隐喻当代都市个体生存的封闭状态,在翻腾的大锅中蒸煮隐喻进入都市后的个性消解精神蜕变,以魔鬼隐喻科技缔造者,以魔鬼星际政客隐喻金融财团。金以象征着恶的都市意象和魔鬼意象作为都市时空的突出特征,对现代都市的精神肖像予以描摹,着重反映在冷漠而又拥挤的空间中都市人的心理感受和精神面貌。在早期创作中，金十分关注都市时空对人类精神的挤压、变形，他的都市时空外部总体特征是高楼林立、整齐划一、街路密布、人潮汹涌，而生活其中的人则感觉到精神压抑、内心孤独、彼此疏离、人情冷漠。作家摹写现实的目的在于从物质和精神两方面揭示都市人的生命存在样态。至中后期，作家对都市现实的反映更趋向都市生存者的内心，尤为侧重人物精神的异化。当然，这其中隐隐可听闻作家从远东走入莫斯科后的心声。

　　都市意象首先表现为都市人生存状态中的物化特征。《"新宗教"》里把城市描写为："这城市的房子全是清一色的明亮多层的标准化建筑。我所住的房子用许多一模一样的窗户看着人间世界。其中有三个窗口是属于我的——我的住所有一间厨房和两个房间。"①这部小说的主人公代表了生活在整齐划一的标准化城市建筑群中失去高尚精神追求的现代人。他顺利成为城市化"新宗教"的教徒之时，正是他丢掉高尚道德追求的时刻。"家"的温馨物化为冰冷的房间数字，个体存在的精神维度消失于这一现代化的都市意象中，隐喻了个体生存的封闭精神状态，一个个向城市观望的窗口犹如一个个空虚的灵魂，人物与都市相望于彼此的虚空，这是对现代都市个体生存空间被彻底物化的深刻反思。《海啸》里，都市的建设过程增添了冰冷骇人的魔幻感。"我"住在莫斯科一个新建成的小区，一栋栋楼如同一个个盒子矗立着，构成一座盒子之城。窗外工地上还在不停施工，那些缓慢移动着的大型设备就像史前的怪兽，一边缓缓移动，一边发出呼啸声，不时传来重击的响声。"钢铁显示力量和权威，蓝色的电火花闪烁，发动机发出轰鸣声，还有笨重的水泥立方体和裸露的土地，这样一幅画面是人们熟知的景象，令人心脏都会收缩。"②而双眼惊恐远眺，望向地平线尽头，那里还隐约

---

　　①　阿纳托利·金：《"新宗教"》，《海的未婚妻》，石枕川、许贤绪译，上海译文出版社，1987年，第212—213页。

　　②　Ким А. А. Цунами//Соловьиное Эхо. М.：Советский писатель. 1980. С. 28.

可见小刷子一样的森林,还有森林旁边小村里的一座座木屋,但是很快将要盖好两栋楼,此后"我"就只能望见墙壁和窗口。

莫斯科在金的创作中几乎总是呈现出高楼林立、繁华拥挤的都市意象,映衬着当代人内心焦虑、冷漠异化的精神状态和孤独的生存感受。有的人物尽管迅速适应了新环境的节奏,但内心变得自私功利。例如《苗子的蔷薇》中,李吉诚苦读之后考取莫大,成长为知识精英,但是科学理性并未提升吉诚的人性。初到莫大,校园令他感觉太过庞大,显得有些不真实,尤其是阴天乌云下仰望学校高楼时,压迫感扑面而来。此时吉诚的自我认同感较低,他认为在首都应该穿好些,不能丢脸,家乡的妻子苗子省吃俭用打工兼职供他读书。为了取得成就,他读书期间从不回家,甚至在苗子去世后,他依然出差承担重任,勤奋工作,周围人都惊讶于他的毅力和沉静,但换个角度来看,这也是一种冷酷自私的表现。吉诚得到大家关注喜爱的同时,藏起了自己的愧疚。他为可怜妻子的死感到痛苦,有时整夜失眠,但又总有种无耻的轻松感,感觉这一切都是合情合理的。此时吉诚的感受完全向都市标准倾斜,仿佛解出了一道早已隐隐折磨他的方程式。他和苗子曾拥有幸福和爱情,因为苗子未婚先孕,吉诚中断中学学业,后来在妻子支持下才考取大学,但他曾暗自憎恨这个差点毁了自己前途的初恋。他明白心中这种感觉的丑陋阴暗,是自己无能为力的,就像他无法哭泣又无法释然。李吉诚毕业时已经功成名就,顽强毅力与坚韧不拔带来的荣誉令他心情激动。他回顾过往,为自己个人的成就感到骄傲,也为个人命运感叹。当他乘坐超音速客机穿越国家上空飞往东方时,俯瞰城市和绿色土地,赞叹人类成就。与刚到莫大仰望云端高楼的感受形成对比的是,如今他身处云端,是地面上的人需仰望才能看见的。这种仰视与被仰视的对比,就是吉诚走向成功的最大动力,他内心企望的正是受人敬慕,得到仰视。学术领域获得成就的他,失去了曾经相爱、与之共患难又毫无保留爱他支持他的妻子,虽然心中深藏着对妻子的愧疚,但他不愿面对,更未拿出任何行动去弥补。在当代都市的成功标准下,一味追求个人自我价值的实现,为取得事业成就不惜牺牲他人的所谓社会精英不乏其人,在个人价值观失衡成为一种群体现象的时代,社会整体精神世界必然有失序的风险。

《松鼠》中的莫斯科都市意象集中于街景和交通状况的描述中,且更具现代感受和魔幻色彩。米佳初到莫斯科时,看到人潮涌动,听到人声扰攘,感到人群拥挤,却"在心头涌起一种无法克制的孤独感,这孤独仿佛迎面袭来的飓风一样无法阻挡"。"千万人鞋跟敲在石板路上发出的脚步声刺激着外省人的灵敏听觉,他习惯了原野的静谧空旷,这声音如今引起他内心莫名奇妙的恐惧。莫斯科的车水马龙中,有轨电车发出勤劳的呼啸声,拖着讨厌的负担,在行进中弧形电线闪着火花,电车步履沉重地敲击着钢轨。每到正午时分,莫斯科就会嗡嗡作响,数不胜数的广场上人流聚合、分流,涌上街路的轨道,流入地下通道或多孔的大楼,科技的全能缔造者控制着城市,舒展开自己有膜的羽翼。"①有膜的羽翼是撒旦的象征,在这个辽阔的国家上空笼罩着轰鸣的火焰漩涡,可见科技文明带来的都市化进程被金斥为魔鬼的创造。而在米佳的感觉中,莫斯科像翻腾的大锅,人们心怀希望汇入莫斯科,瞬间就将生命献给了神秘的热气腾腾的蒸煮。不论来自何方,草原还是海边,来到首都的人会发生很大改变,以至于偶然看到镜中的自己竟会辨认不出。作家以隐喻的手法将外省人进入莫斯科发生的精神上的蜕变喻为在大锅中的蒸煮,脱胎换骨完成都市化也就意味着精神生命被扼杀。大锅、蒸煮、火焰的意象隐喻现代都市文明对人的个性与精神世界的扼杀。在这一蒸煮的过程中,米佳经历死亡,松鼠丢掉独立人格,格奥尔基飞向财富,英诺肯季走向精神毁灭。《天堂之乐》虚构了普希金与阿金一同从天堂穿越回当代的情节。他们飞过20世纪莫斯科时空,莫斯科的忙碌日常扑面而来:这不幸空间里流动着熏黑的空气,千万莫斯科本地人和外来客们将物质标准视为高品质生活,因而莫斯科20世纪的生活,形象化凝聚为过往时间裹挟着价值不菲的各种家具摆设和生活用品,若没有这些物件,莫斯科人则无法想象什么是幸福。这些历史的废

---

① Ким А. А. Белка. М. : Центрполиграф. 2001. С. 48 - 49.

品破烂汇聚成的庞然大物,变成不可思议的海啸向阿金迎面而来,他惊讶地望着这股历史垃圾洪流在莫斯科大街流过。同行的普希金对于城市上空飘散的雾霾格外不解,哀叹道:或许创造人类的不是上帝,而是魔鬼。这一情节将当代消费主义盛行、生态惨遭破坏的都市面貌以隐喻的方式展现出来,追求物质感官的幸福制造了更多的垃圾,正在威胁人类生存。生活垃圾的大洪水正是物欲的象征,不论在自然生态还是在精神生态层面,对人类自身而言,都同样是具有毁灭力量的。

　　对现代化都市的抨击在金后期创作中明显具有"全球化"的趋势。《伴着巴赫的音乐采蘑菇》中,作家定位于东京这座日本的科技与商业之都别有深意。这里人人在生存压力下疲于奔命,迷失在金钱梦中,缺乏信任感、幸福感和爱的感受。一些人正常的情感和精神需求得不到满足,因此成为疯癫病人。神秘剧里有一个角色是天志爸爸的公司,名为"东凯"的魔鬼,他是商业社会逐利精神的象征。他的对白中,不论是何话题几乎都会转到公司经营之道和赚取利润的结论上来,这个公司魔鬼是现代都市金钱至上原则带来的毒瘤。成功的标准异化为单一经济指标,这是整个社会的心魔。原本可以守住人心的音乐也在天才少年钢琴家天志受到迫害精神崩溃后,失去了护佑人心美善的屏障。作家借人物之口说出,东京在技术文明和商业成功模式带来的财富积累中繁荣,人性却在追逐金钱中迷失、堕落,爱的失落、冷漠孤独是这座城市的精神写照。伊利亚德曾分析该隐与亚伯的故事,指出铁匠曾被当作"火的主宰"被认为拥有极大的魔力,该隐又是城市的建造者,他的后代中有一个名叫土八该隐,是"铜匠、铁匠的祖师"。伊利亚德认为,"该隐犯下的这第一次谋杀多少体现了技术与城市文明的象征。这暗示着所有的技术都可能带有魔力"①。弗莱也认为,在圣经中"田园景象的消失是由牧羊人亚伯遭到杀害来作为象征的"②。最终小说以神户大地震

---

　　① 伊利亚德:《宗教思想史》,晏可佳等译,上海社会科学院出版社,2004 年,第 144 页。

　　② 弗莱:《神力的语言——"圣经与文学"研究续编》,吴持哲译,社会科学文献出版社,2004 年,第 205 页。

隐喻了都市繁荣带来的毁灭性结局。在金的观点中,对技术文明和该隐的罪责这两者无疑都是否定的,认为这是滋生恶的源泉。都市技术文明中的成功者天志的爸爸和弟弟是商界精英,他们的财富和带来财富的能力无不令人惊叹,但是二人的精神世界是失衡的,仿佛被魔鬼控制了一般,那里找不到亲情的温暖,爱的痕迹,"东凯"魔鬼就是他们的精神写照。

　　作家在《昂利里亚》中塑造莫斯科魔和纽约魔,同样是缘于对都市主义的反对和忧虑。作家以神话的方式展现都市末日景象。魔鬼藏身于都市,利用大都市的拜金、冷漠、末日恐慌而制造混乱。莫斯科魔和纽约魔教人飞行,并欣喜地看到大限将至时许多人为练习飞行而摔死的惨象。在美国和日本的大都市出现的飞行者最多,那里练飞而死的人也最多。不论是科技与资本撑起的"美国梦"中标榜的成功,还是日本商业帝国奇迹,都被打上了魔鬼的标记。世界末日来临前,繁华都市的景象颇为相似:摩天大楼火光冲天,在浓烟中许多展翅而飞的阴影遮天蔽日,其中有魔鬼,也有受到蛊惑的人们。科技发达和经济繁荣没有给人类带来生命的永恒延续,反倒更方便了魔鬼的恶行,加速了人类的堕落。可见在作家的救世理想中否定了大都市的模式,认为都市技术文明带来的物欲追求将导致精神价值的失落,作家也因此预言人类社会将由此走向衰亡。作家借魔鬼的活动反映了现代化都市现实中的精神痼疾。癌魔渡边是富翁之子,当他走在繁华都市巴黎的街头,这座城市在他眼中展现出财富主导一切和人心冷漠的实质。高档时装、珠宝首饰、奢侈品商店是巴黎街头抢眼的景致。地铁入口老富翁歌星与青春年少的妻子做广告的大幅海报呈现给人们财富可带来一切的心理暗示。渡边认为,老夫少妻是财富带给富人的勇气,仿佛身边的青春活力可以阻挡躯体的衰朽,其实是富人想用货币价值的符号假象带来不死的幻觉。侏儒渡边在地铁里见一个老妇人晕倒,急忙奔过去,做出诊断,老人得了脑瘤,而车厢中其他乘客表情冷漠不为所动,仍旧沉默茫然地随车厢运动的节律晃动着,有些人调转视线,埋首于报纸,或是盯着眼前的虚空。唯一表现出关注的是地铁巡视员,她对侏儒渡边所说的话自始至终仅在重复一个要求：不要把脚放在座椅上。物象的繁华与人性的失落成为当今世界大都市的集体缩影。在大都市中，友爱、平等和自由同样是无法实现的幻象。

《约拿岛》中作家隐喻式地描写了金融家的地位，他们是最粗野、卑鄙的星际政客，盘踞在华尔街上高耸入云的摩天大楼顶层，以便于揪住向上爬的人渣的衣领，看着这些追逐美元梦却无实现能力的人如何无助挣扎。星际政客是魔鬼的化身，隐喻了一批掌握着世界金融命脉的财团，他们是都市财富金字塔的顶级阶层，却以卑鄙制造着悲剧和丑恶。小说中作家金站在约拿岛这座大洋孤岛上四望，东面是美元的天堂。在这里，美国人斯蒂文听从魔鬼的蛊惑，以赚得50万美元盖座接近天宇的高楼为人生目标。拥有财富之后，斯蒂文将盖楼聆听上帝神谕的初衷忘在脑后，沦为金钱的奴仆。在《孪生兄弟》中作家谈及金钱的罪恶，称美元是绿色病毒，对美国繁华都市制造的财富梦进行了鞭笞。瓦西里是当代俄罗斯作家，在美国书商的出版公司里，他重逢自己过去交往过的一个可怜的情人，看到这个俄罗斯灰姑娘在美元包装下脱胎换骨，成为美国都市白领丽人。他创作之初曾认为写作是不受金钱困扰的自由，在创作的血管筋脉里没有浊绿的魔鬼血液，但现在他认为自己成熟了，当初年幼无知并非永恒不可改变的缺点。在财富诱惑下，瓦西里内心也染上美元病毒。美国都市为瓦西里展现了金钱至上的原则，如今他为金钱能带来一切而由衷赞叹。上述这些情节的设定，以魔鬼隐喻金融家、以绿色病毒隐喻美元，都在抨击现代资本魔力对人精神的腐蚀，对金钱的渴望崇拜正是当代都市主义中盛行的价值观。

《阿丽娜》反映了城市外来人在都市遭遇的生存困境。阿丽娜和外婆随父亲进城后，父亲又不辞而别远行中国，除了城市里的落脚之地没有留下任何钱财，也从未寄来生活费，阿丽娜成了父母健在的孤儿。在农村时外婆很羡慕移居城里的邻居老太，因为她秋冬住在有暖气的城里、春夏来乡下，生活悠闲，既不必备干草、储存土豆，也不必腌酸菜，在城里生活只要有钱就行。外婆现在也打算开始这样的生活。她已经在进城之前卖了乡下的房子和奶牛，进城后她们靠外婆仅有的这点钱生活。外婆很快就为没有经济来源开始不安,这里无法种地,一切食品、生活用品都要用钱来买,农村老妇纵然勤劳,却一筹莫展,在城里她又举目无亲,不知如何才能生存下去。外婆更加想念农村,在那里她总有办法解决生计问题。后来看家狗波尔坎走失,阿丽娜每天都出去寻找。外婆不敢独自在家,时常像无家可归的人一样坐在地铁站口打盹。她甚至渴望坐上地铁直接回农村去,可惜地铁通不到乡下。她偷偷地以酒解愁,对阿丽娜也不闻不问。直到农村算命的吉普赛女人给她带来一大袋葵花籽,让她炒熟到地铁口去卖,她才又有了点收入,变回原来快乐善良的外婆。外婆本打算给阿丽娜买些文具、书本,让她上学。但是受到小混混敲诈和欺负,外婆的眼镜被打飞,假牙也碎了。人格尊严受到侵犯使她再度出离忍耐极限,立刻买醉寻求解脱。酩酊大醉中她走入了渴望已久的地铁,在车厢里呼呼大睡,直到终点。所幸遇到变成流浪狗的波尔坎,它将外婆带到自己的地盘——垃圾堆旁边,守着外婆。波尔坎也是一个在城市感到困惑迷失的形象,受到清理流浪狗的工作人员的追赶,它加入垃圾堆旁的流浪狗群。波尔坎在农村时,不论跑开多远总能找回家,而在城里却跑开一下就迷失方向,只感觉家在城市遥远的另一端,而农舍木屋则成了无法抵达的远方,那是它永远失去的家园。作家从波尔坎的角度写出了都市外来者的心灵感受,这不仅是方向感的迷乱,更是归属感的缺失。

都市时空的繁华表象和都市生存者的精神危机是这一时空的突出特征,物质与精神的对立在都市发展中成为不可解决的悖谬。当人类的精神世界已经满目疮痍,物质的繁荣、科技与经济的飞速发展只会加速不幸毁灭时刻的到来。魔鬼的形象隐喻了都市里出现的各种形式的恶,不断滋长的恶是导致堕落毁灭的力量。

二、家园时空

在金的笔下,家园时空与都市时空形成鲜明的对照,是现实时空的另一种典型。家园时空以"家园"意象为核心,突出该时空内涵所具有的心灵情感特征。家园时空中人与人彼此友爱关怀,人物的精神世界是和谐的。虽然物质生活不富裕，甚至是清苦的，但是质朴的心灵、温馨的情感、人与环境和谐融洽是无价的精神财富。家园时空中的核心人物几乎均为充满爱心、善良平凡的女性，她们以性格坚韧、对爱忠贞的品格而打动人。

在金早期创作中，家园时空锁定在远东。作家记忆里，远东连接着他少年时期近十年的人生经历。金早期作品《复仇》《伐木工人》《苗子的蔷薇》《蜂与花》《柔情环节》《海的新娘》《采药人》《莲花》等都是在远东发生的故事。作家采用意象、象征、童话等组元描写现实中的远东，使家园时空和其中的人物显得遥远朦胧，形成独特的审美意境。涛声拍岸、松林掩映、严冬肃杀、白雪皑皑是这些作品中共同的自然景观。勤劳俭朴、爱憎分明、吃苦耐劳是远东朝鲜人的性格写照。艰苦的生活条件、多蹇的命运和远东居民的精神品质融合成带有些许感伤色彩的远东家园时空。出现在远东家园时空中的人物多为当地的朝鲜移民，从事采矿、伐木、医卜等行业，他们顽强适应环境、固守民族传统美德，保留着本民族古老的家庭伦理观念和道德准则。远东家园时空在金全部作品中所占比重不大，但正是这样一个令苏联读者感到陌生的时空为金赢得最初的喝彩，此后远东仍断续存于作家的创作中，从一个侧面反映出作家的乡土情结。

坎坷中闪现的人性善与爱是金在远东家园时空中唱响的生命强音，自然形象、生命意象和爱与善的象征是远东家园时空的标志特征，也是这一时空中的人物所具有的精神特质。短篇小说《苗子的蔷薇》《柔情环节》《海的新娘》《采药人》等都刻画了生活在库页岛上的温良贤淑、吃苦耐劳、坚韧忠贞的朝鲜族女性。她们虽然外表柔弱，但内心坚强，对待爱情忠贞不渝，默默承受生活的艰辛，为家人甘愿自我牺牲，体现出东方社会的道德伦理准则。《采药人》中善良美丽的曾子在丈夫入狱后一人拉扯孩子，还尽力照料孤苦的老人杜河洛，真诚帮助得了绝症一心求死的陌生人，坚决拒绝追求她的艾治。收到丈夫狱中的悲伤来信之后，她立刻决定带着孩子去服刑地，风雨无阻地守在犯人每天经过的路上，向他表明自己的深情和等他出狱的决心。故事中的妻子千辛万苦找到出门挣钱的丈夫,却被丈夫抛弃。因此她变成善良的林中幽灵,身着白衣,怀抱孩子,为迷路的人指引方向。这个故事正是曾子内心坚守忠诚的情感准则的暗示。《海的新娘》中的阿春有同样经历。丈夫入狱多年,她年轻便守活寡,五个孩子长大后丈夫才出狱,而她已苍老瘦弱。虽然子女成人,她却没有从子女那里得到幸福和安慰。大女儿买房子拿走她所有的钱,只塞给她件毛衣,送来个旧缝纫机。三女儿离婚后住在娘家,为爱遭遇不幸的她令母亲心疼。小女儿相子和女婿艾治克服重重阻碍终成眷属,却因当年艾治姐姐的离奇死亡,夫妻产生隔阂。阿春还是为孩子尽其所能,她也曾流着泪象征性地卸下肩上重重的拾贝背囊,但对于她来说,爱是割舍不掉的,难怪别人叫她“海的新娘”,这名字象征了爱与生命。《莲花》中母亲为躲避战乱,由西部草原来到库页岛。丈夫战死后,她经历了战乱、逃难,为保护儿子历经辛苦,晚年重病瘫痪却不肯告诉儿子,直到弥留之际负疚的孩子才来到老人病床前。母亲以自己的一生告诉儿子爱在人生中的意义,以莲花的象征昭示爱可以带来战胜死亡的奇迹。《松鼠》中的伊依是朝鲜遗孤,被库页岛的苏联夫妇收养,后来考入莫斯科美术学院,毕业后留在都市生活,但远东仍是他眷恋的故乡,那里有疼爱他的养父母。这些作品中都充溢着悲天悯人的情怀、人性美善的光辉和为爱牺牲的精神,东方道德伦理在这些作品中的精神内核,也是远东家园时空的精神坐标。

《莲花》中家园时空带有田园诗意特征。母亲在西部边陲马纳奇河边风光绮丽的草原上长大,那时草原就是她的家园。母亲幼年和少女时期生活的草原雾霭沉沉,是一个花香欲醉、风吟如凤的空间。春天,开满郁金香的山岗和远方河面上的粼粼碧波构成半明的幻境。母亲那时就在山岗上牧羊,这幅画面在经历了沧桑坎坷的母亲脑海中留下记忆的片段,成为她往昔幸福生活的零星例证。在家园时空中,如诗如画的空间里,特定顿悟的一瞬带有神圣的永恒意义。家园时空在一个落雨的午后向母亲昭示了人与自然宇宙物我相融的和谐美好,母亲的灵魂从那时起与永生相连。后来牧羊女爱上中尉洛霍夫,二人结婚,直到战争爆发结束了母亲田园牧歌式的生活。

在童话小说《阿丽娜》当中，家园时空指的是乡下外婆家。《阿丽娜》的第一章标题为《村舍院落》(Мир-двор)，描写阿丽娜和外婆在乡间的生活。阿丽娜四岁时妈妈要出国，于是将她送到乡下外婆家，她很快就适应了这里的生活，和外婆家里的猫、狗交上好朋友。外婆居住的农家小木屋具有无限生机，原木搭建的小屋和屋内的炉子是家园和温情的象征。农村生活并不富裕，但外婆吃苦耐劳，她们在没有资助的情况下生活倒也不错。外婆经常去林中采浆果、蘑菇。她养了奶牛，靠卖牛奶能赚点钱。外婆在村里有几个老朋友，他们一起过节，大家彼此关心。家园意象和都市意象的对比在《阿丽娜》中格外醒目，这种视乡间为精神家园、都市为精神荒漠的隐喻在俄罗斯文学中并不罕见，相当多的现当代作家都在创作中不同程度上抨击过都市主义带来的人性异化等问题。金将这一对立冲突置于永恒时空背景上，凸显善恶精神原则的对立冲突，使现实问题具有了丰厚的哲理内蕴。

"阿纳托利·金写的是具体的尘世环境中的'永恒的人'。"①在现实时空的构建中，金采用艺术组元带来深远寓意。作者立足于"具体的尘世环境"，但并不局限于此时此地，他所选取的视角是比现实更为广阔的宇宙视角、人类文明史视角，他的现实时空是宇宙永恒时空的微观环节，是人类精神历程中的现象之一。他所勾勒的现实时空中人物所遇到的问题是超越现实的，有些甚至是人类的永恒困惑。

第二节　历史时空

历史是消逝于过去的存在，金笔下的历史时空往往以某些特定历史时刻为标记，这些特定时空在时间的长河中泛起层层涟漪，作为带有时间标记的永恒时空环节得到刻画，使原本历时的历史时空具有了共时的特征。历史时空在金的中期创作中开始凸显，作家超越了现实和

---

① Бондаренко В. Г. Образ человека//Собиратель трав. М.：Известия. 1983. С. 562.

个体的层面,对生存本质展开思索,隐喻地表现特定的历史时刻、历史事件和历史时期。人物跨时空对话将不同历史时空统一到共时的层面,消解了时空的差异,具有了宇宙时空层面共时存在的含义。在金隐喻思维的模式中,历史时空不受历时制约,作家关注的是其共时层面的、抽象的、永恒的存在意义。

一、战争时空

"战争是一个民族吞吃另一民族,革命是本民族自己吞吃自己。"[1]作者这番冷静的隐喻从人道主义的角度概括出了战争和革命反人道的、令人胆寒的本质。革命和战争性质相同,都是人类自相残杀的意象。文学史上有表现民族间杀戮的《战争与和平》和本民族内部相残的《静静的顿河》等巨著,都曾展现战争的残酷和反人性的实质。但是金笔下的战争没有过多着墨于民族历史和个人命运,他深入人物的精神世界,从一代代人的精神伤痛展现战争的残酷。金突出了战争具有的杀戮和破坏本质,在他的战争时空中,作战的宏大场面缺席,取而代之的是死亡的意象和伤害的记忆,因为在他看来,这是人类社会大恶的象征。金笔下战争的残酷性使生命显得分外脆弱,使生存变得格外艰难,以至于人们的脑海中只盘旋着如何活下去的念头,体现出作家对战争和杀戮进行强烈抨击的人道主义激情。

《森林父亲》中没落贵族的代表,尼古拉、安德烈、利达兄妹三人是革命的目击者,也是被革命的对象,他们都眼见庄园被烧,家人无辜落难,利达则在此后一病不起,很快离开了人世。革命对赞同森林生存法则的尼古拉打击尤为严重,他看穿了世界现行的流血方式、野兽法则,思想彻底走入迷途困境。安德烈则放弃了政治改良的抱负,在新的社会中改造成普通的苏联劳动者。尼古拉所爱的贵族少女维拉嫁给富商,因不能生育与丈夫离婚,革命使她一贫如洗,她搬进熟人家中,迅速由客人变成仆人。为挣得自己的吃住权,她学会了各种家务活,忍受了

---

[1]　Ким А. А. Остров Ионы. М. : Центрполиграф. 2002. C. 87.

打骂,与尼古拉晚年重逢时,已是衣衫褴褛的老妇。革命给末代贵族们带来的是洗心革面重新做人的转变,但至少他们都保留了生存权,而那些加入白军阵营走上战场的贵族,已经被战争时空的杀戮法则支配,毫无选择余地。《约拿岛》中安德烈是一个年轻英俊的白军军官,在彼得堡长大,热爱诗歌、音乐和芭蕾。在国内战争中,安德烈被俘,在树林中他莫名其妙遭到毒打,然后毫无缘由被枪决,尸体被弃之荒野。犹太姑娘列维卡在国内战争中的遭遇则是无妄之灾。列维卡一家是西伯利亚偏远小镇上唯一的犹太人家庭,国内战争给这个家庭带来两次洗劫。列维卡的父亲做批发食用油的生意发财,红军来时,将油都拌在草料里喂马,然后烧了仓库,将列维卡父亲关进仓库活活烧死。白军哥萨克来时,对母女施暴之后,逼问钱财藏在何处,母亲发誓女儿不知情,而自己打死也绝不会说,结果女儿眼看母亲被毒打后吊死。母亲的谎言和列维卡超凡的美丽使哥萨克觉得不必也不敢对她下毒手。列维卡虽然逃过一死,但精神崩溃,瞪大直视的双眼、空洞的眼神、披散的头发、无声的出现使她变得如鬼魅一般。在战争时空中,暴力的肆虐随时会侵犯人的尊严,人的生存权利可能轻易被剥夺,美丽被摧残,幸福被抛远,人生存的意义化作滴血泣泪的疑问,战争时空成为带来不幸和死亡的恶的象征。

　　战争时空不仅体现于战场的杀戮。曾经遭遇战争时空的人,不论成人还是孩子,在作家的笔下几乎都带有伤痛的记忆。《有电视机的笼子》里面玛拉的丈夫在战时还是个孩子,他是家中老大,母亲一人抚养五个孩子,所以他受的罪比谁都多。他在饥荒的时候甚至到邻近的村庄去讨饭,这种印象至今阴魂不散,也使他变得吝啬孤僻。战争的阴影还留在那些亲友战死的人心头。《莲花》中画家洛霍夫的父亲,一个快乐健壮的中尉,在二战爆发第一天就中弹牺牲,母亲在战乱中颠沛流离,从西部边陲抱着孩子辗转来到库页岛,战争是母亲一生磨难的开始。《漂浮的岛》中通过老妇的回忆讲述了战争带来的生离死别。饥荒中幸存的孤儿姐弟经历了许多磨难长大后,弟弟沃夫卡成为画家,找到爱情,幸福生活近在眼前,还没有来得及享受生活的乐趣,就在战争第一年战死，留给姐姐无尽的心痛。而故事的另一个叙述人的父亲在战争中失踪，母亲相信父亲活着，可能受了伤不愿连累家人，母子俩从未放弃寻找，但一直都没有结果。这些人物都是被打上战争时空伤痛记忆的人。

《森林父亲》中的格列勃虽然生活在和平年代，但是他的工作是在军备竞赛中开发新技术，所以仍处在战争时空的阴影下。在杀人武器的不断升级中，格列勃和天才导师攻克一道道科技难关，将杀伤力成倍扩大。敌人的技术已经先进到可以利用心理场域实施对某一地区、某一代人的灭绝性打击，并找到激发人自杀愿望的捷径。格列勃在遭遇精神危机之后，放弃莫斯科的生活，回到故土，甘愿做守林人，他在此顿悟却无法谅解自己，心理上拒绝得到精神拯救，自杀谢罪。在这场杀人武器军备竞赛中，人的生命轻于鸿毛，贱于草芥，在迅猛飞速的技术更新中，致命武器的储备已如达摩克里斯之剑，使人类整体生存命悬一线。人类的科技发展之路和精神道德的完善之途近乎相悖。任由消灭生命的恶蔓延，甚至动用科技加速其蔓延，必然将人类推向末日和灭亡，因为人类本就是命运息息相关的共同体。金通过揭示战争时空的残忍疯狂和对人的侵害，对幸福的剥夺，反思了战争中恶的本质。

二、监狱时空

监狱时空是存在主体受到禁锢的状态，监禁是失去自由的象征。金笔下曾以笼子意象象征监禁束缚、精神受困，监狱、集中营是放大了的铁笼子，监狱时空则是对笼中囚禁的生存状况和精神状态的直接反映。在金笔下写到的监狱时空主要是二战集中营。押解状态中的犯人是集中营时空的典型形象，他们被剥夺了自由，甚至做人的尊严。

《松鼠》中的米佳复活后获得了自由穿越人类历史不同时空的能力。阿库京读到一本描写二战时德国布痕瓦尔德集中营的书，想要体会在毒气室放入毒气时的感受，于是他进入该集中营死囚室。狱友因对死亡的恐惧而精神失常，在囚室里四肢着地、像狼一样嚎叫，逐渐变得比野兽还可怕。他想要躲到米佳肚子里去,假想出各种开膛破腹的方法,追逐比画。狱友妄想中的模仿举动启发米佳在空中自由作画,将脑海中的想象用手指勾画变为空中悬置的、色彩线条兼备的画面。他忽而又出现在18世纪俄国的一批流放者之中,在叶尼塞河流域直到雅库茨克的流放地沿途作画,感受永恒画家创作的自由。米佳是复活之人,他对死亡的超脱是因为他跨过了死亡,而狱友没有这样的经历,因此在被宣判死刑之后的囚禁使他精神彻底崩溃。

集中营的疯颠形象也出现在《森林父亲》中,疯子皮赫金是斯捷潘被俘后在德国集中营的狱友。他已经完全失去人的精神状态,为了饱腹,他趴在地上像狗一样舔食留有残羹的汤桶,集中营的看守们以观看此景为乐。当皮赫金带着痴傻的笑容围着一个长着娃娃脸的德国新兵转圈时,这张年轻的脸突然扭曲,表情憎恶地朝皮赫金开了枪,之后尸体无人过问。在集中营里,看守对犯人的生命尊严是蔑视的。斯捷潘自己也亲身经历到集中营饥饿、疾病、看守对犯人的毒打,还曾与战俘们一次次接受在毒气室的死亡试验,感受死神将至的恐惧。女战俘们挤在板棚里,连求死自杀都无法实现。这些残酷、暴虐的场景令人发指,成为斯捷潘记忆中无法抹去的伤痕,更是一生笼罩在他心头的阴影。斯捷潘是贵族尼古拉与农妇阿尼西娅的小儿子,他的血脉代表了广大俄罗斯人民。他曾在二战的战场厮杀,在战壕中怀抱枪杆心里提醒自己不要自杀。被俘后他被关进德军集中营,装死出逃,在强烈的求生欲望支撑下才返回森林家园。战争和集中营的经历使他更为珍惜自己的生命,也懂得尊重他人的生存权。

金笔下的监狱时空充斥着死亡的气息。在囚禁中等待死亡是令人几近绝望的折磨,在极端情境下,有人疯癫,走入精神失谐的虚幻,精神世界先于肉体死亡;有人求死,渴望主动结束精神折磨。监狱时空是苦难,是考验,当米佳走过死亡、斯捷潘走出苦难,他们都完成了精神上的洗礼,真正获得了解脱。

三、苏维埃时空

《森林父亲》和《约拿岛》两部作品都将苏维埃时空作为历史时空来

表现，除了对特定历史阶段的理性反思，作者还进行了政治色彩的时空刻画，甚至有意"妖魔化"。

《森林父亲》中作者以古德镇成立"新路途"农庄为例抨击了农业集体化和政治大清洗对国家造成的伤害。他痛心地写道："一个时代来临了，延续了几十年，这期间人们被改造着，不再寄希望于土地上出产什么，而将希望寄托于下达了什么命令，高层领导有何指示，有何许诺。"①从 1927 年到 1957 年，新路途农庄和整个国家一起经历了三十年代的饥荒、二战战乱和战后的饥荒，在五十年代终结了自己的历史使命，整个农庄只剩两户人家，其中一家住着农庄主席的女儿，一位女医生，后来自杀，另一户则是村里的家神们，他们无所事事，夜夜调皮胡闹。其余的饥荒和战乱幸存者都已经在城市里安家，过去的农民已经变为铁路工人、城市居民。前农庄主席曾经满怀理想和干劲，准备带领农民兄弟走向幸福的"新路途"，可他发现执行上级命令与他的目标并不一致。他在大清洗时被捕，进入集中营，二战中戴罪立功，战后再度成为合并农庄的主席。他不再有当年的理想，从进入集中营起恐惧的喀迈拉就盘踞他心头，他开始酗酒，农庄里的男人们也纷纷效仿之。喀迈拉此时已经在全苏联蔓延开来，作者尖锐地指出，恐惧的喀迈拉实质上是政权统治和人民臣服之间的平衡机制。对于发表于 1989 年的作品来说，金说出这番话仍是很有勇气的，虽然借助了神话隐喻，但矛头直指苏维埃的体制，尤其针对斯大林时期的专制。

《约拿岛》中人物众多，金挑选关键点，撷取人物的生平"花絮"，在几个主要人物的经历中，折射出苏联 73 年历史的关键片段。时空的交错和人物灵魂的"漫游"使这几个断面呈现在共时层面上。在安德烈和列维卡的遭遇中截取了苏维埃时空国内战争断面，1937 年，治疗麻风病世家出身的医生瓦西里在七十高龄时被捕，反映了大清洗这一特定历史时期的紧张高压，而作家金的经历中则突出了解冻和解体的时代背景。在几个主人公自莫斯科至勘察加半岛的旅途中，穿越了广阔的俄

---

① Ким А. А. Отец-лес. М. ：Рипол классик. 2005. С. 277.

罗斯空间,一路上的相遇将几人联系起来,他们的经历可以连接成苏维
埃时空的时间坐标。

《约拿岛》当中金以宗教神话隐喻解释了在他理解中的这段苏联历
史。苏维埃时空在黑暗神灵蛊惑下存在了 73 年,俄国人被恶魔控制,
以武装叛乱对抗上帝。上帝一怒之下,为苏联人降下癌症麻风病,每个
得病的人都变成狮容脸:病毒使面部溃烂,五官变形,得病者脸上像罩
着表情阴郁的狮子面具。麻风病在《圣经》中出现时,经常指上帝带来
的惩罚,而在《约拿岛》中,因魔鬼的介入,病毒与不洁和罪恶联系起来。
在 73 年中,麻风病毒由控制领导层逐渐向全国传染,最终苏联民众大
批得病。魔鬼的癣毒在某些老官吏脸部带来最为严重的变化,狮容最
为明显。由此可见,作家以魔鬼的蛊惑解释苏联时期一度宗教信仰的
失落,认为是对上帝的背离招致惩罚,带来国民的灾难和不幸。不过,
作家相信民间的宗教传统,认为俄罗斯聚集着最多的圣洁灵魂,他们可
以在适当条件下成为天使。因此,黑暗魔界选中俄罗斯作为妖魔化的
最大实验场,打算以玷污光明者的手段取胜。几十年的魔鬼肆虐之后,
当作家金在守护天使的臂弯中飞升上天时,他看到广袤的俄罗斯大地
正在恢复健康的颜色。那些胡乱砍伐森林、过度开发耕地、破坏牧场草
场的毁灭行动带来的深重创伤正在愈合,表层已经现出一层嫩绿色。
作家以创伤中复原的大地意象作为一个国家恢复生气、民族精神振兴
的隐喻,在这段描写中可以感受到作家对俄罗斯在沧桑历程中一度失
落神性的锥心之痛,希望国民精神"康复"、俄罗斯走出阴霾的赤子
之心。

不论是恐惧的喀迈拉,还是麻风病癌症,都是苏联社会灾难的隐
喻。作家以民众立场为立足点,以宇宙视野为观察视域,将人类历史长
河中发生于广阔俄罗斯大地上的这一坎坷波折的瞬间予以哲理化的
揭示。

第三节　虚幻时空

虚幻时空是神话和童话组元在时空层面的集中体现,是金小说叙述中最富想象力的部分,富有神秘色彩,这类时空存在与现实理性和逻辑相悖,大致可以归纳为反乌托邦时空、理想时空和生死时空等。在虚幻时空里,想象突破了现实的束缚,在广阔的人、鬼、神三界展开叙述,时间秩序和空间逻辑不再同等重要,时间维度或是消解于神话、童话叙事中而显得模糊虚幻,或是打破现实中的线性流动进入环状循环。虚幻时空的空间维度凸显出神奇特征,并被赋予深刻的象征意义。虚幻时空的深层思想内涵可以溯源至基督教宇宙观和佛教轮回转世说,这些思想源头在小说中不是刻意宣讲,而是体现在叙事的内在逻辑中。

一、反乌托邦时空

金笔下的反乌托邦时空具有强烈的反人性特点。这一时空中乌托邦的美好幻想被击碎,人类生活在“幸福”的幻觉中,受到极权或高科技的束缚。金借助水晶城童话、半人半鼠国童话寓言和古希腊神话等组元实现对反乌托邦时空的形式建构,同时赋予这一时空深刻的思想寓意。

金创作的反乌托邦小说以《半人半马村》为代表,《古林的乌托邦》和《松鼠》在游记叙事中穿插片段叙述了反乌托邦的故事。“反乌托邦小说中,通常都会描绘实现了某种社会理想、理论的未来。反乌托邦文学总是对可能发生的后果的警告。”[①]金小说中的反乌托邦选取的时空均是虚设的,隐喻性质的,矛头指向社会政治制度。反乌托邦的时间或是缺乏确定特征,或是假借时间标记而无历史真实性。空间则处在童话或神话虚构空间中。金赋予时空和情节虚构特征,意在突出小说中

---

① Нефагина Г. Л. Русская проза конца 20 века. М. : Флинта. Наука. 2003. С. 124.

具有普遍意义的哲理思想，即社会发展中忽视了人性和爱的情感将导致毁灭性后果。

在金早期创作的中篇小说《古林的乌托邦》中，作家在其中虚构了一个乌托邦王国。主人公古林沉迷于对人生存在的意义与和谐社会模式的思考。他曾写作童话乌托邦小说，描写了一个乌有之乡萨雷姆边区的乌有之国，体现了古林对整个人类幸福的理解和设想。萨雷姆边区小山谷里有一栋状如金字塔的水晶摩天大楼，白云浮动处只及楼高的一半，这是为使那些无地无房的公民永远摆脱大地而建成的大楼之一。建房宗旨是在水晶楼内可满足居民生活、生产的一切需求。楼内交通便利，如果有人想去大自然中，有很多专线直升机可供选择，直达指定地点。单元住宅设计得房间多、功能全，但是入住后家庭关系开始灾难性地解体。孩子在幼儿园能得到很好的照顾，妈妈乐于把孩子留在幼儿园和托儿所，宠爱孩子的老人不再被需要。在幼教机构负责人的努力下，只在孕育和哺乳期间需要母亲，孩子从断奶开始离家，在机构里长大，断绝从父母处学到坏习惯的可能。这样成长起来，他们几乎认不出父母，更不懂亲情，父母对孩子爱的本能同样减弱。亲情失落导致家庭的空间形式也无存在必要，楼里的人过上了"游牧"生活，随便更换空房间过夜，床品可去自动发放处领取。饮食中心 24 小时开放，可领取食物，也可自己下厨，人们永远摆脱了衣食住行的负担和家庭关系的束缚，过上无忧无虑的生活。最初人们担心道德堕落、性滥交，但事实看来安全得多。女人们清高自傲忙于写诗，重视自己的个性，把生育看作与写诗性质相同的创造。学校教育使大家获得知识和技能，每个人成年后都能实现自己的志向。大家都知道虽然他们不是不死的，但他们是幸福的。这里每个人都自己动手、服务于自己，提倡需求越少就越是自由的观点。老人住在最高层，虽然医学可以使他们不死，但也有求死的人。当有人想结为夫妻时，这对老人得到祝福之后，将进入楼顶的太阳能发电站，躺上婚床，在巴赫音乐伴奏下瞬间变作透明的童话实体，成为妙不可言的乌托邦的幸福居民。这个故事中的水晶屋营造出纯洁闪亮、晶莹剔透的童话氛围，但是如此完美的世界中缺失了人类最关键的无价精神财富：爱。小说中亲情、爱情、家庭纷纷被水晶世界的幸福和自由追求所扼杀，这个生存环境中所有的机制都鼓励人们充分追求个性自由，实现自我，爱和家庭一样成了年轻人的负担，没人愿意背负。唯有百岁过后暮年求死之际，爱才出场。因为爱，老人们最后走向死亡解脱，爱成了死亡的契机，疲惫生命的终结。故事的作者古林先生在生活中遭遇了事业和家庭的双重困境，不免产生对现实的不满，不过他创作的乌托邦理想社会看似美好，却远非尽善尽美。作者对这个以高科技为保障、高度个性自由为生命追求的乌托邦毫无疑问是否定的，而他的反对立场在否定态度中提醒人们不要对爱忽视。故事里的童话和神话元素增加了作品的抒情哲理成分，使这些短小的故事与含义深邃的社会人生哲理联系在一起，抨击了只重视科技作用、个性自由而忽视人性、扼杀爱的当代社会发展倾向。

《松鼠》当中格奥尔基"创建"金龟子画派之后卖画致富，经常自驾快艇出游，曾偶遇风暴到了一个古怪血腥的半人半鼠国。这里由老鼠统治人类，每个居民自认为这里是世界上最好的国家，有真理存在，万事正确，而其他国家都是不好的，凡事都错。大家相信鼠王的话，认为不该有幸福，不需要金钱、夫妻、房子。应该把幸福放在以后，今天只需要勤劳工作、努力杀人。所有人需要像老鼠一样吃人肉。在这种环境中，部分人长出老鼠尾巴，变成半人半鼠，靠屠杀和吃人肉得以存活下来，并且变得越来越像灰色的老鼠。鼠王统治下屠杀不断，他的方法是下令把人分成两半，杀死一半，其余再均分为二，然后杀死一半。格奥尔基眼看一个活人被一群冷漠的半人半鼠熟练地切割成两堆肉。这个故事非常形象地隐喻了极权制度对人的残害，指出压抑人性的统治会使人异化为兽。如果最高掌权者推行兽的统治原则，普通民众只有两条出路，吃人或被吃。吃人者将渐变成兽，执意为人者将落得被吃的下场，那么整个人类社会将进入人性泯灭的人吃人状态。在反乌托邦时空中，作者以一个短小的寓言故事隐喻极权暴政下的社会现实，揭示了灭绝人性的极权具有的恐怖实质。

长篇怪诞小说《半人半马村》是一篇哲理性的寓言小说。小说情节在神话时空中展开,其中有两个世界,世界大幕将二者隔开,仿佛有一只看不见的上帝之手在操控一切。在纷乱而充满罪恶的可见世界里,生活着人、半人半马、野马和亚马孙女人族,而另一个世界是看不见的更高存在,从天而降的长着四个手指的外星人掌控着地球生命的生杀大权。不论哪一重世界,都以暴力统治为至上原则,服从是民众的生存之道,强权是统治者的王牌。如救主般出现的四指外星人也是手持武器维持秩序的太空军人形象。作者以希腊半人半马的神话故事隐喻人类社会的极权与残暴带来的毁灭性灾难,以半人半马村的堕落喻示兽性法则对人类社会的危害,以其灭亡唤起对人性的珍视。

从上述反乌托邦时空来看,金敏锐地注意到忽视社会道德建构和人性原则将导致的灾难性后果。他在所构建的反乌托邦时空中清晰地敲响反对政治乌托邦的警世钟声,其批判和反思是值得重视的。与反乌托邦时空相对,金也在激情充沛地构建其向往并一心相信的理想中的精神乌托邦。

二、理想时空

理想时空由清晨林中采摘意象、上帝家园意象、森林神话意象和童话组元建构而成,是理想中的永生国度和精神家园。金对于死亡的拒斥和否定在文本中取消了死亡带来的生命终结,使生命以灵魂转世或精神永生进入宇宙永恒存在,时间由有限化为无涯。他在文本中塑造了纯洁的精神理想国,每个有信仰的善良的人走过死亡终结点,结束现实世界存在之后进入永生世界,那里是精神的归宿。

森林不仅是林木茂盛、生机盎然的生命意象,还是独特的神秘时空,象征一个拥有永恒生命力的小宇宙。森林里经常闪过俄罗斯多神教的林妖和希腊神话中潘神的形象,使森林时空增添神话特征。这是一个生机盎然、充满神秘的世界。金偏爱森林,尤其喜欢在林中采蘑菇。蘑菇在斯拉夫神话中"属于彼岸世界,那里是人出生之前和死去之后的所在……波兰和乌克兰迷信说法中梦见采蘑菇预示接近死亡"①。在金的笔下,蘑菇化身为神圣的恩赐,使人顿悟此生与永生的神秘联系和转化可能。蘑菇生长迅速,具有很强的生命力,俄语成语 Как грибы после дождя 就是这一形象的明证。作家以"蘑菇"作为生命力的隐喻,同时还以林中蘑菇象征永恒生命的恩赐。"如果有谁在夏天晨曦初上时碰上好运,哪怕只是摘到一些白苍苍、皱巴巴、不那么玲珑欲滴的白帽蘑菇,那么在他临终之际,我们也将用强劲的歌声来赞美他的小小喜遇,赞美这偶得的幸福,生命的恩赐。这幸福,这恩赐像闪电,刹那间光华四溢,连那神秘的曲折线条也显示得一清二楚,亮了亮,倏又熄灭了,它使人们认清了生命原来也像闪电那样明亮和短暂。"②金在多部作品中重复了林中采摘蘑菇的场景,而且时间经常设定在清晨,时空在此均具有丰富的隐喻内涵。清晨日出是光明代替黑暗的时刻,光明是上帝神性和永生世界的特征,黑暗是魔鬼和地狱的特征,在清晨阳光中,在象征万物生长生命永恒循环的森林神圣空间,采摘象征彼岸世界的蘑菇。走在林中的采摘者伸手摘取蘑菇的瞬间,象征着人获得永生感悟的那一刻。树林、蘑菇、采摘者,简单唯美的画面,却蕴含无限深邃的意义。晨曦中林中采摘的意象反复出现在金不同时期创作的小说里,已经成为他笔下"天人合一"、顿悟永生的经典模式。作家在不同时期写到这一意象,在含义上还是有一些不同,呈现出作家思想发展变化的脉络。

《维尔齐洛沃》(Верзилово)是金早期作品集《夜莺的回声》中的一部短篇小说,作家描写了"我"第一次在雨中树林里采蘑菇的美妙记忆。林中雨滴敲打枝叶,雨中树林里的光影与色彩千变万化,而"我"在其中领悟,至高无上的精神世界与现实世界并行存在。在这个陌生的树林里,在采摘蘑菇的过程中,在大雨如注的时刻,"我"突然为这一时刻即

---

① Славянская мифология. Энциклопетический словарь(А—К). Толстая С. М. М:. Международные отношения. 2002. С. 118.

② 阿纳托利·金:《莲花》,石枕川译,《世界心理小说名著选:俄苏部分(二)》,贵州人民出版社,1990年,第261页。

将逝去而心痛,甚至大喊"瞬间啊,请留步!"这至美的一瞬使"我"感到离愁别恨,名之为"我的蘑菇初恋"。作家对此处林中冒雨采蘑菇的情景描绘具有象征意味,这是顿悟生命永恒的时刻,作家侧重于描写"我"对这一瞬间的发现、感知和留恋,意在凸显顿悟的神圣美好,却也充满神秘玄奥。在《莲花》中描写了洛霍夫清晨在林中采蘑菇的瞬间:"映在我脸上的初升的朝霞,当手触及凉丝丝的菌柄时感到的喜悦,以及静悄悄的清晨的森林为画家如此慷慨地展示的绚丽色彩,这都是一瞬间的事,在这一瞬间,我为如此轻而易举地转化为我们而感到无限高兴,我那渴望永恒的灵魂终于找到了不变的安宁。"[1]这是四十岁的洛霍夫在作画暂住的偏僻小村庄里得到的感受,在多年后他回想当时的情景,顿悟生死转化的瞬间,懂得了瞬间无法从永恒中分离出来,个体生命也将归于永恒生命循环之中。

《松鼠》之中阿库京复活之后获得了预知未来的能力,对莉莉安娜预言了她的未来生活:结婚、丧夫、退休,在乡间湖畔买一所房子,侍弄菜园,采摘蘑菇。而他把自己回到过去的见闻写在木板上给她看:"直到有一天在林中空地上你会看到一个大大的白蘑菇,你高兴起来,走过去摘它,但还没走到蘑菇跟前你就会停下,你会惊奇地看到玫瑰色的朝阳,它不知为何突然在空中滑过一个圈,仿佛有人转动手电筒一般,阳光直射到你的脸上。你疲惫的人生之旅就此终结,林中空地上的蘑菇未被触碰,而我和你瞬间就会成为同龄人……从那时起,同龄人,我们就会一起走上时间的空中小路,让别人在尘世坚硬的路途上继续跋涉。"[2]这里的林中采摘已经成为生命终点与永生相连接的一环,人物不是在世上感悟永生奥秘,而是在死亡来临之际,实现了由尘世生命进入永生的转化。蘑菇意象没有变化,但作家减少了精雕细刻的自然意象描写,增加了对永生的想象空间。

《伴着巴赫的音乐采蘑菇》这部宗教神秘剧小说中,林中采摘的主

---

①　阿纳托利·金:《莲花》,石枕川译,《世界心理小说名著选:俄苏部分(二)》,贵州人民出版社,1990 年,第 268 页。

②　Ким А. А. Белка. М.：Центрполиграф. 2001. С. 229.

导含义发生很大变化,森林神圣空间也受到恶的袭扰,使作家笔下的经典表达在这部作品中充满怪诞、神秘和悲观的色彩。小说中有一个小白蘑菇的形象,是被该隐杀死的亚伯,也是现世天志的化身,它出现在美丽的俄罗斯森林里。灵魂已经被魔鬼控制的俄罗斯圆号手列京正在此地采蘑菇,他先是遇到一个剃度僧人讲了一番万物转化的道理,之后僧人忽然消失,他刚刚如莲花的姿态静坐不动的地方,出现一个精美柔软的白色蘑菇。列京毫不犹豫手起刀落,而后一手持刀,一手拿着美丽的白蘑菇。列京以捕猎者的神色贪婪地扫视着林中空地,而无辜受难者成为人心恶意滋长的祭品。与上面三部作品相比,这里的永生真谛非常明确地指向了上帝,道出永生体现的神的本质。僧侣的话则表述了佛教思想,可见,作家的思想中融合了基督教和佛教双重特征。同样是以自然形象论永生,但显然天人合一的因素已经减弱,神的形象凸显出来。此外,虽然林中采摘的情境依然如故,但是采摘之人的灵魂已开始被魔鬼攻占,他眼中只有可采之物,而无顿悟真理的灵性了。作家正是从这一角度,对列京的形象进行了定位,当蘑菇作为天志的化身出现,列京的行为与该隐无异,这个本该感受天人合一情景的采摘,却隐喻了手足相残。考虑到作品创作于 1997 年,可以想见,在千禧年即将到来之际,作为虔诚的基督徒,金对善与恶的较量并不乐观。

《森林父亲》中的森林是典型的理想时空,体现着宇宙生命循环不息的法则。森林时空的时间永恒无涯,空间包括世界各地,金甚至称其为宇宙森林。作家称森林是每个人的诞生地,人类的每个心灵都是一棵树。图拉耶夫家族每一个成员都有共同的感受:只能在森林中感到放松。森林并不会与人进行理智的、令人感到安慰的交谈,也不会制造奇迹和幻觉,更不会利用治病的药膏疗治心的创伤,森林只会在他们的心灵中注入实体,其中感觉不到迅速流逝的时间,森林会把每个人变为如同树木、灌木、蘑菇一样的顺从、沉默的生物,与入侵生命机体的死亡虚空带来的虫洞相对抗。尼古拉在这植物王国的湿润气息中寻找存在之流,这将他自我感知的孤独的"我"带入超越生命的海洋,那里脱离了时间流动,精神与物质、实质与表象、主体和客体、"道"之途径和"德"之完善始终是不可分的。而哲学家的儿子,护林人斯捷潘,像婴儿吃母乳一样以森林的精神为食粮,离开母亲的乳汁就会死去。大地上树木生机勃勃的呼吸中,他永远是无助但无畏的婴儿。斯捷潘在从集中营一路逃亡的途中,在暗夜躲藏的紧张惊恐中,只要看到树木,恐惧就会消失,他也就继续挣扎着赶路,在终于抵达自己出生成长的森林家园后,奄奄一息的他竟然神奇康复。他的儿子、数学家格列勃在偏僻的密林中游荡时,呼吸着林中的气息,感觉仿佛在啜饮潮湿的森林药液,这会疗治他心灵的灼痛,这种心灵的灼痛,就是感知到宇宙中广阔虚空象征的死亡对生命的侵袭。格列勃数小时漫无目的地在隐秘阴暗的密林中信步游荡,才能得到森林带来的疗愈,修复生命力。

小说中森林不仅是时空,还是一个缔造生命的父亲,一个看着人类成长的旁观者。森林将世间一切都作为整幅画面看在眼里,确切地说,他看到的更像是不间断的电影,所有的剧情都在同一林中空地上演,只不过电影只演一两个小时,而森林见到的景象无始无终,因为森林不知道有时间的流动。森林父亲拥有的自然力不知何为历史、何为时间,不知何为怜悯、无情,不知何谓劳作、休息,不知梦或醒,静或动,不懂孤独、病痛、死亡,它永远在它自身当中。森林如同宇宙一样存在着,本身是时间空间,同时还孕育生命。在森林中,格列勃曾感觉到在四维空间中生长着一棵巨大的宇宙之树,整个莫斯科的居民只要一根小小的枝丫就能容下,人在枝干间渺小如蝼蚁。对比宇宙森林和地球森林之后,格列勃认为地球森林是宇宙森林的缩微翻版,人类如鸟儿离巢一般从宇宙森林中落入尘世。可以说,在金的笔下,宇宙森林就是整个宇宙生命的象征,它远远超越了普通的森林形象,具有了神话意义上宏阔宇宙生命本源的象征意义。森林时空也以其神奇的特征成为一种神话时空。

童话小说《阿丽娜》中的理想时空以人类曾经拥有的神圣家园为原型。这座位于高山之上的乐园直插云端,人类在诞生为婴儿之前都在那里自由、快乐地生活,彼此关爱。年纪幼小的善良心灵中还会保留关于过去成人园的美好记忆。成人园中处处盛开着硕大的白花,闻过花香的人都懂得怜悯和同情他人。人世间缺乏怜悯之情的人就是因为在成人园中没有闻到过这种花香,所以对待他人的痛苦无动于衷。在复活节夜晚,阿丽娜和外婆做客回家的路上,天色异常黑暗,阿丽娜告诉外婆自己很早以前生活在成人园里,那里所有人都会飞,然后他们果然开始飞行,很快到家,外婆惊讶地以为,在神圣的日子会有神圣的奇迹发生。乐园、天使、飞翔使《阿丽娜》这部童话具有宗教神话的色彩。

在《约拿岛》里则描写了造物主父亲——上帝的家园。和谐是上帝家园中的共处法则,这条法则决定了所有人和物都是平等的:田鼠、天上云、牧人、太阳和群星,众生平等。这和谐是无边无际的,不可破坏的。不过被造物应当记住,自己永无可能同造物主平等,被造物中最强大的天使偏离了这条原则,因想与造物主平等、反对造物主而受到惩罚驱逐,远离了上帝视线。不过从这里被逐出家园的儿子还想趁夜色溜回来放把火,搞点破坏,让小鬼出没,潮虫乱爬,他自己则站在远处不敢靠近。魔鬼狂妄自大导致失乐园,带来了宇宙中的恶,诱使人类违逆上帝而被剥夺了永生放逐到世间。乐园是天堂的象征,失乐园是人类违背与上帝的信约遭到的惩罚,永生乐园的共处法则表明作家对世界的理解和阐释道循基督教的思想轨迹。

《莲花》和《松鼠》中都有作为生命众赞曲的"我们",每一个跨过死亡的灵魂都汇入其中,这是一个非物质的精神存在,因此不具备空间的物质特征。死去的人们在永恒时空背景下还可以发出自己的声音,对前世回顾,或与其他声音对话。他们也可以化身为使者返回人间。《莲花》中的母亲就曾经以太阳莲使者的身份,导引尘世生命已尽的亡灵进入"我们"的精神王国。作家细腻的笔触勾勒出大量自然意象,营造出万物有灵的神秘意境和空灵美感。《松鼠》当中自然意象大幅减少,"我们"更多以声音出现,使精神家园更为抽象。"我们"是"彼此相爱的能力,一个灵魂对另一个灵魂的爱是人类的精神财富,它是强大的奇迹"[①]。金的"我们"和扎米亚京的《我们》截然相反,金以肯定、向往来构

———————

① Ким А. А. Белка. М. : Центрполиграф. 2001. С. 274.

建精神乌托邦,扎米亚京则以否定、批判来勾画反乌托邦情境,因此二者构建的世界图景也形成鲜明反差。金以理想主义者的激情不遗余力地描绘理想国的光明美好,这种激情催生了"昂利里亚"。

《昂利里亚》的标题是作家杜撰的地名,取自一种奇异鸟类的叫声,"Онлиро! Онлиро! Онлирия"。作家将末日之后一个与尘世并存的世界,一个自由王国命名为昂利里亚,救主将尘世的所有族群集中于此,这里充满光明。末日之后,消灭了疾病、死亡,乃至时间,人类迎来了一个新的世界,所有的人死后都复活,得到了永生。人们能在需要时讲各种语言,也可以认为他们讲的是全人类共同的语言,圣经传说中因造巴别塔而产生的语言障碍消失了。甚至人与动物彼此之间也能够"心领神会"——通过思维交流,而不必开口讲话来"交谈"。人与人、人与动物、万物之间可以和睦相处,到处是平静和安宁。人可以随心所欲地做自己想做的任何事情,比如娜佳的第二任丈夫瓦列里安·马什凯想要飞翔,他就已经离开地面,像鸟儿一样在天上飞;而瓦列里安生前要建一所房子,结果复活后在他的面前真的出现了一座跟他想象中一样的二层小楼。尘世仿佛变成了人间天堂,而天国是何景象呢?金给它命名为昂利里亚,这是与人世平行并存的时空,在绿色的太阳照耀下充满光明,永恒居民漂浮在云朵间,他们离开了自己的躯体,迎向天国的光明,向着上帝的所在飞升。在世界末日之后,奥尔菲乌斯重新回到天国,进入昂利里亚成为天使,天国里的永久居民容貌完美,声音美妙动听,有的人看起来与在凡间有了很大不同。他们可以回到自己记忆中尘世的任何角落,与其中的任何人交谈,但谈话过后,他们就会消失,与之交谈的人有关这一段记忆会自动清除,直到自己也进入昂利里亚,这段记忆才会恢复。天使如同天外来客可以随时光顾人间,带来善和爱的援助。作家在访谈中提到,创作《昂利里亚》是尝试在艺术上模拟末日复活,他相信人类不死,并试图在文学中描绘世界末日之后的永生。小说发表于1995年,可以说作家在虚幻时空里完成了宗教神话的翻版,给人们的末日恐慌心理带来莫大的安慰,也再一次发出坚定信仰的呼声。

在《昂利里亚》和《约拿岛》中，昂利里亚作为神秘的理想时空均有出现。在小说《昂利里亚》中，这里是天国的代名词。在《约拿岛》中，金以昂利里亚作为亡灵的安魂之所，仍以天国为原型，这里虚幻美好，没有生老病死，是典型的神话"永生时空"。《约拿岛》中与尘世并行存在着两个昂利里亚，西伯利亚昂利里亚和海底昂利里亚。西伯利亚昂利里亚是位于高处的太空，海底昂利里亚则位于大洋底层，死后得到解脱的灵魂可以立刻进入那里。那是一个精美的世界，与尘世平行的自由世界，是摆脱了精神死亡和世事磨难的时空存在。与尘世脆弱的人不同，其中的生灵是充满高尚精神的不死之人。刚刚死去时，他们在西伯利亚的昂利里亚中是立体的、有形的空气，彼此的触碰会穿过对方身体。他们还带有尘世的记忆和感情，也可以再度入世为人，但关于昂利里亚的记忆则会清除。海底昂利里亚则是由西伯利亚丛林中一家麻风病院神奇变化而成。瓦西里医生发现众多苦难者共同祷告可以带来时空迁移，大家的祷告使物质分解、转化、变形、重组。医院消失在赴岛考察路过原始森林的人们眼前，当他们为抵达约拿岛穿过海底时，发现医院的建筑出现在白令海海底。这里用白色石材建起高大的宫殿，屋顶覆以碧玉，原本容貌如狮子面具的病人们变得面容俊美，曾受病痛之苦的人们获得了永生安宁。不论写到哪一个昂利里亚，金都力图展现，这里是真正自由的精神王国，挣脱了尘世的伤痛、束缚，获得心灵的平静，是人类永恒的精神家园。

最后一部长篇《天堂之乐》中，可以发现金之前创作的诸多元素，作家通过这种复现对自己的创作历程进行了回顾，神圣时空也以魔幻的方式多次出现。主人公"我"名为阿金，游历过空中、海底的昂利里亚，西班牙戈梅拉岛峡谷里的"欧"国，互联网时空，想为自己找到生命的意义，希望去除每次转世后心中挥之不去的忧郁苦闷，体会天堂之乐。"我"在尘世曾经受洗，但直到死去，内心一直感到痛苦，耶稣也未能给"我"带来快乐和安慰，"我"因怜悯他、怜悯自己和去世的母亲而流泪，"我"发现，这哀恸无可慰藉。"我"死后来到母亲墓前，转世的母亲为安抚"我"痛苦的心灵，改变样子出现，与"我"相认。"我"在她眼中看到爱的光亮,这明亮直达"我"孤独的心底,"我"瞬间懂得,爱是真正的天堂之乐。死亡在此毫无意义,并非死亡令"我"认识到何谓天堂之乐,而是宇宙中唯一的有生命的情感,这是闪烁发光的能量,这能量独立于主宰世界的万有引力之外,这是爱的能量"拉"。母亲带"我"进入空中昂利里亚,赴羽翼舞会。它位于高天云端之上的臭氧层,保存着全部的天堂喜乐,聚集着守护天使。这里没有重力作用,充溢着爱的能量,保护着地球上的生灵。"我"在此看到许多受苦死去后成为天堂居民的流浪汉,他们如今摆脱了重力约束,将自己的灵魂连接进入爱的能量系统。带着六翼、四翼、两翼的流浪汉们只有蚂蚁大小,他们在钻石般耀眼的光亮中舞动翅膀,朝着明亮阳光飞去,"我"也加入他们的行列一起飞舞。在羽翼飞行队伍中"我"看到普希金,他背上扇动着天使基路伯的羽翼。普希金告诉"我":"拉"是另一宇宙,星际出现恶行、能量爆发造成破坏之后,我们的宇宙都在"拉"的怀抱中平静下来,经过安静的孕育,生成新的宇宙,名为拉·里耶列亚,也就是光明之爱的意思。金在《天堂之乐》的创作中,通过自己的文学想象尝试构建了德日进设想的人格化宇宙,小说中的"拉",是以爱的能量为特征的昂利里亚,是纯粹的精神宇宙,是金的宗教乌托邦与科技乌托邦思想的融合。

总的来说,金的宗教乌托邦——生命众赞曲和昂利里亚都以东正教的"永生"说为主线,兼容德日进的智慧圈思想,以及佛教的因果报应和生死轮回说。金为永生的灵魂找到了不断更新的外部存在形态,在神话的时空中实现了生命永恒,这是他由衷渴望并在文学想象中抵达的自由精神王国。

三、生死时空

生死时空是生死并存、转化的虚幻。在生死时空中,空间多象征死亡,而生死时空中的人物几乎都在其中经历了仪式上的死亡和复活。生死时空由《松鼠》中的棺材意象,《约拿岛》中的鱼腹、岛、海洋、行程等含有宗教象征意义的空间意象构成。

孤儿米佳一生都处于死亡困扰中。他在孤儿院时经常躺在棺材里躲开老师的监督,孤儿院的木匠去世之前做好两口棺材,一个用来安葬自己,已经入土,另一个则摆在孤儿院偏僻的角落里,成为米佳躲避莉莉安娜的常用避难所。当莉莉安娜发现米佳的藏身之处时,她便坐在棺材旁边,教导米佳要勤奋学画。此时,米佳身体躺在棺材中,灵魂却已经"出窍",跟随老木匠的幽灵飞上空中,老木匠告诉米佳,这一个棺材也许是为他准备的。棺材是死亡的意象,当莉莉安娜逼迫米佳学画时,米佳躲入棺材的行为象征从仪式上完成莉莉安娜带来的死亡。米佳在莫斯科被杀,最终以入棺下葬的方式结束尘世生命,他复活并从棺材中爬出。棺材与墓地都象征生命的终点,米佳活着入棺的死亡仪式象征生与死的不可分割。他死后复活出棺的情节则以基督为原型,表明米佳经历了死亡磨难的考验,挣脱死亡,得到了复活永生。

《约拿岛》中的生死时空充满神秘的神话形象,多带有宗教内涵。圣经关于约拿入鱼腹的神话从多角度昭示了死而复生的神迹,这个神话中,海、鱼腹和岛屿都象征死亡。"海洋、海中巨鱼和海中陌生的岛屿都处在同一平面上,意味着同样的存在。确切地说,那就是黑暗之地、死亡之地或阴间冥府。"①首先,圣经神话中约拿被一大鱼吞噬,大鱼带着他在夜晚进行从西向东的旅行,以此象征太阳从日落到日出的必然转折过程。海上日落如同太阳被大海吞没,世界进入黑暗,而日出则象征复活。小说中的一行人同样按照自西向东的方向接近约拿岛,行程的目的就是确证约拿战胜死亡获得了永生。其次,约拿入鱼腹而后被吐出,也带有地狱旅行、死而复生的隐喻含义。鱼腹是封闭、黑暗的空间,与大海一样象征地狱和死亡。约拿在鱼腹中祷告:"我在阴间的深处呼求主,你也垂听我的呼声。"(《旧约·约拿书》第 1 章 17 节)约拿经受了死亡仪式的考验,坚定了对上帝的信仰,获得宽恕和救赎。最后,小说中的约拿岛与世隔绝,既是"死亡之地",又成为约拿的隐修地。孤岛同鱼腹具有相似的隐喻含义,既象征死亡,又是实现变化、超越的神圣地点。《约拿岛》中对约拿的典故进行改写,鲸鱼将约拿吐在勘察加

---

① 叶舒宪:《圣经比喻》,广西师范大学出版社,2003 年,第 119 页。

半岛,约拿留下后裔,然后他由于厌倦这里的生活,再次祈求上帝,想要到孤岛生活三千年,成为最富有的人,上帝又一次成全了他。约拿岛与世俗相隔,如同约拿在鱼腹坚定了对上帝的信仰获得重生一样,他在孤岛上跨越了世俗所理解的死亡,在上帝的恩赐下获得永生。上帝一再使约拿绝处逢生,就是为了启发他悔过,使其得到救赎。小说结尾来寻约拿的作家一行人见证了上帝的神迹之后,故事结束,时空定格于约拿岛。

约拿岛在这部小说中是一个有多重隐喻意义的神话空间。对于约拿而言,这里是他隐修悔过、战胜死亡的重生之地;对于金来说,这里是他回望前生、视通寰宇的顿悟之地。作者让作家金站在岛上四顾遐思。东望美国,西向俄罗斯,西南联想到哈萨克斯坦,东南是血缘故乡朝鲜半岛,约拿岛具有了神话中世界中心的象征意义。金特别指出,当今世界两大帝国美国和俄罗斯是由白令海峡连接着的孪生兄弟。赴岛考察的成员由俄罗斯人、美国人和罗马尼亚人组成,约拿岛成了美俄的"会晤"之所。从帝国对立到孪生兄弟,同在一个家园的世界主义情怀使金感慨万千。金抨击了美国的物质至上、金钱崇拜,否定了苏联曾经的失误,约拿岛之行就是尝试找出根治各自痼疾的良策。主人公们穿越时空的游历和寻找约拿岛的过程是精神探索的隐喻。主人公带着对"生命意义何在""人生幸福何在"的疑问,希冀找到答案,破解人存在和灵魂永生的秘密,认为这是关系到整个人类的根本问题。"于是我启程赴岛上进行自己的小型考察,以便不同时代、不同物种、不同国度和不同人类种族的代表聚在一起,去与活着的圣经先知见面,他虽然在尼尼微预言上不太走运,但犹太真神赐予他世上从未有人得到过的无价宝藏。"①金认为解脱之道就是走向接近上帝的精神超越之路,因此这一路程也可视作接近基督的精神朝圣、皈依之路,是作家得出的普世性末日拯救途径。

约拿被吞入鱼腹,是后来基督入坟墓的原型,都是死亡体验、变容和复活的经历。约拿身处鱼腹时,沉入寂静黑暗,唯有如此他才能聆听上帝声音。他应当理解自己的使命,预言即将到来的灾难不是为了带

---

① *Ким А. А. Остров Ионы.* М.：Центрполиграф. 2002. C. 65.

来毁灭，而是为拯救，这也正是此书的写作目的。这部小说整体上由上帝之言构成，作家金只是逻各斯——词语守护天使的记录者。由逻各斯书写的甚至不是小说《约拿岛》，而是由词语构成的全部世界。小说以一首诗结束，象征世界的终结。作家在文中不只一次地强调这是他最后的长篇小说，虽然到了小说结尾，作家已经埋下伏笔再另外酝酿一部终结之作，但小说中的末日感受依然浓郁。很显然，"金的末日论是在俄罗斯期待基督的再度降临"①。诗歌创作作为词语神圣力量的显现体现着永生和自由的秘密，并且在最后一句中突出了宇宙生命的自在状态，隐喻了末日终结后引导人类超越上升的神迹永恒存在，生命也是不灭的。

在金创作晚期，对于死亡的理解更为乐观平静，死亡在他的作品中越来越多地作为永生的前奏。《葛饰北斋的紫色秋天》里，葛饰北斋与梵高的画作用色上，都出现过一些蓝紫色的部分，这是取消了时间维度和三维空间特征的死亡地带，人物进入画作中的二维空间，在其中领悟永恒。《天堂之乐》中称齐奥尔科夫斯基为蓝紫色的人，因为他知晓永生的奥秘，具备透视未来的能力。小说结尾，地球上发生第二次大洪水，人类灭亡，在地球上消失，变为发光体而存在，进入齐奥尔科夫斯基预言过的平行世界，散布在宇宙各处。这样的死亡不是生命的终结，而是进入新的存在状态和存在阶段。

借助神话、童话、象征等艺术组元，虚幻时空得到艺术地表现，神秘性使其时间维度取消了现在、过去和将来的界限，空间消解了地理界限，虚幻时空整体上呈现宇宙存在的宏阔特点，同时也具有宗教神秘感受。

本章小结

在金小说创作的时空体系中，循着隐喻组元的建构分析，作家隐蔽的创作意图显露出冰山主体。现实时空主要由都市和家园意象构成，

---

① Телегин С. М. Современный русский мифологический роман// Современая русская литература. (Часть 2). М. : МАКС Пресс. С. 69.

其现实图景中有都市弊病和家园温情,从生存意义的追问和面对死亡的思考关照生命,使现实时空与永恒哲理相连。历史时空以战争时空、监狱时空和苏维埃时空三个类型为主,是作家反思苏联历史、抨击极权制度的集中体现,杀戮意象、笼子意象、喀迈拉的神话象征意义、麻风病的隐喻、魔鬼的形象等均带有否定色彩,突出了金一贯坚守的人道主义立场。虚幻时空体系中,反乌托邦时空突出了张扬人性原则、反对极权暴力的政治隐喻,理想时空以神话式构建永恒精神家园为目标,而生死时空在神话中实现了人类的复活和永生。

由隐喻组元构筑的时空体系在金的小说中具有突出的审美功能和时空对照特征。在金的创作中往往多个时空可以并存,例如《约拿岛》就是现实时空、历史时空和虚幻时空的共时存在,也因此形成多层面叙述。虚幻时空、现实时空与历史时空之间的跳转经常借助叙述人的变化而实现。综观金小说中的时空体系,可以发现作者对苏维埃历史沧桑痛彻心扉,对现实世界强烈不满,对精神理想国深切渴望。

时空体系中呈现出某种对照特征。例如,现实时空中的都市时空和家园时空的截然相对,象征善与永生的理想时空与象征恶与死亡的反乌托邦时空、苏维埃时空和监狱时空的鲜明比照,都可以和宇宙善与恶、生与死、和谐与无序的二元对立法则联系起来。这种对立源于相对照时空中的核心意象所具有的隐喻内涵。

形象体系是金小说中隐喻表达的主体,呈动态、变化的特征。时空体系是主体存在和活动的语境,单就某一时空而言,呈现出与形象体系不同的静态特征。若从文本叙事角度考察,则时空体系也具备动态特征,频繁的时空跳转使金的小说叙事结构变得复杂。诸多隐喻组元构成形象体系和时空体系,这是金小说中隐喻结构的第二层次。在隐喻组元为基础、形象体系和时空体系为支柱的文本隐喻结构中,金小说中的隐喻模式渐呈清晰。

第五章　隐喻模式建构

第一节　隐喻模式的界定

一、模式与文学研究

文学中采用模式研究是比较常见的一种方法。在文学作品中,"模式是一种文类中大多数作品(如果不是全部作品的话)所共有的那些因素"①。南帆提出:"所谓的模式,人们通常理解为隐匿于现象组织后面的一种格局,一种框架,或者一种普遍遵从的规范。就小说而言,人们可以从各个层面上抽象出形形色色的模式。譬如,'才子佳人'或'大团圆'这些模式意指小说内容,而'循环报应'或'惩恶扬善'这些模式则意指小说主题。"②结构主义者借助语言学模式对叙事作品进行结构模式分析,列维-斯特劳斯、托多罗夫、巴特等人也采用了这种结构研究的模式。罗兰·巴特将意义和结构作为文学作品的属性,并提出:"不借助方法论模式,人们怎能发现结构?"③这是他对文学作品进行结构分析的前提和出发点。前文已经提到几位在隐喻研究中采取模式方法的学者,如弗莱、维谢洛夫斯基和戈洛文金娜等。前两位学者依据重复出现的意象,得出按照意象划分的模式。这种划分方法用于文学研究,有利于突破单部作品界限,从更广阔的视角考察作品的构成,找到从整体上把握文学类型的共性和演变规律的可能,但是过于程式化则会导致对文学独创性魅力的忽视。戈洛文金娜则尝试将概念隐喻模式用于文学研究,她借鉴认知隐喻学理论,构建的模式也是认知隐喻学理论框架内的模式方法,她更多地是以布尔加科夫的作品为语言材料,以证实自己的模式。综合上述研究方法可以发现,在文学创作实践中反复出现的某些元素可构成一定的模式,通过比较得出这些元素,进而抽象出元素

---

① 李勇:《通俗文学理论》,知识出版社,2003年,第182页。
② 南帆:《小说艺术模式的革命》,上海三联书店,1987年,第5页。
③ 塞尔登:《文学批评理论——从柏拉图到现在》,刘象愚等译,北京大学出版社,2003年,第378页。

组合应用的规律,可实现对模式的建构。

　　本书借鉴了上述研究路径,在借鉴隐喻理论的同时以组元为基本建构材料,并且将不同层面的文学隐喻手段借助共同的隐喻原理统一到作家隐喻表达的共性层面上,在文学理论框架内借鉴认知隐喻学的模式,以此作为解读起点,揭开金创作的神秘面纱。

二、隐喻模式的界定

　　如何通过语义转换实现文本和意义的连接贯通是所有解读者面临的共同课题。在对金的作品进行深入解读的过程中可以发现,通过隐喻组元的建构,具象的形象体系及其存在所依托的时空体系,均承载了浓缩的深层思想意蕴,因而作家总是以隐喻"迂回"地诉说哲思。隐喻艺术组元不断重复出现在他笔下不同的小说文本中,在其小说创作艺术图景中,语言世界对现实世界构成隐喻表达。可以说,隐喻诗学手法客观上构成金小说诗学手法的主体,突破了情节模式为主的艺术建构。作家以隐喻激发联想,通过暗示、折射的方式来诉说哲思,形成具有明显隐喻思维特征的创作范式。隐喻体现着意义与形式、主旨与载体的统一。作家使用隐喻思维来提供对现实深入观察的角度和方式,用隐喻来发展主题、表述观点,借助上述诗学隐喻手段组织文本,实现艺术构想,这种创作范式的重复出现无疑可视作创作模式,因此在对其创作进行解读时,可以遵循这一路径,得出隐喻解读的模式。隐喻、意象、象征、神话、原型、童话、寓言等隐喻表达手段因其作用机制相似,本文将其视为隐喻模式的构成元素,即隐喻组元。当这些组元构成的隐喻表达在一位作家笔下不同作品中反复出现,而且成为其构建文本的重要手段时,便具备了抽象出隐喻模式的可能。

　　本书作者认为,金小说的隐喻模式研究包括两个方面:作家的隐喻表达模式和创作的隐喻解读模式。二者区别仅在于视角不同,是一体两面的描述。作家隐喻表达模式是指作家借助意象、隐喻、象征、神话、童话、原型、寓言等隐喻组元构建形象体系与时空体系,表达个人对现实的超验感受和哲理思索的创作范式。隐喻解读模式则从作家隐喻艺术思维入手,通过分析意象、隐喻、象征、神话、童话、原型、寓言等贯穿在文本中的隐喻组元,以及形象体系和时空体系中的隐喻表达,整体解读作家思想与创作的分析范式。隐喻解读模式具有如下两重内涵:其一,隐喻解读模式基于作家整体隐喻思维和隐喻表达范式;其二,隐喻解读模式指向创作题旨的意义层面。在金以隐喻思维为主导的艺术世界中,隐喻艺术组元是隐喻模式的基础层面,隐喻建构的第一层次。在金的作品中,经由上述表层的、具体的隐喻表达组成形象体系和时空体系,这是隐喻模式的基本结构,是隐喻模式的第二层次。在隐喻模式中,隐喻表达蕴含了深层的思想内涵,通过题旨显现出来。简言之,隐喻模式以诸多隐喻手段为组元,形象体系和时空体系为支柱,题旨含义为目标而构成。如图1所示。作家通过创作,将各种隐喻组元组合到文学文本中,构建独具特色的形象体系和时空体系,形成意蕴丰富的题旨内涵。

　　本文根据隐喻模式的形象体系、时空体系及整体性隐喻的组合和存在方式将其划分为单隐喻模式和复合隐喻模式。

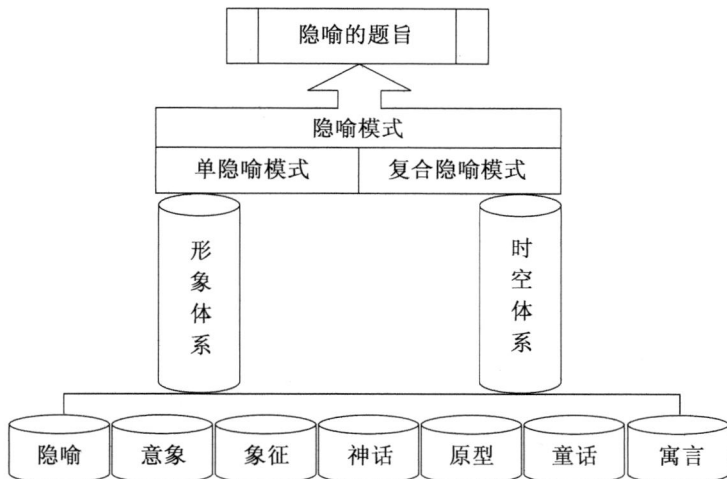

图1　金小说中的隐喻模式

第二节　隐喻模式类型

在金的小说中,隐喻思维是其创作的主导艺术思维,因而隐喻表达占据极为重要的地位。隐喻模式体现了作家个人创作风格形成的规律及其思维特征,文本中隐喻的密集程度、在作品内部隐喻功能的独特组合成为作家个性风格和艺术世界图景的重要区别性标志特征。金作品中的隐喻模式可以划分为单隐喻模式和复合隐喻模式。金小说创作中绝大多数隐喻模式是复合式的。

一、单隐喻模式

单隐喻模式通常只有一个整体性隐喻,基本思想题旨单一,隐喻模式结构中,形象体系构成相对简单,时空体系相对单一。单隐喻模式往往出现在金早期创作的中短篇小说中,具体来说,体现为一个贯穿始终的整体性隐喻,或是带有插曲性、局部应用的意象,而作品中的形象体系和时空体系也相对简单。

短篇小说《像孩子一样温顺》(Будем кроткими, как дети)的故事简短平实,讲述了如何以爱和公正呵护童心。“我”在一次出差时接到小女孩找妈妈打错的电话,“我”对小女孩的担心使我思索成人对儿童心灵呵护的不足,并忆起童年往事。“我”的小木船被霸道的小朋友故意砸坏,脸也被打伤,当“我”追踪至他的家里,遇到他的父亲,是一位铁匠。听了“我”的哭诉,铁匠不耐烦地将我骂走,他的儿子若无其事地吃着东西,以胜利者的姿态得意洋洋望着“我”无助地哭着离去。在小说结尾,以小船驶向未来的意象象征保持人性良善品质、实现心灵完善的美好愿望。通过对隐喻内涵的解读,小说的题旨才显现出来。作家以精致的小船和熔炉里的火花,象征美与善良的存在。故事寄托了作家的愿望,他希望成人保护孩子脆弱的情感和美好的心灵,他相信公正、无私和善良在人们心灵中,如同熔炉里的火花,熔炉能将钢铁变柔,无私的爱可以战胜自私和冷漠,带来正义和美善。如果人人都能做到这一点，那么世上将不会再有伤害，人们心中将承载更多的善良和爱。

这部小说中的小木船为核心意象，象征孩子对美善的向往，其内涵在于，成人应当负起对儿童心灵的教育责任，保护孩子的稚嫩心灵对美善的追求。锻造钢铁是与核心隐喻相呼应的从属隐喻，并形成一个具有隐喻功能的形象体系。自私、冷漠的心如同钢铁，尊长者如同铁匠，育人心灵的过程如同锻造钢铁。当锻造成功时，铁块也会变得像孩子一样温顺。小说的形象体系中，铁匠是自私的父亲，偏袒犯了错误的儿子，对儿子非但没有任何责备，反倒赶走受伤后来寻求公正的孩子。从小说的时空体系来看，虽然穿插了童年回忆，仍是单一的现实时空。通过如上分析，这部小说的单隐喻模式呈如下结构：隐喻模式的第一层次由隐喻意象和象征意象构成，隐喻艺术组元的构成并不复杂。由"锻造"隐喻和"小木船"象征构成第二层次的形象系列，形象作为隐喻表达的主体，活动在单一现实时空的语境中，这两大结构支柱同样简单明了。得出第二层次的形象和时空支柱之后，可以抽象出这部小说的单隐喻模式。

短篇小说《海的新娘》采用的同样是单隐喻模式。贯穿这部小说的核心隐喻即"海的新娘"，其中蕴含着爱与善的题旨。作家通过"海的新娘"将大海意象、新娘的隐喻联系起来，构建了自然形象、母亲的形象，并以远东意象构建远东家园时空。形象体系中，大海作为自然的一部分，是永恒生命力的象征，与新娘、母亲形象合而为一，是爱的体现，是生命的孕育者。主人公是一人带大五个子女的坚强女性阿春，通过"海的新娘"这一隐喻，作家将自然与人连接起来，同时暗示自然馈赠给人类生命，如同转化为子女生命力的母爱一样，是流动的永恒生命力象征。人伦亲情、感恩回报等问题都以"爱"的题旨为纽带联系起来，统一在大海、新娘、母亲、子女等形象构建的具有隐喻功能的形象体系中。大海的生命力流淌在被其滋养、孕育的人类子女身上。"海的新娘"阿春在抚养子女的一生操劳中，将满身心的爱转化为五个孩子的生命力，当孩子长大成人，她已经变得瘦小枯干。整个形象体系中，母与子、夫与妻的相对使形象具有了对照的特征。小说的时空体系十分单一，仅可归结为远东现实时空,时间是当代,地点为库页岛。这一时空呈现静态特征,是所有的形象活动的语境。作者营造出远东朝鲜移民的生活环境,为形象的塑造提供了有力的语境支持。

二、复合隐喻模式

复合隐喻模式由多种整体性隐喻题旨复合形成,具有多重复合的思想内涵。在复合隐喻模式结构中,形象体系和时空体系构成复杂。金绝大部分小说中的隐喻模式是复合式存在的。隐喻组元在文本中应用时,已经得到作家创作思维的整合,它们大多不是孤立地进行表达,而是彼此呼应,相互勾连,在形象塑造和叙事结构中形成多层面的立体构架,不仅共同支撑隐喻模式基本结构中的形象体系和时空体系,而且构成内涵丰富的主旨表达。当多种艺术组元形成复杂的形象体系和时空体系时,形象和时空体系将承载容量巨大的思想内涵。金小说中经常采用的是复合隐喻模式。出现在复合隐喻模式中的意象不是某个孤立的意象,而是一系列相继或反复出现的意象,由此构成意象的整体,形成共同的基调,将哲理意蕴贯注于全篇,每一孤立的意象则从属于这个基调,从而完成形象体系和时空体系的构筑。在金小说中的复合隐喻模式经常采用神话、童话形象、虚幻时空等结构元素,使题旨内涵具有多义性和不确定性,因此对其含义的解读是难以穷尽的。下文以《森林父亲》和《约拿岛》为例,对两部作品中的复合隐喻模式进行逐一分析。

1. 《森林父亲》中的复合隐喻模式

1988 年,金完成了著名的寓言长篇小说《森林父亲》,作品主题宏大,寓意深邃,以书写图拉耶夫家族在 20 世纪的百年沧桑历程为主线,表现祖孙三人各自的苦难经历和对自由的理解与追求,表达了关于人类存在方式及生存意义的哲学反思,向世人发出要以爱救人、救世的呼声。金谴责了脱离社会和人世的人生态度,认为应当按照森林的存在方式去生活:平静顺从地面对苦难和孤独,无私付出不计回报,不图索取,以善和爱保证人类与世上万物和谐共存。作家也警醒世人,人类的自私、孤独、罪恶和仇恨正在破坏宇宙的和谐,也将导致自身的毁灭。这部作品人物众多,作家在其中思索的是整个人类的未来,演绎了善和爱使人类末日后能得拯救的核心题旨。在隐喻模式第一层次上,金采用了意象、隐喻、象征、神话、原型、童话等组元。神话艺术组元作用最为突出,小说中若干神话形象贯穿始终,有来自俄罗斯民间故事的卡雷内奇蛇、家神、林神、勇士等,来自希腊神话的农神得墨忒尔(与俄罗斯民间传统观念中的大地母亲形象相融合)、妖怪喀迈拉、蛇怪许德拉、潘神等,来自基督教的作为外星来客的基督,还有作家自创神话形象森林父亲等。小说中借助神话虚构了森林时空,可归属于理想时空。

在隐喻模式的第二层次,即基本结构上,《森林父亲》的形象体系和时空体系的构成都十分复杂,总体上在各自体系内呈对照关系。形象体系基本上以善恶、生死的对立为原则,各类形象处在动态变化之中。时空体系在总体叙事层面不同时空跳转中呈动态特征,而在单一时空中,时空作为形象的语境,呈静态特征。

在《森林父亲》中,就形象体系而言,前文归纳出的四类形象均有体现,且呈对立和动态的特征。首先,自然形象通过象征永恒生命力的水、森林和大地而完成构筑。水的意象表现为林中井水、河水、湖水和春汛。林中井水使贵族老爷尼古拉和农妇阿尼西娅结缘,孕育了斯捷潘这一代子女。让井里再次涌出洁净的水是斯捷潘带伤回到故园所做的第一件事,因为斯捷潘已经意识到这里是维系生命的源泉。而尼古拉的妹妹利达是森林、湖泊女神的化身,当她站在林中湖边,感到自己的灵魂生于古希腊,与湖泊有天然的亲缘关系。她与生命中偶遇的四个男人分别生下四个子女,虽遭世人非议,但她顺应神奇的生命规律,并不为自己的行为感到羞耻惭愧。春汛是林中的独特景观,是水的意象体现生命力的表现,然而在心怀罪感的格列勃看来,春汛是末日惩罚的大洪水,他一人留在护林所会感到孤独恐惧。可见,小说中水意象具有内涵对立的象征意义。小说中其他自然形象则是永恒生命力的象征。森林作为自然形象,蕴藏着不竭的生命力。在斯捷潘经历了战争中的一千多个日夜之后,森林使他起死回生,他感到森林中湿润的苔藓、植物的汁水、草叶上的露珠、白桦树的汁液都是森林生命的血液。回到故土时,森林为他注入了新的血液。从此,斯捷潘寸步不离森林,他的鲜红血液已经无法脱离森林里的润泽,无法脱离林中的河流和水井,他成为森林父亲忠实的人类之子。润泽的大地母亲得墨忒尔的形象以丰产孕育的特点成为永恒生命力的象征,小说中的女人被作家称为"得墨忒尔的女儿们",同样突出了女性带来新生命的孕育能力。当世上有爱、万物和谐之时,森林葱郁,大地丰收,林中生机盎然,生命的能量依据自然规律流动转变。当仇恨、孤独成为主导心理,人类不但自我毁灭,还带来自然的末日:大地母亲失去孕育能力,森林父亲移居其他星球,现存世界只能面对灭亡的命运。在小说里,作家通过森林父亲和大地母亲的神话形象,隐喻了自然与人的依存关系,表现了颇具生态保护意识的自然哲学思想。

其次,魔怪形象和人、神形象的对立也是形象体系对照特征的显现。《森林父亲》中的魔怪形象包括卡雷内奇蛇、喀迈拉、许德拉和魔鬼撒旦等神话形象。卡雷内奇蛇与许德拉和恶龙的形象相融,混合了俄罗斯童话、希腊神话和圣经神话等多种因素,象征恶、死亡和毁灭。卡雷内奇吞吃钢铁将导致世界末日的情节象征着人类面临的恶和自我毁灭,这些恶不仅是外在的,也内在于人本身,因为它吞吃的行为将会导致包括自身在内整个世界的毁灭。会飞的灰色怪物、半蛇半狗喀迈拉也是恶的象征,诞生于绝望、痛楚、耻辱和恐惧中,随世间恶行的增多而繁殖加快。它们夜间出没,借革命正义之名制造不幸,带来恐慌。此外,小说中有一个魔鬼撒旦的形象,他自称虚无之王,在人间、在森林中散播孤独绝望之感。是他以铁矿石喂养卡雷内奇蛇,驱使它在天上飞。上述三个怪物形象与魔鬼撒旦合而为一,共同构成了《森林父亲》中魔怪形象系列,与善和永生相对立,象征恶与死亡,与之对照的形象有自然的永恒生命力、森林善的法则和屠龙者形象。卡雷内奇蛇曾受到多次攻击,但一直未被消灭。一个看到它的红军战士称之为反革命的许德拉①,在死前嘱托羸弱的轮椅男孩萨瓦要除掉这恶龙,男孩从此立下志向。在他生命中第一次见到卡雷内奇蛇时,他突然从轮椅上腾空而起,随手抓起地上一截枯枝劈向蛇身,枯枝折断,卡雷内奇落荒而逃。此后类似的屠龙也曾发生过多次。斯捷潘自己生命中的最后一次夜猎就是以消灭恶龙为目的,不过他没能及时出击,恶龙飞走了。弗莱认为,屠龙是消灭死亡的象征,"龙就是死亡,消灭了死就是取得了生"②。这一神话屠龙的情节在《森林父亲》中穿插了几次,象征人类除恶扬善、消除死亡的不懈奋争。一代代屠龙勇士离开人世,可是死亡的魅影仍飘在空中。当人力无法消灭恶源,这场善恶之争只能依靠神力获胜。在《森林父亲》中,与魔怪呈鲜明对比的是外星来客基督的形象。小说以圣经《路加福音》为蓝本,描写了基督的复活升天,并在结尾提出基督将在 2100 年重新造访地球,预言旧世界的末日将至,一切毁灭之后将出现新森林和新世界,天外来客基督作为救主的形象,是至善仁爱的上帝意志的体现。

最后,在《森林父亲》中人的形象系列里,陷入精神困境的尼古拉、格列勃与经过苦难净化获得新生的斯捷潘和格拉钦斯卡娅形成对照。尼古拉只醉心于哲学,堕入虚无,抛弃家人,心中不再有爱。格列勃研制杀人武器、目睹自杀后悔悟,最后在绝望中自尽。祖孙二人内心缺乏真正爱的感受,因而认识不到爱的力量,未能获得拯救,最终孤独吞噬了他们的生命力。斯捷潘虽在战场和集中营历经磨难,几次与死神相对,却在森林父亲的怀抱重生。他从此信守森林的生命法则,爱惜自己和他人的生命。格拉钦斯卡娅在杀人之后疯癫,落入精神死亡之境,直到音乐的和谐旋律唤醒她的人性,使之皈依上帝,她在精神世界获得新生。森林生存法则和宗教信仰是二人走出苦难、获得新生的真正动力。可见金倡导通过无私的爱和对上帝的信仰来克服生存的孤独感,战胜恶的侵袭。

---

① Гидра,希腊神话里的九头蛇怪,被赫拉克勒斯杀死。——本文作者注
② 弗莱:《伟大的代码》,郝振益等译,北京大学出版社,1998 年,第 243 页。

　　形象体系的对照特征和动态特征凸显了形象的隐喻功能。在自然形象、神与魔鬼、人与魔怪的对立中,在生命能量的流转、自然现象的变化中,在人物不断的思想探索中,善恶、生死的对立角逐使小说的题旨内涵走向深化,作品被赋予浓郁的哲理意味。

　　《森林父亲》的时空体系由现实时空(格列勃莫斯科都市时空)、历史时空和虚幻时空组成。每一时空在为形象体系提供静态语境的同时,彼此之间同样形成鲜明的对照关系。现实时空主要体现在格列勃所处的莫斯科,这里是典型的都市时空,有着表象繁华和精神冷漠的特征。格列勃的女儿曾因楼门口躺着一个老人而拒绝出门买东西,全然未曾想到老人发生了什么事,是否需要帮助,女儿此举令格列勃失望气愤,而妻子却与女儿一样,对陌生人的不幸完全一副事不关己的态度。格列勃的邻居从高层跳楼自杀,一夜重复多次,终于摔死,在这过程中无人问津,直到警察出现处理尸体。冷漠加重孤独,孤独导致死亡,都市的物质丰富与精神贫瘠实质的对比暗示着都市时空的表里反差。历史时空体现为典型的苏维埃时空,作家抨击了苏维埃时期失败的农业集体化。整齐划一地强制耕种使农民与土地被迫分离,导致农民失去耕种热情,田地荒芜,农家村庄破落的后果。这是对苏维埃专制弊端的抨击,因而作家突出了这一时空的凋敝景象,暗示了强制推行不符合自然规律的政策必将导致恶果。自然与人类生活息息相关,人类自相残害、自我灭亡导致大地母亲的自杀,隐喻了人类的杀戮、掠夺必将带来毁灭后果,作家通过这样的末世预警提醒在世者,彼此和谐相处才能永生,否则只会落入灭亡之境。

　　《森林父亲》里都市时空和苏维埃时空都有明确的时间标记,都市时空定位在当代的莫斯科,苏维埃时空定位在农业集体化时期的苏联农村。都市时空和苏维埃时空都是人的创造物,这两个时空中人的形象是时空中的主体。人的行动为都市时空带来物质与精神的对立,成为都市时空的本质特征。人的行动为苏维埃时空带来农业的重创,土地的贫瘠,乡村的衰败,甚至导致自身的灭绝。因此,以人的形象为主体的都市时空和苏维埃时空都具有恶的实质。与上述两个时空不同,森林家园属于虚幻时空的理想时空。森林时空是以自然形象为主体的神话时空，时间标记消散模糊，以森林法则为精神实质，遵循爱和善的原则，洋溢着永恒不息的生命力。森林中的树和水的意象使森林具有伊甸园的意象，森林里图拉耶夫家的庄园也可以作为伊甸园的隐喻。不过，革命中暴乱的恶人火烧庄园，既是家园被毁又是失乐园的隐喻。对于图拉耶夫家族祖孙三人来说，森林是他们永恒的家园：森林是尼古拉的隐修之地，斯捷潘的重生之地，格列勃的顿悟之地。斯捷潘早早意识到，自己与森林血脉相连。当他远离森林时，总有窒息感，并频繁遇到危险，直到战场上负伤几乎送命。当他回到故园只求一死时，森林却给了他重生的力量。祖孙三代经历了走入森林（尼古拉）、留驻森林（斯捷潘）和回归森林（格列勃）的循环。尼古拉曾告诉哥哥安德烈，"我们每个人都是森林父亲的血肉，他就在我们周围。他是众多生命元素中的首要元素……如果思考一下生命发展的链条，那么我们每个人在过去都曾是一棵树，也因此我们有树的准则和道德"[①]。他认为只有森林的哲学能够帮助人类，森林法则中可以不施暴力实现内在精神自由。森林哲学不具侵略性，以善和爱为基本准则，能够自我牺牲和慷慨奉献，这是具有基督教特征的神性追求。然而人类忽视森林法则，实行野兽的法则，习惯以流血方式快速解决问题，不会像树一样和平划分生存空间。小说中森林象征了万物统一的小宇宙，森林即自然。当人类以野兽的生存法则主导世界时，人类由自然的孩子变成自然的毁灭者。人们毁灭森林、土地，彼此杀戮，破坏了自然的和谐。人们之间的仇恨带来死亡，导致末日降临，世界毁灭。末日之后，爱会实现死者的复活，使地球上长出一片新的森林，仇恨和恶将完全消失，人类真正复归神圣家园。

　　通过对时空体系隐喻涵义的分析可以发现，作家所忧虑的远不止是人们的生态意识，更令他忧心的是人们在 20 世纪表现出的野兽生存法则。失去神性追求的人类只能日益堕入野兽的境地，远离爱和善，彼

---

① Ким А. А. Отец-лес. М. : Рипол классик. 2005. С. 70.

此仇视、争斗,这是毁灭性的精神根源所在。如何复归人类失落的神圣家园,是作家苦苦思索的难题,而图拉耶夫家祖孙三人的精神苦难正源于此。

经由上述两个主要步骤的分析,《森林父亲》隐喻模式第一层次的隐喻组元至第二层次的两大基本结构均已得出,隐喻模式的形式建构基本完成。而在这一解析过程中可以发现,作家展现精神困顿、道德失落导致的罪恶,意在唤醒人类意识到与自然象征的神性的血缘关系,追随神性,坚守爱与善的原则,希望人类以此获得拯救。在隐喻模式的建构过程中,金创作题旨的隐喻内涵自然而然得到揭示与呈现。

2.《约拿岛》中的复合隐喻模式

《约拿岛》发表于 2001 年,曾被金认为是长篇封笔之作。小说《约拿岛》以圣经《约拿书》为蓝本。《约拿书》是对犹太民族背离上帝因而遭受民族危难的隐喻,而金在《约拿岛》中,沿用了这一故事隐喻意义的基本内涵,不过,他将视野放至人类历史和现状,尤为痛斥极权政治和当今世界为物质所主导的诸种精神异化现象,认为精神上对上帝的背叛必将带来惩罚。隐喻模式第一层次上,圣经神话中的原型和隐喻意象,如约拿、上帝、魔鬼、大海、鲸鱼、岛屿等,成为这部作品的主要隐喻组元。

在形象体系中,自然、魔怪、人、神的形象都有出现。形象体系中的对照特征在这部小说中表现为不同类别形象的行动对立造成的张力:人与神在人对神的暗中背叛、怀疑中形成对立;神与魔在魔鬼的背叛、冒充中形成对立;而自然形象经常代表神的意志,以灾害等实行对人的惩戒,因而与人形成对立。自然形象中,金写到约拿出逃时在海上遇到大风浪,这是圣经神话中的情节。大风浪形象地隐喻了上帝的愤怒和惩罚,直到约拿被抛入水中,被鲸鱼吞下,海上才恢复风平浪静。通过带来威慑的水意象,海上风浪的隐喻意义使自然力与神的意志融为一体,属于自然形象中的灾难意象,带有惩戒的隐喻意义,赋予这一细节深刻寓意。

在《约拿岛》中,魔鬼形象的隐喻功能单一,始终作为上帝的对立面

出现,他们背叛上帝、妒忌人类、诱人作恶。魔鬼形象通过对人的蛊惑
表现出来,首先体现为美国人斯蒂文听到魔鬼冒充上帝的声音。年轻
时斯蒂文误以为听到了上帝命他赚钱盖楼的旨意,欣喜万分。他不遗
余力地凭借律师职业累积财富,然而在财富增长的同时,他成为金钱的
奴隶,贪婪左右了他的灵魂。在他接受魔鬼的建议之时,他已被魔鬼诱
惑。他听从了内心贪念欲望的指使,没有盖起高楼,而是把钱存进银
行,终生成为守财奴。此外,魔鬼们不甘心在天上叛乱的失败,转而到
人间鼓动人类背叛上帝。魔鬼"钻进人类内心不完善的浓密、阴暗的灌
木中,在这里可以安全地藏匿,因为在人的内心深处,在他们狡猾的意
识中看不见的空间里,嫉妒者的伪装容易得多"①。俄罗斯人民因此蒙
难,受到蛊惑的俄罗斯得到的是上帝的惩罚,麻风癌症的蔓延使许多俄
罗斯人失去人的面容,脸部溃烂。魔鬼的诱惑使原本不够完善的人类
经常走上背弃上帝之路,导致人神的对立,为人类带来的还是惩戒。

　　与上帝形成对立的人的形象中,有陷入精神困境的怀疑者、违背者
约拿和作家金。小说中以约拿作为违背神意的原型之一。先知约拿有
许多人性上的弱点,他贪财、虚荣、自作聪明,觉得上帝虽然全知全能,
但分布在广大宇宙中,因此偶尔欺骗上帝也不会被发现。当他身陷鱼
嘴危难绝望之际,立刻开始虔诚祈祷,因真心悔过痛哭。不过,脱离了
他自以为落入的地狱之后,当他在尼尼微城宣布惩罚将至的预言未能
实现时,他为自己的虚荣开始抱怨上帝。上帝在与约拿的对峙中极尽
宽容,一再显示神迹,约拿经历了"死"而复生,到达位于遥远天边的海
岛,得到想要的孤独,获得了不死的生命,成为全世界最富有的人。他
在三千年的孤独中领悟,上帝是仁慈的,不死的生命和无尽的财富,都
是上帝的意志,人在神的面前,只应当信仰,不应当存有丝毫的怀疑。
为他制造了两千年瘙痒的小虫,被鸽子啄走。在基督教观念中,鸽子意
象是圣灵的象征,具有圣洁、纯真的灵性特征。随作家来约拿岛的鸽子
身上有三个灵魂,分别是被多吉施蒂拒绝的公主罗斯玛丽、莫斯科信鸽

---

① Ким А. А. Остров Ионы. М. : Центрполиграф. 2002. С. 40.

库卡列斯库和因父母贪财而在国内战争中命运悲惨的列维卡。这是一个汇集了三个女性的爱的集合,是爱、圣洁、受难融合在一起的精神上的三位一体。鸽子在宗教中的圣灵的象征含义使这只鸽子是上帝神圣之爱的体现,是神迹的再现,再一次证明上帝的怜爱无所不在。作家金是小说中另一个怀疑者的形象,他是记录下这部小说成书过程的人,这部关于小说的小说因此被称为元小说。作家金在小说中受到词语守护天使的委托,要组织起考察队奔赴约拿岛,找寻在孤岛上生活了三千多年的约拿,以证明永生的存在,金的任务是在全程中记下词语守护天使传递到他脑海中的词语,确切地说,他是小说创作的记录者。约拿岛之行从某种意义上说是作家金的寻神之旅,最初他虽受命写书、上路,但尚不明确此行目的何在,直到一路行至岛上,寻求神迹的证明才逐渐在他的质疑思想中成为最大的愿望。他曾在途中因目睹无辜者受难而诘问上帝,曾因困惑带来的精神痛苦而拒绝写作,对词语天使赋予的灵感故作不知。作家金对写作的放弃颇似约拿对上帝神谕的充耳不闻,因而他的形象是对约拿的补充,是当代怀疑者的代表。在约拿岛上当全世界唯一获得不死的"首富"约拿怅然转身离去时,金目睹了体现神意的鸽子如何轻松解除折磨约拿两千年的痛苦,他对上帝的仁慈终有所悟。与上述怀疑者形成对照的一类人物形象是通过困难净化获得新生的人。列维卡和安德烈都在国内战争中历尽苦难,最后死于非命。他们短暂的人生以惨死告终,作家将其解释为替亲人赎罪。二人死后进入纯净的空中国度——西伯利亚的昂利里亚。为到达约拿岛,一行人还曾经过白令海海底,造访海底的昂利里亚。那里的居民是经历了麻风病苦难的病人们,苦难者们通过集体的祈祷实现了变容,瞬间进入海底奇幻、和谐的幸福国度。通过人物形象的对比,可以发现作家倡导一种纯粹的、坚定的信仰,认为这是战胜死亡、克服恐惧、获得不死的唯一途径。他将人内心对上帝的疑问和信仰的动摇看做是人类不完善的表现,认为这会导致人类战胜死亡的过程经历更为漫长、曲折的考验之路。

　　形象体系的动态特征突出表现在人的形象和上帝对人的态度中。

在人的形象中，怀疑者、背叛者最终变为虔诚的皈依者。经历苦难的麻风病人、劳改营囚徒变为美丽的海中神灵和海洋生物，在万物不灭的转化中，他们都得到了不死的生命。上帝在这部小说中以时而严厉、时而仁慈的神的面目出现。当人类背弃上帝时，他降下灾难；当人类虔心悔改时，上帝又无限仁慈。这种变化实质上是上帝对人类态度的动态变化，其作用在于提供一种超验的力量，引导迷失的人心走出迷误。形象体系隐喻功能在形象之间的比照中，在形象的动态变化中得到实现。神魔的对立、神与人、怀疑者与新生者的对立代表了宇宙中善与恶、和谐与无序、生与死的对立和争斗，使小说的宗教思想得到表现。

这部小说的时空体系极其复杂。在金的创作中往往多个时空并存，《约拿岛》就是现实时空、历史时空和虚幻时空的共时存在，也因此形成多层面叙述，体现出时空体系的审美功能。虚幻时空与现实时空、历史时空之间的跳转经常借助叙述人的变化而实现。人物时而在虚幻时空遨游，时而跌落到现实世界，时而落入某个历史时空，这种天上、人间，前世、今生，高空、海底的神秘转换，使小说的叙述张弛有致，虚实相生。

现实时空、历史时空和虚幻时空形成鲜明的对照。现实时空中包括金钱主导一切、精神实质空虚冷漠为特征的都市时空。美国人斯蒂文在都市金钱梦中越陷越深，都市时空中的人物失去神的信仰，都打上了拜金的标签，他的形象具有其身处时空的特点。历史时空中的苏维埃时空以失去对上帝的信仰为特征，由于苏联受到魔鬼诱惑，人民站在与上帝相对立的立场上，背弃上帝的结果是得到疾病的惩罚。都市时空和苏维埃时空有着清晰的时间和空间特征，都市时空时间定位在当代纽约，苏维埃时空以苏联70余年的历史为时间坐标，突出了国内战争、大清洗等特定历史阶段，空间则定位在苏联大地。而虚幻时空在这部小说中体现为理想时空和生死时空，二者的时间维度消散于宇宙时间，在此可以摆脱时间，挣脱死亡的束缚，得到自由。理想时空的空间维度以宇宙为基准，生死时空选取神话空间鱼腹（小说中为鲸鱼舌下）

和岛屿作为走过死亡仪式得到复活的神圣地点。

　　与现实时空和历史时空相对,《约拿岛》的虚幻时空体现了作家憧憬的精神不死。安德烈和列维卡死后可以漫步在西伯利亚的昂利里亚,作为灵魂而存在。而在海底昂利里亚,曾位于西伯利亚原始森林中的麻风病院在苦难众人的祷告声中瞬间消失,以物质的消解、转化迁移至白令海海底。曾患麻风病容貌尽毁的人们,在海底昂利里亚里相貌俊美,惊为天人。前生受尽苦难的玛丽亚娜变成海底的女神,跛脚的寡妇舒拉则变成一条不必接触琴弦就能奏响小提琴的鱼。在昂利里亚里,人们不会为了自己的生存而相互残害。他们不必谈妥条件、定出地位等级,大家都享有平等、自由和民主。在生死时空中,约拿经历了鱼嘴的"地狱之行",又在孤岛独自受难三千年,最终在上帝的慈爱神迹中领悟了永生的意义。在不同时空的对照中,作家呼唤坚定信仰的声音清晰可辨。

　　金借助隐喻建立了文本结构与文本意义之间的联系,走入隐喻解读,文本的深层涵义得以清晰地显露。因此在对金的作品进行隐喻解读的过程中,本章立足于呈现诸多组元构筑的形象和叙事体系,并在题旨层面总结出金小说创作中艺术图景的主要特征。

第三节　隐喻模式的特征及诗学功能

　　金小说创作中的隐喻表达可被视为一个形式结构系统,该系统具有如下特征:

　　首先,作家创作的隐喻模式具有整体性,金小说创作的隐喻表达由两个层次即隐喻组元和两大结构支柱共同构成,各构建层次之间存在相互作用与影响。组元层次是支柱层次的形式建构要素,也必然影响到支柱层次的含义。再以《约拿岛》为例,大量取自圣经的原型构建了这部小说的形象体系和时空体系,在小说的解读过程中,圣经《约拿书》的原型赋予形象和时空体系深刻的寓意。约拿是小说的核心人物,与作家金互为映衬,形象的怀疑者和违逆者原型内涵是解读关键。时空体系中,鲸鱼之嘴以圣经的鱼腹为原型,约拿岛则带有孤岛意象和世界中心意象,成为隐修、重生、顿悟的地点。可见,组元在隐喻模式中不仅构建结构,还使形象和时空成为作家思想的载体,承载了深刻的哲理思想。

其次,隐喻表达在文本中的存在具有层次性,由第一层次的隐喻组元和第二层次的形象、时空体系构成,这在组元建构过程中已经得到呈现和论述,此处不再赘述。

最后,金隐喻表达范式的结构支柱具有动态性。在两大支柱建构过程中,不同的形象体系和时空体系组合形成不同的题旨内涵。形象体系和时空体系因其承载的哲理内涵,往往在各自的体系内部,形象之间或时空之间具有对照的特征。形象体系作为金小说中隐喻表达的主体,呈动态、变化的特征。时空体系是主体存在和活动的语境,单一时空呈现出与形象体系不同的静态特征,而叙事中时空跳跃使时空体系也具备动态特征,频繁的时空跳转使金的小说叙事结构变得复杂。因此,隐喻模式的基本结构是动态的。

金小说创作中的隐喻表达具有以下诗学功能。

首先,隐喻联接言与意,诸多隐喻组元的表达方式带来涵义的多重性和不确定性,达到"言有尽而意无穷"的效果,赋予文本意义多种解读的可能。"隐喻意义的优点之一就是它能表达用语言的字面意义无法表达的意义。隐喻意义的一个最大特征就是其不可穷尽性。"[1]隐喻是语言的装饰物,文学作品中的隐喻模式具有丰富而持续的审美内蕴,往往在隐喻表达中蕴含多重复杂的寓意。如果忽视隐喻组元的意义,文本的意义将不可解读,读者也将困在迷宫中。读者在发现意义驱散迷雾的过程中,必须充分挖掘这些组元带来的、原本散落于文本各处的意义碎片,将其还原放大。

其次,借助隐喻思维方式,在隐喻模式中可以充分实现思想内涵的哲理化,形象地解说哲思,书写超验感受。并非所有客体都能轻而易举

---

① 束定芳:《隐喻学研究》,上海外语教育出版社,2000 年,第 83 页。

地被我们的思维理解，我们无法对一切事物都形成清晰的认识。隐喻思维具有认知功能，隐喻模式概括了人类经验和对世界的理解模式。"隐喻是'想象的理性'。隐喻是我们试图部分地去理解我们整体上无法理解的事物——感情、美感、道德实践和精神意识——的最重要的工具之一。"①"永生"神话、圣经故事等艺术组元使金的作品充满神秘主义的色彩，使作品内涵指向永恒的精神层面。

最后，激发并拓展审美想象。"文学隐喻不仅会形成语义张力，还会形成独特的美学风格，如寓意、哲理、反讽等。这是因为，文学隐喻常常需要通过特别的时空压缩或延展、意象的跳跃或翻转，来表达情感，感悟人生。"②隐喻思维具有形象性，能够淋漓尽致地表达思想感受，可以栩栩如生地刻画人物，增强文学表现力。神话、童话形象是想象力的产物，也是激活想象力的手段，"神出鬼没"的形象可以带来陌生化的效果，带来新奇的感受。由于隐喻作用机制，意象作为最基本的组元在建构形象和时空的过程中，不会局限于自身，而是产生新义，拓展出宽广的审美空间。此外，神话、童话隐喻艺术组元具有超越现实的特点，有助于小说中形成虚实相间、错落有致的节奏。金采用隐喻模式，极大丰富了读者的审美想象空间，给读者思索的启迪和无尽的回味。隐喻造成言与意之间的"留白"，需要有创造力的读者以类比和想象来填充，因而金小说的文本意义就存在于书写和阐释的张力之中。金的隐喻之作需要读者的参与，或许张开想象的翅膀，更易触摸作家的创作灵感。

金小说创作中的隐喻模式是隐喻解读中总结出来的作家的创作范式，它既是打通形式与内容的关键，又是连接作家、文本与读者的桥梁。金的隐喻模式构建过程体现出如下规律：第一，大量的隐喻化形象，作为作家哲学理念的载体，借助隐喻、象征、意象、神话，指向永恒、彼岸世界，实现由文本的艺术世界向作家理念世界的映射；第二，时空跳跃和

① 束定芳：《隐喻学研究》，上海外语教育出版社，2000年，第251页。
② 汪正龙：《修辞、审美、文化——隐喻的多重透视》，《江汉论坛》2016年第9期，第93页。

多角度叙述形成隐喻化的叙事风格,直接将现实世界同永生世界连接起来,随时转换时空,打破时间的纵向流动,赋予文本时空结构并列、平行、对照的特点,产生共时的效果;第三,隐喻的形象和时空都服务于作家的创作主旨,以诸多隐喻组元为基点构成形象和叙事两大结构支柱,隐喻的题旨为意义旨归,共同构成金创作中的隐喻模式。

从隐喻模式结构的艺术组元、结构支柱两个层面入手,得出题旨意义,逐级分析,逐步完成隐喻模式建构。隐喻组元应用于形象、时空体系中,赋予题旨以深刻寓意,形象体系和时空体系的组元服务于题旨层面的隐喻意义。建构隐喻模式的过程中,可以层层揭示作家的创作意图和思想,以此织就隐喻之网,形成作家创作之质。

本章小结

金小说中的隐喻模式包含两个方面:其一是作家的隐喻表达范式,其二是对金的作品进行深入解读的过程中,逐渐梳理整合而成的一种文学解读模式。金小说中的隐喻表达模式即作家采用意象、隐喻、象征、神话、原型、童话、寓言等贯穿在文本中的艺术组元,构筑形象体系和时空体系,表达自己对现实的超验感受和哲理思索的范式。金创作的隐喻解读模式是从作家隐喻艺术思维入手,通过分析意象、隐喻、象征、神话、原型、童话、寓言等贯穿在文本中的隐喻组元,以及形象体系和时空体系中的隐喻表达,整体解读作家思想与创作的分析范式。作家隐喻表达与对其创作进行的隐喻解读是对隐喻模式一体两面的描述。

隐喻形式要素的基本单位,即隐喻、意象、象征、神话、原型、童话、寓言等为隐喻艺术组元,它们构成隐喻模式的第一层次。经由上述表层的、具体的隐喻表达组成形象体系和时空体系,这是隐喻模式的基本结构,是隐喻模式的第二层次。在金小说中,隐喻模式既包括第一层次的隐喻组元,第二层次的形象体系和时空体系两大基本结构支柱,也包括其最终形成的意义。作家通过创作,将各种隐喻组元组合到文学文本中,构建独具特色的形象体系和时空体系,形成意蕴丰富的题旨内涵。

　　金小说中的隐喻表达模式可以归纳为单隐喻模式与复合隐喻模式。隐喻是散落在文本中的意义碎片,通过隐喻模式的构建,我们可以捡拾碎片,拼合出作家艺术图景的整体构图。

第六章　隐喻的题旨

题旨是小说的核心。汉语中题旨就是要表达的思想内容,大致包括主题思想和写作目的两个方面,对应俄文,则包含了 тема 和 мотив 两词的含义。托马舍夫斯基认为,"主题是作品具体成分的统一。我们可以说整个作品的主题,也可以说各个部分的主题"①。而"作品未被分解开的部分的主题称之为母题"②。艾布拉姆斯《欧美文学术语词典》中对题旨(Motif)和主题(Theme)作如下区别。题旨"是文学中经常出现的一个要素,可以是一类事件、一种手段或一个程式","主题有时可以与'题旨'互换使用。不过,这个词更经常用来表示某个含蓄的或明确的抽象意念或信条"。③ 题旨分析是结合作家创作思想在文本内在含义层面的深度挖掘,是隐喻解读的终极目的。

在题旨层面,我们综合此前分析过的形象、时空层面可以发现,隐喻模式中体现着作家对现实的观察、理解和解释的方式。金以隐喻的方式解说永生和轮回的思想,表现混沌无序与宇宙和谐的对立、人性善恶、末日复活等重大问题。在天马行空的幻想中,作家一再宣讲"永生",倡导宗教信仰,这并非单纯的教义传播,而是试图超越现实存在,力求建构人类精神世界的理想模式,是一种理想的精神存在的终极追求。本章主要选择"永生""善恶""变形""创造""爱"等几个有代表性的题旨,分析其在文本中的体现方式,阐述其内涵,从而可以清晰地发现作者如何实现题旨的隐喻化。这些题旨中,"永生"题旨是作家全部创作的核心题旨,也包含着作家最为复杂的哲思,因而作为论述主体,与其他题旨比较而言,所占篇幅比重最大。其他题旨,既相对独立,又是金"永生"思想的必要补充。

---

① 托马舍夫斯基:《情节的构成》,见《俄国形式主义文论选》,明茨等编,王薇生编译,郑州大学出版社,2005 年,第 149 页。

② 同上,第 155 页。

③ 艾布拉姆斯:《欧美文学术语辞典》,朱金鹏、朱荔译,北京大学出版社,1990 年,第 198—199 页。

第一节　永生

有关创作题旨，金在一次采访中谈及自己的写作时说道："我最初写的是生命，之后写死亡。现在写的是生命永恒。"[①]纵观阿·金的创作历程，我们发现，从写于 20 世纪 80 年代的《莲花》《松鼠》《森林父亲》，到 90 年代以后的《昂利里亚》《伴着巴赫的音乐采蘑菇》《孪生兄弟》《约拿岛》《天堂之乐》，诸多作品当中，对"生命永恒"这一题旨的探索几乎贯穿金的创作过程始终，从未离开他的创作视野。金的创作是一个连贯的整体，几乎每一部作品都能找到在其全部创作中前后相继的环节，比如相同主题、相似人物类型、相同的细节等，生命永恒的题旨就是其中最令人瞩目的核心题旨。生命永恒题旨将俄罗斯文学中历来高度关注的三个题旨联系起来：死亡、复活和世界末日。这三个题旨同样是只能"意会"，无法用理性的逻辑思维分析，只能依靠隐喻思维得到解说和描绘。

一、生死意象

生与死的意象在金的小说中是对立的统一，同属于首尾相连、不可分割、能够相互转化的宇宙整体生命循环过程。在此前分析的形象体系和时空体系中，比照特征是二者的共性，生死对立及永生的意象是分布在其中的重点。在形象层面的妖兽意象中，幽灵、鬼怪多与死亡相关，如鬼魂、狐狸、卡雷内奇蛇、吸血鬼莉莉安娜、撒旦、群魔等。在时空层面的战争时空、监狱时空也充斥着死亡意象。与之形成鲜明对比的是自然意象中的永生象征、超越死亡走向永生的人物形象以及上帝和使者的形象。在时空层面的家园意象和理想时空则是永生国度的完美象征。金笔下常见的表现死亡的意象除了墓地、魔怪意象之外，梦境、

---

① Руденко С. А. Я пишу о бессмертии//Молоко. 2001 No. 9.〔EB/OL〕. http://moloko. ruspole. info/node/46

老妇、丑恶物和棺材意象也很常见,作家相应选取小女孩、行走的女子、时间之路等意象表现生命本身和人生历程,将庸俗人生视为笼子,将生与死的问题始终置于永恒哲理的范畴内思考。金渴望挣脱生活中和精神上的一切束缚,甚至包括躯体死亡对生命的束缚也是他竭力超越的。

死亡意象是金小说中的常见意象,在金早期创作中,死亡意象比较明显,多为黑暗、死神、老妇、墓地、梦境等。人物都是在直接或间接面对死亡的一刻反思生命的意义,在自然哲学、存在主义哲学、佛家和东正教思想中寻求对抗死亡或接受死亡的方式。对死亡的思考是金永生思想的前奏。中后期的创作中,金的死亡意象开始与魔鬼联系起来,对于死亡的思考和阐释则以东正教思想为主导。

中篇小说《夜莺的回声》(1978)以祖孙二人的生活经历为两条线索,两个时空交错,叙述祖孙二人对于生与死、善恶与爱的思考领悟。小说以一个死亡开始,开篇已经充满死亡的气息,黑暗、卡戎、末日三骑士、手持镰刀的死神、手持镰刀的老妇等死亡意象接连出现。开枪自杀的德国贵族、剑桥毕业的哲学硕士奥托·梅斯涅尔躺在地上,意识由光明走入死亡的黑暗,濒死幻觉中看到深爱的妻子的面庞。接着叙事时空穿越回1912年,奥托来到俄罗斯远东的阿穆尔河畔,即遇到妻子奥尔加的地方。初夏雨夜,他在阿穆尔河渡口码头等人来接,自己感觉此时仿佛站在幽暗的冥河旁边,河上划船而至的人仿佛是冥王的侍者,摆渡者卡戎。紧接着写到第二个死亡,奥托客居的朝鲜富商家中,18岁小女儿奥尔加命不久矣。奥尔加是朝鲜族,信奉东正教,她也是受洗的教徒。中俄朝三方的医生都来诊治过,毫无起色。病因是她洗过一头长可及地的黑发之后吹了穿堂风,发起烧来。她飘忽的意识中不再出现沉重的地狱,四个手持长矛、皮肤黝黑、赤裸上身的武士,时而长高到天际,排着队型、步伐整齐地向她发起进攻,时而缩小退后到远方地平线上,微不可见。这里的四个武士,可以联想到圣经中的末日四骑士意象,他们可以用刀剑、饥荒、瘟疫和野兽,杀掉世上四分之一的人。在疾病主宰的世界里一切空寂,疾病扼杀了奥尔加心中所有的愿望,使她失去生机,静待死亡,死神已经把爪子缠上令人窒息的网。此时,奥托一早醒来,在隔壁房间煮好咖啡,香气飘至病榻,原来是咖啡香气唤起她的求生意志,看护她的姐姐于是请求父亲向来客讨要一杯咖啡,奥尔加也因此得救康复。小说中出现的死神意象有 безоносая(民间对死神的说法叫法),костлявая(瘦削,骨瘦如柴的,俄语口语中指死神,因为死神的形象是手持镰刀的骷髅),старуха с косой(手持镰刀的老妇),старуза с клюкой(拄拐老妇),косая(大镰刀)。西方文化中把死神描绘成手持大镰刀的骷髅,因为在西方观念中,人就像麦田里的农作物,而死神就是手持镰刀的收割者。当人的大限将近,就有死神拿着镰刀负责收割,掌控生死。"带镰刀的死神也表示过早死亡。'死亡即离开'的隐喻也是镰刀死神神话的一部分",有时镰刀死神以骷髅形象出现,表示死亡带来衰朽腐烂,而有时死神带着斗篷,"这是镰刀死神流行的时候主持葬礼的修士的服装"。① 众多的"死亡"表达突出了死亡的恐怖意象,也表明作家在早期创作中对生死问题的关注具有鲜明的西方文化特征。

现实中,由生到死是单程、定向的人生不归路,金频频以女子和赶路隐喻生命。《海啸》中作者以隐喻的描写讲述人的一生,他将生命喻为女子(或许是由于女性是生命孕育者,而且生命和死亡在俄语中都是阴性名词),从出生直到老朽,女子都在不停地行走。在如此形象的人生路上,生命由稚嫩走向成熟、衰老和死亡,无法驻足,行程终点则是棺木和墓地。《松鼠》里手拉小女孩的老妇人出现过两次,老妇是死亡的隐喻,小姑娘隐喻了生命。"老妇人(死亡)走过他身边,手中牵着孙女,她就是年幼的生命。"②死亡是生命的衰朽,她的牵引决定着生命的方向,因而小姑娘只能被老妇牵着走,这是从诞生一刻起就被决定的不可逆转的真理,如同斯芬克斯之谜蕴含的人生哲理。金在描写人生路上的行者时,表现出一种孤独的生命感受。这个意象同时说明,死亡并非游离于人生之外的神秘事物,而是内在于人生之中,二者相关相连。

---

① 莱考夫、约翰逊:《我们赖以生存的隐喻》,何文忠译,浙江大学出版社,2015 年,第 253 页。

② Ким А. А. Белка. М. : Центрполиграф. 2001. С. 216.

"生命是不可见的时间之路,我们无从知道,走在这条路上接下来会发生什么。"①既然"在路上"是每一个生命的必然存在状态,行走方向是注定的,那么路人对行程的思考必然关乎生与死的本质问题。金之所以专注于细致入微地描写死前种种痛苦感受,是为了引发读者的思索,即向死而生的思考:人们不仅要面对"死是什么"的困惑,还必然要思索"生命的意义何在","人是什么",并由此找到战胜死亡恐惧的心理。因此,关于死亡的思考正是为了实现生命的意义。

　　金常用梦境隐喻对死亡和不幸的预感。他作品中梦的意象往往不是孤立的,而是一系列的梦境、幻觉相继或反复出现,叠加构成,以神秘主义的梦境方式预示死亡的临近。在弗洛伊德提出梦的理论之前,人们将梦视为"以象征的方式展现已经发生、正在发生或将要发生的事件"②。梦的意象在金的小说中起到揭示人物心理、预示未来和推动情节发展的作用。"潜意识领域中的任何事件都以梦的形态向我们展现,在梦中,它并不作为理性的思想出现,而是作为象征性的意象浮现出来。"③《复仇》中写到淳国两个梦。第一个是噩梦,梦中他看到年幼的姐姐被镰刀割下头颅之前的恐惧表情和惊声尖叫,他惊叫着醒来,这个噩梦是他仇恨的根源,也是手刃仇人的动力。在第二个梦中,他见到须发皆白的父亲在院落门前等他,而他在父亲面前喃喃自语自己是不肖子。这个梦表现了淳国的内心冲突,既有对复仇的犹豫心理,又因未完成家族使命而自责。这一梦境成为推动小说情节发展的关键,并预示淳国即将实施复仇,带来死亡。金所写的梦境常与疾病和死亡有关。《软玉腰带》里描写了患肾病绝症的瓦利娅的梦,她梦见自己身体里长出绿色的茎秆,里面充满透明的汁液,还外带两片硕大的叶片。她的主治医生要手术割掉这怪物,可是瓦利娅知道她的生命力都汇聚在这不祥的绿茎、汁液和叶子上,于是她小心地抓住叶子,保护它们以免被碰掉,满怀

---

① Ким А. А. Остров Ионы. М.: Центрполиграф. 2002. С. 148.

② 王先霈等:《文学理论批评术语汇释》,高等教育出版社,2006年,第538页。

③ 荣格等:《潜意识与心灵成长》,张月译,上海三联书店,2009年,第5页。

恐惧地躲开医生,她感到胆战心惊。她梦到的绿色茎叶可以看作身体里的病灶,瓦利娅因惧怕手术而宁愿躲开医生。这绿色的茎叶也可以理解为瓦利娅的生命,医生的行动则恰恰是死神的做法,将生命割断、取走,因此病人才小心地保护,这个梦表现出复杂的恐惧心理。《莲花》中母亲讲述了她重病瘫痪之前莫名的夜半惊恐,尔后梦到家中那早已损坏的缝纫机成了自己的躯体,她靠四个小滑轮在室内滚动。她预感到自己重病在即,应该寻求一双备用的手和脚,寻找可靠的庇护,她不愿拖累远在莫斯科的儿子,于是嫁给朝鲜老头老朴。这个梦是即将病瘫、需要依靠的先兆,不久之后,母亲就不能活动了。小说中还以意识流的手法描写了母亲病痛中弥留之际的幻觉和梦魇,通过母亲时空错乱、意识模糊的回忆、幻觉,作者将其一生的坎坷和辛酸连接起来。她时而回到在美丽草原度过的幸福时光,时而忆及怀抱婴儿躲避战乱的经历和途中受到的屈辱,时而在幻觉中看到死神的眸子。死亡的接近在梦境中感受得格外真切。

米佳九岁时母亲在城里的医院病逝,之后草草下葬,因为年幼的米佳无法安排葬礼,他一直为此难过。他在孤儿院长大,后考入莫斯科美术学院,但心中仍无法驱走悲伤。他常梦见和母亲一起泛舟蓝色的湖面,母亲抱着他,可他觉得自己长大了,想挣脱,于是母亲放开他,皱起眉头然后突然跨过船舷,转眼落水,她在水下还睁大眼睛责备地望着儿子,嘴角带着忧郁的笑容,然后缓缓消失在湖水深处。米佳总是哭着醒来,泪湿枕边。寻梦是他与母亲相见的方式,梦中母亲的死也是死亡阴影困扰他的体现。

墓地与死亡意象直接相关,是生与死的交点,生者追忆死者、展开死亡思索的起点。墓地是人生路途的终点站,人生乐章的休止符。孤身采药老人杜河洛胆小怕事、善良质朴,过去从不为死亡烦恼,是一个无知却有爱的人。老人安葬了好友之后,死亡带来的痛苦困惑突然逼近。他恍然入梦,浮生印象在梦中回放,由于醒悟年轻时错失幸福不禁悲哭。这是死亡带来的第一次心灵冲击。为寻找得了绝症的陌生人,他又一次来到墓地,走入旧板房里,听外面人声扰攘,心中平静地想着,死亡对所有人都是一样的,他人的死就是自己的死。他向地上爬的小蚂蚁轻声发问:"你是我的兄弟吗? 你是不是我从未有过的妻子、孩子? 你们急着去哪? 你干吗非要爬到缝隙后面去,难道你知道,那里有什么在等待你吗?"①尔后老人在梦中看到了自己的死亡时刻。醒来后他对天长叹,请上天随时取走自己性命:"我的一切都是你的,我可以把这一切交还给你。"②这几番在墓地的梦境和对死亡朴素的思索中蕴含着大智慧,他人眼中一个没有学识的甚至有些愚笨的孤老头,却凭其本性体悟到宇宙生死循环、生生不息的规律,看破死亡的玄机。杜河洛的生死领悟比较切合佛教的生死观,佛教强调生死体验的内省、智慧洞见,由此发现解脱之道,而杜河洛正是在内在的觉醒时刻领悟了死亡的奥秘,将死亡视为自然现象中的一环。杜河洛对蚂蚁的发问则体现出轮回转世的思想,同样源自佛教。因为关系到死亡,墓地成为连接生与死、感悟生命与永恒的关键,具有了深刻的内涵。

洛霍夫在母亲去世后多次祭扫墓地,在生命中最后一次回到家乡手持橘莲探访墓地时,他已经懂得由接受死来考虑生命的意义。莉莉安娜在米佳的墓地遇到凯沙·卢佩京,二人辩论生死。莉莉安娜想要为米佳殉情自杀,但又因为怕死而犹豫。凯沙则认为生者不仅为自己而活,也应当为死去的亲人活完命定的岁月。格列勃在乡村墓地看到安葬玛丽亚的场面,老妇一生如圣徒般虔诚善良,虽然格列勃对生死的困惑并未消除,但还是确定生者的原则,明确在世有何可为有何不可为。在他们的困惑和醒悟中,似可读到作家的心声,作家如此看重墓地空间,正是源于他对生死哲理的固执追问,于是生者与死者聚于生命的安息之所"晤面""交谈",生者在此看清了生命的来路和方向,使死亡加入宇宙的循环链,具有与生命同等重要的意义。

金对死亡的描写经常与丑恶、魔鬼相关,不免让读者感到,死神是恶的体现。如果生是世人的热切渴望,死必然是他眼中的大敌。《莲

① Ким А. А. Собиратель трав. //Соловьиное эхо. М. : Советский писатель. 1980. С. 344.
② Там же. С. 345.

花》中死神的意象一再出现,母亲生病前已有不祥的预感,在黑夜感到无可名状的恐惧,"翌日升起明亮亮的太阳,恐惧感隐逸了,然而心底留下了痕迹,它像黏乎乎的斑渍一样无法消除"①。这时的母亲已经预感到死神正在靠近。当母亲在临终之际,心灵渴望归去,回到故乡绚丽的草原上去,"但是,一种无法看见的黏乎乎的怪物阻挡着她,不让她穿过沟壑,去那流水哗哗的马纳奇河边"②。在母亲病榻前守护了两天的画家洛霍夫被内疚、自责、悲伤折磨着,此时护士的引诱让他身体获得片刻欢娱,精神却更遭重创,这里面体现出魔鬼的毁灭力量,作者写道:"那夜狂风挟着雪花飞向大海,在浪尖逞凶逞狂,尔后渐渐失去力量,于是雪花从高处跌落,在比之陆地更为广阔而忧伤的空间变成一片白雾,当雾悄无声息地履及跳跃的浪峰时,忽觉得沉重乏力,因而化成冰冷冷的黏糊",当洛霍夫在事后意识到自己"凑到素昧平生的女人的湿润的嘴上寻找死神洒过毒药的亲吻",这种"鲁莽的下意识的青春冲动乃是死神在作祟"③,他差一点投入死神的怀抱,本已做好准备要上吊自尽,幸而被人打断没能成功,须知,自杀恰恰是对上帝的背叛。母亲去世之后,洛霍夫感到,"关于死,我仍如以前那样只知道一点:死亡,那便是使人变成某种冷冷的、像黏土似的东西"④。"冰冷""黏糊糊""怪物""魔鬼"这些丑恶的意象最终都指向了"死神"。诸多关于死亡的隐喻都通过上述意象来实现,这些意象大多具有阴郁恐惧和模糊混乱的感觉特征。费奥多罗夫认为:"通过失去亲人而体验到死亡之苦,并把这种痛苦传染到所有的人;这样的人记着先辈们的死,因此感受到的不是自己对死亡的恐惧,而是全人类的死亡恐惧,这种恐惧不是个人的理性思考所能消除的。"⑤人总要承受失去带来的痛楚,这其中甚至包括失去生命,在生命必然消亡落幕的悲哀中金在挣扎、斗争。金之所以将死与恶

---

① 阿纳托利·金:《莲花》,石枕川译,《世界心理小说名著选:俄苏部分(二)》,贵州人民出版社,1990年,第191页。
② 同上,第176页。
③ 同上,第221页。
④ 同上,第271页。
⑤ 徐凤林:《俄罗斯宗教哲学》,北京大学出版社,2006年,第83页。

联系在一起,正是为了找到战胜死亡的对策。如果不能免于死亡,那么至少还可以免于恐惧,金最初的"死亡拯救"便是致力于克服死亡带来的恐惧,《采药人》《软玉腰带》《莲花》都是如此。但金又不满足于此。尽管他对生命一去不返的流程有着深切透彻的认识,但他还是执意相信有着超越现世的空中通道,可以让死后的灵魂自由漫步。在《松鼠》中莉莉安娜死后阿库京将她引上空中幽径,自由徜徉。死亡是进入永生的必由之路。《莲花》中,死亡不是一切的终点,因为有"我们"——生命死亡后灵魂归属的地方存在,那里是纯粹的精神王国,在那里我们继续存在,我们的爱得到延伸。死亡不是作者安排的结局,而是到达"永生"国度的必经之路。作家通过描写死亡过程意在提出对死亡之后"永生"的思索。

金在 1996 年一次访谈中说:"我的每一部新作都源自前一部。每一部都是在克服存在主义的障碍……在《莲花》中我思考死亡的不可理解;在《松鼠》中我揭示步入死亡之外存在的可能性。在《森林父亲》里,不可能性在于人类历史使人们陷入无尽的苦难……只有深入理解人类历史上这些不可能的方面,我才能克服存在的这种不可能性。"[1]抛开文字游戏,此处如果将"存在的不可能性"替换为"死亡",则作家的创作意图立刻明显起来。在金的理解中,死亡不是个体生命的终结,而是进入另一种存在的边界,获得新身份的起点。

二、永生象征

金早期创作中,自然意象往往被作为永生的象征。作家早期创作的短篇小说《柔情环节》讲述曾祖母冒生命危险安葬亲人的故事,多年后,已经成年的"我"回到远东,在一处瀑布前,望着水光反射形成的彩虹柱一端伸向天空,望着跃动的白色浪花,"我"的思绪在天上的白云、农家木屋顶上二月的白雪、吉尔吉斯裂开的棉铃、草原上的洁白飞絮和

---

① Ким А. А. Смерть—всего лишь порог: Беседа с писателем А. Кимом// Литературная газета. 1996.02.07. С. 5.

曾祖母的白衣印象间滑过,忽然想到她神奇故事一样的经历,"我"仿佛一瞬间领悟了什么是永生。"我"的永生就在那些先"我"而去的和继"我"之后的生命中间,"我"当用柔情之环将他们连接起来。作家以这些美景意象象征永生,从人类生命整体存在的角度来看,个体生命与之相连,获得了永恒的存在。在"永生"题旨中,在人类整体存在中体会生命永恒是永生的含义之一。

永生的象征体现于隐喻模式形象体系中的自然形象、神使及上帝的形象,时空体系中的理想时空。为书写这一超验的精神世界,金采用大量的象征意象,如"太阳""水""大海""森林"等意象,将自然的永恒生命力作为宇宙生命永恒原则的体现,为永生找到宇宙论的学理支撑。"神圣家园""神使""上帝"的形象均取自基督教原型,表现出永生的宗教思想源泉。

在《莲花》中描写永生国度时,我们可以发现这样的意境:"雪!像飞絮般轻,似流水般柔!它是水的婀娜多姿的化身。我也成了雪,像它那么洁白,像它那么轻盈、飘逸。我成了雪,又化成了流水,欢腾地在鹅卵石子上跳跃,像一串珠子般从断崖勇敢跌落,后又踏着卵石小径奔往大洋。你成了天上的云,僻静的海底,溪上的月光,深邃莫测的夜空中的一颗星星。"[①]这是画家洛霍夫在母亲死去多年后一个冬日造访墓地时出现的自然描写,这里的自然形象是多幅画面的汇合,每一画面都含有多重意象,洁白飘逸的雪、欢腾的流水、海洋、天空、群星都加入进来。但是显而易见,此处的自然形象已经超越了现实时空,它以灵动的状态在天地间流转、变化,宇宙万物融为一体,成为一种具转化特征的抽象精神存在的象征。这一精神存在在万物转化的过程中是无始无终的,当富有灵犀的人体会到这种神奇力量,他便领悟了生命永恒的真谛。领悟之人不必畏惧死亡,因为善和爱能够引导他在自然生命终结后加入一个更为高级的存在,进入永生的精神世界。这个神奇的精神存在

---

① 　阿纳托利·金:《莲花》,石枕川译,《世界心理小说名著选:俄苏部分(二)》,贵州人民出版社,1990年,第200页。

被称为生命众赞曲——我们（小说中以大写出现）。金描绘为"我们并没有去任何地方，我们留在尘世，像皑皑的白雪，像飞翔的鸟儿，像奔跑的狐狸，像拍岸的浪花一样永不缄默"①。在金的早期和中期作品中，这一类自然形象不胜枚举，它们是"永生"在尘世可感受的瞬间，均由意象群组成，共同象征抽象的精神存在。金通过大量诗意的描绘形成重重的意象叠加，这些意象总体上传达一种纯净、空灵、超然而又美好的玄妙感受。但是在意外死亡而永生的秘密未被感知的时刻，体现生命终结的是破碎、凋敝的景象。《莲花》中画家的父亲，士兵伊戈尔·洛霍夫在二战爆发的第一天中弹身亡，"就在中尉莫名奇妙地被子弹击中的一瞬间，由长满郁金香的土冈和远方河面上粼粼碧波所构成的半明幻境也在血红的火焰中破碎了，消失了"。丈夫的死使母亲从此断绝了用她的身体和激烈跳动的心房传递光辉灵感的途径，死亡带来不幸，打破了她曾经感受到的与草原旖旎风光秘密联系在一起的幸福感。而面对自己行将归去的时刻，母亲的幻觉中，一生如同生长的枝丫，"临了，枝丫终于干枯，枝头最后一片叶子经过一阵哆嗦，脱离了母枝往下飘落……"。②在上述的描写中出现的是毁灭、破碎、凋零、死亡的意象，与上述"天人合一"的意象形成强烈反差。金从《柔情环节》开始就在表达不死的信念，这种近乎固执的坚持似乎更多源于对生命的悲剧意识。他总是不由自主地表现生命的无奈与死亡的悲剧，在他的小说里有着密集的生离死别、血泪屈辱，他的作品因此更多地透着凄美和哀伤。当悲剧成为对存在的主体感受，金没有沉沦于此，他直面难逃的劫数，在死亡中寻出生命之意义，在不死中望见永恒的慰藉。这种悲剧意识中回荡着反抗苦难、摆脱束缚的隐秘声音，潜藏着追求生命的自由与幸福的深层渴望。

　　金笔下的永生世界是完善的精神世界，是比尘世更高的存在。这一题旨在作家创作历程中发生着变化。《莲花》中的多处隐喻性的景物

---

①　阿纳托利·金：《莲花》，石枕川译，《世界心理小说名著选：俄苏部分（二）》，贵州人民出版社，1990年，第200页。

②　同上，第175—177页。

描写以及核心象征"莲花"都烘托出一片永恒、高远、空灵的氛围,"在那里众赞歌声响彻云霄。〈…〉我们在尘世上空飞翔,〈…〉我们是不倦的歌手,把歌声送上云霄"①。作家将超验的感受化为视听感受,以隐喻的方式做出"永生"的注释。之后的作品《松鼠》中,作家又借用宗教神话题材来续写永生,生命永恒体现在阿库京复活的经历中,他肉体和灵魂都得永生。至《昂利里亚》,永生扩大到全人类,作家描写了末日之后的世界,虚拟色彩更为浓郁。宗教神秘剧小说《伴着巴赫的音乐采蘑菇》和《约拿岛》等作品也继承了这一题旨。

　　隐喻在文本中构建出与尘世相对的永生世界。金的多数作品中始终回荡着两个声音:一个从现实世界发出,描述人们在其中进行着的日常生活;另一个来自永恒世界,其中人物都获得了超越现实世界的更高意义的存在,他们或抒情感慨,或议论评价。这个世界是完善的,但又同现实世界不可分,甚至在现实生活中常有某些瞬间可以让人们参透永生的奥秘。金认为,我们每个人都不能脱离宇宙而存在,人的存在是整个宇宙生命的一部分。"我们不应断言,自己在多大程度上与宇宙相契合,我在自己的创作中提出了这些问题。继哲学家们之后我得出结论:这种程度是无法确定的。虽然齐奥尔科夫斯基断言,微小的东西会渐渐消失,停止存在,虽然如果从物理参数角度看待人,我们当然都是极其渺小、微不足道的,但如果探查的是精神实质,则人即为宇宙。精神世界虽不可见,却可感、可信。宇宙精神是齐奥尔科夫斯基下的定义。这宇宙精神也许就是上帝……我创作的基础就是通过日常的、不可预见的却带有神性的人类活动探寻真理。"②金倾向于从人类活动中体味神性,认为齐奥尔科夫斯基完善的宇宙其实就在人类生活中,只是需要我们加以认知,仿佛冥冥中自有天意。可见,金的永生国度是精神宇宙,是可感受的,金借助隐喻,将这个抽象的永生之国寓于"我们"和"昂利里亚"之中,构建了自己的精神乌托邦。

---

①　同上,第 187 页。

②　Иванов В. С. За Анатолием Кимом-большая тайна! //Литературная Россия. 2001.09.07. № 36. С. 3

三、末世论

自创作中期开始，金笔下频现末日母题，这与东正教的末世论关系密切，而末世论则关系到死亡、永生、复活、审判、天堂与地狱等相关主题。末世论是基督教围绕基督的受死、复活和再度降临而形成的关于世界终结及世界与人类最终命运的教义和观点。基督教末世思想在宗教史上有其发展变化的历程，曾由于末日延期而沉寂，并随着自然科学、宗教学等学科的新发现而有所调整，且存在不同的观点。一般来说，基督教认为末日"不是对上帝创造的现实进行毁灭，而是加以变形和拯救，就是说，基督教的末世论不是教导罪恶世界终结的教义，而是意在教导人们实现上帝最初意志，普遍复活，使被造物与造物主融合，从而使上天与尘世世界的差别消失。所有注定生命永恒的人都会升入天国，所有不应得到永生的人都会在世界构成中消失"①。在文学领域，末世论的存在为作家反思人类社会与历史提供了宗教理论支持。俄罗斯文学传统中末世论的倾向尤为明显，末日来临前的灾难性描写经常在文学作品中出现，国家面临社会危机、转型变革及世纪交替时末世论色彩更加鲜明，因而末日母题反复出现于不同时代的末世论神话变体中。"俄罗斯人具有的常常被称为'末日品质'的东西，与寻求世界末日之日期的好奇心无涉；这是一种在日常生活的琐事中转向终极的存在方式，是一种首先在终极光明中提出存在整体意义的天生习惯。"②俄国作家们常借由末日隐喻人类生存的危机境遇，传达对社会弊病、人性丑恶和人类未来等问题的忧思。在写于不同时代的作品中，如陀思妥耶夫斯基的《群魔》、梅列日科夫斯基的《基督与反基督》、列昂诺夫的《俄罗斯森林》、拉斯普京的《告别马焦拉》等，都有末世论的气息。

金的人生经历了战乱饥荒、迁移动荡、苏联解体、世纪之交的末日

---

① Булычев. Ю. Ю. Православие: Словарь неофита. СПб.：Амфора. 2004. С. 271.

② 叶夫多基莫夫：《俄罗斯思想中的基督》，杨德友译，学林出版社，1999 年，第 32 页。

恐慌等,他痛苦于历史及现实中的灾难,在末世论中向未来寄予期望。《圣经·启示录》"是对圣经预示原型的发展"①。《森林父亲》和《昂利里亚》等均有末日预言的模式,基本思路是,世界最终将变成新的天堂和新的尘世。《启示录》的模式是令人读完之后脑海中复现幻象,"灵魂经历神判、审判和裁决这些必要的形式,走向再生。在再生中,造物主和造物、神和人之间紧张的对立关系不复存在"②。在《森林父亲》《半人半马村》《昂利里亚》《在巴赫音乐的伴奏下采蘑菇》《约拿岛》中均有对末世的神话演绎,战争、自然灾害、瘟疫、仇恨和杀戮成为末日将至的隐喻。金将笔下人物置于极端环境的苦难中检省内心、拷问灵魂,让他们在大限之后回望前生,得到各自的启示。他在许多作品中设置了复活的环节,设想末日之后的新天地。

末日的到来有一系列征兆,包括假基督和假先知的出现、战争、自然灾难等,家庭内部的分裂、人与人之间互相出卖、彼此仇恨、道德普遍沦丧等。《圣经》中有多处直接描绘了末日的景象,例如:

> 那时在以色列地必有大震动,甚至海中的鱼,天空中的鸟,田野的兽,并地上的一切昆虫和其上的众人,因见我的面,就都震动,山岭必崩裂,使岩必塌陷,墙垣都必将倒。主耶和华说:我必命我的诸山发刀剑来攻击歌革,人都要用刀剑杀害兄弟。我必用瘟疫和流血的事惩罚他。我也必将暴雨、大雹与火,并硫磺降于他和他的军队,并他所率领的众民。(《以西结书》39:19—22)

上述描绘呈现出末日来临之际世上的各种动乱与灾祸,自然灾难、战争、瘟疫等成为末日来临的标志象征,故而均可作为末日隐喻来理解。《夜莺的回声》中两个工程师酒后聊天,说起末日将近:某个巨大的

---

① 弗莱:《伟大的代码》,郝振益等译,北京大学出版社,1998 年,第 176 页。
② 同上,第 180 页。

小行星正朝地球飞来,撞击将在大气层产生烟幕,使地球温度升高 2
度,极地冰川融化,爆发大洪水。而小说中"我"遭遇妻子的不忠时敏锐
感觉到社会生活中道德堕落的倾向。"我"在边远哨所服兵役期满回到
莫斯科之后,感受到并非是那个插足的第三者夺走了妻子,而是某种不
洁的力量导致妻子背叛。妻子原本是攻读学位的知识分子,家中整洁
有序,如今和情人经常召集节日的欢乐聚会,忙于及时享乐。她如今结
交的朋友也追求同样的生活目标,在物质欲望的满足中争相展示。这
些庸人对人类未来不抱希望,满怀悲观等待大灾难的发生。一旦末日
审判的号声吹响,他们就将裹起白色床单爬向墓地,因为他们认为任何
的创造都是毫无用处的。诸多乱象中人类生存的境遇堪忧,普遍期待
拯救,这是在末日母题中普遍存在的模式。

金在自己的末日神话中屡次写到历史的终结时刻,并借助神话想
象大限之后的新世界。神秘剧《伴着巴赫的音乐采蘑菇》以神户大地震
作为小说中人物的生命终点;《森林父亲》中战争、集中营、兵营中的杀
戮与绝望是末日来临的前兆;《昂利里亚》中末日大限 X 时刻已经到来,
且有部分章节在末日后的故事情节中对新天新地进行大胆想象;《约拿
岛》则以元小说的形式强调它为封笔之作,将末日与结束创作通过类比
联系起来;《天堂之乐》中世界第二次大洪水爆发,人类灭绝后转化为新
的生命形态,以发光体散布宇宙之中。

灾难隐喻频繁出现的作品具有一定的共性。首先,作家将灾难、不
幸视为临界点,以此前的恶与恨对比此后的善与爱,反思中凸显顿悟和
希望,这与末日期待的思想是一致的。例如,《伴着巴赫的音乐采蘑菇》
抨击金钱物欲对世界的误导,大地震毁灭力量的警示意味明显。《森林
父亲》中灾害、战争、仇恨交织出末日的情绪,林中春汛令格列勃感觉身
处末日洪水中。由于末日洪水会吞没一切,然后开始一个新的世界,因
而成为由恶向善的世界转变的临界点。有关洪水的神话"都有着共同
的象征意义:需要彻底毁灭一个堕落的世界和人类,以便重新创造这一

切,也就是要恢复其最初的完整"①。小说结尾仍对新世界森林的葱郁和爱的保障做出预言。《约拿岛》中的海上风浪属于灾难隐喻,它带有惩戒含义,融合了自然力与神的意志。约拿出逃时在海上遇到大风浪,是圣经神话中的情节。大风浪形象地隐喻了上帝的愤怒,直到众人将约拿抛入水中,他被鲸鱼吞下,海上才恢复风平浪静。

其次,灾难与战争作为末日隐喻具有惩戒的含义。在金的作品中战争是恶的表现,作为末日隐喻的战争有世界大战、人马村与野马国和亚马逊女人国之战、受到魔鬼蛊惑的人类之战,都源于并毁于仇恨。《森林父亲》中吞吃钢铁的卡雷内奇蛇就是战争与仇恨的产物。小说《森林父亲》中有个女先知玛拉尼娅,一战爆发之前预言人类将会大量死亡,可怕的灾难与恐怖的毁灭会降临大地,灾难将持续三年三月又三天,然后有罪的人们境遇将越来越糟,所有政权终结,真理终结,魔鬼的真理将统治世界,世上遍布死亡,父子、兄弟相杀相残,家园尽毁,幼童被弃之不顾,他们会像野兽一样在俄罗斯四散奔逃。众人探问:末日就要降临了是吗? 她肯定作答:"是的,末日。"十多年后,有记得当年预言的人质疑玛拉尼娅,世界末日并未来临,她说:"我们早就生活在这末日当中了。"②并预言人们将看到的是大地母亲、流水女儿和森林父亲都会死去。她的预言在小说中变为现实,世界遍布死亡,毁于仇恨。

无论是灾难、战争或是瘟疫,作为末日征兆的诸种不幸都是人类需要经历的磨难,金将根源归结为各种形式的恶。作家将贪婪、情欲、背叛、死亡、囚禁、杀戮、极权等恶的实质归因于人类对上帝神性的背离、人心中善和爱的失落,因此视人类遭受的和面临的各种灾难为上帝的惩罚。别尔嘉耶夫持类似观点,认为"世界应该结束,正是因为在世界里没有完全的合目的性,即没有和上帝的国的相符合"③。《森林父亲》

---

① 伊利亚德:《宗教思想史》,晏可佳等译,上海社会科学院出版社,2004 年,第 145 页。

② Ким А. А. Отец-лес. М. : Рипол классик. 2005. С. 356.

③ 别尔嘉耶夫:《末世论形而上学》,张百春译,中国城市出版社,2003 年,第 195 页。

中代表恶的孤独感渗透进人类的整体意识中,成为毁灭人类的最便捷途径,恶滋长了人与人彼此的仇恨,于是疯狂加入彼此消灭的争战。对大地母亲,人类毫不珍惜,一味掠夺、破坏,人类的恶浸入大地,终于使丰产农神荒芜、枯竭。人类已经极尽所能地作恶,无论是对待自己、他人或自然。人类走入了自己一手造成的生存困境,在末日情境中,现实中无法找到精神家园和终极归宿,只能期待末日提供的删除旧世界并重建新天地的方法。小说结尾将希望寄托于未来,作者相信恶将被消灭,善和爱将主宰世界。在《昂利里亚》中魔鬼在都市大展拳脚,横加破坏,诱人作恶,许多人先于末日来临便自杀。可见在缺乏坚实精神内核的情况下,城市文明不堪一击。与魔鬼的恶行相比,人类作恶更为可怕,因为恶带来死亡。人类走向恶,意味着走向自我毁灭。《森林父亲》和《约拿岛》中,悠游于天际的恶龙象征死亡,隐喻毁灭结局,而人类的肆意妄为和彼此仇视正加速自我灭亡时刻的到来。

俄罗斯东正教有强烈的末世论情结,在对世界末日和末日审判的期待中,"复活"和"永生"的说法成为强大的精神支柱。《半人半马村》中人马村、阿玛逊女人族都在极权暴力下被毁灭,小说以末日景象结束。在《松鼠》中,阿库京死而复生,重入人世,获得自由穿行于历史的超能力。在《昂利里亚》中,全人类在世界末日后的复活,魔鬼反对上帝的大战从天堂转入人间。金不但描绘出世界末日的景象,而且将世界末日之后的永生国度——昂利里亚展现给读者。长篇小说《森林父亲》中作家则把生态问题和宗教信仰联系起来,将末日解释为一个旧时代的结束,也预示着新世界的到来。小说结尾出现很多被母亲抛弃、结成团体的野孩子形象,他们年龄多在 2 岁到 5 岁之间,最大的 15 岁,在医院趁病人不在时偷柜子里的东西,抢厨房的饭菜。格列勃发现他们是一群小蟑螂,总是集体行动,迅速出现和撤离,他们眼中闪动着野兽的眼神,充满野性和仇视,无人知道他们是否懂得人类的语言。孩子总是象征未来,无家也无爱的蟑螂野童的意象不禁使人忧虑害怕,他们将带来怎样的未来。不过,最后出现的怀抱孩子的格拉钦斯卡娅是圣母的象征,她将孩子抛入水中,象征基督教一个新的时代将要开始,作家预言这个时代将在公元 2100 年左右来临。在占星术中,认为目前人类处在双鱼座时代,这个时代一切都有着明显的两极对立。至公元 2100 年,人类将进入一个新时代,即水瓶座时代,那时物质性和精神灵性能够得到融合,人类身心都将得到全面的进化。金借用这个说法,表达了对人类新时代的渴望。他以孩童笑着落入水中象征末日之际的拯救力量,称这个男孩将成为新世界的森林父亲。《约拿岛》也是一部具末世论色彩的小说,小说中的世界是词语构成的世界,小说的完成标志着终结,这一切都应当顺从仁慈的上帝的安排。可见,这部被金视为创作终结之作的小说提出的永生思想中,东正教观念是占据主导地位的。金以贯注全篇的响亮质疑声,得出了皈依的结论:坚定信仰、顺从上帝是无可置疑的选择。

综上所述,金之所以不惜笔墨渲染末日的氛围,主要有两重用意。其一,是对现实发出警告,因为这些灾祸均有恶的源头,而拥有警醒之心无疑是信徒末日期待中最为重要的一环。作家为善与爱的远离焦虑,为恨与恶的蔓延心忧,因而不停地进行末日书写,发出警世呼声。其二,是号召基督徒以信徒的虔诚去完善生命,等待基督救恩的降临,实现信徒所期望的复活和永生。金热衷于以末日景象结束小说,足见作家对现世的绝望,因此,他的泪眼总是望向未来。末日恐惧与末日期待共存,金提出的解救之路在于以善心固守人性,以虔诚之心接近上帝神性,人类才有望抵挡恶的侵袭,摆脱有罪的存在,获得更高的本质,获得永生。

就基督教的教义而言,末日本身虽是终结与毁灭,却同时意味着更新与创造的开始。这些末日先兆并不是仅仅指向终结,更为准确的理解是将这些征兆视为警告,是针对存在于人内心的"信德的冷淡和对正义的无动于衷"的警示。[①] 因此,末日的意义首先在于警醒人们善用生命完善自己、保持信仰虔诚,而非告诉世人生命、历史发展和宇宙终结的最后结局;对信徒而言末日后的新天地将是转化,而非毁灭,末日将

---

① 肖恩慧:《末世论》,宗教文化出版社,2013 年,第 84—87 页。

带给他们复活和永生的希望。死者复活是基督教教义中最重要的部分之一，体现了信徒的信仰和对未来的希望，他们坚信基督死而复生，相信信徒死后可以与基督在一起，直到末日来临时，基督会让他们从死者复活并且得到永恒的生命。复活的前奏是死亡、末日，而复活的可能源于人原本具有的神性。

四、金的永生思想

就人类抗拒死亡的心理来说，复活与永生是普遍而恒久的渴望，但只有借助神话的形式才能得以实现。复活方式众多，例如俄罗斯民间故事中有生命活水，而在基督教中则是通过信仰实现复活。信徒们坚信，耶稣基督可以带来复活，基督就是爱，而爱是生命的保障，是比死亡更强大的力量。"吃我肉喝我血的人就有永生，在末日我要叫他复活。"（约翰福音 6:54）根据东正教教义，耶稣基督受难被钉死在十字架，死后第三日复活，他就是上帝赐予的弥赛亚，即救世主，在末日来临时，基督将再次降临，使死者复活，人战胜死亡，得救获永生。"东正教神学强调，领圣餐者领受救主圣体血，使自己的灵魂和肉体获得永恒生命的种子。"[1]教会对于死者复活后的肉体状况并无统一说法，但是都指出信徒复活后会超越原来堕落的肉体获得新的开始。基督教中关于复活模式观点不一，大致有如下几种。其一，人死后灵肉分离，灵魂继续存在，肉体的某些要素会保留，末日来临时灵魂与肉体重新结合；其二，死亡的人将以另一种方式存在着，"但与这个世界仍然有联系，直到末日新天地来临时才达到圆满"[2]。关于人死后到复活之间的阶段，"东正教认为死去的人会暂时停留在一个阴间的地方，等待最后末日，这个状态与天堂不同。但是他们也认为活人可以为亡者祈祷，帮助他们获得更加轻松的状态"[3]。金的小说中得到复活的人物既有经历苦难而顿悟的主人

---

[1]　Булычев. Ю. Ю. Православие: Словарь неофита. СПб. : Амфора. 2004. C. 74.

[2]　肖恩慧：《末世论》，宗教文化出版社，2013 年，第 118—119 页。

[3]　同上，第 76 页。

公,也有金设想中末日之后普遍复活的人类。他的复活观正是其多元文化背景的体现,受到东正教思想、佛教思想的影响,并且有费奥多罗夫、德日进等思想家的影响。金曾在与什克洛夫斯基的对谈中说过,哲学对他而言起点是西方影响在先,而后是佛教、道教、儒家思想的影响。

在金的人生经历中,受洗皈依东正教是具有转折意义的。他在一次访谈中说道:"受洗之后,平静的泛神论者消失。我的内心发生了一些变化。《松鼠》写于此前。我开始感受到启示录的焦虑,基督教充满这种焦虑。因为对基督徒而言最期待的不是战胜死亡,而是复活……"①虽然如此,金对于生死的理解却相异于东正教的观点,他相信转世,认为"我们会经历无数次死亡和出生"。当被问及他是否更像一名佛教徒时,金提出佛教与基督教并不冲突,"只不过佛教徒是从经验主义出发,感性地理解人类存在,对他们而言,每个人的存在就像是永恒链条上的瞬间环节。而基督教的理解更为抽象,将世界存在视为由开端(创世)、末日和复活构成的一个完整循环。因此,佛教徒不会把个体的死亡视为末世象征"。②

在两种宗教思想的影响下,金笔下的复活有两种模式:第一种是死后复活,但保留原来的特征,甚至外形,人物复活后获得穿越时空的能力;第二种是灵魂的转世,肉体变化,身份不同。第一种模式以《圣经》为原型,而第二种模式显然受到佛教影响。根据基督教的观点,"复活不是说灵魂与肉体分离后再次被交还给肉体,《圣经》告诉我们复活的是人本身。复活不是轮回转生,如印度教相信灵魂轮回直到清洁,因为灵魂在身体内是在监狱内,为了赎清罪过。清洁后解放于身体,解放于物质。但是这与复活不同,复活只是一次,在时间结束时发生。人的生命只有一次,不能重复"③。在轮回转世这一复活类型的设定上,金的思想明显带有佛教痕迹。耐人寻味的是,金将第一种复活模式用于整个

① Руденко С. А. Я пишу о бессмертии//Молоко. 2001 No. 9. 〔EB/OL〕. http://moloko. ruspole. info/node/46.

② Там же.

③ 肖恩慧:《末世论》,宗教文化出版社,2013年,第111页。

人类或个别带有天使神性的人物形象,而将第二种模式用于经历苦难尚未彻悟的怀疑者们。前者坚定信仰上帝,死后的复活灵肉不曾分离,他们从未丢失灵魂,死后得到永生。后者的灵魂迁移轮回转世则是灵魂漂泊无依始终在寻觅归处的隐喻,他们的转世看似战胜死亡,但并未得到永生,对于永生也尚无信仰,根源在于他们没能执着地追随基督,于是每一次的转世都似新生,却未走入永生。由此可见,金的宗教思想中,东正教的成分占绝对主导的地位。

金永生思想主要由东正教思想、印度教吠檀多派和佛教思想、费奥多罗夫、德日进等人的宇宙论思想资源这三支脉络构成,这三个方面融合交织,渗透在金的整体创作过程中。

首先,东正教精神是金永生思想的主干。金创作中期开始表现出明确的宗教倾向,将人生意义与价值的思考和关于死亡的思索置于东正教的学说中寻求启示。

"永生"是"基督教的一种教义,谓信者死后,灵魂升入天堂,永享富乐。"①就东正教思想而言,亚当必死的命运是由于他第一次犯罪而降临他本人以及他的后裔身上的,即亚当由于犯罪失去了永生。基督教中灵魂不是独立的,不是自足的存在物,而是被造物,善的灵魂能够永生,但不是凭借自身就能实现,而是要按照上帝的意志才能实现。事实上"永生"不但为宗教关注,而且是全人类关心的问题。对"永生"的思考离不开对"生""死"的理解,"永生"源于对生的渴望和对死亡的拒绝。在死亡的阴影下,在对生的切切渴望中,人类上下求索,为永生之路设想了种种途径和方向。

在第一种复活模式中,既有全人类的普遍复活,也有个别神性代表人物的复活。前者如《森林父亲》和《昂利里亚》中对末日之后世界的设想;后者如《松鼠》中的米佳、《昂利里亚》中的奥尔菲乌斯,这两个形象的设定带有天使的神性特征。《昂利里亚》设想了末日之后所有人得到复活的情景:消灭了疾病、死亡,乃至时间,人类迎来了一个新的世界,

①　谢路军:《宗教词典》,学苑出版社,1999年,第235页。

所有的人死后都复活,得到了永生。人们通晓各种语言,或者说他们所讲的是全人类共同的语言,圣经传说中因造巴别塔而产生的语言障碍消失了。甚至人与动物彼此之间也能够"心领神会"——通过思维不必开口讲话来"交谈"。人与人、人与动物、万物之间可以和睦相处,到处是平静和安宁。人获得自由,可以像鸟儿一样在天上飞,并且随时实现心中所想。根据基督教观点,"复活不是回到这个生命,或者其他必死的生命中,而是进入永恒的生命、荣耀的生命"①。金在作品中末日之后的复活设想正是按照这一蓝图进行描绘。

对于经历了死亡考验的米佳和奥尔菲乌斯而言,与其说死亡是思索生命的起点,不如说死亡更像是某种仪式。伊利亚德提出,一些转变的仪式,例如成年礼或入会仪式,对于原始人而言意义非凡,"要想成为一个真正意义上的人,他必须终止他的第一个(自然)的生命,然后再次出生为一个更为高级的生命"。因为"原始人希冀达到的人类的理想,是建立在超越凡人层面上的"。入会仪式能使他"达到一种对死亡难以理解的超自然体验,或者能够达到复活乃至被第二次出生"。而"入会的仪式、必要的磨难、象征性的死亡和复生都是由诸神、文化英雄或者神话祖先所确立的,因此这种仪式有着一种超人的起源;只要通过对这种仪式的履行,一个新手就模仿了一个超人的、神圣的行为"。在基督教教义中,基督的经历是复活的原型,金以此原型创作出的形象所经历的死亡便可视为一种仪式。米佳在下葬后在棺木中起身复活,并且追随基督的身影,奥尔菲乌斯陷入黑暗后环游世界对基督的追寻,都带有死亡仪式的特征,这问题关键在于,"宗教徒想要成为别的人,而不是作为他在一个'自然'的水平自我发现的人,并且努力使自己与神话向他揭示的那种理想的形象保持一致"。② 在经历死亡或死亡仪式之后,才有精神上的重生,对于基督徒而言,复活的目的正在于接近理想形象并走入永生。金认为精神存在是人类存在的最高形式,人类的肉体和灵魂

① 肖恩慧:《末世论》,宗教文化出版社,2013 年,第 119 页。
② 伊利亚德:《神圣与世俗》,王建光译,华夏出版社,2003 年,第 108 页。

都可以得到永生，在末日审判之前，死者的灵魂作为一种精神而存在，灵魂可以自由穿梭于尘世的不同时空。

金以东正教视角来看待世界，认为宇宙万物都是神的被造物。他以神秘的方式理解宇宙生命，以全部身心感悟永恒存在的意义。他的永生思想脉络中含有东正教思想、宇宙论学说和佛教因果报应的思想，呈现高度的融合特征。被金用作永恒生命力象征的有太阳莲、玉石、太阳、水，以及体现永恒生命力量的大海、森林、天空等意象。在创作的后期，金尝试在创作中虚拟永生世界，在写作中构建理想的精神存在。他的目光投向浩瀚宇宙，从宇宙的生命循环中获取灵感，从宗教学说中获得启示，他坚信人类可以实现永生不死。

其次，金的永生思想受到印度教吠檀多派和佛教思想的影响。与基督教思想为主导的第一种复活永生模式不同，金笔下第二种复活模式带有明显的佛教思想痕迹。金在对未来世界的构想中并未排除佛教的思想，并且在写作中尝试将佛教的轮回转世与基督教的复活融合起来。《伴着巴赫的音乐采蘑菇》里，金提到一位盲僧人，他在俄罗斯森林中对列京道出永生的真谛："春花之美不会逝去，它变成了果实之美。果实之美也不会消亡。它在果实挂在枝头逐渐成熟的过程中，变成果实理想中的和所爱之物的美……赐给世人长久的生命，是要他们有时间去爱更多的人，这些人身上体现着神。"[1]僧人一番话显然有万物转化的思想。此外，佛教相信灵魂不灭，可以转世，由一生的功过善恶来决定转变，而在东正教学说中没有轮回转世的说法。在金的笔下，人物死后可以复活，灵魂可以进入其他生物的躯体，甚至有人心兽体、兽心人形的转化。轮回和因果报应都是佛教术语。"'轮回'即流转、轮转。……众生今世不同的行为和业力（善与恶产生的效果），在来生就会获得不同的果报（结果和报应）；来生的果又造成新的业，进而造成未来世的果报，往复流转，轮回不止。轮回贯通过去、现在和将来三世。"因果报应也与轮回相关，佛教有"三世因果"说，"所谓善因有善果，恶因

---

① Ким А. А. Остров Ионы. М. : Центрполиграф. 2002. С. 178.

有恶果"。①金的作品中不但写到善恶有报,而且对于三世因果的报应思想也有所体现。

佛教中因果报应的思想可以解释《约拿岛》中列维卡和安德烈遭受的苦难。犹太姑娘列维卡一家是先知约拿的后裔,约拿在金的笔下是一个自私贪财的人,这罪恶的根源成为家族基因的一部分,正是固守钱财葬送了列维卡父母的性命,也为列维卡带来无妄之灾。列维卡善良美丽,在国内战争中亲眼看着父母被害,在自己受辱后精神失常。而白军贵族军官安德烈被红军抓获后不分青红皂白毒打、枪决,作者又归因于他的祖父曾经鞭打十多名无辜士兵。列维卡和安德烈此世为他人受难,因为他们未曾做恶,死后灵魂进入昂利里亚,战乱饥荒都不再带来影响。他们的灵魂还可以洗掉昂利里亚中的记忆,再度转世为人。书中美国俄罗斯贵族后裔纳塔莉亚·姆斯基斯拉夫斯卡娅前生是罗马尼亚王后,在美国她生活贫困,半工半读,为一位七十岁老教授做家务小时工。老教授提议同居,增加丰厚的薪酬,但是她为保持尊严和独立拒绝了优越生活。在约拿岛出现时,她的灵魂转世变成小黑狗,与前世的夫君多吉施蒂王子重逢,相伴离去。这样的转世在《约拿岛》中是无尽的,但金并非要写轮回转世宣扬佛教思想。他借鉴转世之说,往往通过灵魂的穿越之旅实现思想的探索,以轮回作为永生寻觅的经历环节,其善恶有报的原则与东正教精神并不相悖。在《松鼠》中,野兽的灵魂可以依附于人,左右人的灵魂。在《森林父亲》中,有一颗千年孤魂不断进入不同人的内心,体会他人的人生感受和思想困惑。灵魂迁移是时空转换的开启方式,伊依和《森林父亲》中的孤魂,都经常附着在不同人物的心灵中,体会他人的经历见闻与思想情感。不断转换的时空中,这些穿梭的灵魂孤独求索,这也正是缺乏坚定信仰的怀疑者们灵魂无依、随处漂泊的隐喻。

"在印度教中,基本关怀就是生死轮回;佛教则有所不同,所注重的,是进一步找出生死轮回的真谛,然后转化迷惘,开示醒悟,建立生死

---

① 　谢路军:《宗教词典》,学苑出版社,1999 年,第 379—380 页。

智慧,超脱根本的无助。基督教的终极关怀,则是要如何赎罪,进入永生。"①无论是生死轮回,亦或是末日后的复活,都是对生命永恒的追求。但是金的用意并非殊途同归地为永生给出世界宗教的注解。

《约拿岛》中的作家金数次灵魂穿越,他前世曾是空中飞翔的鹰族;曾变为动物,化作沙漠中的白骨;曾进入落水的约拿体内感受死亡的恐惧。他在寻神之旅中一再质疑上帝令人类受苦的用心,抗拒词语天使转达的上帝的旨意,拒绝写作,结果死后未能飞升为天使,而是被"贬"回人间,继续作家的苦思,完成该书的写作。无数次轮回中,金的精神煎熬和对生命意义的追问却从未得到解答。轮回在作家的笔下,不是一种无限循环以获得永生的方式,而是一次次踏上思想苦旅的精神受难。

《天堂之乐》中的轮回更加丰富多彩,作者从石器时代写起,一直写到第二次大洪水使地球生命灭绝。全书 33 章,几乎每个章节都有人物从过往或未来穿越而至今生,人物都有几世的生命体验,也有人与万物的轮回。主人公和其他人物并不是在世间寻觅某种甜蜜的喜悦,他们在令人头晕目眩的轮回辗转中疾驰,寻觅着他们从未失去的天堂之乐。"我不知道我该朝那儿去,也不知该向哪走。当人类认识到不论身处哪一个世界,此岸世界、彼岸世界、三维或四维世界,一切都是空,都无法解释言明时,就会出现人类内心永恒的不可遏制的强烈感受。天堂之乐是对存在感到极度绝望之后的巨大补偿,能让 9·11 的眼泪、广岛长崎的眼泪、印尼海啸时的眼泪干涸。人类为自己必然消亡之事奉献了全部力量和心神,期待着,这一切可以不必发生。天堂之乐是对人类的抚慰,这抚慰无法用逻辑思考,来自尘世之外。"②但是主人公阿金在寻觅天堂之乐以平复内心永恒痛楚的过程中,从未得到令自己信服的答案。在小说结尾,世界末日之后,他放弃了飞升进入永生的命运,冒着永劫不复的风险,希冀在最后的生命机会里得到答案,最终听到了上帝

---

① 冯沪祥:《中西生死哲学》,北京大学出版社,2002 年,第 79 页。

② Ким А. А. "Радости Рая" Анатолия Кима〔EB/OL〕. http://www.yppremia.ru/novosti/radosti_raya_anatoliya_kima/

的声音。他进入光明存在之前的刹那领悟到,宇宙生命准则的最高智慧和最大能量是宇宙之爱,这爱就是上帝。摆脱灵魂受难的方式只有一种,顺从上帝的安排,不再质疑上帝的爱,如此才能得到灵魂深处的宁静和快乐。可见,轮回不能代表金永生思想的本质,因为其永生观的核心是以东正教思想为主导的。

最后,宇宙论学说是金永生思想中的另一组成脉络。20世纪人类存在陷入极端的无序、散乱,人类不停为分裂感到痛苦,渴求整体性建构。危机和末日意识促使金从宇宙论学说寻求出路。宇宙论的基础是世界完整和谐的思想,与金的世界主义情怀在精神实质上十分合拍,二者都从整体上关注人类的未来命运,倾向于消除对立、分裂,结束混乱和无序,走向统一与和谐。金的永生思想集中体现于"我们"和"昂利里亚"精神乌托邦,宇宙论观点是金构建精神王国的重要思想资源。费奥多罗夫的"复活"思想和德日进提出的"欧米伽点",对于金"永生"观的影响有迹可循。

费奥多罗夫提出的普遍复活是使所有逝者复活,在金早期和中期创作中经常出现"我们","我们"不分彼此,是所有逝者的精神共同体,符合费奥多罗夫的观点。在金早期和中期多部作品中大写的"我们"是理解永生题旨的重要"声音",是虚幻时空中理想时空的象征。"我们"最初在《向蒲公英致敬》(Поклон одуванчику)中以大写字母出现时,还仅仅作为一种隐约模糊的感受,其含义尚不明确。从《莲花》开始,"我们"直指永生。《莲花》中的生命众赞曲"我们"象征了超越现实的精神世界,那里是所有善良的人死后的去处,这些人将以另一种方式存在,从这个意义上说,人是不死的,生命众赞曲就是这个"永生"的世界。这里汇集了所有生前行善者的声音,乐音永不止歇。这是一个纯粹的精神存在,金描述为"我将孤零零地躺在墓穴里,而我的声音将破土而出,重又归入众赞曲,并像白鸽般翱翔于天空,愈飞愈高,迎向宝石般闪光的日珥。在那里众赞歌声响彻云霄。我的爱,我的声声欢笑,我那明亮

如明珠的眸子都将随我变为我们,在合唱队里纵情歌唱"①。小说中,
"我们""不死"都以大写字母出现,作家赋予这两个词语崇高语体和哲
学内涵。在小说《软玉腰带》里,一位病人将玉带赠送给患绝症的瓦列
里娅,在对死亡的恐惧中痛苦的她接受玉带之后,重新思索生与死的问
题,她从中领悟,自己不是孤身一人面对死亡,玉带使她获得了承受苦
难的力量,喻示着人经历苦难仍必须保持对他人的爱,才能在精神上得
救,摆脱死亡恐惧。《软玉腰带》中的"我们"是强大的能量场,作为"不
死"的保障帮助克列夫佐夫夫妇克服了死亡恐惧。《松鼠》中,"我们"是
众人在"不死"中发出的声音。进入永生世界的主人公都反思自己的人
生经历,在永恒的背景上对现代社会进行剖析,谴责了庸俗人生和人性
的堕落。由此可见,"我们"的概念包括了过去、现在和将来的全人类的
声音,是人类精神世界的汇总。这样一种普遍复活的模式,正是费奥多
罗夫所倡导的。费奥多罗夫将死亡视为世间万恶之首,所有不幸的源
头。"死亡是盲目的不道德力量的胜利,而普遍复活则将是道德的胜
利,是道德所能达到的最后、最高境界。"②他所提出的共同事业就是使
所有死去的祖先复活,而不仅是生者摆脱死亡。《森林父亲》结尾主人
公预言,恶行只能带来毁灭,人们会因仇恨死去,在新的世界因爱而复
活。经历死亡之后,新世界将充满郁郁葱葱的森林,曾经的恶被去除。
作家以末日后复活的永生设想昭示出灵魂净化和道德完善的自救之
路:如果我们能够倾听内心善的声音,并且只跟随它的指引,就可以用
善、爱和创造获得永生的力量源泉。

　　昂利里亚是金为末日后实现永生而独创的神话,重复出现在《昂利
里亚》《约拿岛》《天堂之乐》中,德日进的思想对于昂利里亚精神王国的
构建至关重要。德日进在《人的现象》中提出:"世界末日是平衡的转

---

　　①　阿纳托利·金:《莲花》,石枕川译,《世界心理小说名著选:俄苏部分
(二)》,贵州人民出版社,1990 年,第 232 页。
　　②　费奥多罗夫:《共同事业哲学》(二),范一译,辽宁教育出版社,2001 年,第
375 页。

折,是意识的分离。"①他设想了地球的两种结局,其一是恶将减到最低限度;其二是恶与善同步增长,地球终结,而意识可以达到尽善尽美。金笔下的昂利里亚充满了对精神完善的新世界的设想。在《约拿岛》中,死后的灵魂处于不同的存在状态,有的人通过灵魂穿越实现在其他生物体上的复活,变成他人或某种动物;有的人死后依照物质不灭的定律,转化为其他物质存在形式,但灵魂依然存在,只不过忘却了前生的记忆;有的人通过苦难洗净了罪恶,实现了在昂利里亚中的精神永生;还有的通过信仰的力量实现了变容,得到永生。在小说《昂利里亚》中众人在自由王国昂利里亚普遍复活。在《约拿岛》中,与尘世并存有两个昂利里亚:一个是位于原始森林上空的西伯利亚昂利里亚,另一个是坐落于白令海峡海底的昂利里亚。前者是摆脱了精神死亡和世事磨难的时空存在,其中的生灵是充满高尚精神的不死之人。海底昂利里亚则是由西伯利亚丛林中一家麻风病院通过祷告实现时空迁移而成。麻风病患者们不再容颜可怕,而是变得比原来的自己还要美好。德日进在《人的现象》中提出,生命出现包括四个阶段,即生命前、生命、思想和超生命。"在未来,以某种形式,至少是集体的形式等待我们的,不仅有生命的继续,还有超生命。"②具体而言,这一过程就是由生命出现前的物质原料到生命出现后无机物过渡到生命境界,最后思想出现,再由生命层发展到心灵层。人类目前尚处在不断完善的进程中,正在向意识的更高阶段迈进。而基督降生、派遣圣神,生命发展到精神层,可以使人产生跨越,直到基督再临,人类世界才能达到完善,最后在爱中实现统一。德日进认为,"人类专心进化的最终结果是将会出现一个全球大同的人类世界"③。这与金的世界主义思想异曲同工。《约拿岛》中的麻风病人们正是通过集体祷告实现了容貌改变,在瞬移至海底神话世界时,他们获得了永生的自由。《天堂之乐》和《葛饰北斋的紫色秋天》里

①　德日进:《人的现象》,范一译,北京联合出版公司,2014年,第239页。
②　德日进:《人的现象》,范一译,北京联合出版公司,2014年,第187页。
③　戴维·利明、埃德温·贝尔德:《神话学》,李培茱等译,上海人民出版社,1989年,第154页。

出现死后的二维永生空间,意识在其中汇集,还可以自由穿梭,呈现出德日进预言中未来意识的凝聚特征,而且昂利里亚符合德日进对智慧圈顶点的设想。

德日进认为,智慧圈顶点存在着"宇宙的某种绝对顶点""普世中心""心理的内在化中心",这是宇宙进化论的终极阶段宇宙中人格化的绝对最终原则——"欧米伽点","地球精神智慧圈在几百万年后似乎注定要到达此中心"。① 对于宇宙未来"智慧圈"的能力,德日进在《人的现象》中形容为"数百万人的振动引起的共振","同时向未来施加压力的整个意识层","数百万年的思维的集体产物和综合产物"。人类的未来智力不断上升,民族与种族合成,全人类进一步联合,转向超验中心,达到"地球精神的完结和终结","世界的末日是整个智力圈在其复杂性和集中同时达到极限之后的一种内在的自我回归"。② 他对于消除死亡的理解与费奥多罗夫相近,就是与上帝合一。可以发现,这两位思想家都将科学思想和神学思想结合起来,在宗教乌托邦的神秘未来找到了人类的进化之路。德日进的思想中对于世界末日和宇宙未来的描写,被作家金以文学的方式展现出来。金的小说《莲花》和《松鼠》中有作为逝者不死精神存在的"我们",而《昂利里亚》《约拿岛》《天堂之乐》里,将永生形象化描述为精神王国"昂利里亚",在这个永生国度,大家灵犀相通,共享天国之爱,与德日进设想的未来"欧米伽点"有着明显共性。

总的来说,不论金中期创作《莲花》中的生命众赞曲"我们",还是其后期创作中的昂利里亚,都是对"永生"的想象解说,作为一种精神乌托邦,其思想建构以东正教的末世论和永生说为主线,以印度教、佛教的生死轮回说为补充,兼容费奥多罗夫和德日进等思想家的学说。

综上所述,金的"永生"题旨有如下多重内涵。首先,整个人类的生命存在是环环相扣、绵延不绝的链环,这是一个命运共同体。每个生命个体是其中的一个环节,因而从这个意义上讲,人类的生命是永恒的,

① 德日进:《人在自然界的位置·论人类动物群》,汪晖译,北京大学出版社,2015年,第145—146页。
② 德日进:《人的现象》,范一译,北京联合出版公司,2014年,第239页。

因此每个人都应当珍视自己的生命。这种思想突出体现在其早期的创作中,在金最早出现永生字样的《柔情环节》中,"我"理解了个体生命与人类生命整体存在之间的构成关系。

其次,在整个宇宙的存在中,生命与死亡是无限循环过程中的阶段,宇宙能量是不断流动、转化的过程。生命是永恒延续的,生物之间的残杀带来的并非是最终灭亡。不过,人的今生会受到前世或亲人前世的影响,所承受的苦难可能源自自己或亲人的罪与恶,因此人们应当行善。这种思想是佛教因果报应、轮回转世说的影响,在《松鼠》《伴着巴赫的音乐采蘑菇》和《约拿岛》等许多作品中都表露这一思想。

最后,对上帝的绝对信仰会带给人类挣脱死亡束缚的力量。在虔诚的信仰中,人们能够行善、博爱,即便承受苦难,也是洗净罪恶、走向永生的必经过程。信仰能够使人获得永生,摆脱时间,真正自由。这一思想在《约拿岛》和《天堂之乐》中表述得尤为清晰。

"阿纳托利·金带领读者通过展现生命的终结表现生命的伟大价值。他一再寻求从必有一死的'我'通往全人类不死的'我们'的途径。"[①]生与死永远是相连的,死亡在金的理解中,仅仅是生命存在的转化形态。在如此执着的"不死"追求中,闪现着对生命的珍重、对死亡的沉思。

2014 年的访谈中,采访者提问,《天堂之乐》中杂糅了"基督教、佛教、印度教的成分,还有多神教观点和无神论的科学假设",这些观点"彼此之间是否冲突",又是否"可以实现某种复杂难懂的和谐"。金回答道:"无论人类有多少种宗教体系,不管这些观点看上去如何不同,但是所有宗教学说都可以归结为一个共同问题:人如何对待神。神被齐奥尔科夫斯基称为最高理智,基督徒称之为天父,穆斯林称之为安拉,佛教徒称之为佛祖,印度教徒称之为梵。大家都向共同的神哀求祈祷,保护他们免遭隐藏着可怕危险的黑暗力量吞噬,免受黑暗力量降下的

① Бондаренко. В. Г. Образ человека. //Собиратель трав. М. : Известия. 1983. С. 566.

不可抗拒的灾祸，免遭死神的险恶和仇恨攻击。"①作家承认在创作中有
上述哲学思想，但是不认为这是各种宗教学说加上科学假设的拼接混
合，他尤其指出类似的折中主义是喜欢哲理化思考的作家所不能容忍
的。金认为自己小说中表现的是这些智慧因子尽力要去实现同一个目
标，即人类对最高正义的永恒期盼和躲避死亡险恶的庇护。对于小说
中的基督教母题，金认为"基督教主要思想'上帝就是爱'与宇宙之爱的
原则是联系在一起的。群星彼此相爱，宇宙家园就屹立在此基础上"②。
金的回答与吠檀多派的"人类宗教"说极为相近，但他从宇宙论的广
阔视角出发，因而他的哲思具有了极强的包容性。

　　金勇于在思想的苦旅中跋涉，他的哲理探索全方位涉及从宏观宇
宙存在到个体生命消亡等重要的问题，对善恶和死亡的思索是其创作
的永恒精神动力。金在关注人类精神世界的过程中，不断寻求使其完
善的途径。现实中恶的横行和面对死亡的痛苦使作家彻底走向宗教，
从多种宗教思想中寻求全人类的拯救和解脱。

第二节　善恶

　　善恶抉择是深为世界文学钟爱的永恒题旨。人性善恶是金痛苦思
索的哲理命题之一。善恶题旨本身作为二元对立的观念，在金的小说
中处在神与魔、自然与都市文明、人与野兽和魔鬼、爱与恨等一系列二
元对立的关系中，在形象系列和时空体系的隐喻中得到充分体现。金
的善恶题旨主要包括如下四重思想内涵：其一，善是自然与上帝的本
性；其二，人性善恶之分与原罪相关；其三，善与爱是人与人、人与自然
和谐共处的根本法则，反之，恶与恨是对立冲突乃至末日毁灭的根源；
其四，善是永生的保障，恶将导致灭亡。

---

　　①　Ермакова А. Ким А. А. Звёзды на небе любят друг друга//Литературная
газета. 2014. №24 (6467) (2014 - 06 - 18). С. 4.

　　②　Ермакова А. Ким А. А. Звёзды на небе любят друг друга//Литературная
газета. 2014. №24 (6467) (2014 - 06 - 18). С. 4.

　　首先,金从创作早期就表现出对人心中善恶的关注,他笔下都市道德题材中不乏迷失者和困惑者,善恶的抉择中个人选择不同,命运也因此改变。他将欲望、仇恨、嫉妒、残忍、贪婪等视为人性恶的表现,与之抗衡的是爱、善、宽容、同情。早期创作中自然是善的化身,自然之子是善的体现。《采药人》当中将善喻为环绕宇宙的能量:“在地球上方环绕地球的不仅是空气、磁场和瑰丽的日光,地球上方聚集着巨大的能量,当善良的人,而非恶人死去的时候,能量会增加一点,它永远不会消失,只会越聚越多。”①小说中有一个无名陌生男子,曾经英俊高大,家境富裕,妻子美貌,认为生活中一切美好都归功于自己的才智。然而身为名医却罹患绝症,他万念俱灰来到海边等待死亡,在此结识善良的朝鲜族女子曾子和朝鲜老人杜河洛,暂住老人家中。不识字、不懂俄语的朝鲜老人杜河洛一生孤单,曾在日本统治时期做日本人的家奴。日本战败后,他获得自由,住在海滨一座废弃小屋里,靠捡海带、采草药为生。他省吃俭用积攒了一生的钱财,总是随身带着,准备买房子养老。在一次喝醉酒之后,他的终身积蓄被偷。老人痛苦了一段时间,就又乐天知命地活下去。尽管一生劳苦、受尽欺凌,老人对待他人始终都报以善心。他对意外出现的陌生人也同样友好,虽然最初感到不安,但还是接纳他,与之分享自己仅有的一点食物和生活用品。他们之间言语不通,但陌生人在老人的身上找到了不畏死亡的力量。曾子的丈夫在狱中服刑,她一人抚养幼女,忠贞不渝地等待丈夫。她自己生活艰辛,却还常给杜河洛送食物、生活用品,老人也默默地关心她。来此求死的陌生人在杜河洛和曾子的善良中,领悟宇宙间最强大的力量就是善,与人为善、为他人付出才是人生价值所在。他相信,杜河洛死后不会下地狱,而是会向上飞升,汇入宇宙中善的能量里。陌生人领悟善行之于人生的意义后,不再消沉,开始坦然平静地对待生死。

　　金早期作品中有很多人生坎坷、历经苦难的主人公,他们都以默默

---

　　①　Ким А. А. Собиратель трав. //Соловьиное эхо. М. : Советский писатель. 1980. С. 350.

承受来面对苦难,这些人物并无明确的信仰,善良是他们的共同点。《海的新娘》中的女主人公是以捞取贝壳和海带卖钱的女子,人们叫她"海的新娘",在远东地区人们把下海采贝的女人又称为"海女"①。丈夫因渎职入狱,她一人吃尽辛苦将五个孩子带大。她习惯了每天早起下海,整天操劳,直到子女长大成人,丈夫刑满释放。丈夫出狱后变得冷漠孤僻,而子女生活中的不幸让她烦恼,拾贝时压在肩上的沉重背囊也越发令她难以承受。在她心疼却又无力保护三女儿富子时,在她对唤起丈夫的爱彻底失望后,海的新娘无助地向女友哭诉,想要卸下生活的重担,到海洋那边的对岸去生活。可是,她也只是哭诉而已,她仍会背负重担,在苦难中坚持下去,一如她曾经做到的那样。小说结尾处,天边晚霞如火,从中飞出一大群鸟,它们默默无声地飞翔,海女注视着鸟儿,感叹它们居然没有被烧坏。这一景象就是经历苦难浴火重生的隐喻,海女从中体会到承受苦难的精神力量。

"应该按人们古老的方式,像考虑生一般考虑死,如果生前多多行善,死后也就不会再有遗恨。"②这是《莲花》中对善的东方式的解说。母亲一生经历了战乱、守寡、逃难、强暴、病痛、瘫痪、殴打,去世之前两年已经无法动弹,弥留之际她意识模糊地忆起从前,这些悲苦的记忆碎片记载着她的坎坷人生。母亲去世前的苦难加重了儿子洛霍夫的负疚心,但经历了多年的痛苦、质疑之后,洛霍夫还是顿悟了如何平静接受死亡、以爱和善面对人生。一心行善,也为与世隔绝的老牧人带来美好的生命感受,作家通过太阳意象在他眼中的变化体现了善的力量。老牧人查基亚尔害怕安拉,他看到和想到的都是摧残人的情景,于是躲入大草原,自由自在地放牧,他将太阳视为忿忿然的独眼龙老爷,自认为是太阳的自由奴仆,连外面世界的战事也全然不知。屈辱中逃生的半疯母亲怀抱婴儿躲避战乱,路过爱尔顿湖畔的世外桃源,被查基亚尔收

---

① 参见金亚娜:《期盼索菲亚——俄罗斯文学中的"永恒女性"崇拜哲学与文化探源》,人民文学出版社,2009年,第137页。

② 阿纳托利·金:《莲花》,石枕川译,《世界心理小说名著选:俄苏部分(二)》,贵州人民出版社,1990年,第271—272页。

留,让她们在此休养。他选择了善,从此他发现天上的主人原来有另一只眼,就是月亮,这使他感觉太阳主人的面相同众神一样慈爱。善为这个小避难所带来爱与生机,老牧人的心听从了善的指引,对世界的理解也温暖和谐起来,拥有了感受爱的能力,曾经令他感到害怕的太阳也变成了慈爱的神。

其次,总体来看,金对人性恶的论断倾向于东正教思想,将恶解释为人的原罪、堕落,即"罪"与"恶"同源共生,而将上帝作为至善的体现,并企盼上帝的救赎。金的思想中,神是至善仁慈的,神的创造是善的体现,因此作为被造物的人类和万物也分有上帝的良善属性。即便是因人类堕落而受到的惩罚,也是上帝对人类的拯救,同样体现着善的属性。可见,善恶抉择直接关系到永生,善成为进入永生的必备条件之一,因而善恶抉择的题旨是从属于永生题旨的。从中期开始,金的写作视角开始扫视人类古今、天地寰宇,善恶观表现出浓郁的宗教特征,将极权压迫、战争杀戮、信仰失落作为恶的表现。

中期创作中,金开始对人类未来的命运充满担忧。20世纪人类经历了自然灾害、疾病瘟疫、战争洗劫,人类面临生态恶化、人性堕落、远离上帝等种种问题,敏感细腻的作家痛彻心扉。1991年,苏联解体,退出世界舞台,留下满目疮痍、百废待兴的俄罗斯。这使原本充满危机意识的金更加痛感末日将至,在他笔下恶的威胁不免强大起来,善则屡屡受到戕害,最后只有走向皈依,才能借助神的至善取胜。作家将善恶之争化为宇宙的混沌无序同和谐秩序的斗争,为善恶找到宗教和宇宙学说的本源,并且期待宗教的神话可以引领人类走出迷雾,迎来新天新地。金笔下的上帝是至高无上的善,是慈爱的。"没有爱心的,就不认识神,因为神就是爱。"(约翰一书4:8)他认为人们追求至善的过程就是上帝关怀、拯救的过程,因此在《约拿岛》中,守护天使告诉金,人在乞求拯救时,他便已经得救,上帝以善和爱实施拯救。

《松鼠》里兽与人的斗争是兽性与人性的斗争,也是善与恶的较量,但斗争的根源在于对神性的体悟。金痛心于社会弊端造成人的野兽化,指出这种恶的力量非常强大,它压制人的个性和尊严,给人的精神世界造成重重束缚,导致人个性丧失,无法获得自由。金将其归咎于人性堕落,认为其根源在于人们远离了自己的守护天使,给了野兽幽灵可乘之机。凯沙受恶念驱使对待发疯的母亲逐渐失去爱心、粗暴无礼,母亲去世后凯沙腿上长出恶的化身——连体侏儒兄弟。凯沙曾经是有理想、有才华的年轻人,但内心在野兽魔咒作用下放弃创造,又没能守住人性善的阵地,结果向恶同化。凯沙最后精神崩溃,举起斧头杀掉一匹马,他的幻觉中,这是一个与他熟识的人转世的化身,他疯狂的宰杀之举是为了使此人脱离劳累的马的命运。凯沙不仅体现了恶念的折磨,最终还实行了杀戮之恶。他的人生毁于远离神性创造的秘密,继而失去了善的人性,最后走入疯狂与罪恶。

在《松鼠》中,那些人形兽魂的妖怪其实正是人性的复杂写照。松鼠伊依胆小怕事,莉莉安娜的母鸡妈妈愚蠢可笑,出版社总编助理狼狗克拉皮瓦暴躁好斗,澳洲富豪母狮夏娃果断凶猛。“动物通常象征着潜意识自我,动物代表着我们的本能属性以及与周围环境的天然联系。”①金采用动物寓言的写法,以动物隐喻人性中的弱点,以野兽的幽灵隐喻人心的恶,以妖与人的暗战隐喻人性与兽性的争斗、善与恶的对抗。这场角逐旷日持久,难分高下,因为人身上的兽性作为自然本能的存在,是难以去除的。作家通过米佳的困惑写出了在人的世界里人性与兽性天然并存的事实。米佳被黑猪杀手阿尔秋什金杀死,他看到黑猪对他一笑,紧接着像完成任务一样扣动扳机。米佳复活之后,对这笑容和谋杀的联系仍感不解:“难道天使在那可怕的一刻能够立刻变成魔鬼吗?那么善与恶、人与兽还有没有分别? 或者说这一切都是一体的?”②不过,作家以艾鼬莉莉安娜为例,指出通过精神提升获得新生之路。莉莉安娜由于对阿库京的爱而超越自己的兽性,开始向更高的境界提升,由妖变为人,最终也进入“我们”的不死行列。这部作品的宗教思想表露已经比较明确,作家把人心的恶作为兽性的幽灵来描写,与之相抗衡的

---

① 荣格等:《潜意识与心灵成长》,张月译,上海三联书店,2009 年,第 175 页。
② Ким А. А. Белка. М.: Центрполиграф. 2001. С. 150 - 151.

是对上帝神性的追随、爱和创造。

　　再次,在金对人性善恶的考量中,仇恨被视作恶的源泉。《夜莺的回声》中,一战爆发之后众人盲目排外,心性善良的奥托被怀疑是德国间谍,受到无端攻击,感觉到"人与人之间像狼一样"的战争前奏。在他人的恶意和仇恨中,在对人与人之间出于欲望和恐惧将要彼此伤害的预感中,奥托绝望自杀。人性与兽性的抉择中如果狼的原则战胜,必然为去除死亡恐惧满足生存需要而争斗,狼性原则就是战争的本质。《复仇》中的凶器是贯穿始终的恶的意象,死亡的象征。这是一把铁质镰刀,体现着杀人恶行,象征着家族仇恨。崔淳国是父亲为复仇带到世上的孩子,他曾经只为复仇活着,父亲去世前要他发誓报仇之后再去寻找个人的幸福,因而消灭仇人就是他生活的唯一目的。他追踪仇人多年尚未找到时机,过着漂泊孤独的生活。淳国身边携带的生锈镰刀是当年仇人杨砍掉姐姐头所用的凶器。当淳国报仇未果反被仇人之妻杨氏救治后,二人相处情如母子,淳国遂放弃复仇想法。不料,在意外事故中,老妇人如她预知的那样死于铁器,宿命般清偿蔡家仇怨。淳国低声诅咒自己,因他的复仇,一个已被他视为母亲的老妇付出生命代价,他终于懂得仇恨和报复无法替恶人赎罪,只能带来恶与不幸。顿悟之际他没有哭,"因为真相之中没有悲伤、哭泣,只有无边的庄严的寂静"[1]。淳国对复仇也曾犹豫,遇到心爱的姑娘之后他对待周围世界的态度有所改变。虽然仇恨压制了他获取爱情的勇气,与幸福近在咫尺的淳国拒绝了姑娘的爱,然而他对待别人的态度变得热情、和善起来。但仇恨与幸福总是无法相容,他选择了前者,便与后者远离。直到最后淳国真正从仇恨中解脱,放弃复仇的想法,他才再次开始憧憬幸福,想到了家乡的求婚习俗,准备带上一只鹅,去见心爱的姑娘。可见,当仇恨占据人心时,善良和幸福就会走远。只要复仇发生,也必带来恶果,淳国的复仇恶念并未实行,善良老妇却意外丧命。她的死挽留住淳国内心的

---

　　[1]　Ким А. А. Месть//Соловьиное эхо. М.：Советский писатель. 1980. С. 55.

善,唤起他对生命的敬意,使他彻底走出复仇阴影,以和善之心开始平静的生活。作者积极倡导张扬人性中的善,体现出善恶有报的思想,认为放弃复仇更能理解幸福,坚守良善方可走入不死。这一时期金对善与恶的理解与对宇宙中生命哲理意义的追寻是同步的。

最后,友爱与良善是复活进入永生的先导与保障,恶与仇恨只能加速灭亡。写于 1988 年的《森林父亲》将善与恶的对峙角逐放至世界范围,包括人类社会乃至整个自然界。世上万物原本是和谐的整体,是人类违反自然法则的恶行破坏了这种和谐,毁掉了森林,毁掉大自然。《森林父亲》中以树木隐喻"善",以卡雷内奇蛇和喀迈拉隐喻"恶"的势力,恶的力量只能带来毁灭,而"善"蕴涵着复活重生的可能。作品中的善恶和宗教信仰联系紧密,对末日的隐喻解释更是宗教式的。《森林父亲》中代表恶的孤独感渗透进人类的整体意识中,成为毁灭人类的最便捷途径,恶滋长了人与人彼此的仇恨,于是疯狂加入到相互消灭的争战。对大地母亲,人类毫不珍惜,一味掠夺、破坏,人类的恶浸入大地,最终导致丰产农神荒芜、枯竭。人类已经极尽所能地作恶,无论是对待自己、他人或自然。人类走入了自己一手造成的生存困境,主人公忧心忡忡,在这样的末日情境中,哪里才是其精神家园和终极归宿。小说结尾将希望寄托于未来,作者相信恶将被消灭,善和爱将主宰世界。对兽性、暴力、极权带来的恶,金持坚决的否定态度。在《半人半马村》中同样描写了末日景象。在可见世界里极权暴力和恶盛行之际,四指外星人出现,可见的世界将被毁灭。在这两个世界里都找不到爱和正义的形象化身,采用暴力手段是唯一的征服方式,是解决纠纷恢复秩序的途径,同时,在结尾成为末日来到删去一切重新开始的唯一办法。以恶止恶、以暴制暴非但不能带来和谐,还会招致毁灭。在费奥多罗夫的观念中,自然是非理性的力量,"调节意味着把操生杀大权的力量变成再生和起死回生的力量",人类可以"将意志和理性带进自然……把善良的意志带给世界,因而也就是当人们成为上帝意志的工具时,人就将控制自然",①人类也将战胜死亡。可见按照费奥多罗夫的观点,人与上帝意志合一,善良意志就会使人进入永生。

总体来看,金以对上帝的坚定信仰为前提,以友爱、善良作为死亡的对立因素,认为这是获得永生的必备条件。《莲花》中每个生前行善的死亡者都在"太阳莲"的引领下步入"生命众赞曲"。从《松鼠》开始,复活与永生、与对上帝的信仰变得密不可分。在其后的《昂利里亚》《约拿岛》《阿丽娜》中,书写魔鬼对上帝的背叛和坚定信仰的力量成为创作主旋律,金一再发出坚定信仰的呼声,倡导绝对信靠必能带给世人永生,张扬爱与善良是战胜死亡、克制恶行恶念的法宝。

金是一贯坚决向善的。金的笔下有许多擅于在痛苦中反思、在磨难中成长的人物,他们都自律自省、追随基督,坚守内心的善良。善良能够带来悲悯同情、关怀友爱、带来生活中的秩序和转机。《森林父亲》中柔顺的玛丽娜一生与世无争,虔诚地相信上帝。她曾因丈夫不忠而内心抱怨,结果手臂的疼痛日益严重,几乎残废。当她以为见到了基督,跪倒在基督面前时,手臂的疼痛立刻痊愈,一直到死,再也没有为此受苦。从此她顺应命运的安排毫无怨言,忍耐而且顺从,善为她带来永生。她所坚守的善遵循了东正教的教义。《阿丽娜》中不懂怜悯同情的小混混打了外婆之后,在黑帮发生枪战时,因曾作恶的手失控,他未及拔枪便被打死,恶带来死亡。在金的感受中,世界是一体的,善念与恶行彼此联系,因而善恶有报;个人的出生、死亡与整个世界神秘相关,因而对于善良的人来说,死亡不是终点,而是精神生命在另一个更高存在的延续,他坚信,人类精神生命可以生生不息,善是维系的力量源泉之一。

善恶对立是金小说中形象体系和时空体系隐喻功能比照特征的思想源头。善与恶的内涵和表现在金的不同创作阶段体现出较大的差别。在金的早期创作中,善恶的二元对立融合了东西方的神话特色,至

---

①　费奥多罗夫:《共同事业哲学》(二),范一 译,辽宁教育出版社,2001 年,第397 页。

中期逐渐呈现出变化,由东方式的"因果报应",转化为以东正教观念和宇宙论思想为主、兼有佛教思想的善恶观。金早期作品中所写人物有远东地区的朝鲜移民、俄罗斯平民、流浪汉,这些人物都行善自律,善的闪现是远东精神特征的突出表现。从中期开始,金的笔触更多转向恶的揭示,利用种种魔怪形象集中表现恶的形态。魔怪代表对和谐、永恒的背叛,体现死亡、仇恨、混乱、恶的本质,是与宇宙永恒、和谐、爱与善的原则相悖的。恶的力量强大,人心常常难以抵挡。金将恶的存在作为一个事实,让一系列的神话、童话、寓言形象来"扮演"恶,其实是在为世间的不完美、人性的不和谐找到宗教意义上的恶源。金所塑造的人物,其内心向来是善与恶的交战之所、魔鬼与上帝争夺的战场。作家塑造这些魔怪,其根本目的是探讨人类精神世界所面临的问题,期望"对症用药"实施疗救。虽然身为虔诚的基督徒,但他并未局限于基督教对恶的阐释,他没有放过任何的恶之源。他的思想纵观古今、投向未来,期待从宇宙的广角,以强大的神性、多元的路径拯救人类,去除不完美,走向爱与和谐。

金所构建的都市时空、战争时空、监狱时空、苏维埃时空、反乌托邦时空,均突出了恶的象征,与之相对的是体现善的永生象征、至善的神和神使的形象、家园时空、理想时空等。在都市时空中,魔鬼是恶的化身,他们的出没加剧了人性的堕落,使都市精神面貌愈发阴暗。在《松鼠》中,莫斯科街头遍布野兽,表现着作家深味的精神荒凉。在《昂利里亚》中魔鬼在都市横加破坏,诱人作恶。与魔鬼的恶行相比,人类作恶更为可怕,因为恶带来死亡,人类走向恶,意味着走向自我毁灭。在《"新宗教"》中,贪婪、情欲抹黑了人心,庸俗者堕入精神虚空。《森林父亲》和《约拿岛》的战争时空中,悠游于天的恶龙象征死亡,隐喻毁灭结局,而人类的肆意妄为和彼此仇视正加速自我灭亡时刻的到来。监狱时空的囚笼意象代表着对自由的剥夺,对精神的奴役,一个个戴上锁链的灵魂在窒息中挣扎。反乌托邦时空以极权暴力隐喻罪恶,个体生命在极权统治下转瞬被毁,观者甚至不会动容叹息。这些象征着恶的意象令人感到悲凉,因为其中真切地反映出丑恶泛滥的现实。作家将贪婪、情欲、背叛、死亡、囚禁、杀戮、极权等恶的实质归因于人类对上帝神性的背离,人心中善和爱的失落,因此视人类遭受的和面临的各种灾难为上帝的惩罚。

金为善与爱的远离焦虑,为恨与恶的蔓延忧心,他的创作就是警世钟声。金热衷于以末日景象结束小说,这足可视为作家对现世的绝望,因此,他的泪眼总是望向未来。在堕落的尘世中,存在的困惑格外需要一个强大的精神慰藉。回望无路,只有前瞻。金提出的解救之路在于以善心固守人性,以虔诚之心接近上帝神性,人类才有望抵挡恶的侵袭,摆脱有罪的存在,获得更高的本质,获得永生。

第三节　变形

变形母题在世界文学中并不陌生,它作为神话隐喻思维主导下的一种故事类型一直活跃在文学作品中。从世界文学中奥维德的《变形记》、阿普列乌斯的《金驴记》、卡夫卡的《变形记》,到苏联文学中艾特玛托夫的《白轮船》,再到俄罗斯文学中佩列文的《昆虫的生活》、托尔斯泰娅的《野猫精》等作品,任何时期、各国文学中都不乏变形母题。变形母题最初基于原始人对世界的理解方式,即认为人与世界是一个整体。卡西尔提出:原始人的生命观是综合的,"生命没有被划分为类和亚类;它被看成是一个不中断的连续整体,容不得任何径渭分明的区别。各不同领域间的界限并不是不可逾越的栅栏,而是流动不定的。在不同的生命领域之间绝对没有特别的差异。没有什么东西具有一种限定不变的静止形态:由于一种突如其来的变形,一切事物都可以转化为一切事物,如果神话世界有什么典型特点和突出特性的话,如果它有什么支配它的法则的话,那就是变形的法则"①。变形产生于原始文化,受到"物我同一"思维方式的支配。原始人相信人与世界合而为一、万物可相互转化。在这样一种对世界的理解方式下,变形是生命的流动转化,

---

①　卡西尔:《人论》,甘阳译,西苑出版社,2003 年,第 134 页。

甚至可以将死亡也纳入生命形态的转化过程,将生死视为不可分的连续整体,如自然一样也可纳入无尽的循环中,并因此克服向死的恐惧。例如,人与植物的互变母题直接根源于人看到植物每岁荣枯时的直观感受和由此产生的生命永恒的想象,寄托着人类对永恒的渴望。传统上变形母题无非以下类型:人变植物、动物、器物,或反向变化。

变形(воплощение,превращение)是理解金独特的世界感受的关键词语,是作家宇宙观中的重要法则,即万物转化原则,变形的最高境界是主显圣容。基于这条原则,金的作品里经常出现神奇的变化,如灵魂迁移、死而复活、人树转化等等。变形可按照性质大致分为两类:一类是与永生奥秘相连,一类是与妖魔变形相关。早期作品里与永生相关的变形的出现十分隐蔽,如《莲花》里,洛霍夫将橘皮变成"太阳莲",母亲变成太阳莲使者,死者变成"我们",这类变化将现实中的某物或某一刻与永恒世界联系起来。另一类变化则是妖魔变形,《松鼠》《森林父亲》《昂利里亚》《孪生兄弟》等作品中有大量的妖魔会变形。从中期创作开始,魔怪的变形情节出现得更多,成为变形的主体。神话、童话中魔怪形象的介入使善恶相对的隐喻表达得更为丰富。

变形母题最初与自然主题有关,可以解释为生命的普遍规律,在金的创作中,则将之用于象征永生。金笔下的永生世界是完善的精神世界,是比尘世更高的存在。这一主题在作家创作历程中发生着变化,具有多重内涵,在人类整体存在中体会生命永恒是其中之一。他执着相信,人是不死的。他对现世人生的描绘总是充满苦难血泪,人物在现世生命中充满孤独感,对死亡尤为忧心恐惧。但是写到死后,则通常笔锋陡转,在金的理解中,死亡只是自然生生不息的一环而已。他的人物常会以声音存在,在插话中提及前世来生,仿佛浩渺宇宙空间中回荡的不死灵魂为生命做出的旁白。整个人类的生命存在是环环相扣、绵延不绝的链环,每个生命个体是其中的一个环节,因而从这个意义上讲,人类的生命是永恒的,因此每个人都应当珍视自己的生命。这种思想突出体现在其早期的创作中。卡西尔认为,在神话思维中,个人意识基于原始的共同意识,"原始的共同体意识绝不会停留在我们高度发达的生物类概念所设置的界限上,而是要超越那些界限,追求生物之总体性……他曾以为自己是生命总体链条中的一环。在这链条中,每一种个别生物和事物都与总体有着神秘的关系,因而持续不断地转化。一物变形为另一物,看来就不只是可能的,而且也是必然的,是生命本身的'天然'形式"①。这正是金在早期创作中要表达的主旨,金笔下的变形母题首先就在表达对永生的执着追求。

《莲花》中洛霍夫在绘画中看到变化的特征。他所理解的绘画"并非是某种不可能再展开的、终极的、无可争辩的结论……它应当是一种复杂的、艰难的、将变化凝于一体的作品,换句话说,它应当是人所期望的永无尽头的神秘进程的一种可见的印迹和形象,一种高度凝练的反映,一种猛烈的步伐,一种强烈的声响"②。在艺术视角下,日常物品也以变形的特征与永恒世界相联系。金详细描写了洛霍夫将橘皮变成太阳莲的细节,意在表现日常事物变成永生象征的变形母题。由橘皮变成莲花的过程,在艺术家看来,与自然变化和人世生死转化本质相同,而太阳象征着生命力,于是,生命将逝、死亡将至的时刻,太阳莲仿佛是来自另一个世界的礼物,喻示人死后不会消失,将转化为另一种存在方式,为弥留者带来生死领悟和接受死亡的精神力量。太阳莲首次出现是在母亲临终前,橘皮变为莲花。卡皮察认为小说中这个细节就是明显的"变形"。"与母亲天人相隔之际,发生一系列变形,按照多神教观念,这是将死亡视为由一种生命形式转化为另一种生命形式。"③太阳莲第二次出现时,橘皮的形象消失,已经去世的母亲变为年轻女子,诸神众赞曲"我们"中的一员,以使者的身份重返人间,手中太阳莲灿烂发光,为善良的老朴照亮走向永生的路。《莲花》中,母亲、洛霍夫都在死

---

① 卡西尔:《神话思维》,黄龙保、周振选译,中国社会科学出版社,1992年,第213—214页。

② 阿纳托利·金:《莲花》,石枕川译,《世界心理小说名著选:俄苏部分(二)》,贵州人民出版社,1990年,第207页。

③ Капица Ф. С. Неомиф и его трансформация в прозе конца XX в. //Русская проза рубежа XX‐XXI веков: учебное пособие. Колядич Т. М. М.: Флинта. Наука. 2011. С. 92.

后汇入生命众赞曲——自然生命、肉体存在结束之后的灵魂居住地,实现了由生到死,再经由死亡进入永生的转化过程,化作精神实质而永远存在。

《森林父亲》中变形母题表现为人与树相互转化,以"人—树"神话隐喻表达核心主题:人是自然的一部分,不应自命为世界主人,应与树一样学会和谐相处,否则将自取灭亡。在森林父亲造就的世界上,人和树的生命相通,还可相互转化。许多民族的神话中都体现出树与鬼神的关联。斯拉夫神话中有着人的灵魂可以迁移到树上的观念。在斯拉夫民族文化中有许多迷信传说和仪式都建立在人树之间存在密切联系的观念基础上。比如,"关于人起源于树的观念,相信人与树可以相互变化,相信树与人构成双重人格,确定树能够将自己的生命力转移给人,最后,还相信树能够看到、听到、感觉到,有时还会像人一样说话"①。小说中树变人的情节出现不多,仅写到瑞典国王卡尔由桉树变成,而树木中的灵魂也会随同砍伐进入伐木者的身体中,实现"人—树—人"的循环。小说里写人变成树的情节有两种类型,其一是人死后灵魂转世成为树,因此在战争阴云密布的 20 世纪第二个十年,森林里的树木明显增加,而大地上的人减少了。不同的树木也因注入死者的灵魂而具有人的感情和特征。有一棵椴树是悲伤之树,因自杀的女医生的灵魂注入其中。椴树在俄罗斯神话中是春夏生命力的体现,又象征斯拉夫神话中爱与美的女神拉达。小说中格里沙因偷东西被活活打死,灵魂附身于一棵小橡树。他忘记了作为人的过去,不再有恐惧和折磨留下的痛苦记忆。人变成树的第二种类型是活人变成树。斯捷潘在二战前线负伤时,亲眼见到一名德国士兵在绝望的逃亡中瞬间变成一棵树。其实,在许多神话中,都有暴力被杀或躲避追杀者变成植物的原型,例如希腊神话中的阿多尼斯打猎时被野猪所伤而死,他流出的鲜血变成了玫瑰,另一位希腊神话人物阿提斯死后变为松树。金采用了人变身

① См.:Смирнова А. И. Русская натурфилософская проза второй половины XXвека. М.:Флинта. Наука. 2009. C.169.

为树的神话意象,将人与树视为可转化的生命存在形态。在这种神话模式中,人的死亡仅仅作为转化环节起作用,在神话世界实现了生命永恒。

"在神话中,与身体相关的神话意象十分常见,身体的变化具有创世意味:盘古死后化生万物,是一个世界重建的过程;女娲之肠'一日七十化',显示自我身体与万物之间的转化关系。这些多种生命体组合而成的神话意象,打破了物与物之间的隔阂而成为和谐的整体,这实际说明整个自然万物之间就是一个'完整的身体'。"①在《森林父亲》中人和树之间感觉与情绪相通,作家常以树代人,描写人物的感受。当斯捷潘妻子去世后,他又过起了原来的生活,但没有了卷曲的树冠,还断枝处处,他的生命枝干上还出现了树洞,各种小昆虫在里面安了家,它们啃食着树的躯体。他这棵生命树里住进来一只毛绒绒的小野兽,每到夜晚它就在树干里跑上跑下,斯捷潘感觉到它尖利的爪子和难闻的气味,它的迁入使斯捷潘不得安宁。他生活中的新事件"是他生命的绿色树冠新添的枝杈,而树干还深深扎在密林中"②。在斯捷潘的生命体验中,人与树形神合一,正符合斯拉夫神话中认为树是人的同貌人观念。

灵魂穿越是金小说中实现变形的重要方式,在这种类型中的变形有时仅是制造时空穿越的叙事框架程式之一,有时则表现出轮回转世的思想痕迹,因而出现在不同作品中时含义差别很大。例如,《森林父亲》中的俄侨商人是农妇玛丽娜的叔叔,当年他将土地交给弟弟,玛丽娜之父管理,自己在菲律宾经商致富。他在深刻的思乡愁绪中失常,生命终结之际,他召唤所有能穿越时空的力量,凝神专注,于是发生了奇迹,他的魂魄化作田夫鸟(又名凤头麦鸡),在森林上空盘旋鸣叫。他感受到白桦林梢随风律动,听到风入枝叶间的喃喃私语,看到俄罗斯大地上的黑麦,在死亡的瞬间灵魂回归乡土。《松鼠》中的伊依可以让自己的灵魂穿越到任何人、任何动物的体内,去体会他们的感受。他有时会

---

①　王怀义:《神话现象学的逻辑原则》,《文学评论》2015年第2期,第44页。
②　Ким А. А. Отец-лес. М.：Рипол классик. 2005. С. 32 - 33.

为其他三位同窗"代言",以自己的视角来讲述附着在他们内心世界时的见闻,这无疑为小说的跳跃性叙事提供了灵活的方式。

金的灵魂穿越思想应当与其宇宙观结合起来理解。金认为,在整个宇宙的存在中,生命与死亡是无限循环过程中的阶段,宇宙能量是不断流动、转化的过程。人的灵魂是不死的,可以实现转世为人、为物,以别样形态示人。人的死亡仅是生命存在形式的变化,作为宇宙生命能量的一部分,人类永生。例如,《莲花》中人死去进入"我们",化为溪流、天上的云、皑皑白雪存在。《约拿岛》中,当一行人来到海底,看到曾经的苏联公民死后变为海底生物和繁茂的海草,集中营犯人变成海底自由游动的鲱鱼。金借此希望表达这样一种永生思想:生命是永恒延续的,生物之间的残杀并不能带来死亡。《天堂之乐》中作家强调了万物同一、相互转化、并无分别的思想。从小说开始部分就出现这样一句话:"我和亚历山大之间毫无一物。"这个句子突然出现在原始人阿金脑海中,之后在他每一次转世轮回中都经常被想起。这个句子在整部作品里不断被重复,改写,再重复,成为"我和……之间毫无……"句式。这个句子的意思通过亚历山大大帝的领悟得到揭示,当他望着手中利剑时,顿悟剑下死者与持剑人本是同一时空中统一而不可分的、有相同实质的一体存在,这就是"我和亚历山大之间什么也不存在"的内涵:生命是一体的,互通循环、不分彼此。换言之,可以借用金早期作品常用的词"我们",理解为我和亚历山大是"我们"。由于彼此无差别,万物同一的世界不会有死亡,只有转化。

上述变形体现生命永恒的共同特征,代表生命终结的死亡,也被转化为精神的存在而融入永生。在有形的物质世界,作家以写变形来引导读者深省世界内在不可见的精神层面,这类变形中最具神性的是变容。"变容是俄罗斯东正教传统中的宗教术语,表示神显的现实,意思是万物得以实现上帝赐予的创造能量。"[①]基督教中有主显圣容节(又译

---

① Булычев. Ю. Ю. Православие: словарь неофита. СПб. : Амфора, 2004. С. 188.

基督变容节），源自《路加福音》的记载。耶稣带领弟子彼得、雅各和约翰登上高山向上帝祷告，耶稣的容貌忽然显现出造物主的荣耀：面色明亮如日，衣服洁白如光，有声音从云彩里传出："这是我的儿子，我所拣选的，你们要听他。"（路加福音 9∶35）在《森林父亲》结尾，金以《路加福音》中的基督变容为原型，改写了耶稣复活后变容向门徒显圣的故事。小说中写道，两千年前，基督死后变容，出现在革流巴和 11 个门徒面前，露出手上和脚底的伤痕证明身份，告诉大家自己不是鬼魂。受到招待吃喝完毕，他与众人告别，在大家眼前升上天空，预言自己会再度降临，发出末日的警告，然后消失。变容还出现在《约拿岛》中，金将其用于解释不死观念。他认为不死即生命永恒，是灵魂的另一种存在，是摆脱死亡的自由存在。作者将不死作为一种普遍的变容，即复活具有新的本质，得到灵魂的不死。"于是阿·金明白了，耶稣基督的第二次降临人世是怎么回事，他不是像曾经出现过那样来到大地母亲的物质层面，而是出现在全球存在的精神层面。基督进入每个人的灵魂不死的外壳里，这就将是第二次主显圣容。"①可见，变容是神性对人性的提升与净化，并成为不死的实质。

在金的笔下，与永生相关的变形母题，其思想内涵从自然哲学主导的世界感受，转变为东正教思想主导的永生解说。作家从中寻找对生死的解释，在神话思维的框架下，面对和接受死亡的必然，化解了死亡的消极意义。这类变形的实质是从人性向神性靠近、升华，从而使灵魂净化、得救，实现永生。如果变形由人性指向兽性，则会走入堕落、罪恶，背离永生。

金笔下变形母题中的人变兽这一类型，是当代精神异化的写照。《松鼠》中作家通过人异化为兽的变形母题指出，人如果只表现为动物本性，人类社会将变成弱肉强食的动物世界。"精神上的不完善以及人的异化在人变形为各种野兽和魔怪的隐喻中得以表现。"②在金对善恶

---

① Ким А. А. Остров Ионы. М.∶Центрполиграф，2002. С. 259 - 260.

② Нефагина Г. Л. Русская проза конца 20 века. М.∶Флинта，Наука. 2003. С. 157.

的隐喻表现中,与神性和美好人性相对立的是丑陋人性和兽性本质。

人兽变形母题在《约拿岛》中出现几次。有代表善和爱的人类灵魂转入动物体内的变形,也有人身上出现动物特征的变形。前者是前文谈到的灵魂永生的变形,后者则体现在约拿的变化上。约拿多次狡猾地违抗上帝意志,受罚后一再祷告,上帝如他所愿赐予他不死之身和金山财富。当寻求永生奥秘的作家金死后来到传说中的约拿岛,见到在此独居三千多年的唯一岛民约拿时,眼前出现的是一个很像动物的人:他身形和走路姿势酷似企鹅,手上则像海豹一样长着蹼,数千年独居岛上捕鱼而食,约拿竟然趋向动物的样貌。从物质角度来看,金山使他成为世上三千年来的首富,而且无限延续着生命,但是其精神层面未曾提升。约拿仅维持了生命的物质层面,对上帝的信仰也停留在物质私利的请求,并未达到追求真理与内心完善的高度。上帝一再实现他的愿望,约拿却并未对上帝的慈爱产生感恩顿悟,反而离精神的王国越来越远,从这一意义来看,其内心早已与死者无异。虽然得到生命形式上的不死,但实质上他的灵魂已经随着背叛和贪婪死去,人形也渐渐异化成兽。岛上的生活于他而言生不如死。两千年前他头上出现一条小虫,噬咬奇痒难忍,因为失去人类灵活的手指,长蹼的手无法抓到虫子,约拿苦恼不堪,甚至在岩石上滚过想碾死小虫,也未能如愿。他再次祈求上帝,许诺如果能解除虫痒,他将分一半金子给第一个遇见的人。来岛三千年,作家金是他见到的第一个人,可惜此时金已死,如影子一样存在,触碰不到小虫,无法帮忙。与金同行的鸽子——圣灵的化身,只轻轻一啄便解除了约拿的痛苦,他终于对神的恩典有所醒悟。可见,形式上的生命永恒不能保证灵魂的永生,这样的存在与财富一样,都是物质层面的,因此并非理想中的完善存在,阻挡不了约拿异化成动物模样,只有保持信仰实现道德完善,才能进入灵魂不死的崇高精神境界。

永生中的变形关系到永生题旨,人兽变形则与善恶题旨密切相关。这些题旨交织融合,共同深化作品的思想含义。此外,变形还起到建构文本的功能。在《松鼠》中,灵魂迁移使伊依可借用"我"的人称站在任何一个主人公的视角来叙述,有利于展现人物的内心,也自然而然带来时空的穿越,形成金小说中复杂多变的时空结构。

变形母题中的二元对立依然明显,永生中的变形与人兽变形构成对照,生死、善恶、升华与堕落,都在变形母题的动态演绎中抗衡对立、流转变迁。变形母题在金作品中的重要性不仅表现在思想内容层面,也体现于小说的结构和叙事层面。人物的灵魂迁移使小说的时空跳跃自然过渡完成,造成叙述中的剪接效果。因此,变形母题不但因其本身带有的神话思维特点和哲理意蕴深化了小说的思想内涵,而且使金的小说形成灵动多变、叙事新奇诡异的特点。

第四节　创造

创造题旨源自《圣经》的创世论。《圣经》开篇便指出,上帝创造了天地万物,一切存在之物都是由上帝通过创造而产生。东正教神学对创造的解释如下:"在上帝的启示中,创造一词是指万能上帝的这种行为,即万物由上帝在其身外造出来,这些事物不是来自任何其他事物,而是来自不存在,来自无,它们是符合上帝的意志的自由活动。"[①]而对于创造的奥秘,只能借助于信仰去理解和掌握。如果说末日题旨以宇宙失序、世界终结为思考起点,则金笔下的创造题旨恰好是在创造中看到宇宙秩序与世界创始之初的神性光辉。

金所理解的创造是走上精神提升之路获得新生的隐喻,与宗教神学中"逻各斯"的观念有关。《创世纪》中,上帝的创世壮举依靠一个关键词:"说。"上帝的"说",在英译本中为 Word,来自希腊文 Logos,汉译"逻各斯",在古希腊文的含义大概可归纳为语言、思想、理性三种。"斯多葛派认为逻各斯是蕴藏在实际存在的万物之中的理性、灵性本原,智慧或宇宙的灵魂。宇宙是总逻各斯包含许多小逻各斯。公元 1 世纪时,犹太哲学家斐洛把逻各斯概念引入神学,逻各斯成了上帝与宇宙之

---

① 乐峰:《东正教史》,中国社会科学出版社,1996 年,第 70 页。

间的媒介。上帝通过它创造世界。"①

　　《创世纪》当中所谓上帝的"说"，就是指逻各斯，指的是上帝的言词、上帝的智慧，上帝通过"说"，也就是逻各斯进行创造。"说"（Word）在俄语中对应的词是 Слово，在《约拿岛》和《天堂之乐》中，Слово 就是作家对于上帝创造神力与创造精神的隐喻。写作被作家诠释成宗教视角下的创造过程，写作的灵感来源于上帝的旨意，作家遵循神意完成作品并记录完成作品的过程，生成了《约拿岛》的元小说模式。"将世界理解为书本，即文本的思想可以追溯到极为古老的隐喻形象。圣经中的摩西把世界称为上帝之书（第 32 章、第 32—33 章）；《约翰启示录》中不止一次地提到过生命之书。书本作为存在的象征在文艺作品中也有所反映。"②上帝之书的意象可以理解为世界是上帝的作品，那么写作从某种意义上说，就是对上帝创世的模拟。《约拿岛》整体上由上帝之言构成，作家金只是逻各斯——词语守护天使的记录者。由逻各斯书写的甚至不是小说《约拿岛》，而是由词语构成的全部世界，这一灵感来自《启示录》。利科认为："《启示录》有可能既指世界的末日，又指圣书的结尾。世界与书的叠合还不止于此：书的开头以创世为题，结尾以末世为题；在这个意义上，《圣经》是世界历史波澜壮阔的情节，而每个文学情节都是从《创世纪》到《启示录》这个大情节的某种缩影。"③《约拿岛》的写作也有意强调了动笔到终篇如创世到末世，小说以一首诗结束，象征世界的终结。作家在书中不止一次地强调这是他最后的长篇小说，也因此增强了小说中的末日感受。很显然，"金的末世论是在俄罗斯期待基督的再度降临"④，体现着俄罗斯特有的弥赛亚意识。结尾处的诗歌创作作为词语神圣力量的显现，隐含着永生和自由的秘密。诗的最

---

　　①　陈永明：《走进上帝的世界》，宗教文化出版社，1996 年，第 10 页。

　　②　哈利泽夫：《文学学导论》，周启超、王加兴、黄枚、夏忠宪译，北京大学出版社，2006 年，第 305 页。

　　③　利科·保尔：《虚构叙事中的时间塑形》，王文融译，生活·读书·新知三联书店，2003 年，第 33 页。

　　④　Телегин С. М. Современный русский мифологический роман. // Современая русская литература. (Часть 2). М.：МАКС Пресс. С. 69.

后一句"星帆之下,生命自在"①,突出了宇宙生命自在转化的状态,隐喻了末日终结后引导人类超越上升的神迹永恒存在,生命不灭的思想得到彰显。

金笔下的创造活动多与艺术相关,具备创造能力的人是诗人、画家、歌唱家、作家等主人公,他们在前文新生者形象中已经得到论述。他们的共性是有艺术的灵感,并且执着追随基督,他们的精神向度指向彼岸世界,意味着精神对现有世界的超越和向新世界的提升。别尔嘉耶夫认为,"创造是对世界的改变的预告。这就是艺术的意义,是一切艺术的意义。创造自身还携带着末世论因素。创造是这个世界的终结,是新世界的开端"②。金的末世论中充满希冀,用创造作为旧世界的终结和新世界的开端,这是救赎意义上的创造,是修复神与人、人与人、人与万物之间爱与和谐的途径。《松鼠》中的天才画家米佳、《昂利里亚》中的歌唱家奥尔菲乌斯、《在巴赫音乐的伴奏下采蘑菇》中的钢琴家天志、《约拿岛》中修建皇宫的罗马尼亚王子多吉施蒂和构思写作的作家金,都是具有创造天赋的人,这份禀赋实质上来自上帝,即人应当完成创造的使命。他们都在各自的创作中实现精神求索,执着探寻信仰的真谛与永生的奥秘。他们经历苦难,完成身体与精神的漫游,彻悟自身承担的使命,是以上帝的仁爱为出发点实现神圣的创造,因而金的创造题旨与永生和爱的题旨高度关联。

金的创造题旨根源于东正教思想。根据东正教的观点,世界由上帝从虚无中创造出来,由创世而生的动植物被上帝赐福,"上帝创造世界的目的是赐福于万物和显示自己的荣耀"③。创世由上帝的话语,即圣言完成,以人被创造而告结束。但上帝造人与其他万物不同,并非依靠圣言,而是用尘土造出亚当,用亚当的肋骨造出夏娃,可见人作为上帝的造物,生来便与其他造物不同。"世界上的创造之所以可能,仅仅

① Ким А. А. Остров Ионы. М. : Центрполиграф, 2002. C. 318.
② 别尔嘉耶夫:《末世论形而上学》,张百春译,中国城市出版社,2003年,第184页。
③ 乐峰:《东正教史》,中国社会科学出版社,1996年,第73页。

是因为世界是上帝创造的,因为有创造者。人是创造者按照自己的形象和样式创造的,因此人也是创造者,负有创造使命。"①别尔嘉耶夫认为"一切道德的创造行为都要求道德幻想,都是此世的终结,是真正类上帝的人性世界的开端,此世是建立在对善的践踏和对善人的迫害基础上的世界……任何创造行为,道德的、社会的、艺术的和认识的,都是世界终结到来的行为,是向另外的、新的生存背景的腾飞……人的创造行为,对上帝召唤的回答应该准备这个世界的终结,另外一个世界的开端"②。上帝原本创造的世界是充满爱与和谐的,由于罪的产生使得和谐被打破,人类失去永生,但是人类仍然具有创造的天赋。

　　金的创造题旨最早表现为将人类的劳动视为创造,而中后期创作中则将艺术视为可以唤醒神性的创造。《莲花》中画家洛霍夫通过绘画使有限的生命与无限的存在连接起来,并将创造化为一种看待生活的视角,获得启示的方法,简单的劳作在他眼中也是创造。他在暮年之际懂得,"每个人从他最初之日起即被赋予创造自己的生活的自由。他所创建的生活一如我们所能创建的生活那样,是永存的"。刈草农人挥镰收割干草的情景落在他眼中也是创造的画面,"刈草人在不慌不忙地创造着他的生活",他挥舞镰刀的声音、割下干草的芬芳和原野的色彩融合在一起,"他在创造,谁都不应该妨碍他"。作家进而将劳作视为创造:"任何人的生活都不得干扰,因为每一蝼蚁,每一个人,世上每一个劳动者都是一个创造体","让他完成生活的完美篇章吧"!③在这部书写死亡与永生主题的小说中,作家积极地探索人生的意义,而在这样劳作的场景中,金看到了人被赋予的创造的神性,这是金作品中创造题旨的早期形态,他在此后的创作中更多借由天才来表现这一题旨。他试图表明,天才人物领悟了创造的奥秘,深知自己的天赋来自上帝,个人肩

---

① 　徐凤林:《俄罗斯宗教哲学》,北京大学出版社,2006年,第263页。
② 　别尔嘉耶夫:《末世论形而上学》,张百春译,中国城市出版社,2003年,第194—195页。
③ 　阿纳托利·金:《莲花》,石枕川译,《世界心理小说名著选:俄苏部分(二)》,贵州人民出版社,1990年,第268—269页。

负着创造的使命,创造是对上帝创世活动的延续,是对世界的继续完善,与爱和善一起构成抗衡恶与死亡的力量源泉。金认为每个人都是人类链条的一个环节,"只要一个人开始这样理解生命,则他已经不再仅仅是劳作者,而是永恒中的创造者。他既是远祖的后人,也是后代们的先祖。他可以获得一种能力,同时看到祖先和后辈人眼中的自己"①。

此外,金为创造神话有意选取了异于常人的天才,将创造的精神原则奉为人生的意义所在。金以艺术家的敏感注意到,艺术的魅力有助于人们发现精神的深刻本质。他认为艺术创造力可以使人们发现世间永恒之美,领悟精神存在的永恒不灭。别尔嘉耶夫认为:"在创造里,特别是在艺术里,在诗歌里,有某种来自对丧失了的天堂的回忆……创造的最具恩典的时刻使人转向这个回忆,它不仅仅是面向超出这个经验世界之外的过去。对丧失了的天堂的回忆也面向未来,未来也是超出这个经验世界之外的……在创造里有先知的因素,创造预告另外一个世界,预告世界的另外一个改变了的状态。"②金所理解的创造与之相近,创造指向未来,带有上帝的神性色彩,走向创造是走上精神提升之路获得新生的隐喻。这一通过艺术而顿悟的模式中,主人公是"来自未来的客人",可以引领迷途的人们忘记残忍、伤害,感受爱与快乐,并且实现善良、仁慈和创造。正如别尔嘉耶夫所说:"世界和谐的形象是理性认识的世界的形象,它预示世界的改变。此世的一切美,人和自然界的美,艺术作品的美,都是世界的部分改变,是向另外一个世界的创造性突破。"③这些人物的共同点是具有善感的心灵、创造的才能,他们是人类美好精神世界的代言人,创造是他们在孤独人生中的行为方式。

创造在金的理解中,是与缔造、生命的恩赐相关的概念,创造是向永生转化的保证,是生命战胜死亡的力量。创造带来对生命神性意义

---

① Смирнова А. И. Русская натурфилософская проза второй половины XX века. М. : Флинта. Наука. 2009. C. 103.

② 别尔嘉耶夫:《末世论形而上学》,张百春译,中国城市出版社,2003 年,第 188 页。

③ 同上,第 157 页。

的终极追寻。《松鼠》中的主人公的画家身份体现了人具有创造神性的实质，他们借由艺术洞悉了创造的奥秘，并在自己的创作中将其揭示和延续。作者秉持创造有助于人性完善趋向神性可得永生的信念。他用到"未完成的人""被创造中的人"等字眼，他们渴望达到真正的人的境界，因为"人是神性的载体"。

在金创造题旨的神话中，天才主人公总是在思想漫游与精神求索中为自身的使命感心忧。人固然是被造物，但显而易见，人天生具备的神性使其高于林木、野兽，这份对完善的执着正是神圣的记忆，也是创造的原动力。"有天才的人感到不是自己在行动，而是被上帝所控制，自己是上帝行为和使命的工具。上帝赋予人创造天赋，然后呼唤人的创造行动以完成创造使命，期待人对这一呼唤的回应。"①故而，米佳中枪死后能够在使命感的呼唤下重生，循着基督的背影肩负起创造的使命，以画作启示众人；奥尔菲乌斯的歌声和天志的琴声成为神圣天国的象征，而他们也因此成为魔鬼要散播恶念对抗上帝时首先要消灭的对象。

金笔下的创造主题突出了创造的神性和精神价值，将其视为面向永恒超越时间的精神元素。创造的使命使人可以充分发掘自身的生命价值、人生目的和使命，揭示人精神世界的本质。创造之路同时也是人的道德完善之路，是虔诚追随基督、使个人生命完满的途径。《约拿岛》开头如创世之初，几个主要人物都在开始着手进行创造活动：写书、盖楼、建王宫。其中罗马尼亚王子多吉施蒂准备建造自己的王宫，他将这项工作视为神圣的使命，认为人类也好，鱼类或鸟类也罢，产生为自己建造家园、洞穴或巢穴的愿望都与造物主创世的行动是一致的。

金借助艺术拯救人性的途径与尼采相似。尼采以艺术消解人生的悲剧性，克服生命的痛苦，认为艺术本质上提供了拯救生命的路径。而金将艺术视为战胜人性之恶的力量，并将其提升到神启象征的高度。借助于艺术的神圣力量，人们可以在精神世界实现高于现实的完美创

_____

①　徐凤林：《俄罗斯宗教哲学》，北京大学出版社，2006 年，第 263—264 页。

造。"创造的神秘性就在这里。在创造里发生着超越,人的生存的封闭性在创造里被打破。创造行为是人所实现的行为,在这个行为里人能感觉到自己身上高于他的力量。"①但是只有上帝神性的创造才能赋予人类提升与超越的力量。金的小说中另有与此相对立的创造,即科技文明带来的都市化进程被金斥为魔鬼的创造。在所谓魔鬼创造的都市里,科技是都市发展的标志,钢铁代表着技术文明,都是为了突出都市是滋生恶的根源。因此,在创造题旨中,天使意象代表了神性创造,而魔怪意象代表了魔鬼的创造,使得创造题旨中也呈现出二元对立的鲜明特征。代表上帝神性的创造带有善和爱的正能量,象征和谐,通往永生;而魔鬼的创造则带有恶和恨的负能量,象征失序混乱,会走向毁灭。

　　巴尔布罗夫认为,金的宇宙不是给定的,而是一个可以通过创造得到实现的目标和理想,创造的内涵包括创造生命、美与和谐。"创造是宇宙之源。二者缺一不可。创造是能够缔造生命的爱,是能撑起生命的善与宽容。此外,创造还是由创作美的艺术家完成的作品,这是宇宙秩序最高程度的体现,是宇宙生命力的保证。"②在金的宇宙学观念中,创造、爱、善、仁慈和人性是属于秩序、光明与和谐的力量,与之相对立的是宇宙中虚空与混乱之恶,恶因敌意、庸俗和人类其他弱点而汇聚。

　　金的创作提供了一种隐喻思维下的宇宙模式,万物转化的变形、末日终结后的永生及创造带来的新生就是这一认识模式中最重要的线索和组成部分。伊利亚德认为"如果宇宙必定要定期废弃和再创造,那也不是因为最初的创造没有成功,而是因为最初的创造只是(总的)创造的一个阶段,这个(总的)创造代表了一种美满、至福、至乐的另一种境界,然而这又是已创造世界所达不到的。另一方面,神话也提出了创造的必然性,即原始统一性被打破的必然性。原始的完整性总是定期地

---

　　①　别尔嘉耶夫:《末世论形而上学》,张百春译,中国城市出版社,2003 年,第187 页。

　　②　Бальбуров Э. А. Поэтический космос Анатолия Кима. //Гуманитарные науки в Сибири. 1997 No. 4 [EB/OL]. http://www.codistics.com/sakansky/kim/balburob.htm.

重新统一起来,然而又总是昙花一现"①。在金的哲理思考中,变形是宇宙中万物转化的手段,末日是关于永生思考的起点,创造是终结后再生的力量,宇宙在创世、变化、末日、再生的过程中,实现有序到混乱,再到恢复秩序的循环。创造题旨则在肯定人具有创造神性的同时搭建了由此岸到彼岸、由死亡到复活、由末世到永生的精神通途。

第五节　博爱

爱是生命的强音,是神的本质属性。不论是世俗的爱情、亲情,还是神圣博大的爱,都是强大的精神力量。爱的题旨在金笔下有两种类型:世俗的爱与神圣的爱。世俗的爱包括爱情与亲情,是普遍人性的体现,与俗世人生幸福感相关。神圣的爱是基督教思想理解中的爱。基督教关于爱的理念则以神的爱为基础,它源于上帝创世之举,也体现于人子耶稣基督的受难并死而复生,因此基督教的爱是可以战胜死亡获得永生的神圣力量。"神差他独生子到世间来,使我们藉着他得生,神爱我们的心在此就显明了。"(约翰一书 4:9)爱是导引亡者从死中获救的力量源泉,是进入永生的必备条件之一。

金早期创作中将爱视为人生幸福的标志,他笔下有的人物一生经历悲惨坎坷,但因为心中怀有对亲人之爱,心灵的温暖陪伴他们走过人生的风雨。《有电视机的笼子》是金早期一部短篇小说,叙述者已经步入老年,仍然怀着对战死沙场的丈夫的爱,这份爱的力量支撑她走过孤独的人生,始终守着怀念独居小屋。虽然这是一个执着得有些令人同情的老者,但她并非是不幸的,对爱的信念是她幸福感不灭的源泉。《漂浮的岛》里面战争中的孤儿姐弟两人的手足亲情令人感动。在苏联三十年代的饥荒中,9 岁的小女孩纽拉带着 3 岁的弟弟沃瓦逃到镇上,以废弃房屋的地窖为家,和弟弟度过几个月的艰难时光。纽拉靠每天

① 阿兰·邓迪斯:《西方神话学读本》,朝戈金等译,广西师范大学出版社,2006 年,第 179 页。

乞讨得来的食物与弟弟维持生活,她保护弟弟就像保护珍宝一样。他们被送入孤儿院后,纽拉经常省下自己的口粮,藏起来给弟弟吃。沃瓦表现出绘画天赋,然而学业成就之际爆发战争,年轻人不幸战死。纽拉直到老年还珍藏着弟弟的画,在她讲给房客的回忆中仍然能感受到失去亲人的悲苦,这种孤苦的生命感受激起听故事者对生命的怜悯心,这也是仁慈之爱的体现。

金反对自私的爱情,认为自私之爱只能带来恶果。《海的新娘》里阿春的三女儿富子相信爱情至上,却被丈夫抛弃,内心怨恨痛苦,"狂怒、绝望和某种隐秘的东西从内部啃食着富子"①。富子的妹妹相子与矿工艾治真心相爱,但是艾治有个痴呆体弱的姐姐需要照顾,相子哥哥因此反对二人婚事。富子见两个年轻人无力得到幸福,宣布一定会帮助他们。她主张为了爱情可以不顾一切,认为爱情胜过世上一切,对于爱情而言不存在限制。此后不久,艾治上夜班的时候姐姐死去,过了三个月有情人终成眷属。一年后城里流传开富子毒死艾治姐姐的流言,艾治和相子开始出现隔阂。富子渴望被爱的心态是阿春的翻版。阿春生了五个孩子之后,丈夫入狱,她落得守活寡的命运。当子女成人、丈夫出狱,二人在家里各居一隅,很少交谈。每当丈夫同她说话时,她的眼睛和整个脸上总是焕发出年轻的光彩,平时遮在她眼前的那层深深的忧愁的阴翳(她就是透过这层阴翳看世界的)立刻就消失了。她那渐渐耗尽了的爱情仿佛又短暂地复活了,于是在她的脸上,透过皱纹,好像透过时间阴沉的栅栏,露出了不均匀的、鲜明的红晕。当丈夫听到富子杀人的传言后对阿春说宁可没有这些孩子,而后二人再没有任何交流。阿春对丈夫感到绝望,同时她又心疼女儿富子。她不相信富子会做出这种可怕的事,但她知道,女人的心若埋葬了爱情,心中就有可能变得残酷和黑暗。有着这样情感的心灵是令人同情的,但也是可怕的。富子的做法虽是一番美意,却违背了善的原则,导致恶的结果,以他人

---

① 阿纳托利·金:《海的未婚妻》,许贤绪译,上海译文出版社,1987年,第176页。

性命为代价成全的幸福必定是易碎的。这部短篇看似平淡，却触及人们灵魂深处。很显然，作者不赞成自私的爱情，认为这样的爱不会有幸福圆满的结局。

《夜莺的回声》中描写了奥托与奥尔加的爱情。奥托在初见病人奥尔加时似乎带着前世的记忆，知道这是他未来的妻子，奥托的咖啡从死神手里拯救了 18 岁的奥尔加。二人相识相恋，相约为爱出走。1914 年奥托一家从远东经中亚，辗转至伏尔加河畔 B 城，此时一战爆发。奥托身为德国人，遭遇周围俄罗斯人敌意而自杀。小说中"我"是奥托长孙，"我"回到过去，祖父来到"我"生活的现在，我们为相互拯救而穿越，在我们跨越时空的精神交流中，体会到爱的力量可以对抗死亡阴影。祖孙二人都是生命意义的思考者和寻觅者。借由穿越时空的沟通，祖父引领长孙，摆脱妻子背叛带来的心灵伤痛和对善恶观的冲击，在个人生命价值的实现中坚守了爱的原则。小说中对于生死的思索肯定了亲人的记忆和相互间的情感连接，死亡不再是彼此间的阻碍。"在我们的世界里，一切自有因果、联系和自己的特殊意义，真正的精神灵性是不朽的，在需要时，灵性精神甚至可以帮助我们轻松地跨越死亡的瞬间。"[①]死亡不是人与人之间的阻碍，正相反，死亡是人们之间关系的序幕开端。因此可以平静地对待死亡这一寻常事实，况且在这个由生到死的瞬间转变之后，人们就可以长久地彼此交谈。小说中数次重复五月夜莺的婉转啼鸣，如同对生命、爱情、永恒的歌咏。夜莺的歌声成为生命中美好情感的象征，令寂静中聆听的人反观自己，在哀伤、喜悦与和解中无言顿悟，珍惜亲人们拥有的这份共同记忆。小说标题"夜莺的回声"包含着复杂意象，夜莺象征着才华、歌唱天分和爱情，夜莺的歌唱同时与喜悦和痛苦相关。希腊神话中，色雷斯王特瑞斯侵犯自己的妻妹菲洛墨拉并割掉她的舌头，妻子普洛克涅为报复他，杀死儿子骗丈夫吃下，特瑞斯持剑追赶，姐姐变成燕子，妹妹变成夜莺（另一说姐姐变为夜

---

① Ким. А. А. Соловьное эхо.//Белка. М. : Центрополиграф. 2001. С. 555.

莺,妹妹变成燕子)。听到夜莺的歌声,也预示着即将发生的美好。在基督教观念中,夜莺歌声优美,得到上帝和圣母的喜爱,因此夜莺带有神圣色彩,也用来隐喻对天堂的思念和神的预言。这部小说中夜莺被作家喻为"歌唱幸福的小歌手",被赋予了生命和爱,旭日阳光与夜莺歌声喻指生命和爱相融合。奥托听着夜莺的歌声,如释重负思考着,仿佛知道一切不可避免,自己也仍然会一直善良慷慨无私。小说中奥托幽灵对长孙的精神引导,就是爱与善的永恒回声。

　　体现于《莲花》中的亲情之爱,可以看出费奥多罗夫"复活"思想的痕迹,这与此前所写的"爱"相比,具有从人性向神性的提升,因而作家的哲思开始表现出宗教内涵。"死者宁静地躺在那里,重新与天空、大地、海洋、白云融而为一,死,并非一了百了,在死之后,人与人之间通常存在的爱仍在继续延伸,延伸得很远很远。"①费奥多罗夫认为战胜死亡,复活死去的人,这是人类最高使命。他提出,人类应当唤醒子孙对祖先的爱和道德责任意识,"所有的人应该联合起来,像圣三位一体那样地联合统一,像圣父、圣子、圣灵那样地联合,那么人类就将获得完全新的生活,人类将达到不可分割性,这种特性使任何破坏、任何孤立,即死亡变为不可能"②。洛霍夫相信亲情之爱不会随亲人的失去而消逝,于是从丧母之痛中振作起来,反思生死大义。他领悟了人类整体的血缘关系,因此他看到吉莉娅的女儿时,脑海中出现这样的想法:"我是这小姑娘的父亲,她或许就是我的母亲或她儿女们的母亲。我们是受尘世的雨露滋育、用爱结成的一个整体,而我面前的她便是这个整体的冰清玉洁般的精灵。"③母亲则在"我们"中发出声音:"爱为万物之本,因此先我们而去的亲爱的人们总是在等待我们。"④正因爱为根本,永生才成为有爱、有善的灵魂的归宿。

─────────────

　　① 阿纳托利·金:《莲花》,石枕川译,《世界心理小说名著选:俄苏部分(二)》,贵州人民出版社,1990 年,第 261 页。
　　② 洛斯基:《俄国哲学史》,贾泽林等译,浙江人民出版社,1999 年,第 97 页。
　　③ 阿纳托利·金:《莲花》,石枕川译,《世界心理小说名著选:俄苏部分(二)》,贵州人民出版社,1990 年,第 277 页。
　　④ 同上,第 237 页。

　　爱情在长篇小说《松鼠》中有着不同的类型,不过作者着力突出的是对人本性中恶的超越。《松鼠》中间穿插了两段童话爱情故事:其中一个是拇指姑娘故事的改写,另一个是人鱼海豚的故事。拇指姑娘的爱情本来可以为丈夫舒兰带来幸福,但舒兰违背向妻子许下的诺言,在命定的幸福时刻到来之前急于摘取爱的果实,结果与终身幸福擦肩而过。海豚的爱情使海豚进化为真正的人,并且得到祝福走入婚姻的殿堂。但是,他所爱之人是灵魂虚荣的猫咪,海豚先生仕途刚遭遇不顺,便立刻失去妻子和家庭。这种功利的爱也是不会使人幸福的。格奥尔基和凯沙则因爱上妖兽而失去创作灵感,走向生命的死亡。与上述形象形成对照的是吸血艾鼬莉莉安娜。她对天才米佳无私的爱却使她超越兽性,升华为人。松鼠伊侬在心底也有一份无望的爱。他一直在向一位"亲爱的女士"诉说衷肠,但神秘女子未曾现身,伊侬的爱是海市蜃楼的虚幻。米佳对吹长笛的女孩纯洁无望的爱同样是留存心底的痛苦,不过,在复活之后,米佳超越了个人爱情,走上了基督的苦难拯救之路,他的爱变得博大宽厚。在他的引导下,莉莉安娜恪守善良的原则,在死后进入永生的精神存在。从《松鼠》开始,金笔下的世俗爱情渐渐升华,与永生的追求融合起来。

　　由于爱的能量是上帝神性的体现,因而具有造物主的能力。宇宙中的物质是创造的产物,是世界创造能量的一部分,创造的能量能够从宇宙虚空中获得空间,是生命的一部分,也可以成为生命的庇护;反之,缺乏爱、仁慈、善和创造,虚空可能侵入生命物质,甚至带来死亡。在《森林父亲》中,农妇被小虫噬咬就是死亡的虚空开始入侵生命的隐喻。农妇玛丽娜与丈夫之间没有爱情,丈夫为另一个女人抛弃了她和孩子,而玛丽娜的手肘上开始出现一个被小虫啃咬的伤口,深及骨头,伤口多年无法愈合,流出发臭的脓液,手臂也因此僵硬如钩子形状,不能自如弯曲和伸直。直到几十年后,她在森林偶遇格列勃,心中突然感觉遇见此人给自己带来喜悦,但是她害怕看他的眼睛,这种感觉30年前出现过,当时在医院走廊里见过此人,他严厉地看着她,她却感到对他异常信任,立刻跪下拜倒在他脚边,玛丽娜在格列勃身上看到了救主的样子。30 年后当救主再次出现时带来神迹,她感受到了仁慈和爱,从此,她的手臂痊愈。不曾感受到爱的玛丽娜被死亡的虚空入侵,手臂的伤痛和恶臭脓液都是死亡的意象,森林这一神圣空间的偶遇,玛丽娜虔诚的信仰和膜拜使自己手臂上的死亡虫洞神奇消失。与之相遇的格列勃也得到了神圣的启示,因为此时是他进行杀伤性武器科研陷入停滞后,最后一次回到林中老家陪伴父亲。他闲时翻读圣经,突然感受到救主的存在。看到玛丽娜的瞬间,他正惊讶于自己人生中的重大发现,他刚好顿悟到,公正、善良、仁慈、希望和高尚的喜悦——这些就是救主,也是宇宙法则,宇宙中善的本质。玛丽娜也借由他顿悟的神圣时刻望见了救主的面庞。宏观的宇宙法则无所不在,救主的仁慈也并无分别,只是格列勃最终还是被死亡的悲观情绪吞没,选择了自杀,与信仰虔诚的村妇得到仁慈拯救的结局形成对比。

《小鱼 Simplicitas》故事中的小鱼是高度隐喻化的形象,作者采用世界通用语言的英语为它取了名字,词根 simplicity 含义为"朴素、单纯",这个名字代表了普遍意义上的生命存在。作者以细腻的笔法描写了一条居住在太平洋珊瑚礁洞穴里的小鱼和有特异功能的"我"的心灵交流,通过表现小鱼简单朴素的生命哲学和"我"的爱情体验,旨在说明万物有灵,彼此相通,而爱是地球上一切生命体的源动力,爱能够创造奇迹。小鱼一生未离开自己深海穴居的小洞,但邻居小鱼的一瞥使它瞬间与整个有智慧的生命体系相联,同时受到无望爱情煎熬的"我"突然神秘地与小鱼心灵相通,获得预言未来的能力和神奇的医术。小鱼爱上了邻居,那是望向它的那只眼睛的主人,爱情赋予它的奇异生命力使它喷出的鱼子与邻居喷出的体液相融,形成许多新的生命,其中千分之一的小鱼会幸存,重复同样的生命历程。"我"在中年与暗中爱慕一生的女子重逢,却未能在她老去的容颜中辨认出当年的恋人,及至醒悟之后,"我"对自己爱情的真实性产生怀疑,小鱼哲人一般开导"我",将爱情理解为年轻时旺盛生命力的一部分,这部分生命力随年华逝去,这就是爱情。小鱼将爱与生命体验相结合,提出朴素的爱的生命哲学,揭示了生命的永恒。

　　阿丽娜是作家博爱思想的代言人。她清晰记得盛开在神圣高山上硕大白花的淡淡香气,花朵名为怜悯同情,闻到过这种花香的人就会懂得什么是悲悯,其实质是爱,因为悲悯也被视为爱。阿丽娜爱身边每一个人,每一样事物,爱生活的全部。她爱妈妈,因为妈妈用奶水养活了她。当外婆有了钱买回种子种了土豆,她们又可以活下去了,她爱上土豆。她爱林中的浆果和蘑菇,爱地里的草莓。她不由感叹土地上的爱如此丰富。她发觉从出生以来,身边的人,妈妈、爸爸、外婆、小猫、乌鸦、小牛,都是孤单的,她认为这样不好,太孤单寂寞。当她看到两只猫打架,会痛苦地闭上眼睛。她爱吮过她手指的牛犊马克,马克生病后外婆请人来将小牛杀掉,阿丽娜看到小牛的头和身子分开的瞬间,便痛苦地想怎样能让马克的头再回到身上去,她因此还大病一场。进城之后,小狗帕尔坎跑丢了,外婆是阿丽娜全部爱的寄托。当外婆开始酗酒时,阿丽娜感觉外婆不像从前那样关心自己,她想,如果外婆不喜欢她了,她将无法活下去。作家认为,小孩子出生是为了有人爱他们,他们长大,一定是为了爱上某个人,绝无其他可能。每个人在这一世变小重新开始有限的生命之前,都是成年的永恒生命,我们来到人世,就在自己的守护天使关注下走完这一生,这是神性世界里的普遍规则。我们来到人世之后幸福还是不幸都只取决于自己,取决于对自己内心的关注程度。小孩子们还清楚地记得,他们曾经上千岁,后来变小成为婴儿。每个人从永恒生命被送往短暂人生只为了在此生找到一个人好好去爱,这样,人世间就会多出一份爱。"我们若彼此相爱,神就住在我们里面,爱他的心在我们里面得以完全了。"(约翰一书4:12)阿丽娜相信,当人间的爱累积到足够的数量时,会出现一片新天空,光明倾注而下,出现新的空气,从此人类将不再衰老、生病、死亡。小说结尾,上帝为阿丽娜做了一张她幻想过的网,整个世界都可以像流水一样从网眼穿过,网中落入的是善良、可爱的阿丽娜爱着的人和事物。童话中的结局解决了一切难题,实现了所有善良人的美好愿望。金在这部小说中,以童话的方式肯定了爱的救世力量。作者通过童话的隐喻,寄予自己对人类未来的期望,提出关注孩子就是关注人类的未来,只要他们是有爱、懂爱的人,那么人类将来就有望步入新世界的完美存在。

亲人之爱在金后期创作中与东正教精神中的上帝之爱结合起来,在前文中上帝形象的分析中已做论述。《天堂之乐》里,金虚构了一个以爱为本质特征的平行宇宙,其中充满宇宙之爱——"拉"。宇宙之爱能生成一切物质,从天上的群星到地上的小甲虫。而"我"母亲眼中闪烁的爱的能量——"拉"的残存光明,被"我"留存心底,与"我"一起转世进入莫斯科生态圈。这能量在莫斯科生态圈萌芽生长,结出花朵果实,就是"阿·金隐喻现实主义"和"永生新哲学"。在这个神圣空间昂利里亚中,时间不复存在,爱的能量"拉"是其本质,这种能量具备孕育、创造的能力,是神圣力量的化身。作家对未知宇宙中昂利里亚的设定是对德日进智慧圈思想的文字解说。德日进相信,在科学尚不能做出解释的领域,科学和宗教不会彼此消灭,相互削弱,反而会融合发展,因为二者的根基都是生命。"当我们研究时间和空间序列是如何在我们刚刚开始了解的、正在发展的宇宙里,像锥体面一样在我们周围和我们身后散开和展开时,这也许是纯粹的科学。可是当我们转向顶端,转向整体和未来时,这就不能不是宗教了",理性和神秘主义联合中达到完美的宇宙,人的精神"必然要寻求最高度的洞察力及最大的生命力"。① 德日进想象将会有新兴智力诞生,"赋予进化方向、顶峰和临界点",他认为存在"不可逆转的人格化的宇宙,能够包容人的个性的宇宙"。② 这一人格化宇宙在金的笔下得到实现。

在金的创作后期,世界主义者的普世情怀愈加鲜明,体现出普世之爱,这是对全人类未来的终极关怀。这一方面是受到其宗教哲理思想中宇宙主义宏阔视角的影响,另一方面则是与民族认同的困惑心理直接相关。金前期创作中多部作品以俄罗斯朝鲜移民为主人公,至中期则变为以俄罗斯人为主,而从《昂利里亚》开始,其主人公的国籍已经变得不那么重要。他的主人公国籍、民族各异,都作为文本中作家思想的

① 德日进:《人的现象》,范一译,北京联合出版公司,2014 年,第 237 页。
② 同上,第 242 页。

表达符号,言说着人类整体的未来命运。主人公来自不同国家,如《昂利里亚》中的韩国歌唱家奥尔菲乌斯、《伴着巴赫的音乐采蘑菇》中的日本少年天志、《约拿岛》中的罗马尼亚王子多格施蒂、罗斯玛丽公主、美国人斯蒂文、《阿丽娜》中的罗马尼亚男孩等,他们的活动足迹也不局限于一地、一国。虽然有着民族、国籍、生存空间的差异,但是这些人物都有着善良的天性、博爱的胸怀、圣洁的心灵,因而都超越了各自的尘世存在,得到永生。因为有爱,世俗的和神圣的爱,人的精神世界才有足够强大的力量,面无惧色走过死亡的界限,迈入永生之境。不过,虽自称世界主义者,金仍难掩浓厚的家国情怀,不仅将昂利里亚选在俄罗斯,还预言基督的第二次降临会出现在俄罗斯,体现出俄罗斯东正教一贯具有的上帝选民的思想。

本章小结

沉浸在宗教哲学世界的金,用隐喻精心地"勾勒永生"。他不仅力求从宗教的角度诠释"永生",还尝试为人们描绘出永生不死的世界图景。作家将这一题旨放置于宗教神话的背景下,用隐喻方式让读者"感受永生"。金的永生思想如同一棵宇宙生命树,主干是基督教的永生观和俄罗斯宇宙论,支脉中融入了佛教的轮回思想。永生之树的根基是爱的思想,善心与善行是精神滋养,变形是宇宙中万物转化的手段,末日是关于永生思考的起点,创造是终结后再生的力量,于是金的"永生"思想才枝繁叶茂,神圣洁净,表现出神奇的生命力。

在作家对希腊神话、圣经神话、俄罗斯多神教神话因素的综合运用中,可以发现金的视角关注在这些神话的共性上,而毫不介意其各自的特性。而在基督教永生思想和佛教轮回说、自然哲学理论和宇宙论的结合中,金同样看重共性的因素,他无意区分教义,宣讲哲学,而是从种种源头中发现能够促进人类未来以善为先导、爱为保证、彼此和谐相处的智慧因子,这种下意识的融合体现了金对世界大同的构想,寄托了他的世界主义理想。

　　在对阿·金的研究过程中,世界主义者的形象渐呈清晰。这是金自己的宣告,也包含着他多年的坎坷中一直心向往之的理想。金是一个极其渴望超越民族界限的世界主义者。他早期作品中出现的"我们"就是汇集了全人类声音的抽象精神存在,已经表现出作家的普世情怀和宏阔的宇宙视野。同时,为实现自己世界大同的乌托邦构想,他从宇宙论和宗教思想中获得最大的精神资源。他以此确立世界大同的合理性,从中找到超越民族性的普世价值观,打造自己理想中大同世界的精神秩序,在精神世界里设想理想中的人类存在。

结　语

阿纳托利·金不仅曾闻名于苏联,还曾享誉世界。"他不是沉浮于时代浪潮上的冒险者,但他绝非与历史若即若离的玩世不恭人物,那种类型的作家也十分惹眼。他是具有宏阔的人的整体意识的作家,以对过去、现在和未来的思辨自觉,追究着生存矛盾中的哲学、美学和道德演进与衍变的规律与真谛。"①他文笔细腻、哲思深刻,对生命充满敬意,对人性洞见犀利。年至耄耋的他已被放逐于主流文学圈边缘,远离人们的视野,但近年仍有新作问世。他的作品仍不断再版,继续拥有读者和研究者,因为他是那样独特,以至于无法被忽视。他的神秘哲思、神话氛围、宏阔视野都吸引着读者去他的艺术世界一探究竟。这是一个隐喻构建的世界,走在其中如入迷宫。

本书沿着文学隐喻模式构建的整体思路,对金的小说创作予以深入的解读。总体来看,本书对金小说中隐喻表达的研究从四个方面展开。

第一,从作家艺术思维中占主导地位的隐喻思维方式入手,找到作家习惯采用隐喻表达的文化基原。金走向隐喻表达是多重原因合力作用的结果,大体上可归结为内因和外因两类,即文化语境(文学语境、社会语境)和内在需求(隐喻艺术思维、哲思追求、身份认同困惑、审美取向)。自然哲学思想、存在主义世界感受和宗教哲学思想是金走向隐喻手法的内在驱动力之一。身份认同的困惑迫使作家在隐喻表达中寻求创作和言说的自由,并驱使作家超越民族性,从而走向世界主义。文学语境促进了金隐喻风格的形成,丰富了他的隐喻诗学手段。作家个人的文学审美取向则在文学形式上保障了隐喻表达的实现。

第二,将隐喻模式作为金的主导文学表达方式,找到其在文本形式中的建构规律。金的小说隐喻模式由两个层次构成。意象、隐喻、象征、神话、原型、童话、寓言等隐喻艺术组元是隐喻模式建构的第一层次。经由表层的、具体的隐喻表达组成形象体系和时空体系,这是隐喻模式的两大支柱,是隐喻模式的第二层次。形象体系可以归纳出四种

---

① 朱春雨:《〈海的未婚妻〉代译序》,上海译文出版社,1987年,第3—4页。

类型:自然形象、魔怪形象、人的形象、神及神使的形象。在形象体系的
建构体现出对照的原则,不论哪一种类型的形象都体现了两种对立的
宇宙元素:善与恶、生与死、爱与恨。自然形象中的永生象征与灾难意
象是两种力量的隐喻表现,人的形象是两种元素的对立角逐,魔怪形象
是恶的集中体现,与之相对的则是神和神使形象体现的至善、永生、博
爱,人的形象中困境、庸常和经由创造获得新生的对照,使形象体系成
为层级清晰、对立分明的结构体系,同时形成一种内部的张力。时空体
系包括现实时空、历史时空和虚幻时空。在复杂的时空体系中,时空跳
转对小说的叙事功不可没。人物经常在苦闷的现实世界、可怖的历史
时空、神奇的虚幻时空之间自由穿梭,形成虚实相间、张弛有致的叙事。
灵魂穿越的手法带来人物众多的多声部效果,这种多声部、多角度的叙
事方式颇似东方绘画中的散点透视,不断移动的视角展现出不同人物
丰富的精神画卷。与形象体系一样,时空体系也呈现出某种对照特征。
例如,现实时空中的都市时空和家园时空的截然相对,理想时空与反乌
托邦时空、苏维埃时空和监狱时空的鲜明比照,都可以和宇宙善与恶、
生与死、和谐与无序的二元对立法则联系起来。

　　第三,完成隐喻模式的建构。金小说中的隐喻模式即作家以隐喻
艺术思维为主导,采用意象、隐喻、象征、神话、童话、原型、寓言等贯穿
在文本中的隐喻组元,构筑形象体系和时空体系,表达自己对现实的超
验感受和哲理思索的范式。通过隐喻模式建构,可以勾勒出作家创作
中立体的、多层面的小说艺术图景。金小说创作中的隐喻模式具有整
体性、层次性和动态性特征。隐喻模式具有以下诗学功能。首先,诸多
隐喻组元的表达方式带来含义的多重性和不确定性,赋予文本意义多
种解读的可能。其次,借助隐喻思维方式,在隐喻模式中可以充分实现
思想内涵的哲理化,形象地解说哲思,书写超验感受。最后,激发并拓
展审美想象。

　　第四,分析隐喻模式的思想含义。在隐喻模式中,隐喻表达蕴含了
深层的思想内涵,通过题旨显现出来。题旨层面以金创作中的"永生"
"善恶""变形""创造""博爱"这五个题旨为主。金创作题旨的核心是永

生,善恶和苦难是灵魂得到永生须经历的考验,博爱是实现生命永恒的必备条件。在永生题旨中,金综合了东正教思想、俄罗斯宇宙主义和佛教因果报应、生死轮回的思想,以灵魂救赎为途径构建精神永生的乌托邦,寄托了自己世界大同的普世情怀。

阿纳托利·金借助隐喻表达,在精神探索之路上恣意书写着个人的哲思领悟。他的思想之旅常遇岔路,但每个吸引他的路口他都不愿错过,不肯折返,而是独辟蹊径,将不同的岔路以自己的方式连接起来,最终以网状脉络形成个人专属的思想场域,这也是其创作中异质性特征的根源所在。这其中凝聚了东西方智慧中看似难容的宗教与哲学观点,包括东正教、印度教吠檀多派、佛教禅宗、道家思想、存在主义哲学、自然哲学、俄罗斯宇宙论、世界主义思想等,对人生和世界予以多角度阐释。兼容并包的哲理言说在隐喻的曲折表达中,得到融汇共生的文学空间和复杂延展的阐释可能。从作家沉浸其中的哲学问题来看,金的精神苦旅在人类存在之维、自然宇宙之维和宗教之维展开,其所思所想既是个人探问,也是人类整体的永恒困惑。

聚焦人类的存在、反思当代人精神世界是金创作全程中一以贯之的主线,他的创作主题几乎全方位触及了人类存在的所有重大方面。在金就人类存在之维发出的哲思追问中,可以区分出个体和整体两个层面。其一,在个体生命感受与人生体验的层面上,金集中思索人存在的奥秘。人的使命、生与死、自由与幸福、人性异化与迷失等关乎个体生命感受与意义的话题,自始至终回响在金的小说中。他书写善恶题旨,笔下塑造了若干鬼怪形象以及一系列穿行于都市时空中的庸俗者、迷失者、质疑者,例如《苗子的蔷薇》《"新宗教"》《有电视机的笼子》《海啸》《松鼠》《孪生兄弟》《伴着巴赫的音乐采蘑菇》等小说中的主人公,有人陷于精神的困境,耽于物质、名利,有人内心的良善被嫉妒与私心遮蔽;也不乏生死时空中自省顿悟、走出苦难、精神升华的新生者,如复活的米佳、林中的斯捷潘、走出疯癫的格拉钦斯卡雅等。面对孤独的生存感受,人性善恶抉择的瞬间将人物的精神高度区隔开来。人物向死的内心孤独标记了存在主义的生命感受,因果报应、瞬间顿悟则带有印度教吠檀多派和佛教禅宗的特征。其二,在人类存在的整体层面上,金纵观历史、当下与未来,以历史时空和反乌托邦时空反思极权与杀戮,矛头直指人类历史中的血腥时刻和极权制度中的暴戾本质,以都市时空展现当代社会的精神痼疾,以理想时空寄托自己对人类未来存在的展望与想象。历史时空是作家反思苏联历史、抨击政体制度的集中体现,杀戮意象、笼子意象、喀迈拉的神话象征意义、麻风病的隐喻、魔鬼的形象等均带有否定色彩,突出了金一贯坚守的人道主义立场。反乌托邦时空突出了张扬人性原则、反对极权暴力的政治隐喻。金通过都市时空反思人类进入现代社会以来,技术进步、资本推动下的快速发展带来的社会分化、人性失落、亲情冷漠等弊病。回顾历史发展的沉痛反思和面对现实世界的危机意识,促使金先是否定了国家乌托邦,继而否定了现代社会的发展模式。在早期作品《夜莺的回声》中,金就痛心于“人对人像狼一样”的战争,中期创作的《森林父亲》,后期作品《约拿岛》中,金反复书写战争对人类整体的戕害。在《古林的乌托邦》《松鼠》中,他以插入的童话故事否定了国家乌托邦和极权制度。《森林父亲》《昂利里亚》《天堂之乐》中的现代社会是物质丰富、技术进步、人心迷惘的画面,但科技理性无法解答对人类生存意义的追问。与上述时空形成对比的是理想时空,作家以此构建永恒精神家园。在对人类社会的历史、现状与未来的整体思考中,可以发现作家对苏维埃历史沧桑痛彻心扉,对现实世界强烈不满,对神圣精神家园和精神乌托邦深切渴望。在族裔身份困扰下矛盾、挣扎多年的金,对于国家乃至世界日益走向分裂忧心忡忡。经历了国家的分崩离析,面对着世界的危机与动荡,金一边倡导世界主义,一边描绘精神家园。回顾历史和反思现实的无助使金对于人类的局限性感到绝望,对于人类的未来他并不乐观。他试图以跳脱的方式打破思想藩篱,渴望从超越人性与人类世界的神性高度上,找到精神意识永生的未来,走向宗教是他对人的问题追问求解的宿命。

在宗教维度上,金的东西方相融与碰撞的思想特征得到凸显。在作家个人的思想历程中,顿悟式神启的指引下,金走向东正教,但是皈依并未去除他思想中吠檀多派和佛教禅宗思想的痕迹。相反,在金的理解中,这些人类智慧因子是可以并行不悖的。顿悟、因果报应、轮回转世与末世论并存,逐渐成为金书写精神未来的原则,某种程度上体现出作家渴望消弭矛盾对立的心声。以形象体系为例,神及神使的形象代表了作家的东正教救世思想,即以基督教思想为路径、以宗教道德约束为行动指南、以改变人类的心灵为手段,以终极的、永恒的精神追求为目的,实现灵魂拯救。但是原罪救赎之路上里程碑式的思想转变往往靠顿悟来启动,而轮回转世更是不可或缺的环节,《昂利里亚》《约拿岛》《天堂之乐》莫不如此。金因此被责在东西方思想间摇摆不定,是文化上的折中主义。事实上,金执意在文学文本的对话空间中实现的是兼容并包,比如他借助俄罗斯童话、多神教神话、希腊神话、朝鲜民间传说和基督教神话塑造形象,就明显带有跳出单一文化立场的努力。他不但在政治上倡导世界主义,而且在文化立场上也是一个世界主义者。但是宗教的天然排他性又注定了他的尝试不被理解和接受的事实。同时,打破国家、民族、宗教的界限的融合也意味着民族个性的消失。读者也好,评论家也罢,在解读中面对思想的融合,难免心存犹疑陷入困惑。这是人类思想文化中各家之言分庭抗礼的现状使然,也正是金想要去异求同的悲壮所在。

在自然宇宙维度上放飞哲思的金是最为自由的。对自然和宇宙的思考基于自然哲学及俄罗斯宇宙论思想,集中书写于自然形象体系、理想时空、永生象征和变形题旨中。金的生态叙事结合了宇宙论学说,即费奥多罗夫的生态末世预言、维尔纳茨基"生物圈""智慧圈"圈层理论、德日进的进化理论等,视域投向宇宙时空。金逐渐将人类未来发展进化之路与末世论和永生思想结合,由普遍复活转向意识的永生。在人与自然和宇宙的关系上,金倡导遵循和谐与秩序原则的理想关系模式,例如《森林父亲》"众生平等"、和谐共处的森林法则,并且展望人类未来在宇宙中精神化存在的可能,这在危机与冲突频发的当今,仍不乏警示和积极意义。在《柔情环节》《维尔齐洛沃》《采药人》《莲花》《松鼠》中,清晨林中采摘成为"天人合一"的经典场景,以人与自然的相融作为领悟宇宙"永生"奥义的契机。领悟者在自然中某个神圣的时刻,顿悟到个人有限生命与宇宙存在永恒的联系，自精神相通的时刻起，不再惧怕死亡，个体的存在融入宇宙永恒。"天人合一"开启永生顿悟，"天人相分"的灾害带来死亡与末日，当人类一味狂妄自大、违反森林法则时，地球上将万物凋敝生灵消亡，终致毁灭。德日进的宇宙进化论将意识作为进化的本源和归宿，名之为"欧米伽点"。实现终极进化的途径是去除人性中的利己成分，发现众人内在深藏的神性精神，将其汇聚成意识层，即精神智慧圈。当智慧圈达到极限时，世界末日来临，意识向自我回归，终点回到起点，与上帝合而为一。金的末部长篇《天堂之乐》中，正是在文本中实现了德日进的思想，呈现了末日之后，万物归于仁慈上帝怀抱的终极结局。不论是"我们"还是"昂利里亚"，金的创作提供了一种隐喻思维下的宇宙模式：万物转化的变形、末日终结后的永生、创造带来的新生。变形是宇宙中万物转化的手段，末日是关于永生思考的起点，创造是终结后再生的力量，宇宙在创世、变化、末日、再生的过程中，实现有序到混乱，再到恢复秩序的循环。这样一个充满想象的精神乌托邦，寄托了金对人类未来的展望。

对于金作品中的存在主义思想、世界主义思想、自由观、作家创作的局限性、当代评论中的两极分化等问题，本书挖掘不够，虽有提及，但未展开论述，期待今后的研究中可以将其不断深化。

阿·金风格、才华、技巧、创作热情兼备，却执意在哲学之路上独行踽踽苦心孤诣。他的创作动机与作品一样，令一些人感到匪夷所思。他书写生、死、永生不死，刻画神、魔、天使，设想转世、穿越、平行宇宙，这样的写作绝不是为了放飞想象力而已。道德自省、文化碰撞、生态危机、极权政治、灵魂救赎、人类未来走向等，金作品中所触碰的每一个话题都不无沉重。他不止一次在作品中按下末日键，设想一键删除后重启的美丽新世界。如此魔幻的文学乌托邦，除了现实警示意义，并未带来作家期待的认同。他受尽冷落依然执着无悔地在文学创作中走哲学探索之路，其实是源于对和谐一致的向往。作家试图在精神危机的时代，提供一剂心灵救赎的良药；在一个缺乏共识的时代，突破文化乃至宗教信仰的隔膜，走向世界大同，让世界由分裂走向统一，让灵魂由卑污实现净化,让背负罪恶和死亡的人类,得到救赎和永生。

作为人类精神世界的探索者,阿·金创作中的世界主义立场是跨越包容的。但在某种程度上,这也会削弱他作品的民族特色和个性特征,令他在当代俄罗斯文坛的身影更显落寞孤寂。在金的创作后期,"生命永恒"的宗教旨归占据主导地位,为解说思想,金书写现实的因素大为减少,宗教神话和哲理思索的比重大大增加,也因此受到评论界的诟病。哲理的探索使他悬置当下的现实,将其投影于永恒时空背景上,因而笔下的人物精神特质凸显而个性特征不足,社会矛盾冲突淡化,小说情节也有明显弱化的倾向。执着于哲学探索的金在创作中走入一个个思想实验,这使他的作品愈发少人问津,金也习惯了身处文学主流之外的边缘地带,这或许可以解释,为何他的创作未获得商业意义上的成功。

当代诗人、评论家克拉斯诺娃在 2020 年《独立报》发表的评论文章中有此评价:"阿纳托利·金是一位经典作家,他不仅属于当代,也不仅属于某一个国家,无论俄罗斯还是韩国。同其他经典作家一样,他属于全世界,属于所有时代,属于永恒。他的创作就是灵魂永恒不死的隐喻。"①金在小说中挥洒才情,放飞灵感,邀诸神共舞。他以神话来理解世界,以隐喻来表达世界,也许,他还在内心隐隐期待以文学来改变世界。这份苦心也许在当今显得徒劳,受到冷落,但在当代俄罗斯文学的整体画面上,他的精神求索和灵魂守望还是留下神秘灵动的一笔,引人深思,金的小说是值得仔细品味的。

---

① Краснова Н. П. Метафора бессмертия: душиАнатолий Ким-у забора между настоящим и будущим. Независимая газета. 2020 - 03 - 25. С. 12. [EB/OL]. https://www.ng.ru/ng_exlibris/2020 - 03 - 25/12_1023_metaphor.html.

参考文献

（按姓氏音序排列，同一作者的著作以出版先后为序）

一、外文专著、工具书

1. Агеносов В. В. Советский философский роман. Москва: Прометей，1989.

2. Арутюнова Н. Д. Теория метафоры. Москва: Прогресс，1990.

3. Афанасьев А. Н. Мифы，поверья и суеверия славян. Москва，Санкт-Петербург: Эксмо，2002.

4. Бавинова И. Е. Творческий путь А. Кима. Ставрополь: СКСИ，2006.

5. Баевский В. С. История русской литературы 20 века. Москва: Язык славянской культуры，2003.

6. Бондаренко В. Г. «Московская школа» или Эпоха безвременья. Москва: Столица，1990.

7. Борев Ю. Б. Эстетика. Теория литературы: Энциклопедический словарь терминов. Москва: Астрель. Аст，2003.

8. Бочаров Г. А. Бесконечность поиска: художественные поиски современной советской прозы. Москва: Сов. писатель，1982.

9. Веселовский А. Н. Историческая поэтика. Москва: Высшая школа，1989.

10. Воробьёва А. Н. Современная русская литература. Проза. 1970—1990-е годы. Самара: СГАКИ，2001.

11. Ортег а-и-Гассет Х. Эстетика. Философия культуры. Москва: Искусство，1991.

12. Зигуненко С. Н. Знаки и символы. Москва: Аст，2005.

13. Колядич Т. М. Русская проза рубежа XX-XXI веков. Москва: Флинта，Наука，2011.

14. Лейдерман Н. Л.，Липовецкий М. Н. Современная русская литература 1950—1990 годы. Москва: Академия，2003.

15. Малиновский Б. К. Магия, наука и религия. Москва: Рефл-бук, 1998.

16. Мелетинский Е. М. Поэтика мифа. Москва: Наука, 1976.

17. Москвин В. П. Русская метафора. Очерк семиотической теории. Москва: Ленанд, 2006.

18. Немзер А. С. Литературное сегодня. О русской прозе. 90-е. Москва: Новое литературное обозрение, 1998.

19. Немзер А. С. Дневник читателя: Русская литература в 2003 году. Москва: Время, 2004.

20. Нефагина Г. Л. Русская проза концаХХ века. Москва: Флинта, Наука, 2003.

21. Погребная Я. В. Аспекты современной мифопоэтики. http:// www. niv. ru/doc/pogrebnaya-aspekty-mifopoetiki/mifopoetika-i-neomifologizm. htm.

22. Потебня А. А. Слово и миф. Москва: Правда, 1989.

23. Потебня А. А. Символ и миф в народной культуре. Москва: Лабиринт, 2000.

24. Пропп В. Я. Морфология волшебной сказки. Москва: Лабиринт, 2005.

25. Рыбаков Б. А. Язычество древней руси. Москва: Наука, 1987.

26. Бачинин В. А. Философия. Энциклопедический словарь. Санкт-Петербург: Изд. Михайлова В. А,2005.

27. Семенова С. Г. Метафизика русской литературы. Москва: Издательский дом «ПоРог», 2004.

28. Скляревская Г. Н. Метафора в системе языка. Сакт-Петербур: Наука, Сакт-Петербур: изд. фирма, 1993. http://www. nspu. net/fileadmin/library/books/2/web/xrest/article/leksika/strukture/skl_art01. htm.

29. Скоропанова И. С. Русская постмодернистская литература:

новая философия, новый язык. Сакт-Петербур:Невский простор, 2002.

30. Смирнова А. И. Русская натурфилософская проза второй половиныXX века. Москва: Флинта, Наука, 2009.

31. Соловьев В. М. Тайны русской души. Русский язык. Москва: Курсы, 2003.

32. Струве Н. А. Православие и культура. Москва: Русский путь, 2000.

33. Суровцев Ю. И. В 70-е и сегодня. Очерки теории и практики современного литературного процесса. Москва: Советский писатель, 1985.

34. Тамарченко Н. Д. Теория литературы. Москва: Академия, 2004.

35. Телегин С. М. Философия мифа. Введение в метод мифореставрации. Москва: Община, 1994.

36. Тимина С. И. Васильев В. Е. Воронина О. Ю. и др., Современная русская литература (1990-е гг. —начало XXI в.). Сакт-Петербур: СпбГУ. , Москва: Академия, 2005.

37. Тишина С. И. , Черняк М. А. Русская литература XX века в зеркале критики. Москва: Академия, 2003.

38. Топоров А. П. Теория мифа в русской филологической наукеXIX века. Москва: Индрик, 1997.

39. Хализев В. Е. Теория литературы. Москва: Высшая школа, 2002.

40. Чупринин С. И. Перемена участи. Москва: Новое литературное обозрение, 2003.

41. Шуклин В. В. Русский мифологический словарь. Екатеринбург: Уральское изд. 2001.

42. Эпштейн М. Н. Модерн в русской литературе. Москва: Высшая школа, 2005.

43. Культурология. XX век. Словарь. Левит С. Я. Санкт-

Петербург：Университетская книга，1997.

44. Культурология. Энциклопедия. Том 1. Левит С. Я. Москва：Российская политическая энциклопедия（РОССПЭН），2007.

45. Литературная энциклопедия терменов и понятий. Николюкин А. Н. Москва：Интелвак，2003.

46. Мифы народов мира. Энциклопедия. Токарев С. А. Москва：Советская энциклопедия，1987—1988.

47. Мифологическийсловарь. Ботвеник М. Н. Москва：Просвещение，1985.

48. Мифологическийсловарь. Мелетинский Е. М. Москва：Сов. Энциклопедия，1990.

49. Мифология：Большой энциклопедический словарь. Мелетинский Е. М. Москва：Большая рос. Энциклопедия，1998.

50. Русские писатели XX века. Биобиблиографический словарь. Николаев П. А. Москва：Просвещение，2000.

51. Славянская мифология. Энциклопетический словарь（А—К）. Толстая С. М. Москва：Международные отношения，2002.

52. Современный философский словарь. Кемеров В. Е. Москва：Академический Проект，2004.

53. Философия. Энциклопедический словарь. Бачинин В. А. Сакт-Петербур：Изд. Михайлова В. А. ，2005.

54. Энциклопедия символов. Бауэр В. М. Москва：Крон-пресс，2000.

二、中文专著、译著、工具书

55. ［俄］阿格诺索夫:《20 世纪俄罗斯文学》,凌建侯等译,中国人民大学出版社,2001 年。

56. ［英］阿姆斯特朗:《神话简史》,胡亚译,重庆出版社,2005 年。

57. 〔美〕艾布拉姆斯:《欧美文学术语词典》,朱金鹏、朱荔译,北京大学出版社,1990年。

58. 〔美〕艾布拉姆斯:《镜与灯》,郦稚牛、张照进、童庆生译,北京大学出版社,2004年。

59. 〔美〕安德森:《想象的共同体:民族主义的起源与散布》,吴叡人译,世纪出版集团,上海人民出版社,2011年。

60. 〔俄〕巴赫金:《小说理论》,白春仁等译,河北教育出版社,1998年。

61. 〔俄〕巴赫金:《文本对话与人文》,白春仁等译,河北教育出版社,1998年。

62. 〔俄〕别尔嘉耶夫:《末世论形而上学》,张百春译,中国城市出版社,2003年

63. 〔德〕贝克:《世界主义的观点:战争即和平》,杨祖群译,华东师范大学出版社,2008年。

64. 〔英〕布鲁斯-米特福德,威尔金森:《符号与象征》,周继岚译,生活·新知·读书三联书店,2014年。

65. 〔法〕列维-布留尔:《原始思维》,丁由译,商务印书馆,1981年。

66. 〔法〕德日进:《人的现象》,范一译,北京联合出版公司,2014年。

67. 〔法〕德日进:《人在自然界的位置:论人类动物群》,汪晖译,北京大学出版社,2015年。

68. 〔美〕邓迪斯:《西方神话学读本》,朝戈金等译,广西师范大学出版社,2006年。

69. 〔美〕杜兰:《世界文明史(第一卷):东方的遗产(上)》,台湾幼狮文化公司译,东方出版社,1999年。

70. 〔美〕莱考夫,约翰逊:《我们赖以生存的隐喻》,何文忠译,浙江大学出版社,2015年。

71. 〔德〕范迪尔门:《欧洲近代生活》,王亚平译,东方出版社,2005年。

72.〔俄〕费奥多罗夫:《共同事业哲学》,范一译,辽宁教育出版社,2001年。

73.〔加〕弗莱:《伟大的代码》,郝振益译,北京大学出版社,1997年。

74.〔加〕弗莱:《神力的语言——"圣经与文学"研究续编》,郝振益译,社会科学文献出版社,2004年。

75.〔俄〕哈利泽夫:《文学学导论》,周启超等译,北京大学出版社,2007年。

76.〔德〕黑格尔:《美学》(第二卷),朱光潜译,商务印书馆,2009年。

77.〔美〕亨廷顿:《文明的冲突与世界秩序的重建》,周琪等译,新华出版社,2001年。

78.〔英〕霍克斯:《论隐喻》,高丙中译,昆仑出版社,1992年。

79.〔德〕卡西尔:《语言与神话》,于晓等译,生活·读书·新知三联书店,1988年。

80.〔德〕卡西尔:《人论》,甘阳译,上海译文出版社,2004年。

81.〔苏〕柯斯文:《原始文化史纲》,张锡彤译,生活·读书·新知三联书店,1957年。

82.〔法〕利科:《活的隐喻》,汪家堂译,上海译文出版社,2004年。

83.〔法〕里尔克:《恶的象征》,公车译,上海世纪出版集团,2005年。

84.〔英〕罗素:《西方哲学史》(下),马元德译,商务印书馆,2002年。

85.〔俄〕洛斯基:《俄国哲学史》,贾泽林等译,浙江人民出版社,1999年。

86.〔俄〕梅列金斯基:《神话的诗学》,魏庆征译,商务印书馆,1990年。

87.〔爱沙尼亚〕明茨等:《俄国形式主义文论选》,王薇生编译,郑州大学出版社,2005年。

88. 〔俄〕尼科利斯基:《俄罗斯文学的哲学阐释》,张百春译,北京师范大学出版集团,安徽大学出版社,2017 年。

89. 〔俄〕普罗普:《故事形态学》,贾放译,中华书局,2006 年。

90. 〔瑞士〕荣格等:《潜意识与心灵成长》,张月译,上海三联书店,2009 年。

91. 〔瑞士〕荣格:《荣格文集 II:原型与原型意象(英文版编者说明)》,高岚主编,蔡成后等译,长春出版社,2014 年。

92. 〔英〕塞尔登:《文学批评理论——从柏拉图到现在》,刘象愚等译,北京大学出版社,2000 年。

93. 〔英〕塞尔登等:《当代文学理论导读》,刘象愚译,北京大学出版社,2006 年。

94. 〔法〕列维-斯特劳斯:《野性的思维》,李幼蒸译,中国人民大学出版社,2006 年。

95. 〔德〕石里克:《自然哲学》,陈维杭译,商务印书馆,2017 年。

96. 〔法〕托多罗夫:《象征理论》,王国卿译,商务印书馆,2005 年。

97. 〔意〕维柯:《新科学》,朱光潜译,商务印书馆,1989 年。

98. 〔美〕韦勒克,沃伦:《文学理论》,刘象愚等译,江苏教育出版社,2006 年。

99. 〔俄〕维谢洛夫斯基:《历史诗学》,刘宁译,百花文艺出版社,2003 年。

100. 〔西〕乌纳穆诺:《生命的悲剧意识》,段继承译,花城出版社,2007 年。

101. 〔希〕亚里士多德:《诗学》,陈中梅译,商务印书馆,2008 年。

102. 〔美〕伊利亚德:《神圣的存在》,晏可佳、姚蓓琴译,广西师范大学出版社,2008 年。

103. 〔美〕伊利亚德:《宗教思想史》,晏可佳等译,上海社会科学院出版社,2004 年。

104. 〔俄〕叶夫多基莫夫:《俄罗斯思想中的基督》,杨德友译,学林出版社,1999 年。

105.《二十世纪俄罗斯文学词典》,刁绍华主编,北方文艺出版社,1999 年。

106.《圣经文学词典》,帅培天等主编,四川人民出版社,1996 年。

107.《外国现代派文学辞典》,智量、熊玉鹏主编,上海文艺出版社,1993 年。

108.《文学理论批评术语汇释》,王先霈、王又平主编,高等教育出版社,2006 年。

109.《文学理论研究导引》,汪正龙等编著,南京大学出版社,2006 年。

110.《西方文论关键词》,赵一凡等主编,外语教学与研究出版社,2006 年。

111.《哲学辞典》,余源培等主编,上海辞书出版社,2009 年。

112.《宗教词典》,谢路军主编,学苑出版社,1999 年。

113. 白春仁:《俄语语体研究》,外语教学与研究出版社,1999 年。

114. 陈建宪:《神话解读——母题分析方法探索》,湖北教育出版社,1997 年。

115. 陈庆勋:《艾略特诗歌隐喻研究》,上海人民出版社,2008 年。

116. 陈永明:《走进上帝的世界》,宗教文化出版社,1996 年。

117. 冯沪祥:《中西生死哲学》,北京大学出版社,2002 年。

118. 高宣扬:《存在主义》,上海交通大学出版社,2016 年。

119. 葛兆光:《中国思想史》,复旦大学出版社,2005 年。

120. 耿占春:《隐喻》,河南大学出版社,2007 年。

121. 胡日佳:《俄国文学与西方审美叙事模式比较研究》,学林出版社,1999 年。

122. 胡壮麟:《认知隐喻学》,北京大学出版社,2004 年。

123. 季广茂:《隐喻理论与文学传统》,北京师范大学出版社,2002 年。

124. 金亚娜:《期盼索菲亚——俄罗斯文学中的"永恒女性"崇拜哲学与文化探源》,人民文学出版社,2009 年。

125. 黎皓智:《俄罗斯小说文体》,百花洲文艺出版社,2000 年。

126. 李肃:《文化的创新机制——洛特曼文化符号学的视角》,外语教学与研究出版社,2008 年。

127. 李新梅:《俄罗斯后现代主义文学中的文化思潮》,中国社会科学出版社,2012 年。

128. 李勇:《通俗文学理论》,知识出版社,2003 年。

129. 梁坤:《末世与救赎——20 世纪俄罗斯文学主题的宗教文化阐释》,中国人民大学出版社,2007 年。

130. 刘放桐:《新编现代西方哲学》,人民出版社,1999 年。

131. 刘锟:《东正教精神与俄罗斯文学》,人民文学出版社,2009 年。

132. 刘宁:《俄国文学批评史》,上海译文出版社,1999 年。

133. 刘守华:《故事学纲要》,华中师范大学出版社,2006 年。

134. 刘象愚:《外国文论简史》,北京大学出版社,2005 年。

135. 卢小合:《艺术时间诗学与巴赫金的赫罗诺托普理论》,北京大学出版社,2016 年。

136. 莫运平:《基督教文化与西方文学》,中央编译出版社,2007 年。

137. 南帆:《小说艺术模式的革命》,上海三联书店,1987 年。

138. 钱善行:《当代苏联小说的嬗变——主要倾向、流派及其他》,社会科学文献出版社,1994 年。

139. 钱中文:《文学原理——发展论》,社会科学文献出版社,2007 年。

140. 束定芳:《隐喻学研究》,上海外语教育出版社,2000 年。

141. 孙晶:《印度吠檀多哲学史》(上),中国社会科学出版社,2013 年。

142. 孙亦平:《西方宗教学名著提要》,江西人民出版社,2002 年。

143. 王松亭:《隐喻的机制和社会文化模式》,黑龙江人民出版社,1999 年。

144. 王文斌:《隐喻的认知建构与解读》,上海外语教育出版社,2007 年。

145. 王岳川:《二十世纪西方哲性诗学》,北京大学出版社,1999 年。

146. 王岳川:《当代西方最新文论教程》,复旦大学出版社,2008 年。

147. 王增永:《神话学概论》,社会科学文献出版社,2007 年。

148. 汪正龙:《文学意义研究》,南京大学出版社,2002 年。

149. 汪正龙等:《文学理论研究导引》,南京大学出版社,2006 年。

150. 伍蠡甫,翁义钦:《欧洲文论简史》,人民文学出版社,2005 年。

151. 萧焜焘:《自然哲学》,商务印书馆,2018 年。

152. 谢之君:《隐喻认知功能探索》,复旦大学出版社,2007 年。

153. 肖恩慧:《末世论》,宗教文化出版社,2013 年。

154. 徐凤林:《俄罗斯宗教哲学》,北京大学出版社,2006 年。

155. 徐凤林:《东正教圣像史》,北京大学出版社,2012 年。

156. 许贤绪:《当代苏联小说史》,上海外语教育出版社,1991 年。

157. 杨丽娟:《世界神话与原始文化》,上海社会科学出版社,2004 年。

158. 叶舒宪:《神话——原型批评》,陕西师范大学出版社,1987 年。

159. 叶舒宪:《圣经比喻》,广西师范大学出版社,2003 年。

160. 乐峰:《东正教史》,中国社会科学出版社,1996 年。

161. 赵毅衡:《符号学文学论文集》,百花文艺出版社,2004 年。

162. 张百春:《当代东正教神学思想》,上海三联书店,2000 年。

163. 张建华:《新时期俄罗斯小说研究(1985—2015)》,高等教育出版社,2016 年。

164. 张沛:《隐喻的生命》,北京大学出版社,2004 年。

165. 张首映:《西方二十世纪文论史》,北京大学出版社,1999 年。

166. 赵敦华:《基督教哲学 1500 年》,人民出版社,1994 年。

167. 郑振伟：《意识·神话·诗学》，社会科学文献出版社，2005 年。

168. 朱立元：《当代西方文艺理论》，华东师范大学出版社，1997 年。

169. 朱全国：《文学隐喻研究》，中国社会科学出版社，2011 年。

三、外文论文

170. Андреева И. В. Голубой остров — новая земля//Дружба народов. 1976. №10.

171. Аннинский Л. А. Превращения и превратности//Литературное обозрение. 1985. №8. С. 32 – 36.

172. Анинский Л. А. Расцеп. Раздор. Разбор//Дружба народов. 2014. №3. https：//magazines. gorky. media/druzhba/2014/3.

173. Арутюнова Н. Д. Метафора и дискурс//Теория метафоры. Москва：Прогресс，1990. http：//www. nspu. net/fileadmin/library/books/2/web/xrest/article/leksika/strukture/aru_art01. htm.

174. Ащеулова И. В. Мифологемы воды и леса в романе А. Қима «Отец-лес»//Проблемы сохранения вербальной и невербальной традиций этносов. Шарикова Л. А. Қемерово：Графика，2003.

175. Бальбуров Э. А. Поэтический космос Анатолия Қима//Гуманитарные науки в Сибири. 1997. №4. http：//www. codistics. com/sakansky/kim/balburob. htm.

176. Басинский П. В. Риск Анатолия Қима//Литературная газета. №43. (23 октября—29 октября 2002 г). С. 7. https：//www. rulit. me/books/novyj-mir – 2 – 2003-read – 219509 – 161. html.

177. Бондаренко. В. Г. Найти « голубой остров». А. Қим：мир будничный и условный//Литературная учёба. 1981. №12. С. 122

– 128.

178. Бондаренко В. Г. Образ человека//Собиратель трав. Москва: Известия, 1983.

179. Бондаренко. В. Г. Автопортрет поколения//Вопросы литературы. 1985. №11. С. 79 – 114.

180. Бондаренко. В. Г. Русский будда Анатолий Ким. http://www. tribuna. ru/news/2009/07/22/news982/.

181. Бочаров А. А. Мчатся мифы, бьются мифы//Октябрь. 1990. №1. С. 181 – 191.

182. Бочаров А. А. Мифы и прозрени//Октябрь. 1990. №8. С. 160 – 173.

183. Вольпе М. Л. Время для добра//Москва. 1986. №8. С. 198 – 200.

184. Гаджиев А. А. Метаморфозы демонической канцелярии (фантасмагории А. Кима и В. Орлова)//Известия Уральского государственного университета. 2009. № 1/2(63). С. 162 – 168.

185. Головенкина Н. В. Метафорическое моделирование действительности в художественной картине мира М. А. Булгакова. Автореферат. Челябинск, 2007. http://cheloveknauka. com/metaforicheskoe-modelirovanie-deystvitelnosti-v-hudozhestvennoy-kartine-mira-m-a-bulgakova.

186. Горшенин А. В. Путь человека//Октябрь. 1980. №10. С. 220 – 221.

187. Гринберг И. Л. Дорога в простор//Москва. 1978. №6. С. 201 – 209.

188. Гринберг И. Л. Единство целей//Октябрь. 1980. №11. С. 191 – 198.

189. Елкин С. Ключ к бессмертию//Мосва. 1981, (10). С. 215 – 217.

190. Залыгин С. П. Своей дорогой: О творчестве писателя А. Кима//Дружба народов. 1981. №6. С. 241 – 249.

191. Засухина Н. А. Герой и время в повести А. Кима «Утопия Гурина »//Писатели и время. Межвузовский сборник научных трудов. Москва: Прометей, 1991. С. 181 – 189.

192. Злобина А. Все тот же русский человек на rendez-vous, или?..//Знамя, 1999. №2. http://magazines. russ. ru/znamia/1999/2/kim. html/.

193. Иванов В. С. За Анатолием Кимом-большая тайна! // Литературная Россия. 2001. 09. 07. № 36. С. 3.

194. Иванова Н. Б. Искушение украшением//Вопросы литературы. 1984. №4. С. 74 – 108.

195. Камянов В. И. Взамен трагедии//Вопросы литературы. 1978. №11. С. 3 – 40.

196. Карасёв Л. В. О «демонах на договоре» (искусство в зеркале самосознания)//Вопросы литературы. 1988. №10. С. 25.

197. Киреев Р. Т. Крупным планом. Анатолий Ким//50 лет в раю: роман без мазок. https://biography. wikireading. ru/170798.

198. Куницын В. Г. Гость из будущего//Знамя. 1982. №8. С. 236 – 238.

199. Латынина А. Н. Интервью. Русский журнал. http://www. litkarta. ru/dossier/latynina-interview.

200. Любимов Н. М. Печать тайны//Избранное. Ким А. А. Москва: Советский писатель, 1988. С. 3 – 12.

201. Максимов Ю. Преграда на пути зла: Заметки в дневнике о романе А. Кима. «Отец-лес»//Наш современник. 1991. №9. С. 187 – 189.

202. Максимова Л. К. Проблема одиночества в повести А. Кима «Луковое поле»//Художественное творчество и литературный

процесс. Томск, 1988. Выпуск 10. С. 50 – 63.

203. Михайлов А. Д. Кто следующий? //Октябрь. 1984. №12. С. 186 – 192.

204. Михайлова Г. М. Философский и религиозный эклектизм прозы Анатолия Кима (Роман « Остров Ионы»)//Literatura. 2007. №2. С. 75 – 90.

205. Муриков Г. Г. Социальное и нравственное. Раздумия о герое малой прозы//Звезда. 1983. №7. С. 191 – 198.

206. Немзер А. С. О чем же пела белка? //Литературное обозрение. 1985. №8. С. 29 – 32.

207. Немзер А. С. Высоцкий и другие. http://www. magazines/russ. ru/reviews/nemezer/jurnalyzoll. html.

208. Нерлер П. Отражение истины: О повести А. Кима «Лотос». Выступления молодых критиков//Литературное обозрение. 1982. №3. С. 40 – 44.

209. Николаев А. 80 лет исполнилось Анатолию Киму. https:// tvkultura. ru/article/show/article_id/346167/.

210. Огрызко. В. В. Не оставаться в плену своей известности (интервью)//Литературная газета. 2018. №. 36. https://litrossia. ru/item/anatolij-kim-ne-ostavatsja-v-plenu-svoej-izvestnosti-intervju/.

211. Павлова Т. К. Этническая картина дальнего востока в прозе Анатолия Кима 1970-х гг. //Россия и АТР. 2012. №1. С. 79 – 84.

212. Павлова Т. К. Восточные перцепции в ранней прозе А. А. Кима//Восток. Афро-Азиатские общества: история и современность. 2012. №5. С. 131 – 136.

213. Павлова Т. К. А. П. Чехов и А. А. Ким: от «острова отчаяния» к «острову надежды»//Интернет -журнал. СахГу: Наука, образование, общество. 2012. №1. http://sakhgu. ru/universitet/struktura-vuza/administrativnye_podrazdeleniya/otdel-po-nir/publika-

cii/nauka-obrazovanie-obshhestvo/01 – 2012/.

214. Пискунова С. И., Пискунов В. М. В пространстве новых... //Литературное обозрение. 1986. №11. С. 13 – 19.

215. Попова А. В. Проза А. Кима 1980—1990-х. годов : поэтика жанра. Автореферат. Астраханский государственный университет. Астрахань, 2011. https://www. dissercat. com/content/proza-kima-1980 – 1990-kh-godov.

216. Проханов А. А. Светоносный мистик Ким. [EB/OL]. http:// www. zavtra. ru/cgi/veil/ data/ zavtra/99/288/61. html/.

217. Ремизова М. С. Писатель пророчествует, читатель позевывает: Мнение о романе А. Кима «Онлирия»//Литературная газета. 1995. 04. 19. С. 4.

218. Руденко С. А. Я пишу о бессмертии. //Молоко. 2001. №9. http://moloko. ruspole. info/node/46.

219. Семенова С. Г. Восходящее движение ... Ноосферные идеи в литературе//Октябрь. 1989. №2. С. 181 – 191.

220. Смирнова А. И., Попова А. В. Поэтика повестей Анатолия Кима//Вестник Московского городского педагогического университета. 2010. №2. С. 55 – 63.

221. Сурганов В. В. Порог зрелости//Октябрь. 1980. №1. С. 202 – 212.

222. Телегин С. М. Современный русский мифологический роман//Современная русская литература (ЧастьII). Э. Г. Азимова, Москва: МАКС пресс, 2004.

223. Урбан А. А. Философичность художественной прозы// Звезда. 1978. №9. С. 209 – 221.

224. Фролова Е. В. Развитие пришвинской концепции "человек и природа" в творчестве А. Кима//Эстетический идеал и проблема положительного героя в советской литературе. Лазарев В. А. Москва:

МГПИ, 1987. С. 74 - 82.

225. Фролова Е. В. Поклонимся одуванчику. http://www. ug. ru/old/00. 15/t48. htm.

226. Хайрутдинова А. Р. Функциональная характеристика лексемы Смерти в произведениях Анатолия Кима//Вестник Вятского государственного гуманитарного университета. 2010. № 3 - 2. С. 32 - 34.

227. Чайковская В. И. Неравнодушное зеркало//Литературное обозрение. 1983. №11. С. 19 - 24.

228. Шкловский Е. В., Ким А. А. В поисках гармонии//Литературное обозрение. 1990, №6.

229. Шкловский Е. В. Я и мы: Концепция личности в современной прозе//Литературное обозрение. 1982. №10 №. С. 12 - 22.

230. Юкина Е. Достоинство человека//Новый мир. 1984. №12. С. 245 - 248.

231. Яранцев В. Н. Свобода и пустота//Сибирские огни. 2009. http://www. sibogni. ru/archive/5/252/.

四、中文论文

232. 戴岚:《女性创作与童话模式——英国十九世纪女性小说创作研究》,华东师范大学博士学位论文,2007 年。

233. 何林军:《意义与超越——西方象征理论研究》,复旦大学博士学位论文,2004 年。

234. 李兰宜:《索洛古勃象征主义小说中假定性形式的诗学特征》,北京外国语大学博士学位论文,2007 年。

235. 王琳:《俄语空间隐喻模式研究》,吉林大学外国语学院硕士论文,2005 年。

236. 陈秋杰：《十月革命前俄国远东朝鲜人的文化生活》，《西伯利亚研究》2007 年第 6 期。

237. 李琳：《谈俄罗斯"四十岁一代"作家阿纳托利·金〈莲花〉的美》，《解放军外国语学院学报》1994 年第 4 期。

238. 李善廷：《隐喻建构与解读的认知研究》，首都师范大学博士论文，2008 年。

239. 梁坤：《撒旦起舞的奥秘》，《长江学术》2008 第 1 期。

240. 刘光正：《隐喻研究的三个层次与主要领域》，《外语学刊》2007 年第 3 期。

241. 刘涛：《二十世纪末的俄罗斯启示录文学》，《外国文学动态》2001 年第 6 期。

242. 侯玮红：《俄罗斯小说十年回顾》，《外国文学动态》2001 年第 6 期。

243. 任光宣：《苏联解体后俄罗斯文学的发展特征》，《外国文学动态》2001 年第 6 期。

244. 石南征：《当代苏联小说与寓言化》，《苏联文学》1989 年第 5 期。

245. 王怀义：《神话现象学的逻辑原则》，《文学评论》2015 年第 2 期。

246. 汪正龙：《修辞、审美、文化——隐喻的多维透视》，《江汉论坛》2016 年第 9 期。

247. 余一中：《半人半马村（译序）》，《外国文艺》2000 年第 6 期。

248. 张建华：《关于俄罗斯文学的两个问题》，《俄罗斯研究》2001 年第 4 期。

249. 张建华：《世纪末俄罗斯小说的"泛化"现象种种——二十世纪九十年代俄罗斯小说现象观》，《当代外国文学》2001 年第 4 期。

250. 张建华：《关于当代俄罗斯文学的对话两则》，《俄罗斯文艺》2006 年第 1 期。

251. 张建华：《风骨依然新韵赏心——俄罗斯年说俄罗斯文学》，

《俄罗斯文艺》2006 年第 3 期。

252. 朱全国,肖艳丽:《文学隐喻:从传统到现代》,《甘肃社会科学》
2009 年第 5 期。

五、阿纳托利·金的作品

253. 阿纳托利·金:《海的未婚妻》,石枕川、许贤绪译,上海译文出
版社,1987 年。

254. 阿纳托利·金:《莲花》,石枕川译,《世界心理小说名著选:俄
苏部分(二)》,贵州人民出版社,1990 年。

255. 阿纳托利·金:《半人半马村》,余一中译,《外国文艺》2000 年
第 6 期。

256. 阿纳托利·金:《士兵的孩子》,群青译,《二十世纪外国短篇小
说编年·俄苏卷(下)》,李政文选编,人民文学出版社,2002 年。

257. Ким А. А. Голубой остров. Москва:Сов. Писатель, 1976.

258. Ким А. А. Соловьиное эхо. Москва:Сов. Писатель, 1980.

259. Ким А. А. Нефлитовый пояс//Октябрь. 1981. №1.

260. Ким А. А. Собиратель трав. Москва:Известия,1983.

261. Ким А. А. Избранное. Москва:Сов. Писатель, 1988.

262. Ким А. А. Поселок кентавров//Новый мир. 1992. №7.

263. Ким А. А. Онлирия//Новый Мир. 1995. №2. №3.

264. Ким А. А. Сбор грибов под музыку Баха. Москва:Олимп.
АСТ. 2002.

265. Ким А. А. Два рассказа//Новый мир. 1997. №4.

266. Ким А. А. Рассказы//Дружба народов. 1997. №7.

267. Ким А. А. В облаках. Рассказ//Знамя. 1997. №10.

268. Ким А. А. Моё прошлое//Октябрь. 1998. №2. №4.

269. Ким А. А. Собачонка Оори//Дружба народов. 1999. №1.

270. Ким А. А. Белка. Москва:Центрполиграф, 2001.

271. Ким А. А. Остров Ионы. Москва：Центрполиграф，2002.

272. Ким А. А. Отец-лес. Москва：Рипол классик，2005.

273. Ким А. А. Арина//Роман-газета. 2005. №16.

274. Ким А. А. Радости Рая. ［EB/OL］. https：//bookzip. ru/2489-radosti-raja. html.

275. Ким А. А. Гений. Владивосток：Валентин，2015.

276. Ким А. А. ，Пономарева Л. Фиолетовая осень Хокусая. http：//www. intelros. ru/pdf/Aurora/2019_01/20. pdf.

277. Ким А. А. Дом с протуберанцами//Дружба народов. 2018. №6. http://дружбанародов. com/archive/druzhba-narodov/2018/6.

后　记

本书是在博士论文基础上修改而成。

对我而言，在北外读书的四年时光，不仅是求学问道的一个阶段，更是我人生中难忘的经历。对业师张建华先生的感恩之情已无法用谢字来概括。当我在学术的殿堂前徘徊时，先生的精彩讲座使我坚定了求学的决心，令我鼓起勇气叩响北外的大门。先生为人坦荡豁达，才思敏捷，学问精深，年逾古稀仍保持敏锐的学术洞察力，治学严谨不怠，实为我辈榜样。受业于先生门下，时时聆听教诲，得到点拨，我受益匪浅，感恩于心。先生引领我步入俄罗斯文学研究的园地，他的信任和指导使我丰富了科研经验，开阔了学术视野，在解决问题的过程中，不断感受到研究和思索的苦与乐。在毕业后的数年间，蒙先生不弃，愚钝的我始终得到恩师的指点和鼓励。"读书要真，作文要深"，先生的教诲我会始终铭记，也将是我今后读书治学的座右铭。

在北外学习期间，有幸听到一直敬仰的白春仁老师的课程，收获颇多。感谢为我论文提出宝贵意见的北京师范大学夏忠宪教授、张冰教授，北京外国语大学黄玫教授、王立业教授、潘月琴老师，北京第二外国语大学祖淑珍教授，他们的建议对书稿完成有很大启发。多年来，我幸运地得到很多前辈师长的帮助，一直铭感于心。衷心感谢博士后阶段我的合作导师、19 年来一直给我鼓励和帮助的金亚娜教授，先生的为人与治学令人钦佩，遇到先生是我的幸运。特别感谢多年来关心指引我的余一中教授，每次求教，总能得到启迪和勇气，这些珍贵的回忆更令我无比怀念先生。由衷感谢南京大学王加兴教授在我困惑犹疑时指点迷津和不遗余力的帮助。感谢博士后阶段给予我建议和帮助的邓军教授、赵晓彬教授、荣洁教授、孙超教授、郑永旺教授、刘锟教授、谢春艳教授。感谢我硕士阶段的导师郝斌老师，他的鼓励和认可使我明确并坚定了方向。未曾谋面的南京大学赵宪章教授和九江学院朱全国教授的热心相助,令我非常感动。朱全国教授仅通过一次电话便为我寄来其博士论文,对本书的理论部分很有启发。此外,我要感谢我的同门和同窗们,他们的优秀是我追随前行的动力。还要特别感谢我的同学徐佩和张兴宇,他们在俄罗斯访学期间,不辞辛苦地为我购买、邮寄资料,提供很有力的资料支持,对论文写作与书稿修改帮助很大。

自 2003 年读到《莲花》至今,虽然对于作家阿纳托利·金的创作关注多年,但是由于个人学力和心力所限,书稿修改一再推迟,颇为汗颜,深感愧对师长们的厚望和相助。如今面对本书,心怀惴惴,且有疏漏未及完善、论述未能深透的遗憾,仍期待这本著作能够得到学界前辈和同行们的批评指正。

本书的出版得到中央高校基本科研业务费项目的资助,感谢哈尔滨工程大学外语系领导和同事们的支持。十分感谢南京大学出版社编辑沈清清、孙辉为本书的顺利出版给出的专业建议和付出的辛劳。

最后我要感谢家人及朋友们的理解、支持和关爱。书稿修改之际,正是新冠疫情下居家办公模式开启时,感谢家人竭尽所能的付出。再次感谢导师张建华先生慨然作序,感谢先生为我进一步研究提出的建议,令我深受启发。心中盛满温馨感动,我会认真面对未来,踏实做好每一件事。

王　盈

2020 年 6 月

图书在版编目(CIP)数据

阿纳托利·金小说中的隐喻模式 / 王盈著. -- 南京：
南京大学出版社，2020.10
ISBN 978 - 7 - 305 - 23820 - 8

Ⅰ. ①阿… Ⅱ. ①王… Ⅲ. ①阿纳托利·安德烈耶维
奇·金—小说创作—研究 Ⅳ. ①I512.074

中国版本图书馆 CIP 数据核字(2020)第 185254 号

出版发行 南京大学出版社
社　　址 南京市汉口路 22 号　　　　邮　编　210093
出版人 金鑫荣
书　　名 **阿纳托利·金小说中的隐喻模式**
著　　者 王　盈
责任编辑 沈清清

照　　排 南京南琳图文制作有限公司
印　　刷 江苏凤凰数码印务有限公司
开　　本 718×1000　1/16　印张 22.5　字数 313 千
版　　次 2020 年 10 月第 1 版　2020 年 10 月第 1 次印刷
ISBN 978 - 7 - 305 - 23820 - 8
定　　价 68.00 元

网　　址：http://www.njupco.com
官方微博：http://weibo.com/njupco
官方微信号：njupress
销售咨询热线：(025) 83594756